Christa Holtei

DAS SPIEL DER TÄUSCHUNG

Die gebürtige Düsseldorferin CHRISTA HOLTEI *arbeitete lange Zeit im Bereich der mittelalterlichen englischen Literatur, Sprache, Geschichte und Kultur am Anglistischen Institut der Heinrich-Heine-Universität Düsseldorf. Seit 1994 ist sie erfolgreich als Übersetzerin und Autorin für verschiedene Verlage tätig.*

CHRISTA HOLTEI

DAS SPIEL DER TÄUSCHUNG

DÜSSELDORF 1834

Historischer Roman

Droste Verlag

Bibliografische Information der Deutschen Nationalbibliothek
Die Deutsche Nationalbibliothek verzeichnet diese Publikation in der Deutschen Nationalbibliografie; detaillierte bibliografische Daten sind im Internet über http://dnb.d-nb.de abrufbar.

Umschlaggestaltung Guido Klütsch, Köln; unter Verwendung der Abbildungen Eduard Bendemann u. a., Der Schadow-Kreis (Die Familie Bendemann und ihre Freunde), 1830/31, Öl auf Leinwand, 109 x 157 x 3 cm, Sammlung Kunstmuseen Krefeld, Dauerleihgabe Museum Kunstpalast, Düsseldorf, Foto: Volker Döhne, Kunstmuseen Krefeld, sowie Bauplan von Düsseldorf, 1831 © Stadtarchiv Düsseldorf, Sign. 5-1-0-24.0002.
Druck und Bindung: CPI – Clausen & Bosse, Leck
ISBN 978-3-7700-1542-9

www.drosteverlag.de
www.facebook.com/DrosteVerlag

Illusion, ein lateinisches Wort, bedeutet überhaupt Täuschung, falscher Schein, daher z. B. ein illusorischer Vertrag ein solcher ist, der nur zum Schein eingegangen wird. Vorzugsweise bedient man sich aber des Ausdrucks Illusion zur Bezeichnung jener den Zweck jedes Kunstwerks ausmachenden Täuschung, welcher gemäß es dem Beschauer unter dem Scheine vollendeter Wirklichkeit entgegentritt. Die Natur der Sache bringt es mit sich, daß besonders Malerei und Schauspielkunst darauf ausgehen, auch den äußern Sinnen eine scheinbare Wirklichkeit darzubieten, während die Poesie sich begnügt, auf den innern Sinn, auf die Phantasie, zu wirken.

(Brockhaus Bilder-Conversations-Lexikon, Leipzig 1838)

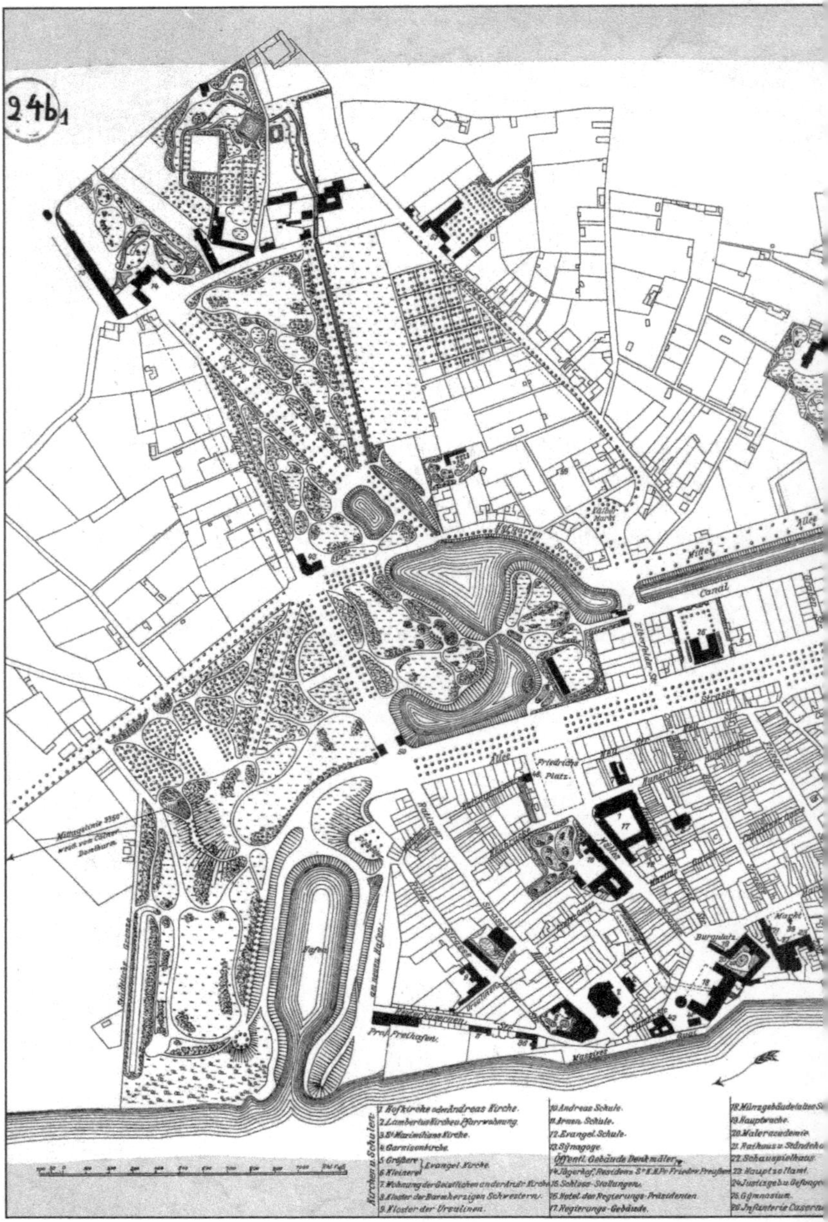

24b1
Hofgarten Strasse
Kälber Markt
Mittel Allee
Canal
Elberfelder Str.
Strasse
Allee
Friedrichs Platz.
Ratinger
Hunsrücken
Hafen
Massives
Quai
Prov. Freihafen.
Mittagslinie 3°50' westl. vom Cölner Domthurm
Kirchen u. Schulen
1. Hofkirche oder Andreas Kirche.
2. Lambertus Kirche u. Pfarrwohnung.
3. St. Maximilians Kirche.
4. Garnisonkirche.
5. Größere
6. Kleinere
Evangel. Kirche.
7. Wohnung der Geistlichen an der Andr. Kirche.
8. Kloster der Barmherzigen Schwestern.
9. Kloster der Ursulinen.
10. Andreas Schule.
11. Armen Schule.
12. Evangel. Schule.
13. Synagoge.
Öffentl. Gebäude Denkmäler.
14. Jägerhof, Residenz S. K. H. Pr. Friedr. v. Preußen.
15. Schloss-Stallungen.
16. Hotel des Regierungs-Präsidenten.
17. Regierungs-Gebäude.
18. Münzgebäude (altes S
19. Hauptwache.
20. Maleracademie.
21. Rathaus u. Ständeho
22. Schauspielhaus.
23. Hauptzollamt.
24. Justizgeb. u. Gefänge
25. Gymnasium.
26. Infanterie Caserne

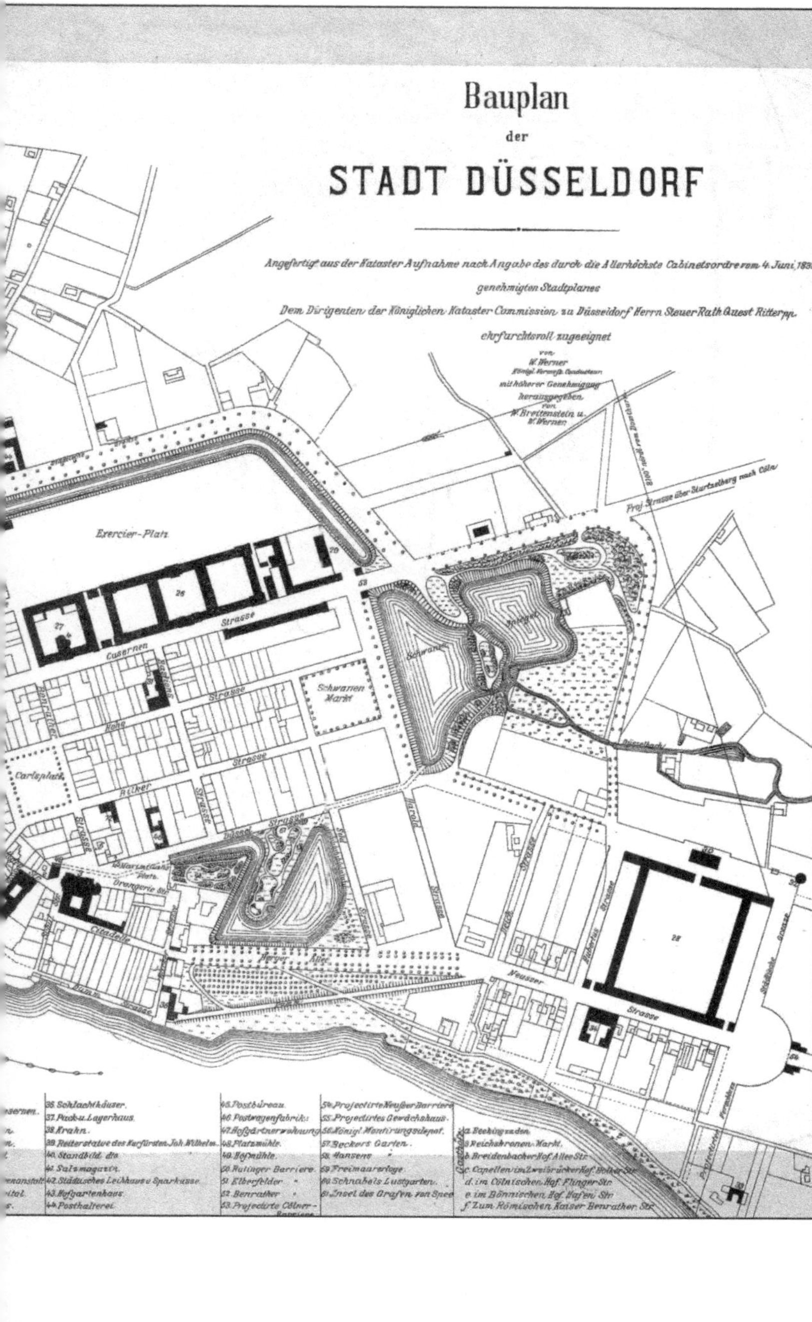
Bauplan
der
STADT DÜSSELDORF
Angefertigt aus der Kataster Aufnahme nach Angabe des durch die Allerhöchste Cabinetsordre vom 4. Juni 1831
genehmigten Stadtplanes
Dem Dirigenten der Königlichen Kataster Commission zu Düsseldorf Herrn Steuer Rath Quest Ritter pp.
ehrfurchtsvoll zugeeignet
von
W. Werner
Königl. Vermess. Conducteur
mit höherer Genehmigung
herausgegeben
von
W. Breitenstein u.
W. Werner
Proj. Strasse über Stürtzelberg nach Cöln
Exercier-Platz
Casernen Strasse
Schwanen Markt
Hohe Strasse
Carlsplatz
Citadelle
Neusser Strasse
36. Schlachthäuser.
37. Pack-u. Lagerhaus.
38. Krahn.
39. Reiterstatue des Kurfürsten Joh. Wilhelm.
40. Standbild. dto.
41. Salzmagazin.
42. Städtisches Leihhaus u. Sparkasse.
43. Hofgartenhaus.
44. Posthalterei.
45. Postbureau.
46. Postwagenfabrik.
47. Hofgärtnerwohnung.
48. Platzmühle.
49. Hofmühle.
50. Ratinger Barriere.
51. Elberfelder "
52. Benrather "
53. Projectirte Cölner-Barriere.
54. Projectirte Neusser Barriere.
55. Projectirtes Gewächshaus.
56. Königl. Montirungsdepot.
57. Beckers Garten.
58. Hansens "
59. Freimaurerloge.
60. Schnabels Lustgarten.
61. Insel des Grafen von Spee
Gasthöfe
a. Beckingraden.
a. Reichskronen Markt.
b. Breidenbacher Hof. Allee Str.
c. Capellen im Zweibrücker Hof. Bolker Str.
d. im Cölnischen Hof. Flinger Str.
e. im Bönnischen Hof. Hafen Str.
f. Zum Römischen Kaiser Benrather Str.

ROBERT REINICK

Die Stadt machte einen heiteren Eindruck auf uns. Gerade, lichte Straßen mit neuen freundlichen Häusern, nahe an der Stadt, fast in derselben der Hofgarten, ein hübscher Park, dabei das Schloß des Prinzen Friedrich. Sonst aber nichts von Bedeutung, keine schöne Kirche, kein altes Gebäude. Die Akademie liegt hart am Rhein. Es ist die ehemalige Residenz der Bergischen Großherzöge, ein alter zerschossener Thurm in der Nähe desselben ist das Einzige einigermaßen Malerische daran.

(Robert Reinick, Maler und Dichter,
Brief an Franz Kugler in Berlin vom 22.10.1831)

SAMSTAG, 26. APRIL 1834

Clemens Papenstiel trat an diesem Samstagmorgen voller Elan aus dem Haus. Seine gute Laune wurde jedoch augenblicklich von den tief hängenden Wolken gedämpft. Kühler Wind zog in Böen vom Rhein herauf, verfing sich in den Gassen und trieb einen feinen Nieselregen vor sich her, der jeden im Handumdrehen bis auf die Haut durchnässte. Ärgerlich schlug Clemens den Kragen hoch, duckte seine lange, schlaksige Gestalt gegen das Wetter und machte sich auf den Weg zur Zeichenstunde.

Er war froh, mit dem Unterricht im Zeichnen und Malen eine Verdienstquelle entdeckt zu haben, auch wenn dies bedeutete, an einem Samstagmorgen durch den Regen laufen zu müssen. Als Schüler der Königlich Preußischen Kunstakademie hatte er nicht viel Geld zur Verfügung. Seine Familie war nicht reich wie die manch anderer angehender Maler, und eigentlich konnte er sich das Studium gar nicht leisten. Aber es war sein sehnlichster Wunsch, Maler zu werden, und so hatten ihn die Eltern nach Düsseldorf ziehen lassen. Was dann geschah, hätte er sich in seinen kühnsten Träumen nicht vorstellen können! Akademiedirektor Wilhelm Schadow persönlich war von seinem Talent so sehr überzeugt, dass ihm ein Stipendium von fünfzig Talern im Jahr gewährt worden war. Nicht viel für ein ganzes Jahr, doch es hielt ihn über Wasser, aber eben nur so weit, dass er nicht unterging. Trotzdem hatte er sein Glück kaum fassen können!

In den drei Jahren, die er nun hier wohnte, hatte er überhaupt nur Glück gehabt. So war es wider Erwarten nicht schwer gewesen, schnell Freunde zu finden. Zusammen mit Johann Förster, der bereits ein Jahr länger als er an der Akademie studierte, konnte er sich eine kleine Wohnung in der Bolker Straße leisten. Sie bestand aus zwei Zimmern, beide sogar mit Ofen. Und sie kostete insgesamt nur drei Taler im Monat. Förster hatte ihm auch tatkräftig dabei geholfen, sich in das geschäftige Leben der Akademieschüler einzugewöhnen.

In Düsseldorf fand er sich inzwischen gut zurecht. Er stammte aus einem kleinen Ort in Westfalen und hatte befürchtet, sich in einer großen Stadt zu verlaufen. Aber schon nach ein paar Tagen hatte er diese Bedenken verworfen. Die Stadt war mehr als überschaubar. Im Norden wurde sie vom Hofgarten begrenzt, im Süden vom Schwanenmarkt, im Westen war der Rhein und im Osten, bereits außerhalb der alten Stadttore, der Stadtgraben mit der Mittel-Allee.

Der Regen wurde stärker. Clemens fing an zu laufen, bog auf den Marktplatz ein und suchte in einem Hauseingang Schutz. Der Aprilschauer würde zwar gleich wieder nachlassen, aber er ärgerte sich trotzdem, dass er keinen Schirm dabeihatte. Doch nicht nur er hatte es eilig, ins Trockene zu kommen. Auch die Bauern und Fischer, die auf dem Marktplatz rund um die Reiterstatue Jan Wellems ihre Waren in großen Körben anboten, flüchteten vor dem prasselnden Regen unter die Planen anderer Händler. Ein Bäckerjunge kam auf ihn zugelaufen und deckte hastig die frischen Apfeltörtchen in seinem Korb mit einem Tuch ab. Als er sich in den Hauseingang stellte, breitete sich ein verführerischer Duft aus. Clemens konnte nicht widerstehen. Er kaufte dem Jungen ein Törtchen ab.

Zufrieden kauend und mit deutlich besserer Laune beobachtete er das Treiben um sich herum. Er mochte den schon frühmorgens belebten Marktplatz. Im Hotel »Zu den Drei Reichskronen« gegenüber vom Rathaus saßen die Gäste beim Frühstück. Passanten eilten am Hotel vorbei und verschwanden nebenan in der Wärme und Trockenheit von Lacomblets Kaffeehaus, um dort zu frühstücken. Besonders dieses Kaffeehaus gehörte zu Clemens' Lieblingsorten. Dort, im Lesekabinett, vertiefte er sich bei einer langen Tabakspfeife und einer Tasse Kaffee gerne in die aktuellen Zeitungen und Zeitschriften. Heute allerdings hatte er dafür keine Zeit. Er warf einen Blick zur Ecke des Platzes neben dem Rathaus, wo das Theater mit den vier neuen klassischen Säulen vor der Fassade stand. Noch war dort niemand zu sehen, aber das würde sich bald ändern. Gleich nach seinem Unterricht wurden er und einige andere Maler dort erwartet.

Endlich ließ der Regenschauer nach. Clemens verließ den Hauseingang und eilte die Marktstraße hinunter. Unter keinen Umständen wollte er seinen Unterricht nur wegen des launigen Aprilwetters zu spät beginnen. Schließlich hatte er es nicht nur mit Düsseldorfern zu tun, die solch kleinere Verfehlungen zumeist durchaus gelassen nahmen. Er hatte schnell gemerkt, dass es auch andere Reaktionen gab, denn nicht alle Einwohner waren Rheinländer. Auch »Ostländer« lebten inzwischen hier, an militärische Disziplin und Ordnung gewöhnte Preußen. Seit Napoleon vor fast zwanzig Jahren seine letzte Schlacht verloren hatte und die Rheinlande und Westfalen preußisch geworden waren, überschwemmten sie die Stadt geradezu.

Als Clemens hierhergekommen war, hatte es ihn gewundert, wie viel Unzufriedenheit über diese Fremden immer noch zu spüren war. Inzwischen verstand er diese Reaktion. Die Zugezogenen bekleideten nun die gut bezahlten Ämter, auf die mancher Düsseldorfer gehofft hatte, und sie waren protestantisch, was den Menschen hier noch weniger gefiel. Dennoch waren die Beamten und Militärs aus Berlin, Danzig oder Dresden für ihn und seine Malerfreunde ein Glücksfall.

Sie kauften nicht nur Gemälde, auch der Bedarf an privaten Zeichenlehrern, insbesondere für Ehefrauen und Töchter, war gestiegen, selbst bei den angesehenen Düsseldorfer Familien.

Er hatte Schadows Rat befolgt und sein erstes Geld gleich für die richtige Kleidung ausgegeben. Schadow stammte aus Berlin und legte aus Erfahrung Wert darauf, dass seine Malerschüler stets gepflegt aussahen, damit sie sich jederzeit angemessen in der Gesellschaft bewegen konnten. Schließlich waren das die Menschen, die ihre Bilder kauften. Clemens verabschiedete sich also, wenn auch ungern, von seinem breiten Künstlerbarett, auf das er so stolz gewesen war. Er ließ sich seine langen dunkelblonden Haare schneiden und bis auf einen modischen Schnauzbart Wangen und Kinn rasieren. Dann besorgte er sich zu einem gerade noch erträglichen Preis einen Zylinder und einen gebrauchten Gehrock.

Die Wirkung war verblüffend. Mit dem veränderten Aussehen war es ihm tatsächlich viel leichter gelungen, Schüler zu finden. Seit einiger Zeit unterrichtete er nun auch die jüngste Tochter von Eduard Hartmann, Düsseldorfer Weinhändler en gros und en détail, in dessen Haus in der Bilker Straße. Hartmanns Frau Auguste war der Ansicht, dass dies zur modernen Erziehung von Töchtern aus gutem Hause gehörte. Hedwig selbst teilte die Meinung ihrer Mutter keineswegs. Das ließ sie Clemens jedes Mal zur Genüge spüren. So quälte er sich mit diesem Trotzkopf von sechzehn Jahren redlich herum, ohne jedoch größere künstlerische Erfolge zu erzielen.

»Papenstiel!« Eine etwas rostige Stimme holte Clemens aus seinen Gedanken, als er im Schutz der Bäume über den Carlsplatz lief. »So früh unterwegs? Geht es noch einmal zur Chorprobe vor dem heutigen Abend?«

Clemens wandte sich um. Ludwig Giesen, ein kleiner, drahtiger Mann undefinierbaren Alters, war wegen des Regens bis zur Nasenspitze in seinem Kragen verschwunden. Den aufmerksamen Augen unter der Schirmmütze entging jedoch nichts.

»Nein«, antwortete er, »wir hatten am Dienstag Probe. Mendelssohn war sogar halbwegs zufrieden mit uns! Jetzt bringe ich Mamsell Hartmann das Zeichnen bei. Falls die Dame geneigt ist.«

Ludwig Giesen nickte schmunzelnd, als wäre das keine Neuigkeit für ihn. Das war es auch nicht, denn als Düsseldorfs Theaterzettelträger kannte er fast alle Häuser der Stadt und ihre Bewohner. Clemens war ihm schon oft begegnet, wenn er in aller Frühe bei Abonnenten und Mitgliedern des neuen Theatervereins die Ankündigungen für den Abend verteilte. Oft bekam er sogar ein Extratrinkgeld dafür zugesteckt, obwohl er eigentlich nur an Neujahr und am Ende einer Theatersaison für seine Dienste bezahlt wurde. Reich wurde er davon zwar nicht, aber, wie er immer sagte, er hatte sein Auskommen und war dankbar dafür. Zumindest ging es ihm besser als manch anderem. Schließlich hatte er ja auch noch seine kleine Werkstatt, in der er Regen- und Sonnenschirme reparierte und allerlei Gegenstände aus Pappendeckel anfertigte. Er kannte die Leute, und die Leute kannten ihn, also hatte er ausreichend Kundschaft.

»Da haben wir ja denselben Weg!«, sagte Ludwig Giesen. »Zu den Hartmanns muss ich auch noch.«

Einträchtig gingen die beiden weiter und unterhielten sich angeregt, indem sie herzhaft auf das Wetter schimpften.

✦✦✦✦✦✦

Auguste Hartmann saß am Frühstückstisch im hell und freundlich eingerichteten Morgenzimmer ihres Hauses auf der Bilker Straße. Sie war eine energische Person von etwas über vierzig Jahren, schon ein wenig füllig um die Taille und mit den ersten grauen Fäden im Haar, was die breiten Rüschen ihrer weißen Spitzenhaube jedoch zum größten Teil verdeckten. Ärgerlich blickte sie durch die Fenster in den verregneten Garten hinaus. Noch vor zwei Tagen hatte die Frühlingssonne warm geschienen, und man hätte meinen können, die kalte Jahreszeit wäre endgültig vorbei. Aber ausgerechnet an diesem Samstag, wenn sie sich auf einen Theaterabend freute, musste es regnen. Scheußliches Aprilwetter! Auguste hoffte inständig, dass es noch aufklarte. Bis sechs Uhr abends war ja Zeit genug.

Sie trank den letzten Schluck Kaffee aus der geblümten Tasse und überlegte den nächsten Schritt im Räderwerk ihres wohlorganisierten Haushalts. Eduard, ihr Mann, war bereits in die Weinhandlung aufgebrochen, die Köchin und das Dienstmädchen wussten, was zu tun war. Jetzt musste sie nur noch eines in Angriff nehmen. Rasch warf sie einen Blick zur Kommode, wo eine zierlich gearbeitete Uhr unter einer Glasglocke stand. Sonst brachte sie der goldene Putto, der so aussah, als wollte er die beiden kleinen Vögel über dem Zifferblatt fangen, immer zum Lächeln. Aber nun sprang sie auf, raffte entschlossen ihre Röcke und ging mit schnellen Schritten zu der geschwungenen Treppe in der Eingangshalle. In ihrer Eile stieß sie gegen einen der beiden eleganten Sessel, die dort für wartende Besucher standen. Gereizt rückte sie ihn wieder auf seinen Platz und lauschte. Von oben war kein Laut zu hören.

»Hedwig! Hedwig, komm sofort herunter!«, rief sie mit vor Ärger schriller Stimme. Das klang zwar nicht gerade kultiviert, und sie war froh, dass ihre Kaffeekränzchen-Damen, allen voran die spitznasige Madame Kaspers, sie so nicht sahen, aber es ging nun einmal nicht anders. Was dachte sich dieses Kind? Sogar die Rüschen an Augustes Spitzenhaube zitterten vor Empörung.

»Aber Mama! Ich lese!«

Auguste warf in stummer Verzweiflung die Arme in die Höhe. An manchen Tagen haderte sie mit ihrem Schicksal, die Mutter zweier Töchter zu sein – die eine ein störrischer Backfisch, die andere im heiratsfähigen Alter. Beide waren eine Strafe Gottes, davon war sie überzeugt, obwohl sie nicht genau wusste, wofür Gott sie eigentlich strafen wollte.

»Sofort kommst du die Treppe herunter! Ich sage es nicht noch einmal.«

Zögernde Schritte und raschelnder Stoff ließen hoffen. Auguste atmete tief ein und wappnete sich für das, was jetzt unweigerlich bevorstand.

»Was für Schauerromane liest du da eigentlich wieder?«, fragte sie, als ihre Tochter mit vorwurfsvollem Gesicht vor ihr stand. Auguste war zwar froh, dass das Kind die Leihbibliothek der Stahl'schen Buchhandlung auf der Marktstraße entdeckt hatte, aber ihrer Meinung nach stürzte sich Hedwig leider zu sehr auf Romane von höchst zweifelhaftem Inhalt. Sie nahm ihrer Tochter das Buch aus der Hand und runzelte ungehalten die Stirn. »›Kaspar Hauser oder die eingemauerte Nonne. Wahrheit und Dichtung‹!«

»Es ist gerade so spannend!« Hedwig versuchte, der Mutter das Buch wieder abzunehmen. »Der Abt will die unglückliche Familie wegen ihres Besitzes ausrotten! Seine Schergen sind schon auf dem Weg, um …«

»Ach was!«, unterbrach Auguste ihre Tochter und warf das Buch ungeduldig auf den Sessel. »Kaspar Hauser ist seit vier Monaten tot und begraben. Wenn du Dichtung und Wahrheit willst, lies Goethe! Und jetzt Schluss damit. Gleich kommt Papenstiel, und ich erwarte von dir Interesse an seinem Unterricht! Nun geh und steck deine Haare auf. Du bist ja noch gar nicht gekämmt!«

Hedwig warf dem Buch einen sehnsüchtigen Blick zu, aber gegen die Anweisungen ihrer Mutter war sie machtlos.

»Ach Mama!« Schmollend ging sie wieder die Treppe hinauf.

»Kunst hat noch keinem geschadet!«, bemerkte Augustes ältere Tochter Emma spitz und ein klein wenig hochnäsig, als sie auf dem Weg nach unten an ihrer Schwester vorbeiging. Hedwig stampfte mit dem Fuß auf und rannte die letzten Stufen hoch. Oben hörte man eine Tür zuschlagen.

Seufzend rüstete Auguste sich zur nächsten Attacke, nicht ohne vorher alle Heiligen um Kraft anzuflehen.

»In deinem Fall kann man es mit der Kunst auch übertreiben, Emma!«, sagte sie scharf. »Du vergeudest deine besten Jahre mit Klecksereien, die niemanden interessieren, nun sieh es endlich ein! Es ist allerhöchste Zeit, dass du dich verheiratest, solange dich noch einer will.«

»Nein! Ich will Malerin werden, und das weißt du sehr gut!«, erwiderte Emma etwas patziger als beabsichtigt. Mit ihren neunzehn Jahren fühlte sie sich erwachsen und tat alles dafür, auch als Erwachsene behandelt zu werden. »Ich werde jetzt frühstücken.«

Sie ließ ihre Mutter stehen und ging mit festen Schritten zum Morgenzimmer, wo der Frühstückstisch zum Glück immer noch gedeckt war, obwohl sie sich verspätet hatte. Die Skizzen zu ihrem neuen Ölbild, einem Porträt, hatten sie gleich morgens beschäftigt.

Wenn ihre Mutter sie nur endlich mit ihren Heiratsplänen in Ruhe ließe! Sie wünschte sich so sehr, Malerin zu werden!

Am liebsten hätte sie an der Akademie studiert wie Katharina Severin von der Buchbinderei in der Mittelstraße. Die hatte vor elf Jahren, als sie in Emmas Alter war, bei Lambert Cornelius, dem Bruder des damaligen Akademiedirektors, und bei Heinrich Kolbe Privatunterricht genommen. Schadow ließ jedoch Schülerinnen nicht mehr in die Ateliers, also hatte sie sich auf Katharinas Rat hin direkt an Professor Kolbe gewandt. Er hatte sich inzwischen mit Schadow überworfen und war von seinem Amt beurlaubt. Aber er nahm Privatschüler an. Fast ihr gesamtes Nadelgeld gab Emma für den Unterricht bei ihm aus. Ihre Eltern wussten nichts davon, sie hätten es ohnehin nicht gestattet. Vorsichtshalber hatte sie ihre Bilder sogar in Katharinas Atelier untergestellt. Emma befürchtete, dass nicht viel davon übrig bliebe, wenn ihre Mutter beschloss, sie endgültig von der Malerei abzubringen. Ihr kleines Versteckspiel lohnte sich jedoch. Professor Kolbe, selbst ein angesehener Porträtmaler, war sehr zufrieden mit ihr.

Trotzig setzte sie sich hin und nickte dem Dienstmädchen zu. Frieda griff sofort nach der bauchigen Kanne und goss Kaffee in ihre Tasse. In Ruhe frühstücken würde sie allerdings nicht können, stellte Emma seufzend fest. Ihre Mutter war ihr sichtlich verärgert gefolgt, gab Frieda ein Zeichen, sie allein zu lassen, und schloss energisch die Tür.

✦✦✦✦✦✦

Kurz darauf betätigte Clemens den Türklopfer am Hause Hartmann. Frieda öffnete, ließ ihn eintreten und steckte Ludwig Giesen mit einem strahlenden Lächeln ein Extratrinkgeld für den Theaterzettel zu. Bevor sie die Tür wieder schloss, konnte Clemens sehen, wie Ludwig Giesen die Münze sorgfältig einsteckte und trotz des Regens schmunzelnd und mit nahezu beschwingten Schritten weiterging. Das Dienstmädchen hatte aber auch wirklich ein reizendes Lächeln. Frieda schien nichts davon bemerkt zu haben. Sie nahm Clemens seinen nassen Mantel ab und hängte ihn auf.

»Nehmen Sie doch einen Moment Platz, Herr Papenstiel. Ich sage Mamsell Hedwig Bescheid, dass Sie da sind.«

Während sie rasch die Treppe hinauflief, ließ sich Clemens in einen Sessel fallen. Aber er sprang sofort wieder in die Höhe. Was war denn das um Himmels willen? Es war nur ein Buch, aber als er den Titel betrachtete, zog er erstaunt die Augenbrauen hoch. Wie? Eduard Hartmann duldete, dass man in seinem Haus solch schaurige Romane las? Wahrscheinlich Hedwig, vermutete er belustigt.

Plötzlich drangen laute Stimmen aus dem hinteren Teil des Hauses an sein Ohr. Madame Hartmann stritt sich mit jemandem, das war unverkennbar. Jetzt antwortete eine zweite Stimme. Emma! Clemens schoss die Röte ins Gesicht, während er mit weichen Knien wieder in den Sessel sank. Er betete Emma an, seit sie das erste Mal als neues Mitglied des Chores zu den Proben gekommen war. Nur aus der Ferne versteht sich, alles andere wäre unschicklich gewesen. Schließlich war sie unerreichbar für einen Malerschüler wie ihn, der sich erst noch einen Namen machen musste. Aber er gab die Hoffnung nicht auf. Nicht umsonst hatte er es auf sich genommen, ihre unwillige Schwester zu unterrichten. Und einmal hatte Emma ihn auch schon um Rat gefragt, als sie an einem Bild arbeitete. Zum Dank hatte sie ihn angelächelt, und er hatte sich ganz sonderbar glücklich gefühlt.

Emma war … sie war unbeschreiblich. Groß gewachsen, schlank, dichtes blondes Haar. Im Atelier hatte er versucht, sie aus dem Gedächtnis zu zeichnen, aber es war ihm nicht gelungen. Ihr Gesicht war so lebendig! Strahlende Augen und ein allerliebster Mund. Die Nase war etwas zu groß geraten, aber das tat Emmas Charme keinen Abbruch.

»Du wirst tun, was man dir sagt!« Auguste Hartmanns aufgebrachte Stimme schrillte in Clemens' Träumerei. »Was meinst du, warum ich dich in den Chor geschickt habe? Mendelssohn ist jung, sieht gut aus und ist eine glänzende Partie.«

Clemens fühlte sich unbehaglich. Es handelte sich um ein sehr privates Gespräch, das er da zu hören bekam. Trotzdem setzte er sich unwillkürlich in seinem Sessel auf und spitzte die Ohren.

»Ich will nicht von dir verkuppelt werden!«, rief Emma zornig. »Ganz Düsseldorf lässt doch schon die Töchter an ihm vorbeiparadieren. Seit er da ist, sind im Chor plötzlich dreißig Mitglieder mehr. Fast nur junge Damen. Und ich muss ja unbedingt eine von ihnen sein!«

»Wie redest du mit mir? Wir sind doch wohl nicht ›ganz Düsseldorf‹ und außerdem …«

»Und außerdem ist er fast einen halben Kopf kleiner als ich!« Emma schien ihre Stimme kaum noch beherrschen zu können. »Ich will Malerin werden! Das weißt du genau!«

»Natürlich!«, entrüstete sich Auguste. »Das Frauenzimmer will sein Geld wie ein Mann verdienen! Und auch noch mit Kunst! Du hast doch gar nicht den Verstand dafür! Das kommt überhaupt nicht infrage! Du wirst heiraten, und zwar bald.«

»Ach Mama! Es ist so sinnlos mit dir!«

Die Tür wurde aufgerissen, und Emma rannte schluchzend an der Sitzecke vorbei, ohne Clemens überhaupt wahrzunehmen. Während sie die Treppe hinauflief, versuchte er, seine Fassung wiederzugewinnen.

Auguste folgte ihrer Tochter mit gerötetem Gesicht, doch als sie Clemens sah, ging ein Ruck durch ihre Gestalt. Sie zupfte ihre Haube zurecht und kam einigermaßen würdevoll auf ihn zu.

»Sie müssen entschuldigen, Herr Papenstiel«, sagte sie liebenswürdig, »ein kleiner häuslicher Disput. Kinder!«

Clemens war hastig aufgesprungen.

»Selbstverständlich«, sagte er mit einer raschen Verbeugung.

Auguste warf ihm einen wohlwollenden Blick zu und wandte sich erwartungsvoll zur Treppe. Aber nur Frieda kam die Stufen herunter.

»Mamsell Hedwig ist sofort da«, sagte das Dienstmädchen. »Ich habe ihr noch bei der Frisur geholfen.«

»Dieses Mädchen bringt mich noch um den Verstand! Ach, und Frieda, du solltest doch schon längst unterwegs sein, um mein Kleid abzuholen! Ich will es heute Abend im Theater tragen. Komm aber gleich zurück, hier gibt es noch mehr zu tun.« Seufzend schaute Auguste ihrem Dienstmädchen nach. »Nun, Herr Papenstiel«, wandte sie sich an Clemens, »was für Neuigkeiten gibt es von unseren lieben Malern in Schadows Akademie? Und was ist das für ein Gerücht über einen neuen Künstler hier in Düsseldorf? Er soll aus Berlin kommen, obwohl er einen so holländisch klingenden Namen hat.«

»Ah, Sie meinen de Boer«, antwortete Clemens nach kurzem Nachdenken. »Er ist eigentlich kein Künstler. Er will hier wohl eine Kunsthandlung eröffnen, sagt man. Ich habe ihn noch nicht persönlich kennengelernt.«

Augustes Augen blitzten neugierig auf.

»Eine Kunsthandlung? Da wird er doch in mehr als guten Verhältnissen leben? Sie müssen mir alles erzählen! Wie heißt seine liebe Frau? So neu in der Stadt sucht sie sicher weibliche Bekanntschaft. Oder«, sagte sie nach einem wohlbedachten kleinen Zögern, »ist er am Ende gar nicht verheiratet?«

Clemens runzelte unwillig die Stirn. Daher wehte der Wind! Er verbarg seine Empörung, so gut es ging.

»Es tut mir leid, aber dazu kann ich nichts sagen«, antwortete er höflich.

Zum Glück kam Hedwig in diesem Augenblick die Treppe herunter und erlöste ihn aus seiner peinlichen Lage.

✦✦✦✦✦✦

Etwa um die gleiche Zeit stand Felix Mendelssohn Bartholdy in seiner Wohnung am Flinger Steinweg unweit des Kälbermarktes vor dem Ankleidespiegel. Er war ein schlanker junger Mann von mittlerer Körpergröße mit einem schmalen Gesicht, kurzen schwarzen Locken und großen, dunklen Augen, die meist vergnügt in die Welt blickten. Jetzt hatten sie einen ungehaltenen Ausdruck, während er versuchte, mit der neuen Halsbinde zurechtzukommen, die ihm sein Musiker-Freund Ignaz Moscheles aus London gesandt hatte. Der schwarze Seidenstoff glitt ungemein weich durch die Finger, war aber deshalb schwer zu binden. Wenn er sich weiterhin so ungeschickt anstellte, würde er in diesem Städtchen wirklich noch ganz verwildern. Diese Befürchtung hatte er auch schon an Freund Moscheles geschrieben. Besonders in Fragen der Eleganz lebte man hier hinter dem Mond. Man fand einfach nicht die richtigen Stoffe für Westen oder Beinkleider, und wenn man einen Schneider beschäftigte, hielten die Nähte höchstens eine Woche. In Rom, Paris und vor allem in London mit seinen exquisiten Herrenschneidern hatte er das ganz anders erlebt. Zugegeben, diese Vergleiche waren ungerecht, aber ein städtischer Musikdirektor musste nun einmal auf seine Erscheinung achten. Und trotz allem fühlte er sich ja wohl hier, ganz ungemein sogar.

Laut Kontrakt war er für den Chor und das Orchester des Vereins für Tonkunst zuständig, um mit ihnen Konzerte und

Kirchenmusik aufzuführen. Ihm gefiel seine Aufgabe, obwohl er an Sängern und Musikern noch sehr feilen musste, damit sie die Qualität erreichten, die er erwartete. Das Beste aber war die Tatsache, dass er daneben noch genügend Zeit und Ruhe fand, neue Musik zu schreiben. Wegen dieser wunderbaren Möglichkeit hatte er die Stelle in Düsseldorf überhaupt nur angenommen!

Wilhelm Schadow, der alte Freund seiner Familie, hatte ihm darüber hinaus letztes Jahr den Anfang sehr leicht gemacht und ihm zwei Zimmer im Parterre seines Hauses angeboten. Nun hatte er sich in seiner kleinen Wohnung eingerichtet, besaß einen Flügel zum Komponieren, einen Unterschlupf für seinen Diener Johann und einen Platz im Stall für sein Pferd Tyrol. An seinem fünfundzwanzigsten Geburtstag im Februar hatte Schadow sogar die besten Familien zu einer Soiree mit Ball eingeladen! Das alles gefiel ihm ganz prächtig. Wenn nur die jungen Düsseldorferinnen hübscher wären und nicht gar so provinziell, so wenig charmant! Er hätte schon Lust, sich zu verlieben. Aber nein, hier gab es nicht die Richtige für ihn.

Die Halsbinde saß jetzt endlich zu Mendelssohns vollster Zufriedenheit. Er konnte den Tag in Angriff nehmen: ein Geburtstagsfrühstück bei seinen Malerfreunden, wenn möglich eine Partie Schach mit Schadow und danach Komponieren. Vielleicht die Melodie zu einem Heine-Lied? Er vertrug sich zwar nicht mit Heinrich Heine seit dessen Auftritt im Haus seiner Schwester Fanny. Außerdem war ihm der Sarkasmus in seinen Schriften zuwider. Aber seine Lieder waren echte Poesie! Er könnte auch an seinem »Paulus« weiterarbeiten. Oder sollte er lieber mit dem neuen Prozessionsmarsch beginnen? Zu Fronleichnam musste er fertig sein. Nun, das würde er noch entscheiden.

Er knöpfte seine Weste zu und legte die Kette um, an der seine goldene Taschenuhr befestigt war. Zeit war heute wichtig, denn abends musste er pünktlich ab sechs Uhr die Musiker und Sänger bei Immermanns »Andreas Hofer« im Zaum halten. Er hatte speziell für das Drama um den Tiroler Freiheitshelden eine Zwischenaktmusik für kleines Orchester, Männerchor und zwei Solostimmen komponiert. Ihm gefiel seine Idee immer noch, die Marseillaise mit einem Tirolerlied zu kombinieren, dessen Melodie man wiederum von dem Lied »Kommt ein Vogel geflogen« kannte. Er hatte Fanny die Noten nach Berlin geschickt, und sie hatte es jedenfalls gemocht. Die Musik sollte auch ausreichen, bei der Umbaupause das Gerumpel hinter dem Vorhang zu überdecken. Manchmal gelang das nicht. Er musste unbedingt noch einmal mit Hausmann, dem Bühnenmaschinisten, reden. Seine Leute machten einfach zu viel Krach.

Jetzt musste er wirklich rasch aufbrechen. Eine seiner Düsseldorfer Qualen begann im Nebenhaus. Schadows Nachbarin übte wie alle Tage Klavier. Rossini-Arien. Eigentlich sollte die Musik sprühen vor Leben, aber sie spielte die Melodien so unerträglich langsam! Und da war er wieder, der Fehler an immer der gleichen Stelle! Jetzt müsste doch – ja. Der Lehrer (oder die Mutter?) schlug mindestens siebzehnmal den richtigen Ton an, damit die Spielerin ihn endlich behielt. Das war zwecklos. Er wusste aus eigener trüber Erfahrung, dass sie ihn nicht behalten würde. Aber er sollte sich nicht beklagen, wahrscheinlich quälte er die Nachbarn mit seinem Klavierspiel zu allen Zeiten noch mehr. Er hatte sich bisher lieber nicht danach erkundigt. Mendelssohn schlüpfte in Gehrock und Mantel, setzte sich seinen Zylinder auf und verließ eilig das Haus.

✦✦✦✦✦✦

Frieda war so schnell wie möglich zum Schneider gelaufen, um Madame Hartmanns Anweisungen auszuführen. Das hatte nicht unbedingt etwas damit zu tun, dass sie so pflichtbewusst gewesen wäre. Es lag ganz einfach daran, dass der Frauenschneider Schmitz auf der Mühlenstraße 1 ihr Vater war. Sie freute sich darauf, wieder einmal in seiner Werkstatt auf ihrem Hocker am Fenster zu sitzen, wie sie es als kleines Kind so gerne getan hatte. Seit sie bei Hartmanns arbeitete, hatte sie kaum noch Zeit dazu.

Bei der Konditorei Steiner an der Ecke zur Mühlenstraße blieb sie einen Moment stehen und betrachtete das Treiben auf dem Burgplatz. Ganz anders als in der Bilker Straße gab es hier wenigstens etwas zu sehen! Die Regenwolken hatten sich verzogen, und immer mehr Trödelhändler fanden sich auf dem Platz vor der Akademie ein, um gebrauchte Kleidung und Alltagsgegenstände anzubieten. Zwischen ihnen übten Gassenjungen Radschlagen für den Fall, dass vielleicht ein vornehmer Akademiebesucher vorbeikam und sie ihm mit ihrer Kunst ein paar Pfennige abluchsen konnten. Direkt gegenüber hatten die Soldaten an der Hauptwache nicht viel zu tun, dafür würde die Wachablösung nachher umso schneidiger sein. Sie warf noch einen sehnsüchtigen Blick auf die Köstlichkeiten in den beiden Schaufenstern der Konditorei und ging weiter zum Haus ihres Vaters.

Einige Malerschüler mit Bildrollen unter dem Arm kamen ihr entgegen, aber Frieda kannte sie höchstens vom Sehen. Inzwischen hatte die Akademie fast zweihundert Schüler – man konnte sie gar nicht mehr alle mit Namen kennen. Vor ein paar Jahren war das noch möglich gewesen, als Schadow die Akademie aufgebaut hatte. Und die Namen dieser ersten Schüler würde in Düsseldorf niemand so schnell vergessen, schließlich waren sie hier inzwischen die besten und berühmtesten Maler. Auch Frieda war sehr stolz auf sie und ihre Erfolge.

Sie hegte einen Verdacht, warum Madame Hartmann sie vor einem Jahr so schnell als Dienstmädchen eingestellt hatte, obwohl sie mit ihren fünfzehn Jahren noch gar keine Referenzen aus anderen Häusern vorweisen konnte. Der Grund war wohl, dass ihr Vater nah bei der Akademie wohnte und sich sogar zwei der bekanntesten Maler, Eduard Bendemann und Heinrich Mücke, in seinem Haus eine Wohnung teilten. Madame Hartmann legte großen Wert darauf, Neuigkeiten und Klatsch aus der Akademie als Erste zu erfahren, damit sie bei den regelmäßig stattfindenden Kaffeekränzchen die eingeladenen Damen mit ihrem Wissen überraschen konnte. Es war Frieda völlig klar, dass sie nachher, wenn sie in die Bilker Straße zurückkehrte, auch wieder ausgefragt werden würde.

Als Frieda das Treppenhaus betrat, tönte von oben aus dem ersten Stock fröhlicher Lärm und Tellergeklapper. Die Maler feierten irgendetwas, wahrscheinlich hatte einer von ihnen Geburtstag. Das ließen sie sich nie entgehen! Sie öffnete die Tür zur Werkstatt und blieb einen Moment stehen, um den vertrauten Anblick zu genießen: Stoff- und Fadenreste auf dem Boden, an den Wänden die Regale mit einer kleinen Auswahl an Stoffen, die Schubladen mit Garnen, Litzen, Knöpfen und Schnallen. Ein halb fertiges Kleid hing über einem Bügel am Regal. Zwei Fischbeingestelle mussten noch in die weiten Ärmel eingenäht werden, um sie von der Schulter bis zum Ellbogen in Form zu halten. Wie schnell hatte sie sich doch an die schöne und teure Einrichtung der Hartmanns gewöhnt! Jetzt fiel ihr auf einmal auf, wie abgenutzt die Möbel hier inzwischen aussahen. Ihre Familie hatte zwar immer genug zum Leben gehabt, aber die Werkstatt hatte schon bessere Zeiten gesehen. Ihr Vater saß am großen Tisch dicht vor dem Fenster, um genügend Licht beim Nähen zu haben. Er blickte von seiner Arbeit auf und lächelte erfreut.

»Ach, du bist es, Kind! Setz dich auf deinen Hocker und leiste mir Gesellschaft. Meine Näherin ist krank und deine Mutter auf dem Markt, wo sie wahrscheinlich um den Sonntagsbraten feilscht. Ich bin also schändlich allein gelassen!«

Das ließ sich Frieda nicht zweimal sagen. Sie erzählte ihm vom Trubel im Hause Hartmann, worauf er nur mehrmals verwundert den Kopf schüttelte und ruhig weiternähte. Er hatte sich noch nie sonderlich für den Klatsch aus der feinen Gesellschaft interessiert, wollte aber genau wissen, ob es ihr bei ihrer Herrschaft auch gut ging.

Seine Ruhe hatte schon immer diesen Raum bestimmt, nur unterbrochen vom Ticken einer kleinen Uhr auf dem Kaminsims. Sie war der ganze Stolz ihres Vaters. Er hatte sie vor Jahren von einer reichen Kundin geschenkt bekommen, nachdem er einen ganzen Tag und eine Nacht ein Ballkleid für sie genäht und pünktlich fertiggestellt hatte. Noch nicht einmal bei diesem eiligen Auftrag hatte er seine Ruhe verloren. Die kleine Uhr fing leise an zu surren und ließ zehn erstaunlich klare Töne hören. Frieda sprang erschrocken auf.

»Oh Gott, ist es schon so spät?« Mit Madame Hartmann war nicht zu spaßen, wenn es um Pünktlichkeit ging.

»Vergiss das Kleid nicht!« Ihr Vater wies auf ein Fach im Regal. »Der Riss am Rocksaum ist repariert, man sieht nichts mehr davon.«

Frieda nickte. »Ich bringe dir das Geld am Montag. Madame Hartmann hat vergessen, es mir zu geben.«

»Das ist schon in Ordnung. Und nun beeil dich, Kind.«

Frieda küsste ihren Vater zum Abschied, nahm das sorgfältig verpackte Kleid und trat aus dem Haus.

Plötzlich schallte aus den offenen Fenstern im ersten Stock ein Lied über die Mühlenstraße. Frieda versuchte zu erraten, wer da oben bei den beiden Malern wohl feierte. Deren Freunde aus der Akademie kannte sie fast alle. Sie blieb also stehen und hörte zu.

»Sohn, Schmidt, Bendemann, Schroedter, Lessing, Mücke
sitzen hier am Kaffeetisch und fressen sich ganz dicke
Juwelt, Flink und Schroedter, Mücke
feiern den Geburtstag heut und fressen sich ganz dicke.«

Nach dem letzten lang ausklingenden und etwas schiefen Ton folgte Gelächter und Beifall. Einige Passanten schauten belustigt zu den Fenstern hinauf, und Frieda kicherte in sich hinein. Was hatten die Maler da nur wieder zusammengereimt! Jetzt versuchte sich eine hohe Stimme durchzusetzen, die sie nicht sofort erkannte.

»Hochgeehrte Versammlung, wir haben gerade dieses Lied poetisch und musikalisch auf die Welt gebracht. Erheben wir also die Gläser, weil es heute auch Geburtstag hat.«

Ein vielstimmiges »Hoch!« folgte der kleinen Rede, die jedoch noch nicht zu Ende war.

»Deshalb sollten wir seinem Taufnamen auch alle Ehre machen. Es heißt Kanon und nicht Gassenhauer. Ich muss also sehr bitten, auf die richtigen Einsätze zu achten!«

»Er kann's nicht lassen, dieser Musiker!«, kommentierte eine tiefe Stimme gutmütig. Sie gehörte Carl Ferdinand Sohn, kein Zweifel.

»Den Chor quält er auch immer! Ich weiß gar nicht, warum ich überhaupt noch mitmache!«

»Doch, das weißt du, Schroedter. Zu viel holde Weiblichkeit, zu viele hohe Töne. Eure tiefen Stimmen retten ihn vor Alteration in der Musik und im Gemüt!«

Frieda nickte zufrieden. Das war Carl Friedrich Lessing, der »lange Lessing«, wie seine Freunde ihn nannten.

»Richtig, aber wie willst du deine Musik nun gesungen haben, Felix?«, fragte Bendemann.

»Vor allem nicht so pathetisch! Eher leicht, heiter. Ungefähr so ...«

Jetzt spielte Mendelssohn die Melodie auf Mückes Klavier, und sie hörte sich auch für Friedas Ohren völlig anders an. Viel fröhlicher.

»Genau so!«, rief Mücke. »Auf, Männer, noch mal! Zeigen wir's ihm!«

Diesmal klang der Kanon bis zum Schlusston wunderbar, und das erneute Gelächter und der Applaus waren dementsprechend lauter. Nun ja, dachte Frieda lächelnd, Mendelssohn wusste eben immer, was er tat. Sie riss sich los, bog bei der Konditorei um die Ecke und ging an der Hauptwache vorbei Richtung Markt. Und auf einmal wurde ihr klar, dass sie in der Bilker Straße heute nichts mehr zu befürchten haben würde. Wenn sie erzählte, was sie gerade erlebt hatte, würde Madame Hartmann sofort vergessen, sich über ihre Verspätung aufzuregen. Die Melodie wusste sie noch, aber hoffentlich konnte sie sich den Vers merken! Eigentlich war er ganz einfach, es waren ja fast nur die Namen der bekanntesten Maler der Stadt. Aber die Reihenfolge? Die musste sie unbedingt behalten. Vor sich hinsummend lief sie rasch weiter: »Sohn, Schmidt, Bendemann ...«

✦✦✦✦✦✦

Clemens hatte den Unterricht mit Hedwig Hartmann beendet und war so schnell er konnte zur Akademie geeilt. Wahrscheinlich warteten sie dort schon auf ihn. Er passierte den Weg zwischen der Hauptwache und dem niedergebrannten Ostflügel des Schlosses mit dem halb zerstörten Turm und ging weiter durch das eiserne Gitter in den Galeriehof.

»Guten Morgen, Durchlaucht!«, murmelte er im Vorbeilaufen und musste dann über sich selbst lachen.

Die weiße Marmorstatue des Kurfürsten schien ihn immer zu einem Gruß aufzufordern, seit er sie zum ersten Mal gesehen hatte. Jan Wellem stand wie ein Wächter in voller Rüstung auf seinem Sockel und blickte gebieterisch zum Eingang der Galerie, als könnte er einen gewissen Grad an Respekt erwarten. Mit Recht, fand Clemens, nach dem zu urteilen, was er inzwischen über ihn wusste. Schließlich hatte Johann Wilhelm, Kurfürst von der Pfalz und Herzog von Jülich-Berg, die Kunst nach Düsseldorf geholt und für seine großartige und europaweit berühmte Gemäldesammlung dieses Gebäude errichten lassen. Er war kinderlos geblieben, und deshalb waren fast alle Bilder vor dreißig Jahren aus Erbfolgegründen von den Wittelsbachern nach München gebracht worden, weshalb nun die Akademie in die leeren Räume eingezogen war.

Clemens öffnete die Tür zur Galerie und lief rasch die breite Treppe mit dem fein gearbeiteten Geländer hinauf. Er konnte sich noch gut erinnern, wie unglaublich beeindruckt er diese Treppe zum ersten Mal hinaufgestiegen war. Fast hatte er gar keinen Mut mehr gehabt weiterzugehen. Beim letzten Franzosenangriff hatte das Galeriegebäude zum Glück nicht gebrannt, und so war die Pracht des alten Schlosses hier noch zu erkennen: vergoldeter Stuck an den Decken, Verzierungen über den Doppeltüren, große Fresken in Stuckrahmen an den Wänden.

Oben angekommen ging Clemens in den jetzigen Ausstellungssaal der Akademie, vorbei an Gabriel Grupellos Marmorbüsten von Jan Wellem und seiner Gemahlin Anna Maria Luisa de' Medici, die links und rechts neben dem Eingang standen. Kaum hatte er den Saal betreten, kamen ihm drei Maler eilig entgegen: sein Freund Johann Förster, Theodor

Hildebrandt mit seinem imposanten Schnauzbart und der kleine, untersetzte Johann Wilhelm Schirmer.

»Endlich, Papenstiel!«, rief Hildebrandt. »Wir müssen ins Theater, sonst mäkelt Immermann wieder. Du kennst ihn doch!«

Hildebrandt, Meisterschüler Schadows, einer der besten Maler der Akademie und seit diesem Jahr selbst Dozent, war auch Mitglied des Theatervereins. Durch ihn wussten die Künstler immer, welche Bühnenhintergründe Immermann brauchte, und malten sie ihm für seine Inszenierungen. Als Dank dafür spendierte Immermann ein Abendessen bei Beeking im Hotel »Zu den drei Reichskronen« gegenüber dem Rathaus oder dichtete etwas für die inzwischen in ganz Düsseldorf berühmten Maskenspiele und Lebenden Bilder der Malerfeste. Und seit Mendelssohn da war, hatte man sogar die Musik dazu. Auch das war ein Grund, warum Clemens sich hier so wohlfühlte: Alle Düsseldorfer Künstler arbeiteten Hand in Hand, jeder unterstützte mit seinen Fähigkeiten die Vorhaben der anderen.

»Ich hole meine Farben, dann komme ich sofort in den Hof!« Eilig lief Clemens die Treppe wieder hinunter und weiter zu den Arbeitsräumen im Erdgeschoss.

Für Immermanns »Andreas Hofer« war in den vergangenen Wochen nach Schirmers Vorlage ein Alpenprospekt entstanden, der die ganze Höhe und Breite des Bühnenhintergrunds einnahm. Die beiden hohen, offenen Durchgänge rechts und links der Bühne und die Doppeltür in der Mitte standen fast direkt davor und sollten so aussehen, als führten sie wirklich hinaus in die Natur. Alle vier hatten in einem Saal der Akademie daran weitergemalt, wann immer sie Zeit hatten. Unterschiede würde man trotzdem nicht wahrnehmen, dafür war der Prospekt von den Bühnenlichtern gar nicht ausreichend genug beleuchtet. Zudem waren sie alle Schadows Schüler, was sich in ihrer Art zu malen zeigte, obwohl jeder von ihnen seine eigene Handschrift besaß.

Clemens holte seinen Malkasten mit den vorbereiteten Farben, hängte ihn sich über die Schulter und lief zurück in den Galeriehof. Dort warteten die drei anderen bereits auf ihn.

»Dann lasst uns gehen«, sagte Schirmer. »Hoffentlich hat der Prospekt nicht allzu sehr gelitten, als er gestern ins Theater gebracht wurde. Die Farben waren an manchen Stellen noch ziemlich frisch.«

»Das sehen wir, wenn Hausmann und seine Leute ihn gleich aufgehängt haben«, beruhigte ihn Förster. »Sonst bessern wir eben noch aus.«

Sie bahnten sich einen Weg durch die Trödelstände, gingen um die Hauptwache herum und weiter über den Burgplatz Richtung Markt.

»Wie sieht es mit der Besuchszeit morgen Mittag aus?«, fragte Hildebrandt. »Hoffentlich muss ich nicht allein unsere Ateliers bewachen, wenn das Publikum die Galerie stürmt. Lessing hat gesagt, dass er wieder mal in den Grafenbergen Hasen jagt. Und von Sohn und Hübner habe ich noch nichts gehört. Wie ist das bei euch Landschaftern, Schirmer? Ist jemand von euch da?«

Es gehörte in Düsseldorf inzwischen zum guten Ton, sonntags zwischen elf und ein Uhr, pünktlich nach der Kirche und der anschließenden Wachtparade, die Galerie und auch die geöffneten Meisterateliers zu besuchen. Die Künstler und ihre Lehrer hatten nichts dagegen. Im Gegenteil. Sah man ein Bild auf der Staffelei entstehen und lernte den Künstler sogar persönlich kennen, war das durchaus verkaufsfördernd und sicherte den Malern ihren Lebensunterhalt.

»Ich werde wohl da sein müssen«, seufzte Schirmer in gespielter Verzweiflung. »Sonst verkauft mein vorwitziger Schüler Andreas Achenbach auch noch meine Farbskizzen an Ort und Stelle, als wären sie fertige Gemälde.«

Förster lachte auf. »Das ist ihm zuzutrauen!«, grinste er. »Vor fünf Jahren hat er ja schon sein erstes Bild verkauft. Da war er gerade mal vierzehn. Der weiß, wie das geht, mit oder ohne unsere Ausstellungen.«

»Genau, was ist eigentlich mit der Ausstellung dieses Jahr?«, fragte Clemens hoffnungsvoll. Er dachte dabei an die Rheinlandschaft auf seiner Staffelei.

Hildebrandt verstand sofort, was er meinte.

»Du bist sehr gut geworden. Wenn du mit deinem Bild bis zum Sommer fertig bist, kann ich mir vorstellen, dass Schadow es zur Düsseldorfer Ausstellung zulässt. Ich würde es jedenfalls tun und werde ihm das auch sagen.«

Schirmer nickte. »Ja, ich denke auch, dass du so weit bist. Kannst du es bis dahin schaffen?«

Ob er das schaffen konnte? Clemens wäre am liebsten sofort ins Atelier gelaufen. Aber er zwang sich zur Ruhe, obwohl ihm das kaum gelang. Schirmer und Hildebrandt, die ihre Werke sogar schon mehrfach bei der großen Jahresausstellung in Berlin gezeigt hatten und von der Kunstkritik himmelhoch gelobt wurden, sagten ihm ganz einfach eines Samstags, dass er, Clemens, auf dem besten Wege war, zu diesem Kreis von Künstlern zu gehören. Das würde ja bedeuten, dass er endlich mit seinen eigenen Bildern Geld verdienen konnte! Ganz kurz tauchte sogar Emmas Gesicht vor seinem inneren Auge auf. Vielleicht würde sie auch nicht mehr gänzlich unerreichbar für ihn sein!

Hildebrandt beobachtete lächelnd die wechselnden Gefühle in Clemens' Miene.

»Wenn es dir nicht ganz gelingt, ist das auch nicht tragisch. Oft hängen ja auch nur Farbskizzen oder teilweise fertige Bilder in unserer Ausstellung. Trotzdem finden sich Käufer, denen deine Idee so gut gefällt, dass sie gerne warten, bis du zu Ende gemalt hast.«

»Für Berlin im Herbst geht das nicht mit den halb fertigen Sachen«, brummte Schirmer. »Ich muss mich sputen!«

»Ach richtig, Berlin! Haben wir für die Transportkisten eigentlich schon einen neuen Schreiner gefunden?«, wollte Hildebrandt wissen. »Der vor zwei Jahren hat nichts getaugt. Beim ersten Rumpeln des Wagens fielen die Kisten auseinander.«

»Doch, da gibt es einen«, sagte Schirmer. »Ich habe mich umgehört. Ein junger Mann. Er versteht sein Handwerk und ist vertrauenswürdig. Johann Baptiste Paffrath heißt er wohl.«

»Wunderbar. Wir sehen ihn uns an und sagen Schadow Bescheid, dass diese Sorge vom Tisch ist. Und wenn seine Kisten für manche zu teuer sind, können sie ihn ja wie üblich mit ihren Bildern bezahlen. Hoffentlich ist er damit einverstanden!«

»Und wann erfahre ich, ob mein Bild in Düsseldorf überhaupt dabei ist?«, brachte Clemens das Gespräch wieder auf das Thema zurück, das ihn am meisten interessierte.

»Schadow wird es dir schon sagen«, antwortete Hildebrandt. »Und wenn er es vergessen sollte, merkst du es spätestens, wenn der Kupferstecher dein Bild haben will, damit er es für den Kunstverein stechen kann.«

»Und dann schüttet irgendein Kritiker seinen Spott über dich aus«, stichelte Förster, worauf er Clemens' Ellbogen in seinen Rippen spürte.

»Das liegt an unserer Zeit«, verkündete Schirmer und deklamierte mit tiefer Stimme: » ›Unsere Zeit kann sich dem kritischen Kampfe nach allen Richtungen des geistigen Lebens hin nicht entziehen!‹«

Die Maler brachen in Lachen aus.

»Das hört sich nach von Uechtritz an«, prustete Förster. »Hast du wieder spät Licht angehabt, und er hat dich erwischt?«

Der Jurist und Dichter Friedrich von Uechtritz war bei seinen jungen Malerfreunden dafür bekannt, dass er sogar spätabends noch vorbeikam, um ihnen aus seinen neuesten Werken vorzulesen und ihre Meinung dazu zu hören, vor allem, wenn er wieder etwas über die Akademie geschrieben hatte.

»Gib es ruhig zu!«, grinste Clemens. »Von Uechtritz streift doch immer so lange durch die Gassen, bis er bei einem von uns noch Licht sieht. Und gestern wolltest du eigentlich gerade müde ins Bett fallen, aber er hat es gar nicht gemerkt und dir gleich mehrere Versionen seines neuen Artikels vorgelesen. War es so?«

Schirmer nickte kläglich. Mehr musste er nicht tun, damit seine Freunde ihm wortreich ihr tiefstes Mitleid ausdrückten. In bester Stimmung erreichten die Maler den Marktplatz und betraten das Theater.

✦✦✦✦✦✦

Um drei Uhr nachmittags kam Eduard Hartmann aus dem Bureau seiner Weinhandlung in der Mittelstraße, wünschte seinen erstaunten Kontoristen einen schönen Sonntag und machte sich auf den Heimweg. Es war ungewöhnlich für ihn, sein Handelshaus eine ganze Stunde früher zu verlassen, aber er musste erst noch ein wenig zu sich kommen, bis er so weit war, dass er den Theaterabend genießen konnte. Außerdem würde seine Frau Auguste über die Neuigkeit, die er zu berichten hatte, hocherfreut sein und ihn so lange ausfragen, bis er auch das kleinste Detail preisgegeben hatte. Das konnte eine Weile dauern, wie er aus langjähriger Erfahrung wusste. Aber dieses Mal freute er sich darauf, es ihr lang und breit zu erzählen. Er konnte ja selbst nicht genug davon bekommen.

Als er auf den Carlsplatz einbog, blieb er einen Moment stehen und hielt sein Gesicht in die Sonne, die inzwischen von einem strahlend blauen Himmel schien. Morgens war er noch missmutig durch den Regen gelaufen und hatte sich von diesem grauen Tag nicht viel erhofft. Aber manchmal war das Leben wie der April und hielt Überraschungen bereit, wenn man sie am wenigsten erwartete. Er ging weiter und beschleunigte seine Schritte, auch wegen der Aussicht auf eine wohlverdiente Tasse Kaffee und ein Stück des wunderbaren Kuchens, den Hanna, die Köchin, an den Wochenenden backte, so dass er schneller als gedacht zu Hause war.

Wie er gehofft hatte, duftete es nach frisch gebrühtem Kaffee im Haus. Er gab Frieda Zylinder und Mantel und warf einen kritischen Blick in den Spiegel. Mit geübten Griffen strich er seine schon merklich gelichteten Haare glatt und zog die Weste mit der goldenen Uhrkette über seinen wohlgerundeten Bauch. Seine schlanken, jugendlichen Jahre waren vorbei, stellte er wieder einmal seufzend fest, aber für einen Mann um die fünfzig machte er insgesamt doch noch einen stattlichen Eindruck. Er betrat den Salon und sah erfreut den hoch aufgegangenen Rosinenkuchen auf einem Teller prangen. Er war dick mit feinem Zucker bestreut, genau wie er es liebte. Auguste saß mit einer Stickerei am Tisch. Sie blickte auf und lächelte überrascht.

»Eduard! Du kommst früh! Dann können wir ja gemeinsam Kuchen essen. Außerdem muss ich mit dir sprechen.«

»Und ich mit dir.« Eduard beugte sich hinunter und gab seiner Frau einen Kuss auf die Stirn. »Aber zuerst brauche ich einen Schluck Kaffee. Wie ist es dir heute ergangen? Und wo sind die Mädchen?«

Während er sich auf das hohe Sofa an den Tisch setzte und sich reichlich mit Kaffee und Kuchen bediente, hörte er Auguste zu.

»Die Mädchen waren heute wieder eine Plage!«, erzählte sie. »Hedwig muss den armen Papenstiel an den Rand der Verzweiflung gebracht haben. So schnell wie heute habe ich ihn noch nie aus dem Haus laufen sehen. Aber sie muss doch einsehen, dass ihr ein wenig Kultur nicht schaden kann! Jetzt ist sie oben in ihrem Zimmer und liest dieses schreckliche Buch über eine eingemauerte Nonne. Kaspar Hauser kommt wohl auch darin vor. Ihren Lektüregeschmack muss ich unbedingt ändern, das ist das nächste Stück harte Arbeit. Ach, Eduard! Es ist furchtbar mit diesem Kind.«

Auguste legte die Stickerei beiseite, nahm sich auch ein Stück Kuchen und hieb ärgerlich die zierliche Gabel hinein. Sie wartete auf eine Reaktion ihres Mannes, aber er saß nur da, die Tasse in der Hand, und lächelte versonnen.

»Das ist nicht lustig!«, empörte sie sich. »Du solltest es einmal selbst erleben. Und Emma ist auch nicht besser. Sie ist mit dieser Malerin, der Katharina Severin, spazieren gegangen. Du kennst sie, sie wohnt ja nicht weit von unserer Weinhandlung entfernt. Ich bin mir nicht sicher, ob ich diese Freundschaft nicht doch unterbinden sollte. Wer weiß, wer ihr die Flause in den Kopf gesetzt hat, Malerin zu werden. So ein Unsinn! Sie muss endlich heiraten, und du solltest ihr auch einmal ins Gewissen reden. – Eduard! Hörst du mir überhaupt zu?«

Eduard zuckte zusammen. »Es tut mir leid, ich war nicht bei der Sache.« Er holte tief Luft. »Ich habe eine Neuigkeit für dich.«

Auguste beschloss, den häuslichen Ärger vorerst ruhen zu lassen, und blickte ihn erwartungsvoll an.

»Du lächelst. Also ist es eine gute Neuigkeit?«

»Eine sehr gute«, nickte Eduard. »Ich habe heute den Prinzen Friedrich gesehen.«

Das war enttäuschend. »Aber den Prinzen sieht man doch alle Tage, wenn er morgens seinen Spaziergang durch die Stadt macht und ein wenig mit den Leuten plaudert. Der arme Mann langweilt sich auf Schloss Jägerhof ja zu Tode, wo doch seine Gemahlin immerzu malt. Man sagt, Prinzessin Luise habe Talent. Das ist auch kein Wunder, Hildebrandt gibt ihr ja Unterricht.«

Eduard schüttelte den Kopf. »Ich habe ihn nicht auf der Straße gesehen. Er kam heute zu mir ins Bureau und ...«

»Der Prinz?« Ungläubig schaute Auguste ihren Mann an. »In dein Bureau? Und was wollte er?«

»Das möchte ich dir ja die ganze Zeit schon erzählen. Er will mich zum Hoflieferanten ernennen!« Nun war es heraus. Eduard lehnte sich zurück und genoss den Anblick, wie seine Frau die Hand auf ihr Herz legte und abwechselnd rot und blass wurde.

»Hoflieferant?«, flüsterte sie.

Sie stand auf und ging im Zimmer auf und ab, um sich zu beruhigen. Eine ganz neue Welt tat sich für sie auf. Hoflieferant war eine Auszeichnung, die ein Handelshaus aus allen anderen der Stadt heraushob. Was für gesellschaftliche Möglichkeiten eine solche Ehre bot! Nicht nur für das Geschäft, nein, auch für sie selbst und für ihre Töchter! Nicht auszudenken! Sie fühlte sich plötzlich, als schwebte sie auf einem Wölkchen durch das Zimmer. Das musste sie bei nächster Gelegenheit ihren Damen erzählen! Endlich würden sie so manche spitze Bemerkung über Emma oder Hedwig hinunterschlucken müssen. Vielleicht würde sie schon gleich heute Abend im Theater die eine oder andere von ihnen sehen!

»Auguste!« Eduard trat zu seiner Frau, nahm ihre Hände

und drückte sie gegen seine Brust. Sie lächelte ihn so selig an, wie sie sich fühlte. »Du musst mir etwas versprechen«, sagte er eindringlich. Auguste nickte. In diesem Augenblick hätte sie ihm alles versprochen. »Es wäre mir peinlich, wenn der Prinz die ganze Stadt darüber klatschen hörte, bevor er überhaupt tätig geworden ist. Noch darfst du also mit niemandem darüber reden. Versprichst du mir das?«

Das Wölkchen verflüchtigte sich, und Auguste landete wieder mit beiden Füßen auf dem Boden. Aber sie war vernünftig genug, einzusehen, dass ihr Mann recht hatte.

»Ich verspreche es!«, sagte sie fest. »Und nun setz dich wieder hin und erzähle mir alles ganz genau.«

✦✦✦✦✦✦

Von alldem ahnte Emma nichts. Sobald der Regen aufgehört hatte, war sie zu Katharina Severin gegangen. Sie musste einfach mit jemandem reden. Ihre Freundin war zehn Jahre älter als sie und hatte ihr schon oft raten können. Hoffentlich konnte sie das auch in diesem Fall. Die Vorstellungen ihrer Mutter, wer oder was ihr künftiger Schwiegersohn zu sein hatte, wurden immer absonderlicher. Wer wusste schon, was ihr noch einfiel! Und wenn sie es schaffen sollte, Emmas Vater zu überzeugen, dann half nichts mehr. Töchter hatten sich zu fügen. Genau deshalb brauchte Emma eine Idee, am besten eine Strategie, wie sie aus der leidigen Angelegenheit herauskam.

Jetzt liefen Katharina und sie am neuen Gymnasium vorbei, über dessen Bau der Besitzer des Breidenbacher Hofs gleich nebenan wegen des Schulhoflärms nicht erfreut gewesen war, und gingen in den Botanischen Garten. Normalerweise interessierten sich die beiden immer für die blühenden Rabatten, die verschiedenen Arten von Bäumen und Sträuchern und für das große Gewächshaus. Hier hatten sie mit ihren Skizzenbüchern schon Stunden verbracht. Emma konnte inzwischen Pflanzen auf eine Weise malen, dass man sie aus dem Bild hätte pflücken mögen. Heute stand beiden jedoch nicht der Sinn nach Blumenskizzen.

Emma war aufgeregt und ging so schnell, dass die Freundin ihr kaum folgen konnte. Aber Katharina, ausgesprochen hübsch mit ihrem ovalen Gesicht und den fröhlichen Augen, kannte Emmas gereizte Stimmung, wenn sie keine Lösung für ein Problem fand. Da war es am besten, wenn man ihr einfach zuhörte. Also hielt sie den Blick konzentriert auf den Boden gerichtet, um kein Wort von dem zu versäumen, was Emma ihr erzählte.

»Warum versteht Mama nicht, wie ernst es mir mit der Malerei ist? Heute Morgen hat sie sogar Mendelssohn aufs Tapet gebracht, stell dir vor! Das ist so ungemein albern!« Hastig schlug Emma die Hand vor den Mund. So laut hatte sie gar nicht werden wollen.

Auch Katharina blickte sich um, aber sie waren an einem ruhigen und friedlichen Ort, sogar für einen Samstagnachmittag. Niemand hatte sie gehört. Die meisten Leute waren drüben, jenseits der Goldenen Brücke, auf dem Ananasberg, wo der Hofkonditor Franz Geissler sein Gartenrestaurant eröffnet hatte. Unübersehbar prangte eine große, geschnitzte Ananas auf dem Dach des weiß gestrichenen Holzhauses, die dem Hügel im Hofgarten endlich seinen Namen gegeben hatte. Katharina drückte mitfühlend Emmas Arm.

»Sie weiß selbst, dass das Unsinn ist. Aber von einer Mutter ihres Standes wird nun einmal verlangt, dass sie ihre Töchter möglichst gut verheiratet, sonst hat sie versagt. Glaub mir, ihre Freundinnen werden keine Gelegenheit auslassen, sie darauf hinzuweisen, und sei es nur dadurch, dass ihre eigenen Töchter schon verheiratet oder zumindest verlobt sind.«

»Du hast recht, das tun sie«, gab Emma widerwillig zu. »Aber ich will einfach nicht verkuppelt werden, das habe ich ihr auch deutlich gesagt.«

»Du kannst kaum etwas dagegen tun«, wandte Katharina ein.

»Du hast gut reden! Du darfst Malerin sein und musst nicht irgendjemanden heiraten, den du nicht liebst!«

Katharina zog Emma auf eine Bank beim großen Blumenrondell, vielleicht half das ein wenig, sie zu beruhigen.

»Bei mir ist es auch etwas anderes. Mein Vater hat eine Papierhandlung und Buchbinderei, aber lieber noch wäre er Maler. Meine beiden Brüder malen und zeichnen auch, da haben natürlich alle nichts dagegen, wenn ein weiteres Familienmitglied malt und sogar Erfolg damit hat. Und wer sagt dir, dass ich nicht heirate?«

Überrascht blickte Emma ihre Freundin an, deren Augen amüsiert funkelten.

»Nein!«, rief sie. »Wer ist es und wie heißt er?«

»Er heißt Peter Fischbach und ist Jurist. Aber es weiß noch niemand etwas, also verrate mich nicht. Er ist der freundlichste Mann, er liebt mich, und ich liebe ihn. Und er respektiert meine Kunst. Er sagt nicht, es gehöre sich nicht für Frauenzimmer, ihre Werke in der Öffentlichkeit zu zeigen, geschweige denn Geld damit zu verdienen. Im Gegenteil, er unterstützt mich sogar, weil er weiß, wie wichtig mir das Malen ist.«

Emma lehnte sich seufzend zurück. »Du hast so ein Glück! So einen bräuchte ich auch, dann wäre es gut.«

»Du wirst ihn bestimmt finden«, tröstete Katharina. »Aber abgesehen davon – wenn du wirklich Künstlerin werden willst, ist es wichtig, dass du genau weißt, worauf du dich einlässt. Es ist nicht einfach, heutzutage als Malerin zu bestehen. Du bekommst weniger Geld für ein Porträt als die Männer, weil du nicht an einer Akademie studiert hast, andererseits kannst du nicht an der Akademie studieren, weil dort nur Männer aufgenommen werden. Du bist auf Privatunterricht angewiesen, den du natürlich irgendwie bezahlen musst, an ein Stipendium ist jedoch nicht zu denken, wenn du nicht einflussreiche Gönner hast.«

»Aber es gibt doch so viele gute Malerinnen«, wandte Emma ein. »Sie sind berühmt und verdienen sogar Geld.«

»Meinst du Angelika Kauffmann oder Louise Seidler? Sie wurden beide so erfolgreich, weil sie die vielfältigsten und vor allem die richtigen Verbindungen hatten. Diese Frauen sind Ausnahmen.«

»Und Caroline Bardua? Professor Kolbe hat sie hoch gelobt! Er hat erzählt, dass sie die Zeichenlehrerin von Prinzessin Luise gewesen ist, als die noch ein Kind war.«

»Ja, aber danach hatte sie unglaubliches Pech.« Katharina schüttelte den Kopf. »Dabei sah es so aus, als hätte sie es geschafft. Das muss so ungefähr vor zwölf Jahren gewesen sein. Alle Welt wollte sich von ihr malen lassen. Sie hatte Kontakt zum Hof in Berlin und porträtierte auch die königliche Familie. Man war begeistert von ihr, die Bardua war förmlich Mode geworden. Ihre Bilder hingen sogar in der Berliner Ausstellung, aber leider in der Nähe von anderen, ähnlichen Porträts der königlichen Familie. Rate, von wem die waren?«

Emma zuckte die Schultern. »Ich habe keine Ahnung.«

»Von Wilhelm Schadow. Die Meinung des Publikums schlug sofort um, denn natürlich mussten die Bilder eines Mannes besser sein, zumal er der Sohn des großen Bildhauers Gottfried Schadow war. Da sah man ja gleich die akademische Ausbildung, die Erfahrung aus Rom, die Tiefe der Auffassung. So ähnlich wurde geschwatzt und geschrieben.«

»Unglaublich!«, empörte sich Emma. »Und was hat Schadow dazu gesagt? Hat es ihm leidgetan?«

»Schadow hat zuerst gar nichts davon gewusst. Er war nach neun Jahren gerade aus Rom zurückgekehrt, als er den Auftrag des Königs bekam. Und in einem solchen Fall hat man nicht lange zu überlegen, man führt ihn einfach aus. Er hat erst bei der Ausstellung gemerkt, was das Publikum und vor allem die Kritiker anrichteten. So sind die Leute.«

»Wie schrecklich! Und was macht die Bardua jetzt?«

»Jetzt ist sie knapp fünfzig und zieht mit ihrer Schwester, einer begabten Sängerin, durch kleine Städte, um sich dort mit Porträts finanziell über Wasser zu halten. In Berlin konnte sie nichts mehr werden und musste ihre schöne Wohnung aufgeben. Ich bin gespannt, ob die Berliner das an ihrer ehemaligen Lieblingsporträtistin irgendwann wiedergutmachen. Aber damit musst du rechnen, wenn du Malerin werden und von deiner Kunst leben willst.«

Emma blickte ihre Freundin entsetzt an. So hatte sie die Sache mit ihren neunzehn Jahren noch nie gesehen. Trotzdem wusste sie, dass es ihr nicht reichen würde, nur zu malen, um sich auf angenehme Weise die Zeit zu vertreiben. Sie wollte herausgefordert werden und etwas leisten.

»Jetzt weißt du, wie es ist«, fuhr Katharina fort. »Und das Schlimmste ist, dass sich überkommene Meinungen so schnell nicht ändern. Sogar Kultusminister Altenstein in Berlin stößt auf taube Ohren. Seit Jahren plädiert er für eine bessere und vor allem eine akademische Kunstausbildung von Frauenzimmern. Erstaunlich eigentlich. Aber er scheint weit und breit der Einzige zu sein, der die Misere überhaupt ernst nimmt.«

»Also doch heiraten!«, seufzte Emma niedergeschlagen.

Katharina lachte auf. »Ja, ein Wanderleben wäre nichts für dich, das glaube ich gern.« Sie nahm Emma in den Arm. »Du bist verwöhnt, weißt du das? Aber ich bin sicher, dass du den Richtigen findest. Also braus nicht gleich auf, wenn deine Mutter das nächste Mal mit dem Thema anfängt. Sag ihr lieber, was du dir vorstellst. Das wird sie ernst nehmen. Und sie wird dich verstehen, schließlich ist es ihr auch einmal so ergangen.«

Emma nickte. »Ich versuche es«, seufzte sie wieder.

»Gut. Und jetzt genug geseufzt.« Katharina stand auf. »Komm, wir gehen noch ein Stück spazieren und reden über etwas ganz anderes. Der gute Schirmer hat mir für heute Abend Theaterkarten gegeben. Er singt wohl bei Immermanns Stück im Chor und scheint die Kulisse entworfen zu haben. Wirst du auch da sein?«

✦✦✦✦✦✦

Draußen war bereits tiefschwarze Nacht, als Karl Leberecht Immermann um neun Uhr hastig aus dem Theater trat und auf dem menschenleeren Marktplatz erst einmal Luft holte. Nur die Öllampen über den Straßen und die warm erleuchteten Fenster des Theaters und des Hotels »Zu den Drei Reichskronen« spendeten etwas Licht. Dunkel hoben sich die Umrisse der wartenden Kutschen vor den Häusern rings um den Platz ab, und dann und wann war das leise Klirren des Pferdegeschirrs zu hören, wenn eines der Tiere sich bewegte. Noch klatschte das Publikum Beifall und rief die Schauspieler heraus, die sich heute mit Recht verbeugen durften. Seine Hofer-Inszenierung war ein Erfolg geworden, was Immermanns Gefühle nun in endgültige Verwirrung stürzte.

Angespannt ging er auf die Mitte des Platzes zu. Ein kühler Wind erfasste ihn unangenehm nach der großen Wärme im Theater. Er verschränkte die Arme vor der Brust und zog den Kopf zwischen die Schultern. Seine schmalen Lippen bekamen einen strengen Zug, während er versuchte, sich zu beruhigen. Den ganzen Tag über hatte er eine Mischung aus Vorfreude und Lampenfieber gespürt, war unruhig und ein wenig gereizt durch das Theater gelaufen, um nach dem Rechten zu sehen, und hatte sich mit allem Möglichen zu beschäftigen versucht, bis endlich der Abend angebrochen war. Bei allen seinen bisherigen Inszenierungen war es ihm ähnlich ergangen. Schließlich wollte er mit ihnen das Düsseldorfer Publikum für ein Theater gewinnen, das es so bisher noch nicht gegeben hatte. Außerdem wusste er, dass die Verantwortlichen der großen deutschen Bühnen neugierig nach Düsseldorf blickten, weil dort etwas erstaunlich Neues geschah. Seine Schauspieler deklamierten ihre Texte nicht mehr mit gekünstelten Bewegungen von der Bühne herab, um sich selbst in Szene zu setzen. Er hatte ihnen beigebracht, ihre Rolle zu leben, die Menschen zu sein, die sie darstellen sollten. Nicht sie selbst waren wichtig, auch wenn sie Berühmtheiten waren. Nein, in dem Punkt war er mit Goethe einer Meinung – das Stück, der Text war das Wichtigste. Und das hatten seine Schauspieler nach anfänglichen Schwierigkeiten jetzt begriffen.

So viel Arbeit hatte er bisher in das Theater investiert, dass sich alles einfach zum Besten entwickeln musste! Das hoffte er mit jeder Faser seines Herzens. Zum Glück hatte er auch heute wieder viele Helfer gehabt, unter anderem Schadows Maler mit ihrem superben und gottlob – bei der gebrechlichen Finanzlage – kostenlosen Bühnenprospekt einer Alpenlandschaft. Und Mendelssohns intelligente Zwischenaktmusik hatte im wahrsten Sinne des Wortes genau den Ton getroffen, hatte die Aussage seiner, Immermanns, Poesie in Klang umgesetzt.

Ihm fiel plötzlich auf, dass er in seinem aufgewühlten Zustand immer um die Reiterstatue mitten auf dem Platz herumgelaufen war. Was mochten wohl die Kutscher von ihm denken? Abrupt blieb er stehen. Wahrscheinlich würde auch

Jan Wellem gutheißen, was er in diesem alten Haus, in dem einst die Statue des Kurfürsten gegossen worden war, zu erreichen versuchte. Als das Gebäude letztes Jahr äußerlich renoviert und der Portikus aus vier klassischen Säulen mit dem Giebeldreieck darüber aufgebaut worden war, hatte er sich überlegt, dass auch eine Renovierung der Bühne nötig sei, eine Erneuerung von innen. Seitdem hatte er zu Lesungen von Theaterstücken großer Dichter eingeladen und Mustervorstellungen ihrer Stücke aufgeführt, um damit auch das Publikum ein wenig zum Umdenken anzuleiten. Bisher war es ja nur an Wiener Possen und französische Komödien gewöhnt. Namen wie Goethe, Kleist oder Lessing, geschweige denn ihre Dramen, waren am hiesigen Theater sozusagen unbekannt.

Er erwartete nicht viel vom Düsseldorfer Publikum. Schon bei den Mustervorstellungen schien es mehr Interesse an Mendelssohn und dessen Opern zu haben als an seinen Theaterstücken. Aber einen kleinen Erfolg hatte er schon erzielt. Jetzt wollten die Leute einen Monolog nicht noch ein zweites Mal hören, um einen Schauspieler auf der Bühne zu feiern, was regelmäßig jede Inszenierung ruinierte. Jetzt ließen sie sich vom Geschehen auf der Bühne einfangen und hörten, wie er hoffte, wirklich auf die Worte!

Langsam wandte Immermann sich um und ging durch die schmale Gasse am Theater vorbei wieder nach hinten zum Bühneneingang. Das Einzige, was er noch für sich selbst erreichen musste, war eine Beurlaubung von seinem ungeliebten Amt als Landgerichtsrat. Und wenn der König in Berlin dem zustimmte, dann war er in der Lage, die Intendanz des Theaters zu übernehmen und es nach seinen Vorstellungen wirklich neu zu gestalten. Mit seinen achtunddreißig Jahren wollte er einfach nicht mehr länger warten, sich diesen Traum zu erfüllen. Vielleicht gelang es schon dieses Jahr zu Beginn der nächsten Saison im Oktober. Die Mitglieder des Theatervereins arbeiteten mit ihm zusammen bereits an einem Statut. Und allen voran hatte sein wohlwollender Fürsprecher Prinz Friedrich von Preußen seine Unterstützung angekündigt. Aber deshalb war es noch lange nicht so weit, dass er sich zufrieden auf seinen Lorbeeren hätte ausruhen können. Als eben einige im Publikum angefangen hatten, seinen Namen zu rufen, war er lieber spornstreichs hinausgelaufen. Gerade noch rechtzeitig hatte er gesehen, dass eine der Schauspielerinnen einen Lorbeerkranz in der Hand hielt. Wahrscheinlich wollte sie ihm den vor dem gesamten Publikum aufsetzen und auch noch ein Lobgedicht dazu sprechen! Öffentliche Kritik konnte er ertragen, aber öffentliches Lob in dieser Form hatte für ihn immer etwas Anrüchiges, Unschickliches. Und richtig – da hörte er schon den Tusch! Immermann stellte sich unauffällig hinter die Bühne. Er beobachtete, wie der Vorhang aufging, die »Immermann«-Rufe leiser wurden und die Meisinger mit dem Kranz in der Hand auf die Bühne trat:

»Dem Dichter reichet heut' des Dankes Lohn,
Der eines treuen Volkes treues Bild
Euch aufgestellt in frischem Farbenglanz.
Er ist euch nah' – des Vaterlandes Sohn!
Und eines Jeden Wunsch glaub' ich erfüllt,
Bring ich in Eurem Namen ihm den Kranz.«

Nicht um alles in der Welt hätte er jetzt neben ihr stehen mögen. Obwohl, wie er insgeheim zugeben musste, er sich in seinem tiefsten Innern sehr geschmeichelt fühlte!

✦✦✦✦✦✦

»Es war erhaben!« Auguste Hartmann trat am Arm ihres Mannes aus dem Theater und hielt ihn gerade noch von der Straße zurück, weil eine Kutsche mit Adelswappen an den Türen dicht vor ihm anfuhr. Mit glänzenden Augen ließ sie den Abend Revue passieren: die seidenknisternden Roben der Damen, die Gala-Uniformen und vornehmen Fräcke der Herren und die festliche Beleuchtung im Foyer. »Und hast du auch die Maler im Chor entdeckt, Eduard? Hübner, Sohn und Hildebrandt waren jedenfalls da, sogar unser Papenstiel. Die junge Madame Hübner saß auch in einer Loge, gleich neben den von Woringens. Sie ist ja eine Schwester von Bendemann, diesem begabten Künstler. Ich frage mich nur, wie die Maler ihre Bilder zustande bekommen, wenn sie immerfort singen müssen. Und proben müssen sie ja auch mit dem Chor. Da haben sie doch eigentlich kaum Zeit für anderes. Und Mendelssohn! So elegant! War er nicht wieder wundervoll? Man sollte nicht meinen, dass es das gleiche Orchester ist wie noch vor einiger Zeit.«

Eduard, durch sein überaus erfolgreiches Geschäftsleben daran gewöhnt, den Kern einer Sache rasch zu erfassen, konnte seiner Frau nicht völlig zustimmen.

»Mein liebes Kind, ich glaube, darum ging es heute Abend erst an zweiter Stelle, schließlich war es eine von Immermanns Mustervorstellungen. Das Stück war sehr gut, ohne Frage, besonders der fünfte Akt! Und ein Freiheitsheld, der für sein Volk gegen Unterdrückung und Willkür des Adels kämpft, macht zumindest nachdenklich in der heutigen Zeit. Ich wundere mich nur, dass Immermann es durch die Zensur bekommen hat. Lortzings Singspiel über Hofer hat man vor zwei Jahren abgelehnt.«

»Das weiß ich ja! Ach, ihr Männer mit eurer ständigen Politik! Ich will mich im Theater amüsieren. Ich habe tagtäglich schon mehr als genug Kämpfe mit Hedwig und Emma auszufechten!« Auguste seufzte in Erinnerung an ihren unerquicklichen Vormittag. »Wie dem auch sei – die Meisinger hat jedenfalls wunderbar gespielt, obwohl sie einmal gepatzt hat. Aber ist es nicht einfach grässlich, wie die Lichter vorne auf der Bühne den Schauspielern immer von unten ins Gesicht leuchten? Die Meisinger sah ja manchmal aus wie ein Geist!«

»Auguste, so wichtig ist das doch gar …«

»Und der Weymar ist im Eifer des Gefechts fast von der Bühne auf die Musiker gefallen, hast du das gesehen? Das ist auch kein Wunder, er ist ja nur für ein Gastspiel hier und kennt die Bühne nicht so gut. – Ach, guten Abend!« Erfreut begrüßte Auguste ihre Nachbarn, Tabakwarenhändler en gros Karl Kaspers und seine Frau Pauline. Sie wohnten am Carlsplatz, direkt um die Ecke der Bilker Straße. Insgeheim bemerkte Auguste, dass Madame Kaspers' Nase heute noch spitzer als sonst unter ihrem Hut hervorstach. »Und wie fanden Sie das Stück, meine Liebe?«, fragte sie.

»So poetisch!« Pauline Kaspers verdrehte entzückt die Augen.

»Ja«, sagte Kaspers trocken, mit einem Seitenblick auf seine Frau, »und das gänzlich ohne Reime!«

»Ach, Karl!« Madame Kaspers stieß eines ihrer kurzen gackernden Gelächter hervor und wandte sich wieder an Auguste. »Aber die Kostüme waren ein Graus. Der Hofer mit viel zu viel Haaren im Gesicht und auch noch in ledernen Kniehosen! Zum Fürchten!«

»Aber so sehen die Leute in Tirol doch aus«, klärte Auguste sie auf.

»Ach? Meinen Sie?«

»Ja! Aber was ich gar nicht verstehe – warum ist Immermann nicht auf die Bühne gekommen? Hat er sich nicht getraut? Wahrscheinlich nicht. Es ist ja auch nicht einfach, vor allen Leuten auf der Bühne zu stehen. Aber, meine Liebe, wissen Sie schon das Neueste?« Genüsslich spitzte Auguste die Lippen. Eduard blickte sie warnend an, doch das wäre nicht nötig gewesen, wie er erleichtert feststellte. Man traute es ihr nicht zu, aber seine Frau konnte ein Geheimnis tatsächlich für sich behalten, wenn sie es versprochen hatte. »Ich habe es heute erst erfahren«, fuhr Auguste fort. »Hier soll es bald eine Kunsthandlung geben. Ein de Boer aus Berlin will sie eröffnen.«

»Wirklich?«

Während sie miteinander sprachen, waren die Kutschen abgefahren. Langsam machte sich die Gruppe auf den Weg nach Hause. Die beiden Herren gingen in stillem Einverständnis voraus und überließen die Damen ihrer Konversation. Bald waren sie in der Menge der Theaterbesucher verschwunden.

Aus dem Schatten des Tores, durch das man zum Bühneneingang gelangte, trat Immermann hinaus auf den Platz und blickte ihnen nach. Es war ein anstrengender und auch erfreulicher Tag gewesen, aber gerade war ihm wieder einmal bestätigt worden, dass in dieser kleinen Stadt doch noch mehr Arbeit auf ihn wartete, als er gedacht hatte, wenn er sein Theatervorhaben durchführen wollte. Sehr viel mehr Arbeit.

HEINRICH MÜCKE

Die Physiognomie der Gesellschaft, in welcher wir uns befanden, und der Ton, der da herrschte, sind mir unvergesslich geblieben. Man konnte sich einen Propheten mit seinen Jüngern so vorstellen: Schadow mit seinem herrlichen Kopf, seinem vornehm-gemüthlichen Wesen, seiner Beredsamkeit, umgeben von einer Anzahl theilweise auffallend schöner junger Männer, von welchen die meisten schon bedeutende Künstler waren, die aber in stillster Bescheidenheit seinen Worten lauschten und denen es ganz natürlich schien, zuweilen ganz gehörig abgekanzelt zu werden.

(Ferdinand Hiller, Komponist, Felix Mendelssohn Bartholdy: Briefe und Erinnerungen, 1874)

PFINGSTSONNTAG, 18. MAI 1834

Die letzten Töne der Blasmusik schallten über den Burgplatz, was bedeutete, dass die Wachtparade nun nicht mehr lange dauern würde. Der Platz vor dem alten Schloss und der Hauptwache war voller Menschen, die sich das sonntägliche Spektakel nicht entgehen lassen wollten.

»Jetzt ziehen sie gleich ab, Eduard«, stellte Auguste erleichtert fest. »Es wird aber auch Zeit. Ich möchte endlich in die Galerie.« Sie genoss das strahlende Feiertagswetter und die gehobene Stimmung. Die Menschen trugen sommerlich helle Sonntagskleidung, sogar die Männer hatten statt der schwarzen und dunkelgrauen Beinkleider helles Grau oder Beige zu Gehrock und Zylinder gewählt. Stolz betrachtete Auguste ihre beiden Töchter. Sie konnten sich in ihren neuen Kleidern wirklich sehen lassen. Ihre Taillen waren von Natur aus schmal, was nicht bei allen Mädchen der Fall war, mehrere, mit vielen Volants ausgestattete Unterröcke ließen die Kleiderröcke weit abstehen, was der neuesten Mode entsprach, und die Ballonärmel hatten gerade die richtige Größe und Form. Zufrieden machte sie sich daran, die Haubenbänder unter Hedwigs Kinn zu einer ordentlichen Schleife zu binden.

»Du musst dich noch gedulden, Auguste.« Eduard zog seine Uhr aus der Westentasche und klappte sie auf. »Sie öffnen erst in zehn Minuten.«

»Ach Mama!«, jammerte Hedwig und wehrte Augustes Bemühungen ab. Ihre Mutter hatte wohl noch immer nicht gemerkt, dass es jetzt chic war, die Bänder offen zu lassen. »Müssen wir schon wieder dahin? Das ist so langweilig!«

Emma wirbelte herum. »Du bist so eine Gans!«, fuhr sie ihre Schwester an. Es war einfach unmöglich, wie sie immer den Galeriebesuch zu verhindern versuchte, und ein paarmal war ihr das mit ihrer Quengelei sogar gelungen. »Du willst ja doch nur Soldaten gucken! Dabei wäre es besser für dich, wenn …«

»Emma! Nicht so laut!«, fauchte Auguste ihre Älteste an. Ihre gute Laune schwand zusehends. Warum mussten die Mädchen nur immer so schwierig sein? Möglichst unbefangen lächelte sie einer Bekannten zu, die einen neugierigen Blick auf Emma geworfen hatte. »Was sollen denn die Leute von uns denken?«

»Wieso?«, zischte Emma beleidigt zurück. »Es stimmt doch. Merkst du nicht, wie sie die jungen Männer förmlich mit den Augen verschlingt? Das ist so ungemein stillos!«

»Ja und?«, rief Hedwig empört. »Ich will eben keine vertrocknete Jungfer mit Farbklecksen an den Fingern werden.«

»Hedwig! Das reicht!« Auguste stieg eine peinliche Röte ins Gesicht, so zornig war sie auf ihre Töchter. Aber unter all den Menschen mitten auf dem Burgplatz konnte sie kaum so reagieren, wie sie es gerne getan hätte. »Sag doch auch etwas, Eduard!«

»Nun«, tastete sich Eduard behutsam heran. Ein Wort zu viel würde eine verheerende Wirkung haben. »Heute ist zwar Pfingstsonntag«, fuhr er so streng wie möglich fort, »aber der Heilige Geist scheint vorhin in der Kirche nicht über jeden gekommen zu sein. Ich bitte mir Ruhe und Frieden aus! Wir werden die Galerie besuchen, und wir werden es alle genießen, so wie eure Mutter und ich es vorhatten. Und damit Schluss.«

Hedwig kniff die Lippen zusammen, und Emma verbarg ein triumphierendes Lächeln. Sie freute sich immer darauf, in die Galerie zu gehen, schon aus beruflichem Interesse. Aber dieses Argument konnte sie gegenüber ihrer Schwester schlecht anbringen, ohne nicht endgültig den Zorn ihrer Mutter heraufzubeschwören. Auguste war zwar etwas geduldiger geworden, nachdem Emma mit ihr vor einiger Zeit ernsthaft über das leidige Thema Heirat gesprochen hatte, aber bei der Malerei verstand sie immer noch keinen Spaß. So eine kleine Szene wie gerade hatte jedoch den gewünschten Erfolg – wenn man wusste, was man sagen musste. Später würde sie noch ein eigenes Wörtchen mit Hedwig zu reden haben. Vertrocknete Jungfer! So ein freches, kleines Biest! Sie hatte ja keine Ahnung!

Auguste blitzte ihre Töchter noch einmal warnend an, nahm den Arm ihres Mannes, und langsam folgte die Familie der Menschenmenge, die zum Eingang der Galerie strömte.

Emma blickte sich neugierig um und versuchte, bekannte Gesichter zu entdecken. Vielleicht war ja auch Clemens Papenstiel hier. In letzter Zeit hatte er bei den Chorproben immer wieder versucht, in ihrer Nähe zu sein. Emma lächelte. Sie mochte Herrn Papenstiel und hatte überhaupt nichts gegen dieses Kribbeln auf der Haut, wenn er ihr zur Begrüßung die Hand gab oder sie über die Köpfe der anderen auf eine so seltsame Art anblickte. Es war ein ungemein angenehmes Gefühl, und sie wünschte sich durchaus mehr davon. Aber er war nirgends zu sehen. Stattdessen kämpfte sich da vorne Adolph Schroedter durch die Leute, die ihm bereitwillig Platz machten. Wahrscheinlich hatte er sich verspätet und wollte rasch vor allen Besuchern in seinem Atelier sein. Manche um ihn herum brachen in Lachen aus. Schroedter machte wohl wieder seine witzigen Bemerkungen, für die er bekannt war. Ihm folgte ein junger Mann mit hellbraunen Haaren und Schnurrbart. Er trug ein etwa vierjähriges Mädchen auf dem Arm, dicht hinter ihm ging eine dunkelhaarige Frau mit Madonnengesicht. Das waren Julius und Pauline Hübner mit ihrer kleinen Tochter. Hübner hatte schon etliche Gemälde verkauft, zwei sogar nach Berlin, und Emma hatte gehört, er könne sich vor

Aufträgen kaum retten – erfolgreicher konnte ein Maler in der heutigen Zeit nicht sein! Wie sehr sie alle beneidete! Zu gerne hätte sie dazugehört und wäre mit solcher Selbstverständlichkeit in die Akademie gegangen, und zwar nicht nur sonntags zur Besuchszeit. Oh, und da war auch Katharina. Vielleicht konnte sie heute endlich mit ihr zusammen die Ateliers besuchen. Das wünschte sie sich schon lange. Katharina war mit einigen der Künstler befreundet, deshalb musste es mit ihr besonders interessant sein. Und Herr Papenstiel wäre vielleicht auch an seiner Staffelei! Ihre Mutter hatte ihr die Atelierbesuche jedoch noch nie erlaubt. »Wir bleiben alle schön zusammen!« Das war ein Satz, den Emma nur zu gut kannte.

Auguste machte sich ganz andere Gedanken. »Ich wundere mich, wieso Mendelssohn heute Morgen nicht die Musik in der Kirche geleitet hat. Das Hochamt war gar nicht so festlich wie sonst. Dabei muss er doch heute gar kein Pfingstkonzert dirigieren!«

»Aber hast du das vergessen?« Eduard blickte seine Frau überrascht an. »Das Niederrheinische Musikfest ist dieses Jahr in Aachen. Soviel ich weiß, ist er dorthin gefahren, wenn auch nur als Zuhörer.«

»Also findet das Fest nun doch statt?«, fragte sie erstaunt. »Ich dachte, der König hätte es verboten, weil er Musikfeste an Pfingsten nicht für christlich hält. Das ist auch kein Wunder, er ist ja Protestant.« Missbilligend verzog Auguste den Mund. Wohin war die Welt im Rheinland nur gekommen? Hier war man katholisch und sonst nichts.

»Die königliche Cabinetsordre ist vor fünf Tagen zurückgezogen worden«, erklärte Eduard, der als Mitglied des Vereins für Tonkunst bestens informiert war. »Gerade noch rechtzeitig, damit wenigstens genügend Besucher hinfahren können. Aber Tausende wie letztes Jahr hier in Düsseldorf werden es wohl nicht sein. Fünf Tage reichen für die Anreise nicht, wenn man im In- und Ausland davon ausgehen muss, dass das Fest verboten ist. Irgendjemand muss den König überzeugt haben. Ich vermute, es war unser Prinz Friedrich, er ist ja schließlich sein Neffe und fördert unseren Verein.«

»Wie gut, dass wir ihn hier haben!« Auguste machte großzügig eine Ausnahme, was Berliner Protestanten betraf. Seit ein paar Tagen prangte das Schild »Hoflieferant« am Handelshaus Hartmann, das hatten sie immerhin auch dem Prinzen zu verdanken. Und manche der Berliner waren ihrer Ansicht nach ohnehin über jede Kritik erhaben. Mendelssohn zum Beispiel war auch Protestant, und er machte die herrlichste Kirchenmusik in Lambertus, obwohl dort gerade die Orgel repariert wurde, oder in der Maxkirche, vor allem, wenn der Erzbischof aus Köln zu Besuch kam und alles ganz besonders feierlich sein musste.

»Der alte Burgmüller hätte sich sonst auch im Grabe umgedreht!«, fuhr sie empört fort. »Seit sechzehn Jahren findet das Fest nun statt, seitdem er hier Musikdirektor war. Sogar Köln macht inzwischen mit – und hat der Erzbischof vielleicht etwas dagegen, weil es immer zu Pfingsten ist? Nein! Außerdem hat Mendelssohn letztes Jahr mit unserem Chor ein Oratorium von Händel aufgeführt, ›Israel in Ägypten‹ hieß es wohl. Kannst du mir sagen, was daran falsch ist? Das ist doch christliche Musik!«

»Das ist wohl wahr, nur sieht man in Berlin wahrscheinlich jegliche Veranstaltung an hohen Kirchenfesten als Störung der Feiertagsruhe. Denk nur an die Bälle und Soireen während des Musikfestes oder das Pferderennen auf der Golzheimer Heide am Pfingstmontag. Dabei wird sogar gewettet! Und ganz ohne das ein oder andere Glas Wein oder Bier geht es auch nicht bei uns im Rheinland. Das sind wohl die tieferen Gründe.«

»Ach was!« Auguste war unversöhnlich. »Sie gönnen uns nur unser schönes Musikfest nicht. Wahrscheinlich reicht es ihnen nicht, dass sie nun hier regieren. Sie müssen uns auch noch jeden Spaß verderben.«

»Aber Auguste, so kannst du das nicht ...«

»Ah, sieh mal«, schnitt Auguste ihrem Mann das Wort ab. Ihre Meinung stand fest, daran war nichts zu rütteln. »Ich glaube, jetzt ist es so weit! Hedwig, träum nicht! Langsam, Emma! Lasst uns alle schön zusammenbleiben.«

Die Turmuhren der Stadt schlugen elfmal. Auf die Sekunde genau öffnete der Akademiediener das Portal der Galerie und ließ die Menschen die breite Treppe zum Ausstellungssaal hinaufsteigen.

✦✦✦✦✦✦

Clemens und Förster waren schon seit geraumer Zeit in einem der Arbeitsräume im Erdgeschoss der Galerie beschäftigt. Sogar durch das geschlossene Fenster drang laut und deutlich die Marschmusik vom Burgplatz herein, während sie Malutensilien verpackten. Auf dem Arbeitstisch standen zwei geöffnete Malkästen, in deren Fächern Schweinsblasen wie kleine Beutel in der Watte lagen. Säuberlich beschriftet enthielten sie mit Leinöl angerührte Farben für Ölskizzen: einige bereits mit Weiß oder Ocker gemischte Schattierungen, dann noch reines Weiß, Blauschwarz, Neapelgelb, Ocker, Grüne Erde und Ultramarin. Clemens band den letzten kleinen Zettel mit der Aufschrift »Zinnober« um den fest umwickelten Hals eines Beutels und kontrollierte, ob der Knochenstöpsel auch fest saß.

»Fertig«, seufzte er.

Förster warf einen kritischen Blick in die Kästen und zählte den Inhalt sicherheitshalber noch einmal auf. »Farben, Kreide,

Harz, Wachs, Leinöl, Lappen, Palette, Marderpinsel, Bleistifte, Kohlestifte, Papier. Ich glaube, wir haben alles.«

Clemens nickte.

»Jetzt können Lessing und Schirmer morgen getrost auf ihre Pfingstwanderung gehen«, sagte Förster und verschloss die Kästen. »Weißt du, wohin sie wollen?«

Clemens schüttelte den Kopf.

»Wahrscheinlich wieder in die Eifel«, vermutete Förster. »Oder ins Rheintal?«

Clemens zuckte die Schultern.

Förster verlor die Geduld. »Sag mal, was ist eigentlich los mit dir, Papenstiel? Kannst du noch mehr außer Nicken und Schulterzucken? Und jetzt wackle bloß nicht wieder mit dem Kopf. Sag was!«

Clemens blickte seufzend aus dem Fenster in den strahlend blauen Frühlingshimmel. Schmunzelnd setzte Förster sich halb auf den Tisch und ließ ein Bein baumeln.

»Aha«, stellte er fest. »Er ist verliebt. Komm, gesteh alles! Wie heißt sie, wo wohnt sie, was macht sie?«

»Mamsell Hartmann«, sagte Clemens nach einem kurzen Zögern und wandte den Kopf. »Und sie wohnt in der Bilker Straße.«

»Was? Du hast dich in deine Schülerin verliebt? Ich denke, sie geht dir auf die Nerven!«

Clemens schüttelte den Kopf. »Natürlich nicht Hedwig. Ich meine Emma Hartmann.«

»Hm«, nickte Förster. »Das kann ich verstehen. Sie sieht gut aus, und sie kann singen. Ihr einziger Nachteil scheint ihre Mutter zu sein.«

»Sie sieht nicht nur gut aus und hat eine glockenhelle Stimme«, begeisterte sich Clemens. »Sie kann auch malen! Man kann mit ihr über Farben und Pinsel reden, als wäre sie eine von uns. Und einmal habe ich sogar eins ihrer Bilder gesehen. Sie kann es wirklich! Sie ist zwar noch in einem Stadium, in dem man aus anderen Bildern kopiert, aber das macht sie meisterlich. Sie hat auch noch keinen Mut für eigene Kompositionen, das kann jedoch nicht mehr lange dauern.« Er blickte glücklich lächelnd vor sich hin. »Sie ist einfach perfekt!«

»Das war die längste Rede, die ich seit Wochen von dir gehört habe, mein Freund. Weiß sie, wie es um dich steht?«

»Nein«, wehrte Clemens ab. »Das heißt, ich glaube nicht. Was kann ich ihr denn schon bieten? Ich bin ein Malerschüler ohne Geld, und keines meiner Bilder war je auf einer Ausstellung. Ihre Eltern würden mich auslachen! Sie würden mir das Haus verbieten, und dann wäre der Unterricht für mich auch noch verloren. Ich kann es mir einfach nicht leisten, mit ihr zu reden.«

»Nun, es gibt auch andere Wege, ihr klarzumachen, dass du in sie verliebt bist.« Förster seufzte. »Ich beneide dich! Bei mir herrscht Öde in der Herzenskammer, wo sie doch schon so hübsch geschmückt ist. Aber keine der Düsseldorfer Schönen schaut sich nach mir um! Dabei habe ich zu beiden Augen unübersehbar Zettel heraushängen, auf denen groß und deutlich ›Zimmer zu vermieten‹ steht. Hier, siehst du?« Er zeichnete mit beiden Händen große Vierecke unter seine Augen. »Und was tun die Hartherzigen? Sie gehen vorbei und lesen es nicht.«

Clemens lachte. »Irgendeine wird es lesen, glaub mir«, tröstete er seinen Freund. »Aber sprich mit niemandem über Emma und mich, sonst ist in meiner Herzenskammer vielleicht auch bald wieder Öde.«

Förster hob feierlich die Hand. »Versprochen! Was denkst du denn von mir? Komm, lass uns jetzt ins Atelier hinaufgehen und mögliche Käufer hofieren.«

✦✦✦✦✦✦

Oben im ersten Stock der Galerie füllte sich der Saal mit leisem Geplauder, Stoffrascheln und dem Knarren der alten Holzdielen unter den Schritten der Besucher. An den mattgrünen Wänden des hohen Raumes hingen die Bilder in vergoldeten Rahmen dicht an dicht bis unter die Decke. Teilweise waren es die wenigen Gemälde der ehemals eindrucksvollen Sammlung, die schon zu Zeiten Jan Wellems hier gehangen hatten und nicht nach München gebracht worden waren. Das auffälligste dieser Bilder war ein vier Meter hohes Gemälde von Rubens, die »Himmelfahrt Mariens«, das direkt auf Eichenholz gemalt und damals für einen Transport nicht geeignet war. Aber auch neue Bilder der Düsseldorfer Maler hatten an den Wänden Platz gefunden, inzwischen waren für sie sogar zusätzliche Stellwände quer in den Saal geschoben worden.

An einem der tiefen Fenster zum Galeriehof stand Wilhelm Schadow mit einigen Herren zusammen. Sie unterhielten sich angeregt, und er hörte ihnen zu, wobei er sich, leicht vorgebeugt, über sein Kinn strich. Diese Geste kannten seine Schüler gut. Sie war unwillkürlich und konzentrierte ihn beim Nachdenken über eine neue Idee, eine Bildkomposition, ein Ringen mit der Kunst. Für Menschen, die ihn nicht kannten, machte er mit dieser Geste einen etwas ratlosen Eindruck. Aber diese Menschen unterschätzten ihn. Und ihn zu unterschätzen, war ein großer Fehler.

Zwei der Männer, denen er aufmerksam zuhörte, waren jünger als er, in der Mitte der Dreißiger, und bildeten mit Immermann zusammen das stadtbekannte »juristische Kleeblatt« des Kulturlebens. Vor fünf Jahren hatte es sie ins Rheinland verschlagen. Beide waren kunstbegeistert, und Schadow kannte und schätzte sie als kluge Gesprächspartner.

Der hagere Friedrich von Uechtritz war Landgerichtsrat, gebildet, belesen und selbst auch Schriftsteller. Er sah ein wenig kränklich und blass aus, nahm alles von einer ernsten Seite und scherzte selten, aber seine hellen Augen sprühten Feuer, wenn es um Kunst und Dichtung ging. Unermüdlich half er Schadows Schülern dabei, neue Kompositionsideen für ihre Gemälde zu finden, indem er an festgelegten Abenden in der Woche aus den Werken alter und neuer Dichter und Schriftsteller vorlas.

Der andere, Oberlandesgerichtsrat Karl Schnaase, hatte ein mehr philosophisches Interesse an der Kunst, vor allem an ihrer Geschichte. Von ihm ging hellwache Energie aus. Sein scharfer Verstand machte ihn zu einem guten Kritiker, aber auch zu einem echten Freund, der ermutigen und raten konnte. Seine Artikel über die Bilder der Düsseldorfer Künstler unterschieden sich wohltuend von anderen Kritiken, weil er den allzu oft benutzten leeren Floskeln stets die überlegte Aussage vorzog.

Schadow konzentrierte sich wieder auf den Mann, den die beiden in ihre Gesprächszange genommen hatten. Louis de Boer war erst seit ein paar Wochen in der Stadt, und Schadow wusste nicht recht, was er von ihm halten sollte. Er schien noch jung zu sein, vielleicht sah er auch nur so aus, und war mit einem ebenmäßigen Gesicht und einem schlanken, elastischen Körper gesegnet. Man könnte ihn gut als Modell für den Adonis aus der griechischen Sage gebrauchen. Frauenzimmer jeden Alters warfen ihm jedenfalls lange Blicke zu, wie Schadow schmunzelnd beobachten konnte.

Er legte den Kopf schräg, wie immer, wenn er in Betrachtungen über ein mögliches Bildmotiv versunken war. Vielleicht kam de Boer eher noch als Narziss infrage, der gerade sein eigenes Spiegelbild im Wasser bewundert. Man könnte den Narziss auch einmal nach der Erzählung des Griechen Pausanias malen – ein Blatt ist vom Baum ins Wasser gefallen, kreisförmig breiten sich kleine Wellen über die glatte Oberfläche, verzerren das Spiegelbild, und Narziss verzweifelt an seiner vermeintlichen Hässlichkeit. Am Ufer müsste eine einzelne Blume stehen, eine Narzisse als Symbol für den nahenden Tod des Jünglings. Warum stiegen ihm nur immer solche boshaften Bilder in den Kopf, wenn er auf diesen Menschen traf? Das war normalerweise gar nicht seine Art. De Boer gab sich selbstsicher und weltmännisch, aber er hatte so etwas unangenehm Dünkelhaftes, so etwas anmaßend Blasiertes. Man verhielt sich nicht so, wenn man andere von einer Idee überzeugen wollte, vor allem nicht, wenn die anderen ein Akademiedirektor und zwei gestandene Kunstkenner waren. De Boer wollte also eine Kunsthandlung in Düsseldorf eröffnen, wie er sehr beredt ausführte. Eine Kunsthandlung mit Galerie, in der ein Käufer gleich die Gemälde in all ihrer Farbenpracht bewundern konnte, was, verglichen mit einfachen Kupferstichen, die Kauflust steigern sollte. Bei aller Skepsis gegenüber der Person de Boers war Schadow doch gespannt, wie die Diskussion sich entwickeln würde. Wieder strich er mit der Hand über sein Kinn.

»Nun, bisher haben unsere Künstler gute Erfahrungen damit gemacht, selbst mit Interessenten zu verhandeln«, sagte von Uechtritz bedächtig, »bei einem persönlichen Gespräch in ihrem Atelier und bei diversen Ausstellungen. Der gute Ruf der Düsseldorfer Schule ist so weit verbreitet, dass es an Käufern und Sammlern nicht fehlt.«

»Aber ich bitte Sie!« De Boer hob die Arme in einer Geste völligen Unverständnisses. »Das ist passé. Glauben Sie mir, in den kommenden Zeiten wird es nötig sein, in verstärktem Maße die Vermittlung von Kunsthändlern zu suchen.«

»Manche unserer Maler können ihre Aufträge schon so kaum bewältigen«, wandte Schnaase ein. »Unser Kunstverein, dessen Sekretär zu sein ich die Ehre habe, ist im Wachsen begriffen. Seine Verbindungen nach außen mehren sich stark, Angebote unserer Gemälde in Form von Kupferstichen und Lithographien gehen bis zu Sammlern in Berlin, Dresden oder …«

»Berlin! Dresden!«, schnaubte de Boer verächtlich. »Ich biete Paris, London und dergleichen. In meiner Galerie werden die Düsseldorfer Künstler neben den modernen Malern anderer künstlerisch bedeutender Nationen vertreten sein. Und nicht nur das. Es kann sich auch eine Art Austausch von Ideen daraus entwickeln, ein Kunstverkehr, der auf die Kunst selbst einwirkt.«

Schadow wurde hellhörig. »Was meinen Sie damit?«

»Nun, durch den Blick über die Grenzen hinaus erweitert der Künstler seine Kenntnis des Marktes, der Käuferwünsche.«

Von Uechtritz schüttelte den Kopf. »Unsere Künstler malen ihre Bilder nach den Empfindungen ihrer Seele, nicht nach den Wünschen der Käufer.«

»Das mag seine Richtigkeit haben.« Ein amüsiertes Lächeln spielte um de Boers Mund. »Aber ihre Seele scheint vor allem voll Trauer und Schmerz zu sein. Bedenken Sie allein die Titel der Bilder! Lessings ›Trauerndes Königspaar‹ hat vor vier Jahren den Anfang gemacht, vor zwei Jahren folgten dann Bendemanns ›Trauernde Juden im babylonischen Exil‹ und noch ein traurig auf sein Leben zurückblickender ›Räuber und sein Kind‹ von Lessing. Entschieden zu viel Trauer, meine Herren.« Fast mitleidig betrachtete er seine Gesprächspartner.

Von Uechtritz war sichtlich bemüht, sich nicht persönlich beleidigt zu fühlen. Lessing war sein erklärter Protegé. Er war – und das nicht nur seiner Meinung nach – der beste, der eigenwilligste Maler hier. Sein Königspaar, das um sein totes Kind trauerte, hatte Furore gemacht, hatte gezeigt, was damals schon in ihm steckte, wenn es darum ging, die Aussage eines Gedichtes gekonnt in die Malerei zu übertragen. Sogar Wilhelm von Humboldt hatte sich lobend geäußert, und die Zarin von Russland hatte das Bild gekauft!

»Bendemanns ›Gefangene Juden in Babylon‹, wie übrigens der richtige Titel des Bildes lautet, erfreuen sich großer Beliebtheit«, sagte Schnaase scharf. »Er scheint genau den Geschmack der Zeit zu treffen, denn das vom Kunstverein in Auftrag gegebene Kupferstichblatt wird uns aus den Händen gerissen.«

De Boer ließ sich nicht beeindrucken. »Warum hatte dann Schroedters Bild von den ›Trauernden Lohgerbern‹ einen solch umwerfenden Erfolg? Die Leute haben sich wahrhaft königlich amüsiert, als es vor zwei Jahren in Berlin ganz in der Nähe der anderen Trauernden aus Düsseldorf hing.«

»Ach?« Von Uechtritz immer bleiche Wangen hatten Farbe angenommen. »Kunst ist also etwas, das amüsieren muss, damit es Ihrer Meinung nach interessiert?«

»Natürlich nicht. Aber Schroedter hat den Nerv getroffen! Stellen Sie sich doch die Szenerie vor: Noch ergriffen von Bendemanns Gemälde gehen die Leute weiter, bis sie den Titel von Schroedters Bild lesen. Sie tun, was in einer Ausstellung selten passiert. Sie lachen. Und warum? Da knien einfache Lohgerber am Ufer eines Flusses und schauen mit wahrhaft heroischer Wehmut zu, wie eine ihrer Kuhhäute unerreichbar davonschwimmt. Das ist nicht nur gekonnte Parodie und, damit verbunden, die Warnung, dass Ihren Malern die Felle wegschwimmen, wenn sie so weitermachen. Das ist es doch, was die Leute sehen wollen: verständliche Szenen aus dem Leben, aus dem Alltag. Genremalerei!«

»Gut gemalte Bildchen, nichts weiter! Schroedter kann zum Glück mehr«, ließ sich Schadow vernehmen. Der Mensch begann ihm auf die Nerven zu gehen. De Boer hatte nur seine Geschäfte im Kopf und verstand offenbar überhaupt nichts von den Zielen einer Kunstakademie. »Sie wollen Ihren Laden also voller Bildchen hängen? Sie verschmähen die hohe Kunst und den guten Geschmack, die eine Akademie vordringlich zu hüten hat?«

»Sie unterschätzen die Genremalerei, verehrter Herr Direktor«, konstatierte de Boer einen Hauch zu überheblich, um noch freundlich zu erscheinen. »Immer nur Heroisches, Religiöses, Poetisches, das man in seiner Tiefe erst einmal erkennen und verstehen muss, um die Idee eines Malers überhaupt zu begreifen, ist nicht unbedingt das, was die Leute sich in ihre Salons hängen. Szenen aus der eigenen Umwelt sind der Geschmack der Zeit. Sie reizen nicht nur Einzelne zum Erwerb eines Bildes, sie sprechen viel größere Käuferkreise an.«

»Sind das Ihre Ideen eines Kunstverkehrs, der auf die Kunst selbst einwirkt?« Schnaase gab zwar jedem erst einmal die Möglichkeit, sich zu äußern, aber nun war es genug. Er wich zurück, um sichtbaren Abstand von de Boer zu nehmen. »Sie wollen nicht nur die Bilder eines Künstlers verkaufen, sondern den ganzen Mann.«

»Und seine Seele!«, warf von Uechtritz dazwischen. »Empörend!«

»Aber ein Künstler will doch auch leben«, verteidigte sich de Boer.

»Wenn Sie die Provision für Ihre Vermittlung aus der Verkaufssumme nehmen, wird er mit seiner Kunst weniger verdienen, als er es im Augenblick tut.« Schnaase blickte de Boer mit einem kühlen Lächeln an. Vor Gericht zeigte es sich immer, wenn er einen Schuldigen überführt hatte.

De Boer schüttelte ungeduldig den Kopf. »Dies wird durch die erhöhte Anzahl der Verkäufe ausgeglichen! Der Geschmack des Publikums …«

»… ist zunächst einmal unwichtig«, vollendete Schnaase den Satz. »Sie sollten wissen, dass die Akademie keine simple Bilder-Manufaktur ist. Hier bei uns in Düsseldorf geht es um freie Kunstausübung, sei es nun Historie, Landschaft oder Genre. Kunst soll und muss von allen einseitigen Ansprüchen unbefangen sein. Das betrifft auch den Ihrer Meinung nach einseitigen Geschmack des Publikums.«

»Mit dem Ergebnis ist nicht unbedingt jeder zufrieden. Manch ein Kritiker hat …«

»Genug!« Schadow brachte de Boer mit einer ungeduldigen Handbewegung zum Schweigen. »Bevor Sie und Ihre Kritiker nicht begriffen haben, worauf es in unserer akademischen Kunst ankommt, sind Sie hier fehl am Platz! Hier zählt vordringlich die poetische Idee, die größte Wahrheit der Darstellung, das Zusammenwirken von Gefühl, Fantasie und Verstand. Geld und Ruhm sind zweitrangig, wiewohl jeder Künstler natürlich auch darin nach Kräften gefördert wird. Ich wünsche einen guten Tag.«

De Boer blickte ungläubig von einem zum anderen, aber die abweisenden Mienen gestatteten ihm nur eine knappe Verbeugung. Er wandte sich um und ging.

Verärgert unterhielten sich Schnaase und von Uechtritz mit leiser Stimme über das gerade Gehörte, während Schadow erleichtert aufatmete. Sein Blick fiel auf die Decke des Saales. Sie war im Barockstil ausgemalt, im wunderbaren, die Augen täuschenden Stil der Italiener. Sie waren Meister im Spiel mit der Illusion! Rundherum sah man perspektivisch verkürzte Säulenreihen und hervorstehende Balkone, als gäbe es dort oben noch ein zusätzliches Stockwerk und man selbst stünde im Innenhof eines Palastes. In der Mitte, im Himmelsblau, schwebte frei über den Köpfen der Besucher ein vielkantiger Riesenwürfel, das Symbol für die Vergänglichkeit der Welt und die Hoffnung auf materielles Glück. Er sah beängstigend aus, fast so, als könnte er jeden Moment herabstürzen und die Hoffnung zunichtemachen. Nun, im Falle des Kunsthändlers hatte er das durchaus getan. Wahrscheinlich wanderte de Boer jetzt durch die Ateliers, um mit den Künstlern persönlich zu sprechen. Sei's drum! Am Ergebnis konnte er den Charakter seiner Schüler ermessen. Dieser Mensch hatte insgesamt noch viel zu lernen, bis man ihn als Kunsthändler würde ernst nehmen können. Allerdings war die neue Idee, eine Kunsthandlung mit einer Galerie zu verknüpfen, gar nicht so schlecht. Es wäre etwas Spezialisiertes, auf jeden Fall etwas anderes als jetzt, wo in einem Geschäft neben Büchern, Luxusartikeln oder Bijouteriewaren auch Kupferstiche von Gemälden auslagen. Der Kunsthändler Sachse in Berlin hatte auch schon von dieser Idee gesprochen. Eine solche Galerie würde neben den Anstrengungen des hiesigen Kunstvereins eine weitere Möglichkeit bieten, Käufer und Sammler für die Arbeiten der Düsseldorfer Maler zu interessieren. Er wollte darüber nachdenken, die Sache von allen Seiten beleuchten. Nicht umsonst war einer seiner festen Grundsätze in der Kunstausbildung, für das finanzielle Auskommen seiner Schüler zu sorgen.

»Herr Direktor?«

Schadow wandte den Kopf. Ein junger Mann stand vor ihm, um die zwanzig vielleicht, auf jeden Fall nicht älter als seine Malerschüler.

»Ja bitte?«

»Professor Hildebrandt hat gesagt, ich soll mich bei Ihnen vorstellen, Sie wüssten dann schon Bescheid. Ich heiße Johann Baptiste Paffrath.«

»Ah, der Schreiner. Wunderbar! Kommen Sie mit in mein Bureau, junger Freund, damit ich Ihnen erklären kann, was für die Berliner Ausstellung vonnöten ist. Dort ist mehr Ruhe.« Schadow nickte von Uechtritz und Schnaase noch einmal zu und verließ mit Paffrath den Saal.

✦✦✦✦✦✦

De Boer war wütend. Fast hätte er beim Hinausgehen die Tür hinter sich zugeworfen, aber er besann sich gerade noch rechtzeitig darauf, wo er war, und ließ sie offen. Eine Gruppe erwartungsvoller Galeriebesucher kam die Treppe herauf, direkt auf ihn zu. Er wich ihnen aus, umrundete den Sockel mit der Marmorbüste Jan Wellems und ging bis zum Fenster am Ende des kurzen Flurs. Keine Sekunde zu früh, denn kaum hatten die Besucher den Saal betreten, kam Schadow mit einem jungen Mann heraus und verschwand mit ihm in seinem Bureau. Der Akademiedirektor war der Letzte, den de Boer im Augenblick sehen wollte. Hier am Fenster war niemand, und er konnte wenigstens versuchen, sich wieder zu beruhigen, ohne neugierig angestarrt zu werden. Von hier fiel der Blick auf den Galeriehof und den wieder instand gesetzten Flügel des alten Schlosses, in dem die Malerklassen der Akademie untergebracht waren. Was für ein heruntergekommener Ort! Und so etwas nannte sich Kunstakademie! Worauf bildete man sich hier eigentlich etwas ein? Schadow hatte doch nicht einmal die passende Umgebung für seine hochfliegenden Ansprüche! Ein baufälliger Schlossturm an der Ecke eines fast gänzlich abgebrannten und eines bereits abgerissenen Schlossflügels stand allein und zwecklos auf seinem Platz. Die Kellergewölbe des abgerissenen Flügels nutzte ein Spediteur als Warenlager, ein weiterer Flügel zum Rhein hin war notdürftig repariert. Die alte Galerie des Kurfürsten war das einzige einigermaßen präsentable Gebäude in dieser Ansammlung von Ruinen, in denen es entsetzlich modrig roch, weil der Bach, der der Stadt ihren Namen gegeben hatte, unter ihnen herfloss. Da war de Boer aus Berlin anderes gewöhnt! Dort, Unter den Linden, stand die ehrenwerte Akademie an einer der besten Adressen der Stadt!

Er seufzte tief auf. Sein Zorn war fast verraucht, übrig geblieben war der schale Geschmack einer Niederlage. Wie hatte er nur so dumm sein können, in diese Provinzstadt zu kommen? Er hatte geahnt, dass es nicht einfach sein würde, seine Vorstellungen begreiflich zu machen, und jetzt war er fürs Erste grandios gescheitert. Aber wie immer sie es hier geschafft hatten, sich so schnell einen Ruf zu erwerben – genau dieser gute Ruf der Malerschule war es ja, der ihn nach Düsseldorf gelockt hatte. Wäre er vorhin nur ein wenig diplomatischer gewesen! Was der Kunsthändler Sachse in Berlin vorhatte, das wollte er hier in dieser Stadt versuchen. Er hatte Sachse lange genug beobachten können, als er bei ihm gearbeitet hatte. Jetzt besaß er das Wissen, die nötige Bildung und auch eine hoffentlich ausreichende finanzielle Grundlage, die ihm sein Vorhaben ermöglichen würde.

Auch Sachse hatte immer wieder Schwierigkeiten mit der Berliner Akademie. Erst kürzlich hatte man ihm vorgeworfen, er und seinesgleichen würden die Ausstellung der Akademie so behandeln, als sei sie ein öffentlicher Markt und Kunsthandel ihr einziger Zweck. Und das nur, weil Sachse auch aus dem Ausland wertvolle Bilder für die große Ausstellung beschaffen sollte, aber keines darunter war, das zu den akademisch wertvollen Historiengemälden gehörte. Natürlich nicht! Sie waren nicht zu verkaufen, für das breite Publikum zu groß und zu teuer und für einen Kunsthändler deshalb Ladenhüter. Der Begriff »wertvoll« hatte durchaus zwei Seiten. Wie blind! Und so rückständig! Aber das war nicht weiter verwunderlich. Der Direktor der Berliner Akademie hieß schließlich auch Schadow. De Boer schüttelte den Kopf. Wie der Vater, so der Sohn! Aber vielleicht konnte man den Sohn umgehen, wenn man direkt mit den Künstlern sprach. Er holte tief Luft, straffte die Schultern und brachte seine Gesichtszüge in die gewohnte freundliche Verbindlichkeit, mit der er bei den Kunstliebhabern Berlins so erfolgreich gewesen war.

»Gehen wir also in die Ateliers«, murmelte er vor sich hin und machte sich auf den Weg.

✦✦✦✦✦✦

Emma schwebte im siebten Himmel. Katharina war es tatsächlich gelungen, ihre Eltern davon zu überzeugen, dass Emma unbedingt mit ihr zusammen die Ateliers besuchen müsste. Fast alle waren heute geöffnet, was nicht immer der Fall war. Ihre Mutter hatte zuerst mit ihrer Erlaubnis gezögert, weil sie selbst lieber im Ausstellungssaal blieb, statt in Ateliers zu gehen, wo die Menschen sich drängten und sich gegenseitig die Sicht auf die Staffeleien versperrten. Aber dann siegte wohl ihre Neugier. Wahrscheinlich hoffte sie, dass Emma ihr später interessante Details erzählen konnte.

Nun spazierten Emma und Katharina also durch den ersten und zweiten Stock des Akademiegebäudes und schauten sich um. Die Künstler teilten sich jeweils ein Atelier mit anderen, weil es nicht genug Platz für alle gab. Die Zimmer waren geräumig, sehr hoch und wegen der großen Sprossenfenster auch hell genug. Bei den meisten Malern war die untere Reihe der Scheiben mit nicht mehr benutzten kleineren Leinwänden zugestellt, damit das Licht nicht direkt auf die Staffeleien fiel. Leinwände lehnten an den getünchten Mauern, darüber waren

Skizzen angeheftet, Farben, Pinsel und alle möglichen Dinge, die irgendwann für ein Bild gebraucht worden waren, lagen in scheinbarer Unordnung herum. Was für ein Glück musste es sein, hier zu arbeiten!

Oben im zweiten Stock waren die Räume und die Fenster nicht ganz so hoch. Schadow hatte damals in die fast zehn Meter hohen Säle dieses Galerieflügels ein Stockwerk einziehen lassen, um mehr Platz für Meisterateliers zu gewinnen. Hier oben arbeiteten die Landschafter unter Schirmers Leitung. Als die beiden Freundinnen sein Atelier betraten, wurde Katharina freudig begrüßt.

»Sieh da, die gute alte Severin!«, rief Andreas Achenbach fröhlich. »Wissen Sie, dass Sie sich überhaupt nicht verändert haben, seit ich zehn war und Sie mir das Zeichnen beigebracht haben?«

Katharina lachte. »Sie tun ja gerade so, als wäre ich eine alte Frau, mein Lieber, dabei ist das gerade mal neun Jahre her!«

»Das ist wirklich nicht charmant, Achenbach, entschuldige dich bei der Dame!«, schmunzelte Schirmer, legte Pinsel und Palette beiseite und wischte sich die Finger an einem Tuch ab. »Ich lasse nichts auf sie kommen. Immerhin hat sie mich überhaupt erst an die Akademie gebracht. Wenn sie damals nicht mit mir hierher gegangen wäre, hätte ich keinen Mut gehabt und müsste heute immer noch Bücher für ihren Vater binden.«

»Ach was, das kennt sie von mir!« Achenbach zwinkerte Katharina zu. »Und wer ist diese überaus liebliche Erscheinung?«

»Das ist Emma Hartmann«, stellte Katharina ihre Freundin vor. »Sie möchte Malerin werden und hat großes Talent dazu, wie ich finde.«

»Haben Sie bei unserer Severin Unterricht?«, fragte Schirmer interessiert. Katharinas Einschätzung schien ihm auszureichen.

»Nein«, antwortete Emma. »Bei Professor Kolbe.«

»Hm!« Schirmer wiegte zweifelnd den Kopf. »Ich hoffe, Sie kommen mit ihm zurecht. Für uns war es damals nicht einfach, bevor Schadow kam. Ich kann mich noch erinnern, dass Kolbe manchmal etwas seltsame Vorstellungen von Perspektive und dergleichen hatte.«

»Sie sollten Ihre Schützlinge besser beraten, Mamsell Severin«, mischte sich Achenbach ein. »Wissen Sie, dass Carl Sohn auch privaten Unterricht in seiner Malklasse erteilt?«, wandte er sich an Emma. »Er kann Ihnen ausgezeichnete Ratschläge geben, wenigstens ist er hier dafür bekannt.«

Emma genoss das Gefühl, dass man sie ernst nahm.

»Das wusste ich nicht, aber ich bin nicht sicher, ob ich mir das leisten kann. Wie viel Honorar nimmt er denn?«

»Das müssten Sie ihn am besten selbst ...«

»Stören wir?« Johann Förster steckte den Kopf zur Tür herein. »Wir haben einen Umherirrenden aufgelesen. Er behauptet, Kunsthändler zu sein.«

Höflich ließ er de Boer den Vortritt. Hinter seinem Rücken verdrehte er allerdings die Augen und imitierte lautlos de Boers stolzierende Art zu gehen. Schirmer und Achenbach verbissen sich das Lachen und begrüßten de Boer. Auch Clemens schlenderte herein und blieb wie angewurzelt neben Förster stehen. Er versuchte vergeblich, nicht wieder weiche Knie zu bekommen. Da war Emma! Ihr Anblick traf ihn völlig unerwartet, und als sie ihn erkannte, lächelte sie ihn sogar an. Er wollte seinen Mut zusammennehmen und zu ihr gehen, aber da schlich schon dieser Kunsthändler um sie herum. Clemens beobachtete missmutig, wie de Boer die beiden Damen sogar mit Handkuss begrüßte, als wäre hier eine Abendgesellschaft. Und Emma schien dies auch noch zu gefallen! Sie lachte und sagte irgendetwas zu ihm, worüber er sich bestens zu amüsieren schien. Am liebsten wäre Clemens dazwischengegangen.

»Sah ein Knab ein Röslein stehen, was, Papenstiel?«, raunte Förster dem finster dreinblickenden Freund ins Ohr. »Nur Geduld. Bonvivants nutzen sich ab. Und deine Emma wickelt er nicht um den Finger.«

»Ich will es hoffen«, seufzte Clemens unglücklich, aber dankbar für den Zuspruch seines einzigen Vertrauten in dieser Herzenssache.

»Sie sind Kunsthändler?«, wandte sich Achenbach an de Boer, und dieser erzählte umfassend und in den schönsten Farben von seinen Plänen.

»Weiß Direktor Schadow davon?«, fragte Schirmer, als de Boer geendet hatte. »Bei einer so groß aufgezogenen Sache müssten Sie eigentlich mit ihm sprechen und mit dem Kunstverein, aber das läuft fast auf das Gleiche hinaus, weil er den Vorsitz hat.«

De Boer wand sich. »Ich habe vorhin mit ihm geredet, nur schien er noch abwägen zu wollen«, beschönigte er den Verlauf des Gesprächs.

»Dann sollten wir seine Entscheidung abwarten«, sagte Achenbach. »Wir haben ohnehin genug Aufträge mit lohnendem Honorar, mehr ist von vielen kaum zu bewältigen. Und anders als bei unseren Ausstellungen wäre es für Sie ja nicht gerade förderlich, bereits verkaufte Bilder in Ihre Galerie zu hängen, oder?«

»Waren Sie schon im ersten Stock bei den Historienmalern?«, wollte Schirmer wissen. »Vielleicht gibt es dort Interessenten.«

»Ja, da war ich.« De Boer zuckte die Schultern. »Aber die Maler waren vollauf mit Atelierbesuchern beschäftigt.«

Schirmer zog seine Uhr aus der Westentasche. »Kurz vor eins. Die Besuchszeit müsste gleich vorüber sein.«

»Dann lasst uns nach unten gehen«, sagte Förster. »Die anderen sind wohl alle bei Robert Reinick. Er will Maitrank spendieren, wenn die Besucher gegangen sind.«

»Und das sagst du erst jetzt?«, rief Achenbach entrüstet und verließ umgehend den Raum.

Die anderen Maler und de Boer folgten ihm. Clemens drehte sich noch einmal um und nickte Emma zu, dann war auch er verschwunden.

»Kommen Sie doch mit hinunter!«, forderte Schirmer die beiden Damen auf, als er die Tür abschloss und zur Treppe ging. »Sie wissen ja, wo Reinicks Atelier ist, Mamsell Severin.«

Emma war unsicher. Sie wäre gerne mitgegangen, allein um in Clemens' Nähe zu sein. Und der Kunsthändler hatte ihr auch gut gefallen, er war so ungemein galant! Aber Maitrank wurde im Augenblick überall in Düsseldorf in wahren Mengen getrunken. Die Auswirkungen kannte jeder.

»Sollen wir nicht lieber gehen?«, fragte sie ihre Freundin.

»Nein, nein!« Katharina schüttelte den Kopf. »Wenn du die Düsseldorfer Maler wirklich kennenlernen willst, musst du auch miterleben, wie sie feiern. Keine Angst, es ist völlig harmlos«, fügte sie lachend hinzu, als Emma immer noch zögerte. »Komm mit!«

Unten im ersten Stock wusste jeder sofort, wo Reinicks Atelier sein musste. Aus einer geöffneten Tür drang übermütiger Gesang.

»Waldmeisterlein, Waldmeisterlein!
Nur in die Schale frisch hinein,
Zum Nektar mach für uns den Wein,
Dann sollst du hoch gepriesen sein.
Waldmeisterlein!«

»Männer, ich bin zu Tränen gerührt!«, rief Adolph Schroedter in bester Stimmung, als der letzte Ton verklungen war. Er war blond, gehörte zu den wenigen ohne Schnurrbart und hatte immer ein Lächeln in den Augen. »Mendelssohn wäre so stolz auf uns! Wer will noch mehr von dieser köstlichen Medizin?«

»Frag lieber, wer endlich auch etwas will!«, beklagte sich Achenbach.

»Komm her, mein Freund!« Schroedter füllte großzügig Reinicks Maitrank in ein Glas. »Und hier ein Schlückchen für die Damen!«

Clemens sah, dass Emma an ihrem Glas nur nippte. Klug von ihr! Er konnte sich Madame Hartmanns Reaktion auf eine weinselige Tochter lebhaft vorstellen – Emma würde nie wieder in die Nähe eines Malers kommen dürfen!

Das Gleiche dachte auch Emma, die sich mit großen Augen umblickte. Da waren sie alle versammelt, deren Namen und Bilder sie schon so lange kannte. Bendemann und Mücke standen vor der Staffelei des siebzehnjährigen Alfred Rethel, der sich mit Reinick das Atelier teilte. Auf der Leinwand entstand gerade sein »Heiliger Bonifatius«, und die beiden Künstler lobten den jungen Maler für seine jetzt schon sichtbare Meisterschaft.

Hildebrandt steckte eilig den Kopf herein. »Weiß jemand, wo Hübner ist?«

»Mit der Familie nach Hause gegangen«, antwortete Bendemann. »Meine kleine Nichte wurde wohl ein wenig quengelig.«

»Ach so! Wie, es gibt Maitrank?« Hildebrandts enormer Schnurrbart hob sich an den äußeren Ecken empor, was die anderen inzwischen richtig als erfreutes Lächeln interpretierten. Nicht umsonst hatte Mendelssohn seinen Malerfreund »Höllenbart« getauft. »Famos! Dann bleibe ich noch.«

»Und wer ist das?«, fragte Schroedter, reichte Hildebrandt ein Glas und sah de Boer neugierig an. »Möchten Sie auch etwas zu trinken?«

»Das ist ein Kunsthändler aus Berlin«, verkündete Förster. »Er hat große Pläne und braucht deshalb unbedingt Stärkung.«

Auch de Boer bekam ein Glas. Gut gelaunt und aufmerksam hörten sich die Maler seine Geschichte an. Emma bewunderte ihn für seine Redegewandtheit und war sicher, dass die Maler Feuer und Flamme für seine Pläne sein würden, sie klangen doch wunderbar! Aber sie täuschte sich.

»Weiß Direktor Schadow davon?«, fragte Lessing. Er überragte die anderen um Haupteslänge und stand breitbeinig und selbstsicher im Raum.

Über de Boers Miene huschte ein verärgerter Ausdruck, der allerdings sofort verschwand, und das liebenswürdige Lächeln erschien wieder auf seinem Gesicht. »Er denkt darüber nach«, antwortete er knapp.

»Dann warten wir so lange«, sagte Carl Sohn mit seiner tiefen Stimme. »Er wird sich auch um Ihre Referenzen kümmern, und dann sehen wir weiter. Noch sind Sie uns ja völlig unbekannt.«

Damit schien für alle die Sache erledigt zu sein, wie de Boer verdrossen feststellen musste.

Clemens frohlockte insgeheim über de Boers Verärgerung. So zog er sich in seinen Schmollwinkel zurück und ließ wenigstens Emma in Ruhe.

»Wo ist eigentlich Reinick, der edle Maitrankspender?« Förster blickte sich mit erhobenem Glas suchend um.

»Hinter mir am Fenster«, sagte Lessing und trat zur Seite.

Reinick saß auf einer niedrigen Trittleiter mit dem Zeichenbrett auf den Knien und einem Bleistift in der Hand, neben ihm stand ein kleiner älterer Mann. Emma und Katharina erkannten ihn sofort. Es war Ludwig Giesen, der Theaterzettelträger. Die beiden sprachen lebhaft miteinander, und schnell wurde klar, worum es ging, denn Reinick nutzte die Gelegenheit, dass alle zu ihm hinüberblickten und ihm zuprosteten.

»Hört mal, wie findet ihr das? Ludwig braucht wieder ein neues Gedicht, damit er genug Trinkgeld bekommt, wenn das Theater jetzt bald für den Sommer schließt! Wir haben wenigstens schon den Anfang:

Jetzt erneut sich die Natur,
herrlich grünt der Wald, die Flur,
neu belebt ist Berg und Feld,
nur mit mir ist's schlecht bestellt.«

»Vortrefflich!«, lobte Achenbach. »Die Natur stimmt heiter, ein wenig Gejammer erregt Mitleid.«

»Ja, aber da muss noch das biblische ›Geben ist seliger denn Nehmen‹ hinein. Das wird die Börsen öffnen!«, rief Schroedter.

»Richtig«, nickte Reinick. »So etwas wie ›denn die größte Freud im Leben – ist nicht das Nehmen, nein, das Geben‹! Ha! Jetzt haben wir schon den Schluss, denn da muss es hin, fehlen nur noch ein paar Strophen in der Mitte. Und könnten wir vielleicht endlich auch ein Glas Maitrank bekommen? Da denkt es sich besser.«

Förster legte sich schwungvoll ein Tuch über den Arm und stellte mit einer kleinen Verbeugung zwei gefüllte Gläser auf die Fensterbank.

»Bitte sehr, die Herren!«

Aber Reinick war mit seinen Gedanken schon wieder weit

weg. Er schrieb Verse auf, strich sie durch, schrieb neu, und Ludwig Giesen unterstützte ihn nach Kräften. Schließlich erwarteten die Düsseldorfer jedes Jahr am Ende der Spielzeit mit dem letzten Theaterzettel ein Bittgedicht von ihm! Und niemand konnte ihm besser dabei helfen als der Düsseldorfer Malerdichter, der mit seinen witzigen oder gefühlvollen Reimen für die Malerfeste sogar Immermann Konkurrenz machte.

Emma musste zugeben, dass Katharina recht hatte. Sie fühlte sich mitten unter den Malern wohl. Wie in einem Kreis von Freunden, die sich gut kannten und wertschätzten. Sie verstand nur nicht, warum Clemens Papenstiel ein so mürrisches Gesicht machte. Sie hatte ihm hin und wieder verstohlene Blicke zugeworfen, aber er hatte nur den Kunsthändler im Auge gehabt und es wohl gar nicht bemerkt.

De Boer stand unterdessen etwas abseits mit seinem Glas in der Hand und beobachtete das Treiben um sich herum. In diese verschworene Gemeinschaft einzudringen, war nicht leicht. Was er ein paar Stunden lang hier erlebt hatte, war wirklich eine Schule außergewöhnlich begabter Maler mit ihrem Meister. Das nötigte sogar ihm Respekt ab. Trotzdem würde ihm schon etwas einfallen, das sie alle, einschließlich Schadow, von seiner Idee überzeugte! Es gab auch noch andere Wege. Er war ihnen unbekannt? Sie sollten ihn kennenlernen!

✦✦✦✦✦✦

Bald danach verließen Emma und Katharina die Galerie und gingen die Mühlenstraße hinunter. Emma war ganz erfüllt von dem, was sie erlebt und gesehen hatte. Sie war froh über einen Spaziergang, bei dem sie sich ihre Eindrücke von der Seele reden konnte.

»Ich muss aber bald im Hofgarten sein«, sagte sie zu Katharina, »im Restaurant oben auf dem Ananasberg. Ich habe es meinen Eltern versprochen.« Sie verdrehte die Augen. »Sozusagen als Ausgleich dafür, dass ich mit dir die Ateliers besuchen durfte.«

»Ich finde das sehr großzügig«, sagte Katharina. »Sie verzichten immerhin beim Sonntagsmahl auf dich, und das an Pfingsten! Und? Was hältst du von unseren Malern?«

Mit glänzenden Augen schwärmte Emma ihr von den Malern und den Bildern auf den Staffeleien vor. »Und dann dieser de Boer! So galant!«

»Nun ja, er kommt eben aus der Residenz. Die Leute in Berlin sind bestimmt völlig anders als hier.« Katharina lächelte. »Aber das gefällt nicht jedem. Papenstiel hat ihn mit Blicken förmlich durchbohrt, als er dich begrüßt hat. Der junge Mann scheint dich zu mögen.«

Emmas Wangen röteten sich. »Ich weiß. Und ich warte darauf, dass er endlich etwas sagt!« Sie seufzte. »Meinst du, es gibt irgendwann einmal eine Zeit, in der auch ein Frauenzimmer zeigen darf, dass ihr ein Mann gefällt?«

»Aber Emma!«, sagte Katharina vorwurfsvoll. »Du weißt doch, dass sich das nicht schickt.« Sie lächelte ihre Freundin an. »Du magst ihn also auch?«

Emma nickte. »Dabei hat er wirklich genug Gelegenheiten!« Ihr Ton wurde ein wenig frostig. »Zum Beispiel eben in den Ateliers. Und er ist auch im Chor und kommt zu uns wegen Hedwigs Unterricht. Wir sehen uns eigentlich sehr oft.«

Katharina versuchte ihr Bestes, Emma zu trösten. »Das sind aber wirklich nicht die richtigen Orte, dir seine Gefühle zu offenbaren«, erklärte sie. »Er muss vorsichtig sein, deine Eltern würden ihn sonst sofort hinauswerfen. Oder noch schlimmer, die ganze Stadt würde reden! Du weißt doch, wie die Leute sind. Genau deshalb verhält er sich zurückhaltend. Das ist klug, sonst erginge es ihm wahrscheinlich ähnlich wie damals dem armen Schirmer.«

»Was war denn mit ihm?«, fragte Emma, schon sanfter gestimmt.

»Das muss aber unter uns bleiben«, beschwor Katharina ihre Freundin. »Jetzt ist endlich Gras über die Sache gewachsen.«

»Natürlich! Ich schweige wie ein Grab.«

»Es war vor ein paar Jahren«, erzählte Katharina mit leiser Stimme, »da hat Schirmer sich in eine Sängerin des Chors verliebt und, weil sie nicht abgeneigt war, haben sie sich eines Tages sogar geküsst. Aber plötzlich schoss wie aus dem Nichts der Vater dazwischen, nahm seine Tochter heftig beim Arm und bedachte den verlegenen Schirmer mit einem grimmigen ›Adieu!‹. Von da an stand die Ärmste unter der strengsten Aufsicht ihres Vaters. Emilie hieß sie, glaube ich. Die beiden haben es mittlerweile wohl verwunden, und die Klatscherei in der Stadt ist Gott sei Dank vorbei. Emilie ist inzwischen ja auch mit jemand anderem verheiratet.«

»Oh Gott! Wie peinlich!«, rief Emma erschrocken. »Da habe ich lieber Geduld. Ständige Aufsicht wäre furchtbar für mich, bei uns würde das nämlich meine Mutter übernehmen! Und was würde dann aus meinem Unterricht? Oh, ich habe übrigens mit Carl Sohn gesprochen, aber ich kann mir den Unterricht bei ihm nicht leisten. In keiner Hinsicht! Ich könnte wohl privat an seiner Malklasse teilnehmen, aber irgendjemand würde bestimmt etwas über mich erzählen, und dann kommt es doch noch heraus.«

Katharina schüttelte den Kopf. »Diese Heimlichkeiten müssen irgendwann einmal aufhören, Emma«, sagte sie eindringlich. »Meinst du nicht, du solltest endlich mit deinem Vater reden? Vielleicht würde er dich ja verstehen und deine

Ausbildung sogar finanzieren, wenn er die Chance hätte, deine Bilder zu sehen. Du hast sie ihm noch nie gezeigt, oder? Sie stehen doch bei mir im Atelier.«

Emma ließ den Kopf hängen. »Nein, bisher nicht. Das hat meine Mutter verhindert. Ihrer Meinung nach ist er gar zu nachsichtig mit seinen Töchtern. Außerdem hätte ich zu Hause keine ruhige Minute mehr.«

»Trotzdem solltest du es versuchen. Es wäre besser als dein Versteckspiel. Irgendwann kommt es ohnehin heraus.«

Emma warf Katharina einen verzagten Blick zu. »Und wenn ich nicht genug Talent habe? Nach den Bildern, die ich heute gesehen habe, komme ich mir wie eine Stümperin vor!«

Sie ging schneller, wie immer, wenn sie sich aufregte. Schon bald hatten sie den Eiskellerberg erreicht, umrundeten den Sicherheitshafen und liefen unter den schattigen Bäumen einer Allee entlang des Hafenbeckens weiter. Zwischen den Fischerbooten und Lastkähnen schaukelten Enten träge auf dem glitzernden Wasser und flüchteten empört quakend den Wiesenhang hinauf, als sich ein Dampfboot näherte.

»Nun lauf doch nicht so schnell!«, protestierte Katharina. Sie hielt Emma am Arm zurück und zwang sie so wieder zu langsameren Schritten. »Stümperin ist Unsinn, das weißt du. Natürlich hast du Talent! Ich kenne deine Bilder auch, vergiss das nicht. Sie sind gut! Deine Blumen sehen vollkommen natürlich aus, und deine Porträts würden sogar Schadow gefallen. Sie sind so lebendig!«

»Dabei habe ich bisher doch nur Köpfe aus den Bildern unserer Maler kopiert.« Emma zuckte die Schultern. »Professor Kolbe sagt, Kopieren gehört zur Ausbildung.«

»Richtig, das ist auch so bei Schadow. Porträts hält er für besonders wichtig, zumal bei Studien für große Kompositionen. Deshalb kann man ja manche Ritter und Räuber und andere Figuren auf den Bildern wiedererkennen. Die Maler sitzen sich gegenseitig Modell.«

Emma nickte. Das stimmte. Oft ließ sich auch Schadow von seinen Schülern porträtieren. Der König beim »Trauernden Königspaar« von Lessing und der Greis bei den »Gefangenen Juden« von Bendemann, das war Schadow. Zwar mit einem grauen oder weißen Vollbart, den er gar nicht hatte, aber es war eindeutig Schadow.

»Ist es nicht schwierig, ein Porträt von einem lebenden Menschen zu malen?«, wollte sie wissen. »Sie bewegen sich doch. Das tut ein Gemälde ja nicht, trotzdem finde ich es schwer, den Gesichtsausdruck richtig wiederzugeben.«

»Ja, es ist schwierig, aber es kommt auch auf das Modell an.«

Auf einem mit jungen Bäumen bestandenen Rondell am Ende der Allee blieben sie einen Moment am Geländer stehen. Hier an der »Schönen Aussicht« hatte man einen weiten Blick über den Fluss und die Stadt nach Süden und nach Norden über die Anlegestellen der Fischerboote bei der Golzheimer Insel. Umgeben von Wiesen lag dort auch der Friedhof, ungefähr eine halbe Stunde vor den Toren der Stadt. Auf Bänken in der Mitte des Rondells ruhten sich die sonntäglichen Spaziergänger aus. Ein kleiner Junge sprang mit einem Steckenpferd umher, zwei Mädchen saßen mit konzentrierten Gesichtern am Fuß eines Baumes und wanden Blumenkränze.

Katharina betrachtete die Kinder lächelnd und drehte sich wieder zu Emma um.

»Ich habe zum Beispiel Mendelssohns Einwilligung für ein Porträt, also habe ich erst einige Zeichnungen anfertigen wollen. Es war nahezu unmöglich! Er kann einfach nicht still sitzen, und auch sein Gesicht ist irgendwie ständig in Bewegung. Ist dir schon aufgefallen, dass kaum ein Porträt ihm wirklich ähnlich sieht? Auf jedem Bild sieht er anders aus, und das liegt genau daran! Unsere Modelle müssen nun einmal still sitzen, vielleicht sogar ein paar Stunden. Aber das ist ihm zu langweilig, und er wird verdrießlich.« Sie schüttelte den Kopf. »Ich habe noch nie einen so zappligen Menschen gesehen!«

»Wirklich?«, fragte Emma erstaunt. »Gut, er ist lebhaft bei der Chorprobe und braust auch schon mal auf, wenn wir uns gar zu dumm anstellen. Aber besonders unruhig habe ich ihn dabei noch nie erlebt. Er ist immer sehr konzentriert.«

»Dann ist er ja auch mit Musik beschäftigt und in seinem Element. Das ist etwas ganz anderes. Ich bin jedenfalls gespannt, ob ich das Porträt jemals fertigstelle, und wenn ja, ob es ihm in irgendeiner Form gerecht wird! Vielleicht hat Wilhelm ja doch recht.« Sie hakte sich bei Emma ein, und die beiden spazierten die Allee zurück zum Hofgarten.

»Dein Bruder? Womit?« Emma blickte ihre Freundin neugierig an.

»Oh, er hat jetzt angefangen, sich für diese neue Technik aus Frankreich zu interessieren. Man kann wohl irgendwie mit chemischen Substanzen und mit Licht, das in ein optisches Gerät fällt, die Umgebung auf einer polierten Silberplatte festhalten. Das Licht muss eine Weile auf die Platte fallen, dann ist das Abbild sichtbar. Ich habe es nicht ganz verstanden, aber Wilhelm ist absolut begeistert und experimentiert selbst damit herum.« Katharina lachte. »Mendelssohn müsste für so ein Lichtporträt wahrscheinlich nur noch einige Minuten still sitzen, bis die Silberplatte ihn zeigt.«

Emma schüttelte ungläubig den Kopf. »So schnell geht das? Wie sieht so ein Bild denn aus?«

»Offenbar genauso wie in der Natur. Es ist ja nicht graviert oder gestochen. Das Licht bildet genau das auf der Silberplatte ab, wovon du ein Bild machen willst, also auch Menschen. Es ist vielleicht so ähnlich wie ein Spiegel, nur dass dein Abbild dableibt, wenn du weggehst. Ach, ich weiß es auch nicht genau. Jedenfalls passiert alles von ganz alleine, ohne Stift und Pinsel.«

»Wie unheimlich! Aber die Farben müssten dann ja auch ganz natürlich sein.«

»Nein, sie sind schwarz, grau und weiß, Gott sei Dank. Ich finde das auch wunderbar so! Was wäre, wenn niemand mehr einen Maler für ein Porträt beschäftigen müsste? Wohin soll das wohl führen?«

»Das wäre furchtbar!«, empörte sich Emma.

Sie waren auf dem Ananasberg angekommen und blickten sich suchend um. Alle Tische auf der großen Terrasse vor dem weißen Holzhaus waren besetzt, trotzdem entdeckten sie Emmas Eltern und Hedwig schnell.

»Ach, Mamsell Severin, wie nett!«, begrüßte Auguste die Freundin ihrer Tochter. Seit ihrem Zusammentreffen vorhin in der Galerie hatte sie ihre Meinung über diese doch wirklich ausgesprochen freundliche junge Frau – und so wohlerzogen! – gründlich geändert. »Wollen Sie sich zu uns setzen? Es ist noch ein Platz frei, wenn Sie möchten.«

Katharina nahm die Einladung lächelnd an. Eduard stand auf und half ihr galant mit dem Stuhl.

Die Hartmanns hatten einen schönen Tisch gefunden, dachte Katharina, nahe am Rand der Terrasse, mit einem malerischen Blick über die Landskrone mit dem Entenhaus auf dem Wasser bis zu der kleinen Brücke, unter der die Düssel in den Weiher floss. Früher hatte man noch weiter über Bleichwiesen und Gärten schauen können, aber nun erhob sich hinter der Brücke an der Ecke der Hofgartenstraße ein großes Palais. Es gehörte dem Generalleutnant Graf von der Gröben, und gleich dahinter stand das neue Friedrichsbad an der Düssel, gut erkennbar am Dreizack und den beiden Delphinen auf dem Dach. Eduard folgte Katharinas Blick.

»Kennen Sie das Friedrichsbad?«, wollte er wissen. »Wir haben in einem Prospekt gelesen, dass man dort im Restaurant wunderbar essen kann.«

Katharina nickte. »Ich war noch nicht da, aber ich kenne den Prospekt. Mein Bruder Wilhelm hat ihn gestochen. Warten Sie, ich glaube, ich weiß sogar noch den Text.« Sie überlegte einen Moment. »›Das Friedrichsbad vereinigt eine vollständige ebenso bequeme als elegante Einrichtung für Dampf- und künstliche Wasserbäder aller Art. Die mit der Anstalt verbundene Restauration bietet alle Arten von Erfrischungen und der Saison angemessene Speisen ebenso vorzüglich als billig dar.‹ Es war noch mehr«, lachte sie, »aber den Rest habe ich vergessen.«

»Ja, genau das haben wir gelesen«, bestätigte Auguste. »Man müsste es einmal ausprobieren. Wenn unsere Maler jetzt sogar ihre Feste dort im großen Saal feiern ...«

Ein Kellner kam an ihren Tisch, um Emmas und Katharinas Bestellung zu notieren.

»Nun, Hedwig«, fragte Emma ihre Schwester gutmütig, als der Kellner geschäftig ins Haus zurückeilte, »bist du immer noch verdrießlich?«

Hedwig verdrehte die Augen, was Augustes Miene augenblicklich verdüsterte.

»Oh, sie möchte vermutlich lieber auf dem Bett liegen und ›Die Schauerruinen der Unkenburg‹ lesen!«, erklärte sie ungehalten.

Eduard räusperte sich. »Auguste, nun lass sie doch. Jeder liest eben das, was ihm am meisten gefällt.«

Hedwig schenkte ihrem Papa ein kleines Lächeln, aber Auguste schüttelte verärgert den Kopf.

»Du bist viel zu nachsichtig mit deinen Töchtern. Mit allen beiden!«, empörte sie sich. »Sie liest doch schon wieder so einen grässlichen Roman! Und auch noch eine von diesen fürchterlichen Geistergeschichten! Warum eigentlich? Schließlich haben wir hier unsere eigene Schlossruine mit dem Geist der guten Jakobe von Baden. Sie soll dort wohl des Nachts mit rauschender Brokatschleppe durch die Korridore wandeln und mit den Türen klappen. Das ist auch kein Wunder, ich würde mit Sicherheit als Geist wiederkommen, wenn man mich vergiftet hätte wie diese unglückliche Frau!«

Es war nicht sehr schwer, sich Auguste als rächende Spukgestalt vorzustellen. Emma und Katharina vermieden es, sich anzusehen, um nicht laut herauszuplatzen.

»Nun, meine Liebe, zu dieser Befürchtung besteht ja zum Glück kein Anlass«, schmunzelte Eduard, wobei er offenließ, welche der möglichen Befürchtungen er meinte. »Und nun lass dir deine Ananasbowle schmecken.«

Auguste warf ihrem Mann einen misstrauischen Blick zu, aber er verbarg sein Lächeln hinter seinem Glas mit leichtem, erfrischendem Nachmittagswein und machte einen völlig harmlosen Eindruck. Er hatte ja recht. Es war Pfingsten, und die Sonne schien – kein Tag, um sich zu ärgern. Genüsslich nahm sie einen Schluck von dem berühmten Getränk, durch das Franz Geissler zum Hofkonditor ernannt worden war.

»Und wie war der Atelierbesuch?«, fragte Eduard seine Tochter gut gelaunt.

Emma schaute zu Katharina hinüber und fasste sich kurzerhand ein Herz.

»Papa, ich möchte Malerin werden und bei Carl Sohn privat am Unterricht teilnehmen.«

Auguste schnappte hörbar nach Luft und verschluckte sich prompt an ihrer Ananasbowle.

FELIX MENDELSSOHN BARTHOLDY

Pfingsten muß ich nach Aachen zum Musikfeste, wozu ich gar keine Lust habe, weil sie Sachen geben, die gegen mein musikalisches Gewissen sind; aber ich muß es, um des Friedens willen, weil die Leute hier Ries und mich als Gegenpäpste betrachten, und da nun Ries dirigirt, meinen sie, ich würde gelb vor Aerger, und ginge nicht hin. Ich aber trinke Maitrank (das ist ein gutes Getränk hier, weißer Wein mit vielen aromatischen Kräutern drin und Zucker), und ich gehe hin.

(Felix Mendelssohn Bartholdy, Brief an Ignaz Moscheles in London vom 11.05.1834)

Mittwoch nach Pfingsten, 21. Mai 1834

Frühmorgens betrat Felix Mendelssohn Bartholdy ausgeruht und munter das vordere Zimmer seiner kleinen Wohnung am Flinger Steinweg. Sein Bett in Düsseldorf war zwar nicht so groß wie das Gästebett, das er am Chester Place in London bei seinem Freund Moscheles gehabt hatte – das war ein immenses englisches Himmelbett gewesen, in dem man förmlich spazierenliegen konnte. Aber trotzdem erholte man sich auch hier ausgezeichnet nach einer langen Kutschfahrt.

»Guten Morgen, gnädiger Herr! Haben Sie wohl geruht?«

Mendelssohn nickte seinem Diener freundlich zu. »Wunderbar, danke, Johann.«

Der brave, treue Mensch, der sein Leben schon so lange begleitete und fast zur Familie gehörte, hatte wie jeden Morgen den Tisch am Fenster für das Frühstück gedeckt: Kaffee, weißes Brot, Butter, Honig und ein weich gekochtes Ei. Heute war noch eine Schale mit einer besonderen Delikatesse dabei.

»Erdbeeren!« Mendelssohn setzte sich voller Vorfreude an den Tisch und zog die gestärkte weiße Serviette aus dem Silberring. »Wie in Italien, erinnerst du dich, Johann? In Rom vor drei Jahren haben wir immer Erdbeeren zum Frühstück gehabt, die Maler und ich.«

Johann erlaubte sich ein kleines Lächeln. »Ich erinnere mich, gnädiger Herr, und da Sie heute Besuch erwarten, hielt ich es für das Beste, gleich eine größere Menge zu bestellen.«

»Johann, du bist ein Teufelskerl! Eine sehr gute Idee.«

»Ich wünsche guten Appetit!« Johann verbeugte sich und verließ nach einem letzten prüfenden Blick auf den Tisch lautlos das Zimmer.

Vergnügt steckte sich Mendelssohn eine Erdbeere in den Mund. Er freute sich auf den heutigen Tag. Ferdinand Hiller und Frédéric Chopin waren in Düsseldorf und würden mit ihm zusammen Musik machen. Etwas Besseres konnte es nicht geben! Was für ein Glück, dass er die beiden Freunde in Aachen getroffen hatte. Das hatte ihm das Musikfest versüßt, nachdem er die sträflich lange und verdrießliche Fahrt mit der Schnellpost hatte auf sich nehmen müssen. Er war zwar in der angenehmen Begleitung von Vater und Sohn von Woringen gereist, die in Düsseldorf zu den wenigen mit wirklich musikalischem Verstand gehörten. Aber elf Stunden musste man sich in der Kutsche durchschütteln lassen, bis man über Neuss und Jülich endlich in Aachen angekommen war. Und dort erwartete einen doch nur ein Konzert, das ohne den nötigen Respekt vor musikalischen Kunstwerken zusammengestellt war.

Mendelssohn kappte heftiger als beabsichtigt die Spitze seines Frühstückseis. Es war aber auch gar zu ärgerlich! Wie konnte ein Dirigent wie Ferdinand Ries, der selbst auch komponierte, nur einzelne Stücke aus Sinfonien und Oratorien spielen lassen? Das war so ähnlich, als würde man eine einzige Strophe eines Gedichtes für das Ganze ausgeben! Das Ergebnis war fatal, denn die Stücke verloren ihren großen musikalischen Zusammenhang. Man dachte sich doch etwas dabei, wenn man komponierte!

Das einzig Erfreuliche war, dass sie am ersten Tag Hillers sehr gute Bearbeitung eines bis dahin in Deutschland noch unbekannten Händel-Oratoriums gegeben hatten. Letztes Jahr in London war er in der königlichen Musikbibliothek im Buckingham Palace gewesen und hatte beim Stöbern nach Werken alter Meister das »Deborah«-Manuskript entdeckt. Hiller hatte es auf seine Anregung hin so instrumentiert, dass es sich nun wieder zum Aufführen eignete. Der Freund hatte dem Werk nichts weggestrichen, wie es so oft bei Überarbeitungen passierte, sondern seine notwendigen Arrangements Händels Musik untergeordnet. Und gerade hatte er Hiller schreiben wollen, wie sehr es ihm gefallen hatte, als er ihn selbst traf, und Chopin dazu. Sie waren eigens zum Musikfest aus Paris angereist. Ein wirklicher Lichtblick!

Gestern waren sie dann alle mit der Schnellpost nach Düsseldorf zurückgefahren. Und gleich wollten die beiden zu ihm kommen, und er würde endlich wieder einmal bei sich zu Hause mit wirklichen Musikern zusammen sein. Wegen Chopin würden sie Französisch reden, was ihnen die gemeinsame Zeit in Paris zurückbrachte. Vor allem aber wollte er mehr von Chopin hören, der auf dem Klavier Sachen machte wie Paganini auf seiner Geige. Er brachte Wunderdinge hervor, die man einfach nicht für möglich hielt!

Mendelssohn nahm einen Schluck Kaffee, als es ans Fenster klopfte. Das war der Nachteil einer Parterrewohnung, denn die Gassenjungen machten sich des Öfteren einen Spaß daraus, friedliche Bewohner solchermaßen zu erschrecken. Aber dieses Klopfen kannte er, es gehörte fast täglich zu seinem Frühstück. Er nahm die Erdbeeren vom Tisch, stand auf und öffnete das Fenster.

»Höllenbart, mein Freund, willst du probieren?«

Hildebrandts Schnurrbart bewegte sich nach oben. »Wie in Rom, weißt du noch? Wir haben da wirklich nicht übel lustig gelebt!« Eine Erdbeere verschwand umgehend im Mund des Malers. »Köstlich! Was hast du heute vor? Arbeitest du an deinem Oratorium ›Paulus‹?«

»Nein, dafür ist keine Zeit. Ich habe Hiller und Chopin aus Aachen mitgebracht, und sie kommen gleich zum Musizieren. Abends sind wir bei Schadow, er hat zum Abendbrot eingeladen.«

»Ich weiß, wir kommen auch alle bis auf ein paar Landschafter. Sie sind seit Montag auf ihrer Pfingstwanderung durch die Eifel. Du weißt schon – raue Landschaft, wilde Natur!« Hildebrandt nahm sich noch eine Erdbeere. »Hiller ist hier, sagst du? Du hast so viel von ihm erzählt, dass ich mich freue, ihm endlich einmal leibhaftig zu begegnen. Aber wer ist Chopin?«

»Wart es nur ab«, sagte Mendelssohn geheimnisvoll lächelnd. »Du wirst ihn kennenlernen!«

✦✦✦✦✦✦

Unterdessen gingen Karl Leberecht Immermann und Karl Schnaase auf ihrem täglichen Weg zum Gericht die Jägerhofstraße hinunter. Sie waren so in ihr Gespräch vertieft, dass sie den sommerlich warmen Morgen hier vor den Toren der Stadt zwischen der Reiterallee zur Linken und den sonnenbeschienenen Gärten zur Rechten gar nicht wahrnahmen. Die beiden Männer hätten unterschiedlicher nicht sein können. Immermann war ein wenig korpulent, aber recht groß und stattlich, bewegte sich jedoch, als trüge er eine unsichtbare Last auf seinen breiten Schultern. Schnaase war schlank und zierlich, kleiner als sein Freund und setzte seine Schritte so energisch und akkurat, dass an seiner Tatkraft kein Zweifel möglich war.

»Aber es ist doch so!«, beklagte sich Immermann. »Die Menschen wissen nicht zu schätzen, was ihnen mit vollen Händen gegeben wird.«

»Mein Freund, du kommst ins Grämeln«, mahnte Schnaase. »Siehst du die Menschen nicht in einem zu trüben Licht?«

»Nein, es wird mir immer wieder bewiesen.« Immermann zog missbilligend die Brauen zusammen. »Wie würdest du es denn nennen? Da verschicke ich am 30. Januar dieses Jahres

Einladungen zu meinen Dramen-Lesungen an die Bürger der Stadt und denke natürlich, eine Liste aller Termine reicht aus. Und was ist der Erfolg? Bei der ersten Vorlesung im Februar ist der Saal noch gut gefüllt, bei der fünften und letzten kaum noch!« Dabei hatte er sich sogar voller Begeisterung für die Sache nach anderen Räumlichkeiten umgesehen. Man hatte sich zu den Lesungen nicht mehr wie letztes Jahr in einem Atelier der Akademie zusammengefunden, sondern im ehemaligen Franziskanerkloster in der Schulstraße. Er hatte einen Saal liebevoll geschmückt, weiße Büsten von Goethe und Schiller aufgestellt und Gemälde an die Wände gehängt. Amalie von Sybel, mit deren Familie er befreundet war, hatte einen immensen ausrangierten Teppich aus ihrem Haushalt zur Verfügung gestellt, damit die schadhaften Dielen des Bodens bedeckt werden konnten – schließlich kamen auch erlauchte Personen wie Prinz Friedrich zu den literarischen Abenden. Immermann seufzte. »Was lerne ich daraus? Man ist durchaus gezwungen, zu jeder einzelnen Vorlesung kurz vorher einzuladen.«

Schnaase warf dem Freund einen Blick zwischen Belustigung und Besorgnis zu. Einerseits kannte er die Menschen und ihre leichtherzige Art, auch regelmäßige, vierzehntägig anberaumte Termine zu vergessen, wenn man nicht genauso regelmäßig an sie erinnerte. Andererseits wusste er aber auch, wie schnell Immermann sich persönlich getroffen fühlte. Seit zwei Jahren bot er nun seine Lesungen an, um den Düsseldorfern damit zu zeigen, welche Inhalte er sich für das neue Theater vorstellte. Das musste er tun, denn ohne die Investitionen der reichen Bürger würde sein Vorhaben nicht gelingen. Bevor man jedoch Geld ausgab, wollte man wissen, ob es sich auch lohnte. Nun war es zwar ein großer Unterschied, ob man ein Theaterstück vorgelesen bekam oder ob man es auf der Bühne in Szene gesetzt sah, aber Immermann hatte eine schöne Stimme und konnte Zuhörer in Bann halten. Wenn das Interesse allerdings schon bei den Lesungen zu versiegen schien, war das ein schlechtes Omen für die Theaterpläne.

»Du hast den ›Oedipus in Kolonos‹ von Sophokles vorgelesen«, wandte Schnaase ein. »Ein schwieriger Stoff, das musst du zugeben.«

»Den ersten Teil, den ›König Oedipus‹, haben sie voriges Jahr sehr gut verkraftet«, beharrte Immermann. »Und das nach den viel moderneren Sachen von Shakespeare, Calderón und Kleist! Sie wollten sogar einen zusätzlichen Abend mit einem meiner eigenen Stücke und bekamen den ›Hofer‹, weshalb auch die Mustervorstellung jetzt im April so erfolgreich war.«

Schnaase nickte zustimmend. Aber er vermied es, seinen Freund daran zu erinnern, unter welch schlechtem Stern diese zusätzliche Lesung am 27. März 1833 gestanden hatte. Sie musste großen Eindruck bei ihm hinterlassen haben, wenn er sich sogar jetzt noch an das Datum erinnerte! Ungünstiger hätte der Abend nicht verlaufen können. Die Gräfin Haacke, verheiratet mit dem Hofmarschall des Prinzen Friedrich und eigentlich eine der Eifrigsten im Kreis der Zuhörer, hatte kurzfristig alle, auch Immermann und ihn, zu einer Abendgesellschaft geladen, bei der die Sopranistin Henriette Carl singen würde. Sie war der junge, aufgehende Stern am Opernhimmel und bereits auf den großen Bühnen von Rom, Paris und London aufgetreten. Alle Anwesenden waren ungeduldig auf ihren Stühlen herumgerutscht und hatten nur darauf gewartet, dass die Lesung zu Ende war, denn Demoiselle Carl war auf der Durchreise und diese glanzvolle Gelegenheit einmalig. Damals hatte Schnaase sich gewundert, warum Immermann nicht einfach nachgegeben und die Lesung verschoben hatte. Das passte jedoch nicht zu seiner eigenwilligen Natur, die ihm leider häufig im Wege stand. Zu allem Übel war auch noch kurz vor Schluss die hochschwangere Frau von Tronchin, Gattin des Kammerherrn der Prinzessin Luise, in Ohnmacht gefallen.

»Wenn du nun Intendant wirst und das Programm nach deinem Dafürhalten gestalten kannst – was geschieht mit der musikalischen Unterhaltung?«, wollte Schnaase wissen. »Dein Publikum liebt Opern! Das solltest du nicht vergessen!«

Immermann hob die Schultern. »Wir haben einen ausgezeichneten Musiker hier«, antwortete er. »Er soll der Opernintendant werden.«

Schnaase musste nicht lange raten, wen Immermann meinte. »Noch neben seinen Aufgaben als Musikdirektor? Hältst du das für klug? Ich kann mich erinnern, dass Mendelssohn im März deutlich gemacht hat, dass er nicht beim Theater angestellt sein will. Er hat sogar auf das zusätzliche Gehalt verzichtet und mit Julius Rietz einen zweiten Dirigenten für die Oper vorgeschlagen.«

Immermanns Gesicht nahm einen ungehaltenen Ausdruck an. »Und er hat ihn bekommen. Dieses Zugeständnis war nur ein kleiner Schritt zu meinem eigentlichen Ziel. Ich brauche Mendelssohn, er holt das Publikum ins Theater! Die beiden Opern, die er im Rahmen der Mustervorstellungen dirigiert hat, haben volles Haus gebracht. Schon letztes Jahr, bevor er seinen Vertrag mit der Stadt überhaupt unterschrieben hat, habe ich mehrfach angemahnt, dass nichts über das Theater darin zu lesen war. Also muss ich mich nun selbst darum bemühen, ihn doch noch zu verpflichten.«

Schnaase blieb skeptisch. »Wie ich ihn verstehe und wie es, nebenbei gesagt, auch in seinem Vertrag steht, kümmert er sich darum, mit Chor und Orchester Musikwerke einzustudieren und aufzuführen. Und ich weiß, dass ihm die Zeit, die er für eigene Kompositionen braucht, zugesichert ist, so zum

Beispiel für sein großes Oratorium ›Paulus‹. Überhaupt kommen die Ergebnisse seines vielseitigen Schaffens nicht nur der Stadt zugute, sondern auch dir.«

Immermann wusste, dass das richtig war. Sein junger Freund, mit dem er sich seit kurzer Zeit sogar duzte, hatte wunderbare Zwischenaktmusik für mehrere Theaterstücke komponiert. Er plante die Uraufführung seines »Paulus« für das Niederrheinische Musikfest im nächsten Jahr, außerdem würde bei der Fronleichnamsprozession nächste Woche sein neuer Marsch gespielt. Schon für das Patronatsfest der Maxkirche im letzten Oktober hatte er einen Prozessionsmarsch komponiert, der so sehr gefiel, dass es sogar einen kleinen Zank darum gegeben hatte. Die Neusser Stadtmusiker hatten angefragt, ob sie ihn auch haben könnten, aber die Düsseldorfer hatten darauf bestanden, dass nur sie ihn spielen durften.

»Ich kann mir einen solch begnadeten Musiker beim besten Willen nicht als Intendanten vorstellen«, fuhr Schnaase fort. »Die trockene Verwaltungsarbeit muss hinderlich für ihn und seine Arbeit sein. Meiner Meinung nach wird er sich gewiss nicht dafür begeistern, auf der Suche nach passenden Sängern und Sängerinnen durchs Land zu ziehen und sich dann auch noch mit deren Gagenforderungen abzugeben. Hast du daran schon gedacht?«

»Nun«, sagte Immermann, »wir werden sehen. Die Oper ist ein nicht zu unterschätzender Zweig seines Fachs, und er wird sich um sie kümmern müssen. Ich kann das bei all der Arbeit, die mir allein die Schauspieler und die Organisation des Theaters machen, nicht auch noch übernehmen. Du kennst ja meine Einstellung zu derlei Dingen: Wenn man keinen sensiblen Effekt seiner Bemühungen erfährt, muss man mit einer gewissen Zähigkeit vorgehen, mit einer Art Eigensinn. Damit kommt man zum Ziel.«

Schnaase wiegte zweifelnd den Kopf, aber er kannte seinen Freund tatsächlich gut genug, um ihm aufs Wort zu glauben. Er besaß eine bestimmte Form von nachhaltiger Konsequenz, die die Leute nach einer Weile ermüdete und mürbe machte. Schnaase war gespannt, ob es Immermann gelingen würde, den Musikdirektor auf diese Weise für die Theaterarbeit zu erweichen.

✦✦✦✦✦✦

Am späten Vormittag spazierte Louis de Boer in Lacomblets Kaffeehaus am Markt und blickte sich um. Obwohl der Gastraum gut besucht war, fand er noch einen kleinen Tisch am Fenster. Aufatmend setzte er sich und bestellte einen Kaffee. Um ihn herum unterhielten sich einige Gäste mit gedämpften Stimmen, dann und wann scharrten Stuhlbeine über den Holzboden oder Porzellan klirrte, wenn jemand eine Tasse abstellte. Um diese Tageszeit verhielt man sich hier leise. Die meisten Herren saßen einzeln oder in kleinen Gruppen an den Tischen und wollten in Ruhe die aktuellen Zeitungen und Zeitschriften mit ihren Beilagen für Kunst und Literatur lesen. Dabei ließen sie sich einen Kaffee oder Tee schmecken und verbreiteten mit ihren Zigarren und Pfeifen gemächliche Rauchwölkchen. Ein behaglicher Ort.

Zumindest war er besser als nichts, dachte de Boer abschätzig, denn die Atmosphäre war bei Weitem nicht so mondän wie im Berliner Café Kranzler an der Ecke Friedrichstraße und Unter den Linden. Dort war letztes Jahr sogar als epochemachende Neuerung die »Rampe«, eine Straßenterrasse, eröffnet worden! Die Baupolizei war zwar dagegen, dass Leute an Tischen auf der Straße saßen und Kaffee tranken oder Eis aßen. Aber der König war dafür, und so war die Rampe schnell populär geworden. Sehen und gesehen werden war nun einmal das Motto der Residenz. Hier vor diesem Kaffeehaus würde man allerdings nur von Marktweibern und nach Abfall suchenden Hunden bemerkt, wenn überhaupt.

Seufzend nippte er an seinem heißen Kaffee. Den Zorn über seinen Misserfolg am Sonntag hatte er doch noch nicht verwunden, sonst hätte er sich wohl keine so verdrießlichen Gedanken über diese Provinzstadt gemacht. Schließlich wollte er hier seine Erfolge als Kunsthändler feiern! Und bis auf die Borniertheit, die man in der Galerie seinen Plänen gegenüber gezeigt hatte, schien ihm doch vieles zu gelingen. Immerhin war seine Suche nach einem Ladenlokal zu einem vernünftigen Mietpreis an diesem Morgen nicht umsonst gewesen. Gleich drei Läden waren wegen Geschäftsaufgabe im Intelligenzblatt angeboten worden. Er hatte sie alle drei besichtigt, aber für welchen sollte er sich entscheiden? Er durfte nicht zu abgelegen in einer stillen Straße liegen, und die nächste Nachbarschaft sollte auch nicht aus möglicherweise lauten Handwerksbetrieben bestehen. Es war erstaunlich, wie hier auf den engen Gassen adelige Familien, Handwerker, hohe Militärs und kleine Beamte nebeneinander wohnten. Das hatte er an diesem Morgen überrascht zur Kenntnis genommen. Ein Viertel mit wirklich reichem, elegantem Flair gab es hier nicht.

Von den leer stehenden Läden schien sich einer ganz besonders für seine Zwecke zu eignen. Er lag zumindest in der Nähe der Akademie zwischen einem Korbflechter und einem Hutgeschäft. Außerdem fiel auch ausreichend Tageslicht durch ein recht großes Schaufenster, so dass man die Bilder an den Wänden überhaupt betrachten konnte. De Boer nickte. Für diesen Laden würde er sich entscheiden!

Da ihn die Düsseldorfer Maler in jeglicher Hinsicht im Stich ließen, hatte er sich auch schon überlegt, wie er am besten an die Bilder für seine Galerie käme. Das war das Nächste, was er in Angriff nehmen wollte. Alles Weitere hing davon ab, wie geschickt er seine Fäden spinnen konnte, so dass man sich in den hiesigen Künstlerkreisen wunderte. Staunen sollte man hier in der Provinz über die von ihm gebotenen großstädtischen Möglichkeiten! In seinem Kopf nahmen sie bereits Formen an. Die Herren Maler und ihr Direktor würden höchst zufrieden sein. Mit einem spöttischen Lächeln stellte de Boer sich vor, wie die Geringschätzung seiner Person in Achtung umschlagen würde. Er wäre natürlich großzügig, würde nichts nachtragen und das plötzliche Wohlwollen ohne Weiteres akzeptieren. Leicht waren seine Pläne allerdings nicht durchzuführen. Alles hing davon ab, dass er klug manövrierte.

De Boer trank den letzten Schluck Kaffee und winkte dem Kellner. Vielleicht machte er sich zu viele Gedanken. Schließlich kannte er sich in seinem Metier aus. Und er beherrschte das Wichtigste für den Erfolg – das Spiel mit den ganz besonderen Finessen! Er zahlte und verließ gestärkt an Leib und Seele das Kaffeehaus.

✦✦✦✦✦✦

Um die Mittagszeit öffnete Johann leise die Tür zu Mendelssohns Vorderzimmer und betrat auf Zehenspitzen den Raum. Zu den Klängen eines Walzers, den der polnische Gast seines Herrn brillant am Flügel spielte, deckte er geräuschlos den Tisch für drei Personen, stellte französisches Gebäck, Sahne und eine große Schale mit gezuckerten Erdbeeren dazu und verschwand auf seine lautlose Art. Bevor er die Tür wieder schloss, warf er allerdings noch einen Blick auf die drei jungen Komponisten, die um den Flügel versammelt waren und sich, jeder auf seine Art, in der Musik verloren hatten. Sie waren ungefähr gleich alt – der dreiundzwanzigjährige Hiller der Jüngste, Mendelssohn mit fünfundzwanzig Jahren der Älteste. Johann kannte den kleinen, lebhaften, heiteren Hiller, denn Mendelssohn und er waren sich schon als Knaben in Frankfurt begegnet. Aus Chopin wurde er jedoch nicht recht klug. Er war um weniges größer als die beiden anderen, aber auffallend dünn, und schien in fremder Umgebung sehr zurückhaltend zu sein. Wenn er überhaupt sprach, geschah es leise, nur wenn er wie jetzt am Flügel saß und spielte, bekam er etwas Magisches, Selbstbewusstes und sogar Lautes.

Alle drei hatten sich an diesem Vormittag gegenseitig ihre neuesten Stücke vorgespielt und sich natürlich auch kritisiert. Mendelssohn gefiel die Pariser Leidenschaftssucherei mit den zu lang gehaltenen Tönen und den zu effektvollen Pausen nicht, die seiner festen Überzeugung nach auf Kosten des Musikalischen gingen und nur zu französischen Stutzern passten. Hiller und Chopin dagegen hielten ihm seine fast pedantische Takthalterei vor, die sie auf das Lebhafteste an ihre Lehrmeister erinnerte. So hatten sie viel voneinander gelernt, genauso viel gelacht und weitermusiziert.

Johann schmunzelte in sich hinein. Vor den Fenstern waren die Leute überrascht und wie gebannt stehen geblieben, im Treppenhaus hatte Schadows Dienstmädchen länger als nötig und viel leiser als sonst sauber gemacht, damit sie auch genug von der Musik zu hören bekam. Hier waren drei ehemalige Wunderkinder versammelt, die nun Meister geworden waren und, ohne es zu bemerken, ihrer Umgebung ein kostenloses Konzert gaben. Schadow selbst wusste nichts davon. Er war in der Akademie, und auch seine Frau und seine beiden Kinder hatten früh das Haus verlassen. Ihnen entging wirklich etwas! Und erst jetzt, als der Walzer zu Ende war, schloss Johann behutsam die Tür.

Ein wenig drang die Umwelt doch bis zu ihnen vor, denn als der letzte Ton verklungen war, schauten die drei Musiker gleichzeitig zum Tisch. Eine Erfrischung war jetzt sehr willkommen.

»Was meint ihr«, fragte Mendelssohn, »sollen wir zu den Erdbeeren die Witwe Clicquot eine gute Frau sein lassen? Wir müssen doch unser Wiedersehen gebührend feiern! Der städtische Musikdirektor lädt euch ein.«

Kurze Zeit darauf stießen sie mit Gläsern voll prickelndem Champagner an und ließen sich die Früchte schmecken.

»Apropos Musikdirektor«, sagte Hiller fröhlich. »Wie ergeht es dir eigentlich hier in Düsseldorf? Wie sind die Musiker und Sänger? Und hast du genug Zeit für deine eigene Arbeit? Nun erzähl doch! Wir wollen alles wissen.«

»Ihr habt es ja selbst gesehen.« Mendelssohn lehnte sich auf seinem Stuhl zurück. »Düsseldorf ist ein Nest! Ein Klein-Paris zwar, aber verflucht klein. Man kommt sich fortwährend wie in der Stube vor. Jeder kennt jeden, und wenn jemand mit der Tabakspfeife vor der Haustür steht und ein unbekanntes Gesicht auf der Straße sieht, dann sagt er sofort ›das ist ein Fremder‹. Trotzdem gibt es hier alles – eine Oper, einen Singverein, ein Orchester, eine Kirchenmusik und ein Publikum.«

»Sind die Musiker denn gut?«, erkundigte sich Hiller.

Die Frage traf ins Herz der Sache, dachte Mendelssohn. Wenn er ehrlich war, waren sie es nicht. Sie waren einfach als Orchester nicht professionell genug, was daran lag, dass sie bunt durcheinandergewürfelt waren. Da gab es die Musiker aus der Stadt, die mit Opern, Konzerten und Tanzmusik ihr Geld verdienten. Dazu kamen die Laienmusiker des Instrumentalvereins, die gut spielten, aber ohne wirklich profunde Ausbildung oft über ihre Grenzen hinausgehen mussten. Und als Verstärkung dienten die Bläser und Schlagzeuger aus den beiden Militärkapellen der Infanterieregimenter, die allerdings nicht immer Zeit hatten. Immer wieder gab es Streit unter den Gruppen.

»Nun, sie werden besser«, antwortete Mendelssohn. »Das liegt auch daran, dass Fanny mir eine Stimmgabel mit dem Kammerton der Berliner Orchesterstimmung geschickt hat. Den Ton habe ich jetzt hier zur Grundlage gemacht, und seitdem sind wenigstens alle Instrumente von Militär- und Konzertmusikern gleich gestimmt. Vorher haben sie sich bei den Proben darum geschlagen, wer recht hat – die Bläser oder die Streicher.«

»Das ist ein Scherz!« Hiller und Chopin blickten Mendelssohn ungläubig an.

»Nein, es ist so«, lachte Mendelssohn, der inzwischen auch die komische Seite an der Sache sah. »Wir hatten zum Beispiel im Januar die erste Hauptprobe zum ›Egmont‹. Immermann wollte, dass wir bei seiner Mustervorstellung Beethovens Schauspielmusik zu Goethes ›Egmont‹ spielen, also mussten wir proben. Prompt fingen sie an, sich zu prügeln, obwohl sie wissen, dass sie das bei mir durchaus nicht dürfen, und das ausgerechnet bei der Stelle ›Glücklich allein ist die Seele, die liebt‹. Da musste ich tatsächlich so lange mit meinem Taktstock auf die Partitur klopfen, bis sie ganz zerschlagen war. Danach haben sie gleich mit mehr Ausdruck gespielt.«

Chopin schüttelte den Kopf. Sein täglicher Klavierunterricht für die verwöhnten Kinder des Pariser Adels wurde ihm zwar manchmal sauer, war aber doch besser als solche Querelen.

Hiller war entsetzt. »Du hast hier noch viel Arbeit, wie mir scheint!«

»Du sagst es. Wenigstens gibt es einen feinen Musiker hier in Düsseldorf, mit dem ich mich angefreundet habe. Norbert Burgmüller ist so alt wie wir, Pianist und Komponist, und seine Sachen sind so gut, dass ich sie gerne ins Konzertprogramm aufnehme. Der Chor macht mir inzwischen auch Freude. Er hat jetzt viel mehr Mitglieder als früher. Und im Bass steht ein guter Maler neben dem anderen, und alle brüllen wie nichts Gutes.«

Jeden Dienstag probte er mit dem Chor, damit ein Repertoire für die Kirchenmusik aufgebaut werden konnte. Um überhaupt für Chor und Orchester an die Noten der Werke alter und neuer Meister zu kommen, hatte er einige Reisen in die umliegenden größeren Städte unternommen, in deren Musikaliensammlungen gestöbert, Abschriften in Auftrag gegeben und so die Grundlage für eine Düsseldorfer Sammlung geschaffen. Es war wirklich genug zu tun.

»Hast du nicht erzählt, dass du jetzt auch beim Theater mitmachst?«, wollte Hiller wissen. »Wie willst du das denn noch bewältigen?«

»Nicht beim Theater«, wehrte Mendelssohn ab, »nur bei der Oper. Ich habe dem Verwaltungsrat von vornherein gesagt, dass ich vom hiesigen Theater unabhängig sein will, also mich nur als Freund der Sache betrachte, und das auch nur aus Sympathie für Immermann. Angestellt sein will ich nicht. Nun haben sie Julius Rietz als zweiten Dirigenten engagiert, und er macht die Hauptarbeit. Ich habe nur die Oberaufsicht über das Orchester, die Engagements der Sänger und dirigiere monatlich etwa eine Oper.«

»Wenn du meinst, dass dir dann noch Zeit zum Komponieren bleibt, ist es ja gut.« Man sah Hiller an, dass er daran zweifelte. »Ich kenne dich, mein Freund, du wirst auch diese Sache so eifrig und perfekt wie alles andere handhaben wollen. Überleg es dir gut!«

Chopin hatte aufmerksam zugehört und ergriff zum ersten Mal bei diesem Gespräch das Wort. »Das ist zu viel. Ich würde es nicht tun.«

✦✦✦✦✦✦

Kurz vor drei Uhr nachmittags klopfte Emma an Hedwigs Tür, um mit ihr zusammen in den Salon zu gehen. Ihre Mutter erwartete Gäste. Sie bekam keine Antwort, also klopfte sie noch einmal und trat ein. Hedwigs Zimmer ähnelte ihrem eigenen. An den pastellfarbenen Wänden hingen Bilderrahmen mit gepressten Blumen und kolorierten Modeblättern. In geschwungenen Linien umrahmten helle Vorhänge die beiden Fenster, dazwischen stand ein kleiner Spiegeltisch mit einem Stuhl. Wie bei Emma auch gab es ein mit Büchern und Krimskrams gefülltes Regal, einen Kleiderschrank, ein einfaches Bett und eine Kommode mit einer Marmorplatte. Wasserkrug und Waschschüssel waren aus geblümtem Porzellan. Bei der Tür stand ein Schreibtisch mit einem zweiten Stuhl. Es war ein freundliches Zimmer.

Das wäre es zumindest gewesen, wenn nicht Hedwig es bewohnt hätte. So waren Bücher und beschriebene Bögen kunterbunt auf dem Schreibtisch verteilt, die Türen des Kleiderschranks standen weit offen, und Kleidungsstücke waren achtlos über die Stühle geworfen. Auf dem Wasser in der Schüssel schwamm Seifenschaum, ein nasses Handtuch war auf den Boden gefallen. Die Schöpferin dieses Durcheinanders lag auf dem Bett und las.

»Hedwig!«, rief Emma, während sie weiterging und sich entgeistert im Zimmer umschaute. »Hat Frieda bei dir noch nicht aufgeräumt?«

»Hm?« Hedwig tauchte aus ihrem Buch auf und wandte den Kopf.

»War Frieda noch nicht hier, um aufzuräumen?«

»Ich hab' sie weggeschickt. Ich wollte in Ruhe lesen.«

»Ach, Hedwig!«, seufzte Emma und setzte sich zu ihr aufs

Bett. »Du weißt doch, dass Mama sich aufregt, wenn sie das sieht.«

»Hat sie aber nicht. Sie war ja gar nicht hier.«

»Sie könnte aber jeden Moment hereinkommen. Seitdem du nicht mehr in die Töchterschule gehen musst, bist du richtig unordentlich geworden. In allem! Warum tust du nicht irgendetwas?«

»Tu ich doch. Ich lese.« Hedwig setzte sich auf und blickte ihre Schwester trotzig an. »Das ist vielleicht nicht so vornehm wie deine Malerei, aber ich lese eben gern. Jedenfalls tu ich das lieber als sticken und Haushalt und dergleichen. Mama wirft mir das dauernd vor.«

»Vornehm?« Emma lächelte ungläubig. »Das ist doch Unsinn! Und mir geht es doch nicht anders! Mama ist genauso unzufrieden mit mir!«

»Ach ja?« Entrüstet sprang Hedwig auf und lief im Zimmer auf und ab. »Weißt du, was sie mir immerzu sagt? ›Nimm dir ein Beispiel an deiner Schwester‹«, imitierte sie die empörte Stimme ihrer Mutter. » ›Sie tut wenigstens etwas halbwegs Vernünftiges, bis sie heiratet.‹ Meinst du, es macht mir Spaß, das zu hören?« Hedwig ließ sich wieder aufs Bett fallen und schaute Emma zornig an. »Warum lasst ihr mich nicht einfach in Ruhe?«

Emma schüttelte sprachlos den Kopf. Sie hatte nicht damit gerechnet, dass ausgerechnet sie als Vorbild für Hedwig herhalten musste. Ihren jüngsten Kampf mit ihrer Mutter am Pfingstsonntag um den geplanten Malunterricht hatte sie noch lebhaft in Erinnerung. Ihre Mutter hatte ihn verboten und auch auf die Beschwichtigungen ihres Vaters nicht gehört. So sah nicht unbedingt ein Vorbild aus. Betroffen fuhr sie mit dem Finger über das Muster der Bettdecke.

»Das tut mir leid«, sagte sie. »Aber ich kann doch nichts dafür.«

Hedwig zuckte die Schultern und nickte. »Mama macht mich manchmal so wütend!«, klagte sie. »Alles kannst du besser. Du bist hübscher und besser angezogen und besser frisiert und …«

»… und genauso gelangweilt von den ewigen Predigten«, beendete Emma den Satz und zupfte an Hedwigs zerzausten Haaren. »Weißt du, was wir jetzt machen? Wir werden Mama verblüffen. Gleich kommen ihre Gäste, und wir sollen dabei sein. Also wirst du hübsch aussehen, gut angezogen und frisiert sein. Das nimmt ihr den Wind aus den Segeln!«

»Das habe ich völlig vergessen!«, rief Hedwig. Sie lief zu ihrem Spiegeltisch und schaute sich an. »Oh nein! Schrecklich! Kann ich nicht hierbleiben? Es ist ohnehin immer so langweilig.«

»Setz dich«, sagte Emma streng, »und hör auf zu jammern!«

Sie duldete keinen Widerspruch, also setzte sich Hedwig gehorsam hin. Emma verwandelte ihre Haare in eine Frisur, legte ihr das Samtband mit dem Medaillon um und blickte über ihre Schulter auch in den Spiegel.

»Siehst du, jetzt kann sie sich nicht mehr beschweren! Und nun lass uns hinuntergehen. Auf dem Weg sagen wir Frieda, dass sie jetzt dein Zimmer aufräumen kann. Das ist dann schon mal ein Anfang.«

Hedwig nickte ergeben. Sie stand auf, strich ihr Kleid glatt und drehte sich noch einmal um sich selbst, wobei sie ihr Spiegelbild sogar anlächelte. Dann folgte sie Emma die Treppe hinunter.

✦✦✦✦✦✦

Wie an jedem Mittwochnachmittag waren alle Damen zum Kaffeekränzchen erschienen. Heute fand es im Hartmann'schen Salon statt, denn Auguste war an der Reihe, für alles Notwendige zu sorgen. Schon morgens war Frieda möglichem Staub in den Ecken oder auf Bilderrahmen und den nur eingebildeten Spinnweben an der Zimmerdecke mit dem Staubwedel zu Leibe gerückt. Hanna hatte bereits am Tag zuvor mit hochrotem Gesicht in der heißen Küche gestanden und Kuchen gebacken. Heute war sie mit einer Rührschüssel, einem Schneebesen aus Weidenzweigen und fest entschlossener Miene über eine Stunde in den kühlen Keller verschwunden, um Sahne steif zu schlagen.

Mehrmals ging Auguste in den Salon, bevor ihre Gäste kamen, und kontrollierte, ob der ovale Tisch auch vor kritischen Blicken bestehen würde: die feine weiße Leinendecke, darüber eine kleinere Decke aus Weißstickerei, das geblümte Porzellan, die silberne Zuckerdose, das Milchkännchen und das Silberbesteck. Mit der Torte auf der erhöhten Platte in der Mitte des Tisches hatte Hanna sich selbst übertroffen. Sie war ein Gedicht aus Biskuit, Erdbeeren und Sahne. Auguste nickte zufrieden. Geschmackvoll, ohne zu übertreiben, darauf kam es an. Und wieder einmal erschien ihr das Ergebnis ein wenig wie eine Theaterkulisse. Blieb nur zu hoffen, dass es kein Theater geben würde, denn sie freute sich auf einen gemütlichen Nachmittag.

Alle Damen saßen nun um den Tisch, nur Augustes Töchter verspäteten sich, was ihre Mutter ärgerte, aber nicht überraschte. Sie waren beide nicht davon begeistert gewesen, mit den Damen Kaffee zu trinken. Auguste bestand jedoch so oft wie möglich darauf, wenn sich das Kränzchen in ihrem Haus traf. Schließlich mussten sie als künftige Hausfrauen lernen, wie man ein solches Ereignis meisterte.

Auguste schnitt die Torte an und begann, ein Stück Kuchen auf jeden Teller zu legen.

»Ach, meine Liebe, das sieht ja köstlich aus!« Pauline Kaspers' spitze Nase senkte sich auf ihren Kuchenteller. Kurzsichtig betrachtete sie das Stück Torte mit den rot glänzenden Erdbeeren. »Und wie die Sahne duftet! Nach Vanille!«

»Crème Chantilly heißt es wohl eher, nicht wahr?«, korrigierte Karoline Hartmann, Augustes Schwiegermutter, wobei das »Schangtiji« bei ihr eher rheinisch als französisch klang. »Geschlagene Sahne mit Zucker und einem Hauch Vanille. Man sollte Delikatessen wie diese immer beim richtigen Namen nennen, Teuerste!«

Die alte Dame thronte auf dem hohen Sofa und blickte wahrhaft gebieterisch durch ihr Lorgnon. Sie war ganz in Schwarz gekleidet und trug als einzigen Schmuck eine Nadel mit einer schimmernden Perle, die ihren Spitzenkragen zusammenhielt. Eduard senior, ihr seliger Mann, hatte sie ihr zur Hochzeit geschenkt, und es verging kein Tag, an dem sie die Nadel nicht trug.

Auguste warf ihrer Schwiegermutter einen ärgerlichen Blick zu und versuchte, ruhig zu bleiben. Jetzt galt es, möglichst diplomatisch zu reagieren.

»Seien Sie nicht immer so streng, liebe Mutter«, bat sie. »Nicht jeder hat Ihre umfassende Kenntnis!«

Karoline lehnte sich zufrieden nickend auf dem Sofa zurück, und Madame Kaspers schenkte Auguste ein zaghaftes Lächeln. Es war kaum mit anzusehen, dachte Auguste, wie die Freundin sich immer von ihrer Schwiegermutter beunruhigen ließ. Dabei kannte sie sie doch! Karoline machte es einfach Spaß, andere zurechtzuweisen und dabei ihr Lorgnon vor die Augen zu heben. Die blitzenden Gläser ließen sie besonders einschüchternd aussehen, wie sie sehr wohl wusste. Erleichtert merkte Auguste, dass Madame Kaspers dieses Mal rasch ihre Fassung wiedergewann.

Es entging Auguste auch nicht, dass sich die Witwe Bergrath in der anderen Ecke des Sofas diskret über Karoline und ihr Lorgnon amüsierte. Wie immer war sie kunstvoll frisiert und trug eine lange Kette aus Granatperlen mit einem Goldkreuz über dem zartgelben, in modische Querfalten gelegten Mieder ihres Kleides. Sie war eine erstaunliche Frau! So jung hatte sie den Mann verloren, sie konnte damals kaum dreißig gewesen sein, wenn überhaupt! Aber seit siebzehn Jahren führte sie am Burgplatz Ecke Kurze Straße ein Unternehmen weiter, auf das ganz Düsseldorf stolz war. Das Markenzeichen für ihren berühmten Mostrich ließ den Namen ihres Mannes Adam Bernhard Bergrath niemals in Vergessenheit geraten: der Düsseldorfer Anker und die Buchstaben ABB. Auguste beneidete sie fast um die Art, wie sie bewies, dass eine Frau in der heutigen Zeit durchaus in der Lage war, ein Geschäft zu führen. Das war auch kein Wunder, denn den Traubenmost für ihren Mostert bezog sie ja von Eduard! Allerdings hatte sie über die Jahre einen härteren Zug um den Mund bekommen, und ihre Augen schienen jeden zu durchschauen. Ein mildes Gestirn am häuslichen Himmel, lieblich und sanft, wie die Frauen heutzutage sein sollten – das konnte man sie beim besten Willen nicht nennen. Aber welche Frau hatte schon ausreichend Geduld für immerwährende Lieblichkeit und Sanftmut? Nun, Auguste jedenfalls nicht.

»Bekomme ich auch ein Stück dieses leckeren Kuchens?«, unterbrach die Witwe Bergrath Augustes Gedanken.

»Man sollte seinen Gästen gegenüber immer die äußerste Aufmerksamkeit walten lassen!«, tadelte Karoline Hartmann ihre Schwiegertochter mit blitzendem Lorgnon.

Auguste beeilte sich, auch auf den Teller der Witwe ein Stück Torte zu legen, als die Tür aufschwang und Hedwig und

Emma den Salon betraten. Sie seufzte erleichtert. Emma war zwar seit dem Eklat am Sonntag bei ihr in Ungnade gefallen, ein Zustand, der natürlich für die Zeit des Kränzchens aufgehoben war, aber trotz alledem war auf sie Verlass. Sie musste dafür gesorgt haben, dass Hedwig so herausgeputzt wie nötig erschien und sogar ihre Frisur nichts zu wünschen übrigließ. Das Kind vergaß einfach die Welt, wenn es las! Nun sah Hedwig so hübsch aus wie eine jüngere Ausgabe ihrer Schwester.

»Man sollte besonders zu den eigenen Einladungen immer pünktlich sein!«, rügte Karoline Hartmann die Mädchen. Ihr Lorgnon lag dabei allerdings auf ihrem Schoß, und das verschmitzte Lächeln, mit dem sie den Zeigefinger hin und her bewegte, verriet, wie vernarrt die alte Dame in ihre Enkelinnen war.

Emma und Hedwig ließen sich von der Großmama umarmen und begrüßten die anderen Damen mit einem Knicks.

»Du kannst unsere Gäste mit Kaffee bewirten, Emma«, sagte Auguste. »Wenn du eines Tages verheiratet bist, wirst du es ja auch können müssen.«

Emmas einzige Reaktion auf diese Spitze war ein kurzes Stirnrunzeln. Sie wusste, was sich bei solchen halböffentlichen Anlässen gehörte: keinen Einblick in private Belange gewähren, lächeln und vor allem gerade sitzen. Sie ließ sich die Tassen – mit der Untertasse! – von den Damen reichen und füllte sie geschickt – aber nicht zu voll! – aus der großen Kanne. Ein aromatischer Duft nach Kaffee breitete sich aus.

»Tadellos, Emma!« Karoline nickte anerkennend.

Eine Weile war nur das eifrige Klappern der Kuchengabeln zu hören. Schließlich betupfte die Witwe Bergrath ihren Mund mit einer Serviette.

»Dies ist ein Traum von einem Kuchen, meine Liebe! Ihre Köchin ist eine wahre Perle!«

Auguste nahm auch das Lob der anderen Damen geschmeichelt entgegen. »Vielen Dank. Ja, meine Hanna ist eine Künstlerin, wenn es ums Backen geht.«

»Das stimmt wohl«, seufzte Madame Kaspers genießerisch.

Auch Karoline trank höchst zufrieden einen Schluck Kaffee.

»Nun, meine Kleine«, wandte sie sich an Hedwig, »was liest du gerade?«

Hedwig warf ihrer Mutter einen Blick zu, aber wenn die Großmama sie fragte, musste sie antworten.

»Den zweiten Band von ›Die Schauerruinen der Unkenburg oder ...«

»... der Haarzopf der Hölle‹!«, lachte Karoline. »Vielleicht nicht die beste Literatur, aber so angenehm gruselig und fesselnd, ich konnte die Bücher kaum weglegen. Ich liebe Geistergeschichten!«

Hedwig strahlte ihre Großmama an, und Auguste lehnte sich ergeben zurück. Wenn ihr jetzt sogar die eigene Schwiegermutter bei der Erziehung ihrer Töchter in den Rücken fiel, konnte sie aufgeben.

Die Witwe Bergrath zuckte die Schultern. »Ich habe zwar kaum Zeit zu lesen, aber ich lasse mich gerne von solchen Romanen unterhalten.« Sie lachte. »Räubergeschichten mag ich am liebsten!«

»Ich auch!«, rief Madame Kaspers begeistert und setzte ihre Kaffeetasse ab. » ›Rinaldo Rinaldini‹ von Vulpius zum Beispiel! Meine Tochter Henriette und ich haben es zusammen gelesen. So romantisch!«

»Ja, das ist es«, stimmte die Witwe Bergrath zu. »Kennen Sie auch die Fortsetzung?«

»Nein!« Verblüfft schüttelte Madame Kaspers den Kopf. »Gibt es eine? Rinaldo ist am Ende der drei Bücher doch tot!«

»Es gibt sogar mehrere! Der ›Ferrandino‹ ist von Vulpius selbst. Und ›Nikanor, der Alte von Fronteja‹ ist aus der Feder von einem Moritz Richter. Aber ich verrate nichts weiter! Lassen Sie sich überraschen.«

»Ja, das mache ich gern! Ich muss mir die Bücher unbedingt in der Leihbücherei besorgen.«

»Tun Sie das nicht, Teuerste!«, warnte Karoline. »Gerade diese Bücher sind so viel gelesen und schmutzig, man mag sie gar nicht anfassen. Ich leihe Ihnen am besten meine Exemplare.«

»Oh, danke. Wie nett!« Madame Kaspers lächelte überrascht.

»Viel gelesen!«, schnaubte Auguste. »Das bedeutet ja noch nicht, dass ein Buch auch zu empfehlen ist!«

»Christian August Vulpius, der Verfasser von ›Rinaldo Rinaldini‹, war immerhin der Schwager deines geliebten Goethe.« Karoline hob das Lorgnon vor ihre Augen. »Und bei Goethe gehen die Meinungen auch sehr auseinander, wie man im Literaturblatt lesen kann.«

»Zum Glück sagt man dort auch, dass sich solche Romane überlebt haben«, stellte Auguste mit einem Seitenblick auf Hedwig fest.

»Man sollte sich niemals darum kümmern, was *man* sagt!« Karoline nickte ihrer Enkelin verschwörerisch zu. »All diese wunderbaren Romane über Ritter, Räuber und dergleichen kommen vielleicht aus der Mode, aber das heißt ja nicht, dass man sie nicht mehr mögen darf. Selbst die Bilder unserer Düsseldorfer Maler wimmeln ja geradezu von Rittern, Räubern und sogar Wilddieben!«

»Ja, nicht wahr?«, sagte Emma eifrig. »Und meistens kann man sie sogar wiedererkennen, denn die Maler porträtieren sich gegenseitig.«

»Ach, wie interessant! Woher weißt du das?«, erkundigte sich Karoline neugierig.

Auguste saß kerzengrade und mit angehaltenem Atem am Tisch. Jeden Augenblick erwartete sie den Weltuntergang. Und Emma wusste sofort, dass sie zu schnell reagiert hatte. Sie dachte noch fieberhaft über eine möglichst unverfängliche Antwort nach, als Hedwig ihr zuvorkam.

»Sie weiß alles über die Akademie, Großmama«, verkündete sie. »Sie will ja Malerin werden!«

Emma wurde rot und warf ihrer Schwester einen unwilligen Blick zu. Auguste schloss die Augen. Nicht einmal ein Stoßgebet würde jetzt helfen.

In Madame Kaspers' Miene mischte sich Verblüffung mit einer Prise moralischer Entrüstung, denn ein Beruf, zumal ein solcher, schickte sich nun gar nicht für eine junge Frau aus gehobenen Verhältnissen. In ihren Augen glühte jedoch auch ein winziger Funke Abenteuerlust.

»Aber das ist ja wundervoll!«, rief die Witwe Bergrath.

»Man sollte niemals zu schnelle Urteile fällen!«, sagte Karoline streng und hob ihr Lorgnon, um ihre Enkelin zu fixieren. »Kann man deine Bilder einmal sehen?«

✦✦✦✦✦✦

Abende bei Schadow waren etwas Besonderes. Sie waren sogar Furcht einflößend, wenn man, wie Clemens und sein Freund Förster, zum ersten Mal eingeladen war und nicht genau wusste, was einen erwartete. Schadow hatte sie nachmittags quasi im Vorbeigehen als »seine Schüler, die ihm freudigen Anlass zu großen Hoffungen gaben« zu einem Abendessen mit Musik gebeten.

Nun standen die beiden mit einem flauen Gefühl im Magen vor der Tür des Hauses am Flinger Steinweg. Die Einladung war eine besondere Auszeichnung, denn von nun an gehörten sie zum engeren Kreis der Schadow-Schüler, und es wurde durchaus von ihnen erwartet, dass sie auch zu den üblichen regelmäßigen Treffen an den Sonntagabenden kommen würden. Trotzdem kostete es sie ihren ganzen Mut, überhaupt an die Tür zu klopfen. Clemens hoffte darüber hinaus, endlich zu erfahren, ob seine Rheinlandschaft bei der Ausstellung im Juli gezeigt würde.

Als sie ins Speisezimmer geführt wurden, kehrte ihre Selbstsicherheit nicht unbedingt zurück. Zahlreiche Menschen, die im Düsseldorfer Kulturleben Rang und Namen hatten, saßen um die lange ovale Tafel. Kerzen in hohen Leuchtern verbreiteten ein warmes Licht, und die Wände mit allerlei Gemälden wurden von hellen Öllampen geradezu festlich beleuchtet.

»Meine Liebe, darf ich dir zwei meiner jungen Leute vorstellen?«, fragte Schadow seine Frau und lächelte seine Schüler herzlich an.

Charlotte Schadow, eine geborene von Groschke aus dem Kurland, hob kühl und vornehm ihr Lorgnon und musterte die beiden Neuen.

»Guten Abend«, nickte sie freundlich, aber mit einer gewissen Distanz. »Setzen Sie sich doch bitte!« Sie wies auf zwei freie Stühle am unteren Ende der Tafel und wandte sich wieder ihren Kindern zu, einem etwa zehnjährigen Mädchen und ihrem kleineren Bruder. Sie bekamen einen Gutenachtkuss und wurden der Obhut einer alten Kinderfrau überlassen.

So leise wie möglich setzten sich Clemens und Förster auf die angewiesenen Plätze. Sie spürten, dass hier ein Ort war, wo man alle Register seines guten Benehmens ziehen musste und wo man vor lauter Unsicherheit und, ohne es zu merken, die schwersten Fehler begehen konnte.

Clemens blickte sich vorsichtig um und versuchte, die Gäste einzuordnen. Er kannte nicht alle Anwesenden, aber wenigstens saßen sein Freund und er zwischen vertrauten Gesichtern. Mücke und Bendemann begrüßten sie mit gedämpften Stimmen, Hildebrandt nickte ihnen zu, und auch Hübner und Sohn, die mit ihren Ehefrauen gekommen waren, lächelten sie an. Nur Schirmer und Lessing fehlten, weil sie auf Motivsuche durch die Eifel zogen. Zum Glück hatte Schirmer ihnen vor nicht allzu langer Zeit von seinem eigenen »ersten Mal bei Schadow« erzählt, bei dem er schüchtern und, wie er es ausgedrückt hatte, in »aufmerksamer Schweigsamkeit« verharrt war. Clemens verstand ihn jetzt vollkommen, weil er sich selbst nicht anders fühlte.

Die Flügeltüren öffneten sich wieder, und herein kamen Immermann und Schnaase, etwas abgehetzt, weil ein Gerichtstermin sie länger als gedacht aufgehalten hatte. Beide gingen in die Runde grüßend an der Tafel vorbei und zu ihren Plätzen neben dem bleichen von Uechtritz, der sie fast dankbar anlächelte. Er sah angegriffener aus als sonst, was nicht nur an einem langen Arbeitstag, sondern größtenteils an seiner Tischnachbarin Madame Lauska lag. Sie war im mittleren Alter, Witwe des Klaviervirtuosen Franz Lauska, und hatte vor zehn Jahren noch in Berlin begonnen, sich von Schadow als Historienmalerin ausbilden zu lassen. Ihre Bilder waren gut, nur hatte sie leider ein hässliches Gesicht und, schlimmer noch, eine durchdringende Berliner Stimme, mit der sie alles gut hörbar kommentierte.

»Lieber Herr Immermann!«, rief sie nun. »Sie müssen sich zu mir setzen und mir alle Neuigkeiten über Ihre Theaterpläne erzählen!«

Immermann tat ihr den Gefallen, und weil er seine Stimme senkte, während er mit ihr sprach, wurde auch sie leiser.

Clemens beugte sich etwas vor, um die Gäste auf seiner Seite des Tisches sehen zu können. In Schadows Nähe am oberen Ende saß Mendelssohn neben zwei jungen Männern, die er gut zu kennen schien, denn sie sprachen angeregt miteinander. Zumindest sagte der eine von den beiden etwas. Der andere war sehr dünn, hörte nur zu und sah genauso verschüchtert aus, wie Clemens sich fühlte. Er hatte sofort sein ganzes Mitleid.

Das Abendbrot mit kaltem Braten und Wein wurde aufgetragen, und kurzzeitig ergaben sich leisere Gespräche zwischen den Tischnachbarn, bis Clemens und Förster erschrocken zusammenzuckten. Madame Lauska hatte die Stimme erhoben.

»Ach ja, der ›Egmont‹!«, sagte sie zu Immermann. »Wunderbare Musik! Mein verstorbener Mann hat ja damals die Korrekturfahnen für Beethoven gelesen. So furchtbar viel Arbeit!«

Von Uechtritz hob die Schultern. »Aber das sind Korrekturfahnen doch immer, meine Teuerste«, sagte er, »egal ob Noten oder Text. Fast alle hier wissen das.«

»Fatal sind aber die Abschreiber von Musik, die man in Druck geben will!« Mendelssohn nickte Madame Lauska freundlich zu. »Sie verändern in der Reinschrift oft Töne oder Pausen, wie es ihnen beliebt, weil sie finden, dass das Stück so besser klingt. Diese Stellen dann in der Druckfahne wiederzufinden, kostet viel Mühe.«

»Wie wahr!«, rief Madame Lauska.

Immermann seufzte. »Bei Texten ist es ja so, dass man sie gut redigieren kann, wenn es die eigenen sind. Man kennt sich schließlich in ihnen aus. Aber als ich vor acht Jahren Walter Scotts ›Ivanhoe‹ übersetzt habe, wurde mir diese Arbeit recht sauer. Immer wieder musste ich ins englische Original schauen.«

»Der Erfolg Ihrer Übersetzung muss Sie aber doch befriedigt haben«, meinte Schadow. »Nicht nur Tiecks Übersetzung von Cervantes und seinem ›Don Quixote‹ oder Schlegels Übersetzung von Shakespeares Königsdramen, auch Ihr Buch hat uns Maler damals noch einmal mehr darin bestärkt, uns mit dem Mittelalter zu beschäftigen, mit dem poetischen Charakter dieser vergangenen Zeit, in der die alte, die heilige Kunst gepflegt wurde. Damals wusste man noch, dass Kunst dazu da ist, nur das wirklich Große darzustellen, das ewig Gültige, das uns durch alle Zeiten zum Vorbild gereichen kann.«

»Der Kunsthändler, der am Sonntag in unsere Ateliers kam, schien anderer Ansicht zu sein«, wandte Carl Sohn ein. »Wir waren etwas irritiert von seinem Auftreten. Wie hieß er noch?«

»De Boer«, antwortete Clemens und wunderte sich, dass er den Mut dazu gefunden hatte.

»Richtig, de Boer«, wiederholte Schadow ungehalten. »Wir haben ihn wieder nach Hause geschickt. Er muss noch viel lernen!«

»Allerdings!«, pflichtete Schnaase ihm bei, und von Uechtritz verzog unwillig das Gesicht.

»Er verkennt die hohe Kunst«, ereiferte sich Schadow, »und die Themen, die ihrer würdig sind, in der Malerei also zum einen die großen literarischen oder geschichtlichen Gestalten, die uns durch ihr Handeln beeindrucken …«

»Wie zum Beispiel Friedrich Barbarossa«, warf von Uechtritz dazwischen und nickte in die Runde, »über dessen Leben ja im Moment ein von unseren Malern komponierter Freskenzyklus beim Grafen von Spee auf Schloss Heltorf entsteht.«

»Sehr richtig«, stimmte Schadow zu. »Freskomalerei gehört neben der Ölmalerei unbedingt dazu, insbesondere die Deckenmalerei, von der wir ja ein schönes Beispiel in unserem

Galeriesaal haben. In Italien gibt es unzählige Kirchen und Paläste, in denen endlose Flächen mit solchen Malereien übersät sind. Überaus beeindruckend ist in dieser Hinsicht die Sixtinische Kapelle. Sie ist der Höhepunkt, das Nonplusultra, was daran liegt – und nun komme ich zum zweiten, zum Hauptsächlichen in der Malerei –, dass sich die Kunst hier in ihrem reinsten und höchsten Gegenstand, nämlich der Bibel und dem Göttlichen, offenbart.«

Clemens und Förster warfen sich ermutigende Blicke zu. Nicht nur sie wussten, dass diese Vorlesung so bald kein Ende nehmen würde, denn Schadow sprach über sein Lieblingsthema, die Historienmalerei im Allgemeinen und die religiöse Malerei im Besonderen. Umso erstaunter waren sie darüber, mit welcher Leichtigkeit seine Frau das Problem für alle löste. Als ihr Mann nach seinem Glas griff, um einen Schluck Wein zu trinken, nahm sie die Gelegenheit wahr.

»Sagen Sie, lieber Herr Mendelssohn, haben Sie den Dichter des ›Ivanhoe‹ nicht persönlich kennengelernt?«

Mendelssohn nickte. »Ja, das war auf meiner Schottlandreise vor fünf Jahren. Mein Freund Karl Klingemann und ich hatten in London ein Empfehlungsschreiben an den Dichter bekommen und fuhren nach Abbotsford. Aber ich glaube, wir haben uns damals mehr ausgemalt, als tatsächlich möglich war, etwa mit Sir Walter Scott Tee zu trinken und angeregt und lange über seine Bücher zu sprechen. Als wir hinkamen, war er gerade im Begriff, Abbotsford zu verlassen. Er gewährte uns eine halbe Stunde, wir staunten ihn an wie ein neues Portal, und die Konversation war nur unbedeutend, denn er war sehr in Eile. Abbotsford House passt jedenfalls zu ihm. Es sieht fast wie eine alte Ritterburg aus, obwohl Sir Walter es zum Teil hat neu erbauen lassen. Die Bibliothek und die vielen Antiquitäten, die er dort versammelt hat, waren sehr imponierend.«

Madame Lauska hing an Mendelssohns Lippen. »Wie aufregend!«, rief sie. »Oh, ich beneide Sie!«

Da hatte sie recht, dachte Clemens. Wie unterschiedlich die Welt doch eingerichtet war! Mendelssohn war damals erst zwanzig Jahre alt gewesen, zwei Jahre jünger als er jetzt, und hatte bereits einen guten Teil der Welt gesehen. Er selbst war in dieser Zeit nur von einem kleinen Ort in Westfalen bis nach Düsseldorf gekommen.

»So jung und schon so weit gereist!«, fuhr Madame Lauska fort, als hätte sie Clemens' Gedanken gelesen.

»Nun ja«, sagte Mendelssohn, »mein Vater hat darauf bestanden, dass ich die Grand Tour eines Musikers durch Rom, Paris und London mache, er hat mich sogar teilweise begleitet. Es waren Konzertreisen mit ein wenig freier Zeit, in der man dann solche Ausflüge unternehmen konnte. Anders wird ein Musiker ja nicht bekannt, und ohne diese Reisen säße ich heute auch nicht hier in dieser liebenswürdigen Gesellschaft oder wäre Musikdirektor der Stadt.«

Das war nun auch wieder richtig, dachte Clemens. Musik musste man vom Künstler selbst hören oder dirigiert sehen, Bücher und Bilder konnte man getrost allein in die Welt schicken.

»Und als Musikdirektor«, meldete sich Immermann zu Wort, »könntest du doch eigentlich im Herbst eine Oper inszenieren, die im Mittelalter spielt. Wenn du es machst, wird es auch ein Erfolg!«

Schnaase lehnte sich zurück und beobachtete aufmerksam, was passieren würde. Sein Freund ließ wirklich keine Gelegenheit aus, Mendelssohn in die Theaterarbeit zu locken.

»Hiller, was meinst du?«, wandte sich Mendelssohn an den jungen Mann neben ihm. »Die Oper von Marschner?«

»Ja, zum Beispiel«, nickte Hiller. »›Der Templer und die Jüdin‹ ist ja nach Szenen aus dem ›Ivanhoe‹ geschrieben!«

Clemens sah, dass Hiller seinen Freund am Ärmel zupfte und versuchte, ihn zurückzuhalten, aber Mendelssohn begeisterte sich bereits für das Thema.

»Man müsste natürlich für gute Sänger sorgen …«

»Richtig.« Immermann gab mit einer Handbewegung zu verstehen, dass er dieses Problem nur zu gerne dem Musikdirektor überließ.

»… und auch für Kulissen und Kostüme etwas tiefer in die Tasche greifen. Wir brauchen für die Szenen eine Burg von außen, die große Halle in einer Burg, eine Schlucht im Wald und dergleichen. Und wir brauchen Rüstungen für die Ritter und einen weißen Umhang mit rotem Kreuz für den Templer! Da ist der Intendant des Theaters gefragt.«

»Die Kulissen könnten wir malen«, bot Hildebrandt an.

Immermann seufzte. »Anschaffungen für die Oper tendieren im Gegensatz zum Schauspiel dazu, Flitter zu sein, der nach ein paarmal weggeworfen wird. Man muss das Geld zusammenhalten, das wir im Übrigen noch gar nicht haben!«

»Aber die Oper lebt von Kostümen und Kulissen!«, rief Mendelssohn. »Sie muss auf der Bühne einfach überwältigend wirken, genau wie ihre Musik.«

»Sehr wahr!«, nickte Madame Lauska. »Das Opernpublikum erwartet das auch.«

Immermann wollte etwas entgegnen, aber bevor der beginnende Disput sich unangenehm vertiefen konnte, griff Charlotte Schadow ein.

»Mein lieber Herr Hiller«, wandte sie sich an ihn, »wir haben gehofft, dass Sie uns gleich etwas vorspielen, das uns Paris ins Haus bringt. Würden Sie das tun? Der Flügel steht für Sie bereit. Und Sie spielen uns bitte auch etwas von Ihrer herrlichen Musik, ja, Herr Mendelssohn?«

Hiller neigte zustimmend den Kopf.

»Wir spielen Ihnen alle drei gern etwas vor«, sagte Mendelssohn. »Auch Chopin ist inzwischen in Paris eine Berühmtheit.«

Charlotte Schadow ließ einen kurzen Blick durch ihr Lorgnon über Chopin schweifen. Dieser völlig Unbekannte war ihr fremd geblieben. Er hatte den ganzen Abend über kein einziges Wort gesprochen, im Gegenteil, er hatte geradezu unbemerkt dagesessen, sich fast hinter Hiller versteckt.

»Ja, sicher, warum nicht?«, sagte sie mit kaum verborgener Gleichgültigkeit.

Clemens beobachtete, wie sich Mendelssohn und Hiller unauffällig zuwinkerten, und sein Interesse für den dünnen, schüchternen Fremden wuchs.

»Wie lange bleiben Sie eigentlich noch in der Stadt?«, fragte Schadow.

»Leider nur bis morgen«, antwortete Hiller. »Felix begleitet uns auf dem Dampfboot bis nach Köln, und von da geht es für uns weiter nach Paris und für ihn wieder zurück nach Düsseldorf.«

»Nun, Mendelssohn«, sagte Schadow in ernstem, vorwurfsvollem Ton, als ob er einen seiner Schüler vor sich hätte, »was wird denn inmitten all dieser Fahrten und Zerstreuungen wohl aus dem ›Paulus‹?«

»Seien Sie ohne Sorge, Herr Direktor!«, antwortete Mendelssohn freundlich. »Der wird zur rechten Zeit schon fertig.«

Er hatte seinen eigenen Kopf, dachte Clemens, und ließ sich nicht hineinreden, nicht einmal von Schadow. Dabei blieb er bescheiden und respektvoll. Wie er das wohl machte? Clemens hätte an Mendelssohns Stelle diese Rüge nicht ohne sichtbares Zähneknirschen ertragen, zumal das Musikfest in Aachen, auf das Schadow ja auch anspielte, zum Beruf eines Musikdirektors gehörte.

»Dann lassen Sie uns jetzt Ihre Musik hören!«, sagte Charlotte Schadow und ließ die Tür zum Salon öffnen.

Nur zu gerne folgte ihr die Gesellschaft und suchte sich um den großen Flügel herum einen guten Platz, um nichts von dem improvisierten Konzert zu verpassen. Bald darauf lauschte man andächtig erst Hillers und dann Mendelssohns Kompositionen.

»Oh, wie wundervoll!«, rief Madame Lauska entzückt, wenn einer von ihnen geendet hatte und der Applaus leiser wurde. »Einfach göttlich!«

»Ihr größter Genuss steht noch bevor«, sagte Mendelssohn und überließ unter den zweifelnden Blicken der Anwesenden dem unscheinbarsten Gast des Abends seinen Platz am Flügel.

Chopin hob seine Hände auf die Tasten und begann mit seinem ersten Großen Walzer, dessen Manuskript er vor ein paar Tagen in Paris an einen Verleger verkauft hatte, um die Reise nach Aachen bezahlen zu können. Noch morgens war Mendelssohn mit den beiden plötzlichen, einen ganzen Takt anhaltenden Pausen gegen Ende des Stückes unzufrieden gewesen. Für ihn machten sie nur typisch pariserischen Effekt. Aber ihre Wirkung war in Paris und hier in Schadows Salon die gleiche: Das Publikum wurde durch die unvermittelte Stille in die sekundenkurze Spannung versetzt, wie es nach all den schwindelerregend schnellen, hüpfenden und tanzenden Klängen wohl weitergehen würde. Man konnte gar nicht anders, man musste einfach zuhören!

Nicht nur Schadows misstrauische Miene verwandelte sich in kürzester Zeit in Anerkennung, ja sogar Begeisterung. Charlotte Schadow lauschte sprachlos mit vor Verwunderung leicht geöffnetem Mund, und Madame Lauska legte die Hand auf ihr Herz. Ihrem Gesichtsausdruck nach zu urteilen lag sie dem jungen Musiker bereits jetzt zu Füßen. Der Walzer dauerte nur fünf Minuten, aber diese Zeit reichte völlig aus, dass die Zuhörer Chopin überschwänglich um mehr und immer mehr baten.

Wieder beobachtete Clemens, wie Mendelssohn und Hiller sich über die Köpfe des Publikums zuzwinkerten. Es hatte schon seine Richtigkeit – Musiker wurden nur auf Reisen bekannt. Er hatte zwar an diesem Abend nichts über sein Bild und die Ausstellung erfahren, aber dafür waren Förster und er zum ersten Mal in den Genuss gekommen, einen neuen großen Komponisten zu erleben.

ADOLPH SCHROEDTER

Der Hofgarten [ist] eine Park- und Gartenanlage dicht an Düsseldorf, wie von gleichem Umfange und ähnlicher Schönheit wenige Städte in Deutschland sich deren rühmen können. Durch die neuesten Anlagen, die bis zum Rheine reichen, hat der Herr Hofgarten-Director Weyhe sich großen Verdienst erworben. Im Frühling erfüllt eine Schaar von Nachtigallen, die hier ungestört bleiben, diesen lieblichen Park, der in jeder Jahreszeit dem Freunde der Natur einen angenehmen Spaziergang darbietet, mit ihrem Gesange. Auf dem sogenannten Ananasberge sind im Sommer bei Herrn Hofconditor Geissler Erfrischungen zu haben. Eine Allee führt zum Jägerhof, ehemals die Wohnung des Jülich- und Bergischen Oberjägermeisters, jetzt, bedeutend erweitert, mit einer schönen Gartenanlage versehen, die Residenz des Prinzen Friedrich von Preussen.

(Düsseldorf mit seinen Umgebungen. Ein Wegweiser für Fremde und Einheimische, 1840)

DIENSTAG, 10. JUNI 1834

Karoline Hartmann schloss die Tür zu ihrer Wohnung über den Geschäftsräumen der Weinhandlung Hartmann auf der Mittelstraße und ging die Treppe hinunter. Sie hatte sich ein wenig herausgeputzt, die Perlennadel am Kleid befestigt und auch das Lorgnon in ihren bestickten Beutel gesteckt. Es gab ihr die Sicherheit, die sie brauchte. Sie hatte etwas Wichtiges vor und schon viel zu lange damit gewartet, es auch wirklich zu tun.

Unten angekommen, öffnete sie die Haustür und wünschte sich auf der Stelle, sie hätte es nicht getan. Sie sah die Schnur sofort, die von ihrem Türknauf an den Klingelzug des gegenüberliegenden Hauses führte, aber es war zu spät. Durch das Öffnen der Tür war die Schelle drüben bereits in heftige Bewegung geraten und läutete Sturm. Im ersten Stock begann ein Baby empört zu schreien. Eine zweite Schnur führte vom Türknauf gegenüber zurück zu ihrem eigenen Klingelzug, und man konnte sich leicht ausrechnen, was nun passieren würde. Diese verflixten Bengel! Dass sie nichts Besseres zu tun hatten, als Streiche auszuhecken, wenn friedliche Bürger Mittagsruhe hielten! Aber nun ja, schmunzelte sie, das war immer schon so gewesen, und alle, die etwas anderes behaupteten, hatten sich in dieser Beziehung wahrscheinlich selbst am meisten vorzuwerfen.

Die Tür gegenüber wurde aufgerissen, und ganz wie von den kleinen Spitzbuben geplant gab nun Karolines Schelle ein aufgeregt blechernes Geräusch von sich. Ihre Nachbarin erfasste die Lage mit einem Blick und machte sich schimpfend daran, die Schnüre an ihrem Haus zu lösen. Von der nächsten Straßenecke hörte man mehrstimmiges Gekicher, gefolgt vom Getrappel wegrennender Füße. Karoline bekam noch einen unfreundlichen Blick von der Nachbarin, wobei sie ja am wenigsten für die Störung konnte, und die Tür fiel wieder ins Schloss.

Man sollte sich niemals über die Kleinigkeiten des Lebens aufregen, dachte Karoline, nur über die wirklich großen Dinge. Aufregungen waren an sich schon aufregend genug und brauchten allein deshalb einen guten Grund, besonders wenn man im vorgerückten Alter von zweiundsiebzig Jahren war. Sie straffte die Schultern und machte sich auf ihren nicht sehr weiten, aber schwierigen Weg.

Fast drei Wochen war es nun her, dass sie die überraschende Neuigkeit über Emma erfahren hatte. Sie schüttelte den Kopf. In ihrer Jugend wäre es ihr nicht im Traum eingefallen, überhaupt mit irgendetwas Geld zu verdienen. Die ganze Stadt hätte sich das Maul zerrissen! Ihr seliger Eduard hätte es auch gar nicht zugelassen. Aber die Zeiten änderten sich, wie sie sich immer geändert hatten. Jetzt hörte man des Öfteren von Frauen, die Erstaunliches leisteten. Madame Bergrath zum Beispiel. Ihr Sohn war nach dem Tod ihres Mannes noch zu jung gewesen, und so hatte sie eben die Dinge selbst in die Hand genommen. Nun, es handelte sich ja auch um ein respektables Unternehmen. Und der selige Bergrath war in der Zeit nach Napoleon gestorben, nach dem Kongress damals in Wien, als Düsseldorf plötzlich preußisch geworden war. Für kurze Zeit hatte man gehofft, dass nun alles anders würde. Da waren diese neuen Ideen aufgekommen! Aber man hatte sich getäuscht.

Malerin! Warum ausgerechnet ein solcher Beruf? Frauen aus ihrer Gesellschaftsschicht malten, spielten Klavier oder sangen, um sich die Zeit zu vertreiben, die sie reichlich zur Verfügung hatten. Aber das taten sie im privaten Rahmen. Sie wären niemals vermessen genug, damit Geld verdienen zu wollen. Das schickte sich einfach nicht! Wenn sie ehrlich war, war das in den meisten Fällen auch besser so. Und wenn man keinen Ehemann fand, wurde man höchstens Gouvernante in irgendeinem achtbaren Haus und tat das, was Frauen sonst auch taten – man kümmerte sich um Kinder, allerdings um fremder Leute Kinder, was oft kein Zuckerschlecken war. Andererseits lebte Emma in einer Stadt, in der gerade die Kunst Möglichkeiten bot. Sie konnte schon verstehen, wie ihre Enkelin auf den Gedanken gekommen war.

Karoline blieb nachdenklich stehen. Sie hatte ihr Ziel fast erreicht und konzentrierte sich noch einmal auf das, was sie wollte. Man sollte immer wissen, wovon man redete, bevor man ein Urteil fällte, und gute Argumente dafür oder dagegen sammeln. Das hatte sie als Frau eines Geschäftsmannes nachhaltig gelernt. Also würde sie sich jetzt Emmas Bilder ansehen und ein Urteil fällen! Entschlossen ging sie auf die Buchbinderei von Melchior Severin in der Mittelstraße 23 zu.

Sie wollte gerade die Werkstatt betreten, als ein junger Mann schwungvoll herauskam und sie fast umwarf. Er sah gut aus, sehr gut sogar, soweit sie das ohne ihr Lorgnon erkennen konnte, aber warum hatten es diese jungen Leute immer so eilig? In ihrer Jugend hatte man noch Zeit gehabt!

»Oh, Verzeihung!«, sagte der junge Mann und zog höflich seinen Zylinder. »Darf ich Ihnen die Tür aufhalten, Madame?«

Nun, Manieren hatte er wenigstens, und charmant war er auch, obwohl er etwas von einem *Incroyable* an sich hatte oder wie immer man heutzutage die Leute nannte, die mehr Wert auf ihr Äußeres legten, als gut für ihren Charakter war! Stutzer? Geck? Gleichwie – Karoline nickte dem jungen Mann gnädig zu und betrat die Werkstatt.

Ein unverwechselbarer Geruch nach feuchtem Papier, Leim und Alaun schlug ihr entgegen, intensiver als gewöhnlich durch das sommerlich heiße und drückende Wetter. Melchior Severins jüngster Sohn stand mit aufgekrempelten Ärmeln über eine dampfende Wanne gebeugt, zog bedruckte Papierbögen durch heißes Leim- und Alaunwasser und hängte sie zum Trocknen über eine Rosshaarschnur. Die Buchseiten bekamen dadurch mehr Festigkeit, wie man Karoline einmal erklärt hatte. Melchior Severin selbst war damit beschäftigt, bereits getrocknete Bögen mit einem schweren Schlaghammer zu glätten, während seine jüngere Tochter die fertigen Bögen falzte und in der richtigen Reihenfolge der Seiten aufeinanderlegte.

»Madame Hartmann! Guten Tag!«, rief Severin freundlich. »Ein seltener Besuch.«

»Ja, aber er gilt leider nicht Ihnen«, sagte Karoline lächelnd.

Sie mochte den Witwer Severin, der vor neun Jahren seine kränkelnde Frau mit nur fünfzig Jahren verloren hatte. Trotzdem war es ihm gelungen, vier prächtige, inzwischen erwachsene Kinder großzuziehen. Die ganze Familie war der Kunst zugetan, zeichnete und malte, und Wilhelm, der älteste Sohn, fertigte sogar Kupferstiche an.

»Ich möchte zu Ihrer Tochter Katharina. Ist sie zu Hause?«

»Das ist sie«, antwortete Severin. »Sie scheint ja heute sehr gefragt zu sein!«

Kurz darauf begleitete Katharina die alte Dame eine schmale, knarrende Treppe hinauf in ihr Atelier unter dem Dach. Hinter dem Trockenboden war ein spärlich eingerichteter, weiß getünchter Raum abgeteilt. In der Nähe eines großen Giebelfensters standen zwei Staffeleien, eine davon war mit einem Tuch zugehängt. Daneben lehnten Bilder an der Wand.

»Setzen Sie sich doch, Madame Hartmann!«, sagte Katharina und bot ihr einen Stuhl an. »Die Treppen haben Sie angestrengt.«

Karoline nahm das Angebot dankbar an. Katharina zog einen zweiten Stuhl an einen kleinen, runden Tisch. »Was kann ich für Sie tun? Geht es um Emma?«, fragte sie.

Karoline nestelte das Lorgnon aus ihrem Beutel und hielt es sich vor die Augen. »Ja, das tut es«, sagte sie streng. »Ich mache mir Sorgen um meine Enkelin, und ich glaube, Sie haben einen guten Teil davon zu verantworten!«

Katharina ließ sich von blitzenden Lorgnongläsern nicht beeindrucken, wie Karoline anerkennend feststellte. Sie rechtfertigte sich auch nicht nach diesem Vorwurf. Sie stand auf und zog ein Tuch von einer Reihe von Bildern.

»Das sind Emmas Gemälde«, sagte sie. »Urteilen Sie selbst.«

Karoline erhob sich und ließ sich die Bilder zeigen. Es machte sie sprachlos. Sie war keine besondere Kunstkennerin, aber für sie gab es keinen großen Unterschied zu den Bildern in der Akademie-Galerie. Die Blumenstücke und Stillleben dort sahen genauso lebendig und echt aus wie die Bilder hier.

Katharina bemerkte Karolines Verblüffung und nutzte sie aus.

»Ihre Porträts kann ich Ihnen leider nicht zeigen, denn Emma hat sie einem Kunsthändler überlassen, der sie in seine neue Galerie hängen will. Vielleicht haben Sie ihn noch gesehen? Herr de Boer ist gegangen, kurz bevor Sie gekommen sind.« Katharina zog zwei Papiere aus ihrer Kleidertasche. »Er hat mir dies für Emmas und einige meiner Bilder gegeben und mehr angekündigt, wenn er sie verkauft hat.«

Karoline betrachtete kopfschüttelnd zwei Tresorscheine, jeder im Wert von hundert Talern Courant. Auch nach dreißig Jahren hatte sie immer noch kein Vertrauen zu diesen Papierscheinen, sie sahen so wenig nach ehrlichem Geld aus. Blanke Taler waren ihr lieber, aber immerhin konnte man die Scheine gegen richtige Münzen eintauschen. In ihrem Innern gewann die langjährige Ehefrau eines Geschäftsmannes die Oberhand.

»Wie viel würden die Düsseldorfer Maler für eine vergleichbare Anzahl von Bildern bekommen?«

»Sehr viel mehr.«

»Das ist aber nicht gerecht!«

»Richtig, aber im Augenblick leider nicht zu ändern.«

»Nun gut! Was wird Emma mit dem Geld tun, wissen Sie das?«

»Ich glaube, sie will damit in den nächsten Jahren den Unterricht in der Malklasse von Carl Sohn bezahlen. Sie hat Ehrgeiz, und er gibt den besten Unterricht, den sie hier bekommen kann.«

Karoline nickte. Nur das Beste, etwas anderes hatte sie von Emma auch nicht erwartet. Sie ging zurück zu ihrem Stuhl und setzte sich wieder hin.

»Was soll ich tun?«, fragte sie. »Raten Sie mir!«

»Das kann ich nicht.« Katharina hob die Schultern. »Das ist eine Entscheidung, die nur Sie und Ihre Familie fällen können. Ich kann Ihnen nur sagen, was sie schon selbst gesehen haben – Emma ist eine hervorragende Malerin!« Sie ging zu der zweiten Staffelei hinüber. »Zwei neue Porträts habe ich hier noch. Emma wollte sie nicht in die Galerie geben, weil sie zu privat sind. Außerdem ist sie auch noch nicht zufrieden damit, sie hat sie ja nur nach Skizzen malen können.« Katharina zog das Tuch fort und wartete gespannt, was passieren würde.

»Nein!« Karolines Hand fuhr zu ihrem Mund. »Das ist ja unglaublich!«

Ihr Sohn und ihre Schwiegertochter schauten sie an, als wären sie im Raum und würden Rahmen vor ihre Gesichter halten. Besonders Augustes energische Kopfhaltung und der alles kontrollierende Blick in ihren Augen waren genau getroffen, was, wie Karoline schmunzelnd zugeben musste, sie ungemein amüsierte.

»Ich danke Ihnen«, sagte sie. »Sie haben mir sehr geholfen!«

✦✦✦✦✦✦

Louis de Boer trat zufrieden aus der städtischen Sparkasse auf den Burgplatz. Sein Geld trug Zinsen, und im Augenblick stand er sehr gut da, wie ihm der einzige Angestellte des Etablissements versichert hatte. Er besaß also genug Kapital, um in der Stadt nach weiteren Bildern für seine Kunstgalerie zu suchen.

Nach dieser Auskunft hatte er eigentlich gehen wollen, aber der Angestellte, froh über ein wenig Gesellschaft, war ins Plaudern gekommen und hatte ihm ausführlich berichtet, dass das lang gestreckte Haus an der Ecke der Krämerstraße einmal das kurfürstliche Pagenhaus gewesen war und heutzutage neben der Sparkasse auch die Leihanstalt beherbergte. De Boer verzog verächtlich den Mund. Offenbar schien sie schräg gegenüber der Malerakademie gut untergebracht zu sein. Obwohl der Direktor ja versichert hatte, nicht nur das künstlerische, auch das finanzielle Fortkommen seiner Schüler läge ihm am Herzen, schien es unter den weniger bekannten Malern doch einige zu geben, die die pekuniären Möglichkeiten einer Pfandleihe in Anspruch nehmen mussten. Nun, wenn sie klug wären, kämen sie zu ihm in seine Galerie!

Er ging am Schlossturm vorbei – er war wirklich keine Schönheit, so baufällig, wie er war –, und als er die Akademie passierte, sah er die Kutsche des Prinzen Friedrich durch das offene Gittertor auf den Galeriehof fahren. Schadow hatte also hohen Besuch, den er wahrscheinlich entsprechend hofierte, damit er ihm auch gewogen blieb. De Boer malte sich aus, wie es sein würde, wenn die Kutsche des Prinzen eines Tages vor seiner Kunsthandlung hielte. An diesem Tag würde er wissen, dass er es geschafft hatte.

Auf dem Weg dorthin brauchte er jedoch zunächst noch mehr Gemälde für die leeren Wände seiner Galerie. In dieser Beziehung war er wohl auf dem richtigen Weg. Er hatte schon letzte Woche den beiden Malerinnen angemerkt, dass sein ungewöhnliches Angebot, einen Vorschuss auf die Verkaufssumme zu zahlen, freudige Reaktionen hervorrief. Die jüngere, Mamsell Hartmann, hatte die Hände vor den Mund geschlagen, war allerliebst errötet und sogar einmal in die Luft gehüpft. Zu niedlich! Ohne Zögern hatten beide ihm daraufhin ihre Bilder überlassen, und vorhin hatte er Mamsell Severin die Tresorscheine überreicht. Die Summe war vielleicht ein wenig zu hoch, aber die Damen würden mit Sicherheit seine großzügige Offerte in der Stadt verbreiten. Sich über dergleichen Dinge lang und breit auszulassen, gehörte schließlich zur weiblichen Natur. Keine Frau, zumindest nicht die, die er kannte, konnte irgendetwas für sich behalten. Mit einem gewissen Charme, über den er ja zur Genüge verfügte, waren sie leicht zu verführen und handelten in seinem Sinn, ohne dass es ihnen überhaupt auffiel. Das hatte er geschickt mit bedacht, bevor er die Damen als Erste nach ihren Bildern fragte.

Er hatte sein Geschäft erreicht und schloss die Tür auf. Der Geruch nach frischer Farbe schlug ihm aus dem noch leeren Verkaufsraum entgegen. Er blickte sich um und nickte. Angestrichen und gereinigt machte der Raum einen sehr guten Eindruck. Nun konnte er die bestellten Möbel liefern lassen. Er ging ins Hinterzimmer, wo die Gemälde der Künstlerinnen an der Wand lehnten, und betrachtete sie eingehend. Es waren gute Bilder, das musste man zugestehen. Besonders die Porträts von Mamsell Hartmann waren ausgezeichnet! Man traute es ihr gar nicht zu, so kindlich wie sie wirkte. Er würde sich ein wenig näher mit ihr befassen müssen. Sie war hübsch genug und rührend arglos, was andere Menschen betraf. Sie eignete sich bestens für seine Absichten.

✦✦✦✦✦✦

Etwa zur gleichen Zeit stand Prinz Friedrich von Preußen auf dem Balkon des Jägerhofs und betrachtete die blauschwarzen Gewitterwolken, die den freundlichen Sommerhimmel verfinsterten und sich drohend vom Rhein über die Reiterallee auf das Schloss zuwälzten. Bei der Hitze, die in den letzten Tagen geherrscht hatte, war die bevorstehende Abkühlung sehr willkommen. Es stand allerdings zu befürchten, dass die Herren, die er zu einer Besprechung erwartete, wohl in sehr nassem Zustand eintreffen würden, obwohl er ihnen eine Kutsche geschickt hatte.

Er trat zurück in den ovalen Salon und schloss die Balkontür. Wenigstens hatte er morgens in Begleitung eines Kammerherrn und einer Wache seinen Spaziergang durch die Stadt unternehmen können. Hochgewachsen, mit dunkel gelocktem Haar und in seinem Kürassierüberrock mit dem schwarzen Kragen war er eine auffällige Erscheinung. Es machte ihm nicht nur einfach Freude, Schaufenster zu betrachten und mit den Leuten zu plaudern, es vermittelte auch Nähe zu den Bürgern, die sich dadurch beachtet fühlten, was ihn einerseits populär machte, andererseits aber auch dafür sorgte, dass hier im Rheinland wenigstens ein Mitglied des preußischen Königshauses beliebt war. Kurzum, es war einfach klug.

Die kleine ehemals kurfürstliche Residenzstadt hatte ein Potenzial, das es zu fördern galt. Der Handel blühte, was der überaus günstigen Lage am Rhein zu verdanken war. Die Einwohner lebten fast alle in Lohn und Brot, und das nicht nur, weil die Garnison und damit die Kasernen vergrößert worden waren. Viele Aufträge für Handwerker und örtliche Manufakturen hatte der Ausbau des Jägerhofs zu einer dreiflügeligen Schlossanlage gebracht, ebenso wie die voranschreitende Erweiterung des Hofgartens. Für die Armen und Kranken setzten er und seine Gemahlin sich tatkräftig ein. Nur das Kulturleben ließ lange zu wünschen übrig, aber nun wurde es allmählich besser, zumal er sich auch dafür sehr engagierte.

Prinz Friedrich setzte sich in einen der mit zartgrünem Plüsch bezogenen Sessel und beobachtete, wie die heftigen Windböen, die einem Gewitter unweigerlich vorausgingen, an den Baumkronen der Reiterallee zerrten. Er liebte solche Naturschauspiele und genoss sie besonders, wenn er sich selbst in einer behaglichen Umgebung befand. Nicht nur seine eigene Familie fühlte sich wohl im Jägerhof. Seine Cousins, die drei ältesten Söhne des Königs von Preußen, mit denen er nach dem frühen Tod seines Vaters erzogen worden war, besuchten ihn nur zu gerne, wenn sie sich vom Berliner Hof, der ständigen Kontrolle und den Intrigen dort erholen mussten. Er lächelte in der Erinnerung. Butt, Wimpus, Sir Charles und Fritz Louis, das waren die vier jugendlichen Ritter des Sans-Souci-Ordens gewesen! Er besaß sogar noch den kleinen goldenen Spielorden in Form eines Malteserkreuzes mit dem Schriftzug »Sans-Souci« auf der einen und vier Eichenblättern auf der anderen Seite. Sie hatten sich als Ritter der Tafelrunde gefühlt, und der Kronprinz hatte sogar die Burg »St. Georgen im See« für sie entworfen, wenn auch nur auf dem Papier. Wie lange war das schon her? Heute waren sie fast alle Familienväter und befehligten sehr prosaisch Garnisonen, Divisionen, Regimenter, und das ganz offiziell als Kronprinz Friedrich Wilhelm und als die Prinzen Wilhelm, Carl und

Friedrich. Aber die romantischen Träume von Rittertum und Mittelalter waren geblieben. Der Kronprinz und seine Brüder hatten in diesem Jahr die Burg Sooneck am Rhein gekauft, und nicht weit davon entfernt besaß er selbst seit elf Jahren die Burg Rheinstein.

Die ersten dicken Regentropfen klatschten an die Fensterscheiben des Jägerhofs und holten den Prinzen in die Realität zurück. Der ovale Salon hatte sich verdunkelt, und an den pastellfarbenen Wänden waren die Porträts der Kurfürsten aus dem Haus Pfalz-Neuburg, unter ihnen Jan Wellem, kaum noch auszumachen. Unten im Schlosshof fuhr eine Kutsche vor, Pferdehufe trappelten unruhig und Türen klappten. Seine Gäste kamen also noch relativ trockenen Fußes ins Schloss. Ein Blitz zuckte grell über den Himmel, und im nachfolgenden Donner ging das Klopfen an der Tür völlig unter. Der dicke Kammerherr von Strantz trat ein, sichtlich angestrengt vom Treppensteigen in der immer noch schwülwarmen Luft, und begleitete Schadow und Immermann in den Salon. Prinz Friedrich erhob sich erfreut und ging ihnen entgegen.

»Wie haben Sie das gemacht, Immermann?«, fragte er heiter, während er einladend auf die Sessel wies. »Ihr Theaterdonner gerade klang durchaus echt!«

Wieder hörte man ein Donnergrollen, und der Regen prasselte nun ungestüm gegen die Scheiben.

Immermann verbeugte sich, und man sah ein seltenes Lächeln auf seinen schmalen Lippen. »Ich hoffe, dass das im Theater nicht nur für den Donner gelten wird, Königliche Hoheit.«

»Mit den richtigen Stücken wird es schon gelingen!«, bemerkte Schadow nachdrücklich.

Immermann versuchte, sich in Gegenwart des Prinzen zu beherrschen und schluckte diese versteckte Anzüglichkeit hinunter. Schadow spielte auf die Mustervorstellung von Lessings »Nathan der Weise« an, die im Februar zweimal mit großem Erfolg im Theater gezeigt worden war. Sie hatte in der Stadt heftige Diskussionen ausgelöst. Nicht jeder war mit dem Grundgedanken des Dramas, der Toleranz unter den drei monotheistischen Religionen, einverstanden gewesen. Schadow hatte die Aufführung sogar übel genommen! Bei seinem ersten Romaufenthalt war er zum Katholizismus konvertiert und nach seiner zweiten Romreise vor drei Jahren katholischer als je zuvor zurückgekehrt. Immermann war sich sicher, dass er als überzeugter Protestant auf religiöser Ebene niemals mit Schadow einer Meinung sein würde.

Nachdem Prinz Friedrich Platz genommen hatte, setzten sich auch seine Gäste. Ein Lakai servierte Kaffee und Gebäck und verließ mit dem Kammerherrn den Salon.

»Nun, meine Herren«, sagte der Prinz. »Ich komme gleich zur Sache. Es geht um den Fortschritt in unserem Theatervorhaben. Wie weit sind wir da gediehen?«

Immermann sammelte sich kurz. »Der Stadtrat hat in seiner Sitzung am letzten Samstag die Nützlichkeit der Aktiengesellschaft für das Theater anerkannt. Heute hat Oberbürgermeister von Fuchsius an den Landrat geschrieben, damit dem Theaterverein so schnell wie möglich die Konzession für das Theater erteilt wird. Jetzt geht die Sache also durch die Institutionen bis zum Oberpräsidium in Koblenz. Wenn alles gut geht, rechne ich damit, dass wir die Konzession, unterschrieben vom Grafen Bodelschwingh, im August in Händen halten.«

»Gut! Sehr gut!«, sagte der Prinz erfreut. »Was ist mit dem bisherigen Pächter des Theaters? Sind von dort Schwierigkeiten zu erwarten?«

»Nein, nicht mehr«, erklärte Schadow. »Josef Derossi hat sich endlich schriftlich bereit erklärt, auf seine Konzession zu verzichten.«

»Das ist richtig«, bestätigte Immermann. »Parallel zum Genehmigungsverfahren müssen wir jetzt damit beginnen, die Aktiengelder einzufordern, damit die anstehenden Kosten für Requisiten, Kostüme und Gagen im Oktober zur Verfügung stehen. Ich hoffe, dass sich genügend Interessenten finden.«

»Ich kenne viele, die höchst interessiert daran sind«, warf Schadow ein. »Manche wollen eventuell sogar mehrere Aktien kaufen.«

»Und ich werde als Schirmherr des Theatervereins mit gutem Beispiel vorangehen«, sagte der Prinz. »Ich habe Ihr Statut für das Theater natürlich gelesen, lieber Immermann, und bin erfreut, dass Sie meinen Wünschen gefolgt sind. Die Organisation des Theaters liegt also in Ihren Händen und die Oper in denen des Musikdirektors?«

»Nun, ich habe zur Bedingung gemacht, dass ich die Intendanz nur antrete, wenn Mendelssohn den musikalischen Teil übernimmt.«

Schadow versäumte nicht, auch auf die Schwierigkeiten hinzuweisen. »Auf Mendelssohns Vorschlag wurde ein zweiter Dirigent eingestellt. Es wird dennoch viel Arbeit auf ihn zukommen, vielleicht sogar zu viel, da er ja nach wie vor für die gesamte Organisation von Chor und Orchester und deren Konzerten zuständig ist. Zeit für neue Werke braucht er auch.«

Prinz Friedrich blickte die Herren beunruhigt an.

»Ohne ihn wird das Theater gar nicht erst beginnen können«, beeilte Immermann sich zu erklären. «Viele Interessenten wollen nur Aktien kaufen, wenn Mendelssohn die Opern dirigiert. Ich habe ihn also mit sanfter Beharrlichkeit überredet, und er hat es versprochen.«

»Nun, wollen wir hoffen, dass alles nach unseren Plänen abläuft.« Prinz Friedrich nickte nachdenklich. »Und nun noch eine zweite Frage. Ich habe bei meinem Spaziergang heute

Morgen ein neues Geschäft in der Stadt bemerkt, eine Kunsthandlung, wie man mir sagte. Sie ist allerdings noch nicht geöffnet. Wissen Sie etwas darüber, Herr Direktor? Kennen Sie vielleicht sogar den Besitzer?«

Schadow winkte ab. »Ein zwielichtiger Mensch. In der Akademie wollen wir uns nicht weiter mit ihm beschäftigen. Meine jungen Leute waren von ihm genauso wenig angetan wie ich.«

»Ein Besuch dort, wenn die Kunsthandlung eröffnet ist, wäre also nicht zu empfehlen? Sie wissen ja, wie gerne ich mich ein wenig in der Stadt umschaue.«

Schadow nickte. »Ich rate Ihnen dennoch unbedingt davon ab, Königliche Hoheit!«, warnte er. »Man weiß rein gar nichts über den Ruf des Mannes, und eine gewisse Bekanntheit mit ihm könnte sich eventuell sehr nachteilig auswirken.«

»Das wäre in der Tat nicht von Nutzen«, stimmte der Prinz zu. »Ich folge Ihrem Rat. Lassen Sie uns lieber noch über erfreulichere Dinge sprechen, die auch Sie betreffen, Immermann. Es geht um das Sommerfest in zehn Tagen hier im Schloss. Es wäre schön, vor dem Souper und dem Ball einige Lebende Bilder und dergleichen zu sehen wie letztes Jahr beim Besuch des Kronprinzen. Kann ich mit Ihrer Hilfe rechnen?«

✦✦✦✦✦✦

Emma stand in ihrem Zimmer am Fenster und schaute hinaus in den Regen. Das Gewitter war weitergezogen, aber es war noch nicht so weit, dass sie zu Katharina gehen konnte. Sie würde völlig durchnässt bei ihr ankommen. Sie trat an ihren Schreibtisch und legte einige Skizzen in die Mappe, die sie mitnehmen wollte, als es klopfte und Hedwig die Tür öffnete. »Hast du Zeit?«, fragte sie.

Emma sah ihr an, dass sie etwas auf dem Herzen hatte. »Ja, komm herein. Was ist denn los?« Lächelnd betrachtete sie ihre Schwester. Sie war nicht mehr so trotzig wie noch vor einiger Zeit, brauste nicht bei jeder Kleinigkeit auf und war ordentlicher geworden. Auch ihr Äußeres war ansprechender, so dass sogar ihre Mutter sie manchmal erstaunt ansah.

»Ich brauche deine Hilfe.« Bedeutungsvoll legte Hedwig einen Stapel Papierbögen auf Emmas Schreibtisch.

Emma setzte sich und warf einen Blick darauf. Der oberste Bogen war eng beschrieben, es gab einige Kleckse und durchgestrichene Sätze. Eine breit geschwungene Linie, die in Schnörkeln endete, war unter die erste Zeile gemalt: »Eine Geistergeschichte«.

»Was ist das?«, fragte sie neugierig.

Hedwig machte es sich auf Emmas Schreibtisch gemütlich und ließ die Beine baumeln. »Meine erste Geschichte«, antwortete sie stolz lächelnd. »Kannst du sie bitte lesen?«

Emma blickte erstaunt zu ihr hoch. »Du schreibst Geschichten? Das wusste ich ja gar nicht!«

Hedwig zuckte die Schultern. »Ich habe es lieber für mich behalten. Ich will nicht noch mehr Ärger mit Mama bekommen.«

Emma nickte. Das konnte sie nur zu gut verstehen. »Worum geht es denn in deinem Buch?«

»Es ist eine Geistergeschichte«, erzählte Hedwig eifrig mit roten Wangen. »Eine Gräfin ist vor langer Zeit bei einem Unfall tragisch ums Leben gekommen. Und nun steigt sie immer dann aus ihrer Gruft empor und spukt im Schloss, wenn einer ihrer Nachkommen verunglücken wird. Das tut sie auch, als der jüngste Spross, Graf Arthur, endlich seine Malwine heiraten will. Alles ist vorbereitet, am nächsten Tag soll die Hochzeit sein, aber in der Nacht hört man die Gräfin schaurig wehklagen.« Hedwig riss die Augen auf. »Kannst du dir vorstellen, wie die beiden Liebenden sich da fühlen? Die Gräfin muss ja Graf Arthur meinen! Er ist der einzige Nachkomme, den es noch gibt, nachdem seine Eltern und sein Bruder bei einem Brand im Schloss ums Leben gekommen sind. Damals hatte die Gräfin auch geklagt, so schlimm wie nie zuvor. Schrecklich! Und dann …«

»Nun verrate doch nicht alles!«, lachte Emma. »Ich soll es doch lesen. Aber der Titel ist nicht gut. Nicht spannend genug.«

Hedwig runzelte die Stirn. »Ich glaube, ich könnte es ›Die weiße Gräfin oder das unglückliche Brautpaar‹ nennen. Das wäre ein ganz moderner Titel mit einem ›oder‹. Das macht man heute so.«

»Ich weiß«, schmunzelte Emma. »Wie bei dem Buch, das du letztens gelesen hast: ›Harald und Elsbeth oder das Zeitalter Johanns des Schrecklichen‹.«

»Ja, oder ›Aureliano, der furchtbare Räuberhauptmann, oder der Zaubertrank und seine schrecklichen Folgen‹. Das ist auch ein gutes Buch.«

»Nun«, sagte Emma, »vielleicht fällt mir ja beim Lesen auch noch ein Titel ein.«

»Du liest es wirklich?« Hedwig hüpfte vom Schreibtisch und klatschte vor Freude in die Hände. »Dann bist du meine allererste Leserin! Aber versprich mir, dass du nicht mit Mama darüber redest. Am besten behältst du die Bögen auch hier unter deinen Skizzen, dann findet sie nichts, wenn sie bei mir herumschnüffelt. Ich möchte lieber nicht wissen, was sie dazu sagt.«

Emma verdrehte die Augen. Wie sich die kleinen Manöver doch glichen, die sie sich beide einfallen lassen mussten, um das Gejammer und Gezeter ihrer Mutter zu umgehen!

»Keine Sorge!«, versicherte sie. »Ich lese es, und dann verstecke ich es gut hier bei mir.«

✦✦✦✦✦✦

Jenseits des Rheins ging die Sonne wie ein glühender Feuerball unter, als hätte es nie ein Gewitter gegeben. Clemens und Förster stiegen die Stufen zur Weinstube »Zum Drachenfels« in der Rheinstraße hinauf. Im dunklen, engen Flur des Hauses traten sie gleich vorne durch die Tür, die zum Schankraum führte. Die ersten Gäste saßen bereits auf Rohrstühlen um die einfachen Eichentische und lasen mit noch unentschlossenen Mienen in Weinkarten und Speisezetteln. An einer Wand hingen eiserne Haken für Mäntel, Stöcke und Regenschirme, daneben Landkarten und Fahrpläne für Postkutschen und Dampfschiffe, sonst gab es keinen Schmuck. Die großen Öllampen an der Decke tauchten den Raum in gerade so viel Licht, dass man auch noch in den Ecken sehen konnte, was man aß. Alles war reinlich, denn Jakob Stang, der Wirt, legte Wert auf Sauberkeit.

»Guten Abend, Stängelchen!«, begrüßte Clemens den kleinen Kellner, den die Gäste nach dem Namen des Wirtes so getauft hatten. »Sind die Maler schon da?«

Stängelchen nickte wortlos, wies gemächlich mit dem Daumen hinter sich auf die Tür zum zweiten Raum, worauf er den Arm wieder sinken ließ, um weiterhin unverdrossen auf die Bestellungen der Gäste zu warten. Seine Langsamkeit wunderte niemanden mehr. Stängelchen war von einer derartigen Gemütsruhe, dass sogar Wetten abgeschlossen wurden, ob er wohl wieder auf der Ofenbank eingeschlafen wäre, wenn man die Weinstube betrat.

Förster öffnete die Tür, und das leise Gelächter und Gemurmel, das man schon in der Schankstube hatte hören können, schwoll an.

»Kommen Sie nur herein, meine Herren, Platz gibt es noch

genug«, dröhnte Meister Stangs kräftiger Bass. Er war damit beschäftigt, gefüllte Weingläser auf zwei rundum besetzte Tische zu stellen.

Jakob Stang sah so aus, wie man sich einen Wirt am Rhein vorstellte: dick, humorvoll und schlau. Für einen Wirt hatte er einen eigentümlichen Lebenslauf, den er immer wieder gerne erzählte. Nachdem er Philologie studiert und auch sein Magisterexamen bestanden hatte, wollte er sich nicht als Lehrer an irgendein Gymnasium eines öden Örtchens in der Eifel oder in Westfalen schicken lassen. Also eröffnete er eine Weinstube in Düsseldorf, denn er liebte das Theater und die Kunst, und von beidem gab es gerade hier reichlich. Und weil sein Essen und sein Wein gut und erschwinglich waren, kamen »seine Wildfänge«, wie er die Maler liebevoll nannte, und auch die Schauspieler und andere Düsseldorfer Künstler allabendlich gerne zu ihm.

Das Hinterzimmer seines Lokals hatten sie von Anfang an für sich beansprucht. An den Wänden hingen Rheinlandschaften, dazwischen witzige Karikaturen, über die man lachte, ohne zu wissen, wen sie darstellen sollten. Natürlich fehlten auch hier nicht die bekannten Gestalten von Schadow, Immermann und Mendelssohn. Und eine kleine Hausorgel in der Ecke des Raumes wurde gerne und oft zum Singen und Feiern benutzt. An einem Tisch unterhielten sich Immermanns Schauspieler und alberten herum. In der Ecke dahinter entdeckten Clemens und Förster einige Maler, die ihre langen Pfeifen pafften, aber ganz entgegen ihren sonstigen Gepflogenheiten ernsthaft miteinander zu sprechen schienen. Das war sehr ungewöhnlich für diesen Ort! Clemens und Förster setzten sich fast schon beunruhigt zu ihnen.

»Was darf ich den Herren bringen?«, fragte Meister Stang vergnügt. »Köstlichen dreiunddreißiger Mosel? Erst kürzlich ist eine neue Lieferung angekommen! Lockend, prickelnd, geistreich!«

Am besten folgte man Meister Stangs Vorschlägen, er machte nie einen Fehler. Clemens und Förster nickten zustimmend. Der Wirt öffnete die Tür und donnerte mit einer Stimme, die auch Tote hätte aufwecken können: »Stängelchen, zwei Schoppen Brauneberger!« Er strahlte seine beiden neuen Gäste noch einmal an und verschwand in den Schankraum.

»Was ist los?«, fragte Clemens. »Muss man sich Sorgen machen?«

»Nein«, antwortete der lange Lessing. »Wir haben nur über den Ärger mit der Ausstellung im Juli geredet.«

Stängelchen kam herein, stellte bedächtig die beiden Schoppen Mosel vor Clemens und Förster und trottete wortlos wieder hinaus.

»Und warum gibt es da Ärger?«, fragte Clemens. Er prostete den anderen zu, bevor er den ersten Schluck probierte, ein zufrieden schmatzendes Geräusch von sich gab und nickte. »Wirklich gut!«

»Habt ihr denn noch nichts von den Scherereien mit Berlin gehört?«, wollte Reinick wissen. »Hildebrandts ›Ratsherr‹ und die ›Diana‹ von Sohn können wir im Juli nicht zeigen«, erklärte er. »Der Berliner Kunstverein hat die Bilder bereits gekauft und rückt sie nicht mehr heraus, obwohl sie dort erst nächstes Jahr verlost werden sollen. In Berlin werden sie dann zwar im Herbst gezeigt, aber eben nicht hier!«

Clemens und Förster waren entsetzt. Neue große Historienbilder würde es also dieses Jahr in Düsseldorf kaum geben! Genau wie Schadow hatten auch Bendemann und Hübner angekündigt, dass sie nicht fertig würden, und halbe Sachen wollte keiner von ihnen zeigen. Förster blickte sich suchend um. »Wo sind die beiden Pechvögel eigentlich?«

»Sohn ist zu Hause bei seiner frisch Angetrauten«, antwortete Schroedter, »und Hildebrandt käfert.«

»Wie? Was macht er?«, wollte Clemens wissen.

»Nun, er sitzt zu Hause und ordnet sein Ungeziefer. Er hat einen Narren an der Käferflickerei gefressen! Wenn du ihm also eine Freude machen willst, findest du einen besonders hübschen Rüsselkäfer, einen Moschusbock und dergleichen mehr. Er wird die Bestien mit Genuss aufspießen und in seine Sammlung stecken.«

»Igitt!« Clemens schüttelte sich. »Aber wenn es ihm Spaß macht ...«

»Ach, übrigens«, fuhr Schroedter fort, »der Kunstverein hat schon die Bilder für die Verlosung nach der Ausstellung bestimmt, und das Nietenblatt für die Lose ohne Gewinn steht auch fest.«

»Und welches Bild ist es?«, wollte Clemens wissen.

»Die ›Singenden Chorknaben‹ von unserem Käferflicker.«

»Ja, ja, das dachte ich mir!«, lachte Reinick. »Es ist ja auch sehr gut gemalt. Schon als es noch auf der Staffelei stand, konnten sich die Leute über die vier Knaben kaum beruhigen. So köstlich! So traulich! So romantisch! Also wohl genau das richtige Bild für diesen Kunsthändler letztens. Habt ihr noch einmal etwas von ihm gehört?«

»Du meinst diesen aufgeblasenen Storch?«, fragte Förster. »Nein, aber ich fand ihn auch nicht besonders überzeugend.«

»Er hat es völlig falsch angefangen.« Lessing stopfte sich nachdenklich eine neue Pfeife. »Wenn er ein Geschäft aufziehen will, das von der Akademie profitiert, dann muss er mit den Personen reden, die bei uns die Entscheidungen treffen, und nicht durch die Ateliers laufen.«

»Und er sollte dem Kunstverein beitreten«, sagte Clemens. »Maria Reitz auf der Bergerstraße ist ja auch Mitglied.«

»Die gute Madame Reitz und ihre Kunsthandlung!«, rief Schroedter. »Und eigentlich verkauft sie doch hauptsächlich Luxuswaren. Dieser de Boer will allerdings Größeres, wenn ich ihn richtig verstanden habe.«

»Lassen wir uns überraschen.« Lessing lehnte sich zurück und paffte genüsslich Wölkchen in die Luft. »Es ist noch viel zu früh, um sich damit eingehender zu befassen. Ich weiß auch gar nicht, worüber ihr euch Sorgen macht! Wir haben doch insgesamt über hundertfünfzig neue Bilder für die Ausstellung, gut die Hälfte ist sogar schon vom Kunstverein gekauft oder zumindest zum Ankauf vorgeschlagen! Es ist ja auch eine gute Mischung: Landschaften, Genre, Stillleben. Historienbilder brauchen eben Zeit, das weiß ich selbst am besten!«

Clemens nickte. »Das stimmt. Landschaften aber auch! Wie stellt es Achenbach eigentlich an, so viele Bilder hintereinander zu malen? Fünf Landschaften will er im Juli zeigen!«

»Das macht die Übung«, tröstete Reinick ihn. »Das lernst du noch.«

»Dein Bild ist übrigens auch dabei«, sagte Lessing. »Schadow hat dich heute Morgen gelobt.«

Clemens schnappte nach Luft und wurde rot vor Freude. Er hatte in den vergangenen Wochen in jeder freien Minute daran gearbeitet, und offenbar hatte es sich gelohnt! Er war seinem Traum endlich ein Stück näher gekommen!

»Ist das wahr?«, rief er.

»Wie – das weißt du noch gar nicht?«, fragte Schroedter entgeistert. »Ich habe es auch gehört! Schadow hält dich für einen schlauen jungen Fuchs, der zudem Talent besitzt! Weil du dir als Motiv Burg Rheinstein gewählt hast, würde es ihn nämlich gar nicht wundern, wenn sich sogar Prinz Friedrich dafür interessierte.«

Nun wusste Clemens gar nicht mehr, was er sagen sollte. Er

war zutiefst gerührt und froh und fühlte sich so, wie die Historien- und Genremaler unter seinen Freunden wohl Rührung und Freude malen würden: mit überquellenden Augen und übervollem Herzen. Er merkte, dass die anderen ihn erwartungsvoll ansahen.

»Prosit!«, brachte er krächzend hervor und hob sein Glas.

»Du hast recht, das müssen wir feiern!«, lachte Förster, stand auf und öffnete die Tür. »Stängelchen, dasselbe noch mal für uns!«

»Kommt sofort!«, dröhnte Meister Stang. »Stängelchen! Hast du gehört?«

Sie stießen mit den neu gefüllten Gläsern an und ließen den überglücklichen Clemens hochleben. Auch die Schauspieler am Nebentisch wurden aufmerksam.

»Ein Lied für den großen Künstler!«, rief einer von ihnen.

»Ich weiß eins«, verkündete Reinick. »Das passt gut auf einen Landschaftsmaler!«

Ringsum brach schallendes Gelächter aus. Schließlich besaßen sie alle die Liedersammlung, die der Malerdichter im letzten Jahr mit seinem Berliner Freund Franz Kugler herausgegeben hatte. Das Buch war den »jüngeren Malern zu Berlin und zu Düsseldorf« gewidmet, und seit der Arbeit daran steckte Reinick voller Lieder für jede Gelegenheit. Er fing an, eins seiner eigenen Lieder zu singen, und die anderen fielen mit ein.

»Wie ist doch die Erde so schön, so schön!
Das wissen die Vögelein.
Sie heben ihr leicht' Gefieder
und singen so fröhliche Lieder
in den blauen Himmel hinein.

Wie ist doch die Erde so schön, so schön!
Das wissen die Flüss' und Seen.
Sie malen in klarem Spiegel
die Gärten und Städt' und Hügel
und die Wolken, die drübergehn!

Und Sänger und Maler wissen's
und es wissen's viel andere Leut!
Und wer's nicht malt, der singt es,
und wer's nicht singt, dem klingt es
im Herzen vor lauter Freud.«

Sie ließen Clemens noch einmal hochleben, bis er richtiggehend verlegen wurde. Zum Glück rettete ihn einer der Schauspieler und ging an die Hausorgel. Mit Musikbegleitung sang es sich noch einmal so gut, und alle stampften den Rhythmus dazu, dass der Boden bebte.

»*Auf, auf, ihr Freunde, und*
die Gläser an den Mund!
Doch füllt zuvor sie alle voll
und stoßt an, dass es klingen soll;
die hohe Kunst zu leben
soll leben!«

Für Clemens wurde es der fröhlichste Abend seines bisherigen Künstlerlebens. Sein Glück wäre allerdings vollkommen gewesen, wenn er seine Freude mit Emma hätte teilen können. Aber vielleicht konnte er sie für sich gewinnen, wenn die Ausstellung ihm den ersten Erfolg brachte.

WILHELM VON SCHADOW

Ein Hauptvergnügen der modernen Gesellschaften sind die lebenden Bilder geworden. Es ist sehr bequem, eine Darstellung geistvollen Inhalts zu geben, wenn der Anordner wenig und die Darsteller fast gar nicht darüber nachzudenken haben. Während der Schöpfer des Bildwerks eigentlich das ganze poetische Verdienst hat, bedarf es für den Anordner nur des Talentes einer geschickten Nachahmung, und der Darsteller wird vollkommen genügen, wenn er sich in den Ausdruck des darzustellenden Charakters hineinzudenken vermag.

(Wilhelm von Schadow, Der moderne Vasari: Erinnerungen aus dem Künstlerleben, 1854)

SAMSTAG, 21. JUNI 1834

Immermann und Hildebrandt warteten in einem Atelier der Akademie auf die Darsteller der Lebenden Bilder. Die letzte Probe vor dem abendlichen Sommerfest des Prinzen Friedrich war anberaumt. Er hatte seine Wünsche deutlich geäußert: In einem ersten Teil Lessings »Trauerndes Königspaar«, Bendemanns »Gefangene Juden« und Schroedters »Rheinisches Wirtshaus«, begleitet von Texten oder Gesängen des Chors, im zweiten Teil dann komische Szenen aus einem Theaterstück, gespielt von den Malern.

»Erinnern Sie sich noch an die fatale Aufführung beim Dürerfest vor vier Jahren?«, fragte Immermann. »Was für eine Katastrophe!«

»Der Prinz hat sie sicher bereits vergessen«, lachte Hildebrandt. »Sonst hätte er uns jetzt nicht die Wahl des Stücks überlassen.«

»Hoffentlich!« Immermann dachte nur ungern daran zurück. Er hätte es damals strikt ablehnen müssen, sich für den Falstaff aus Shakespeares »Heinrich IV« einen dicken Bauch vorzubinden, eine Glatze aufzusetzen und den Hof mit derben Reden zu erschrecken, die zu Zeiten Shakespeares wohl eher zum Lachen gereizt hatten als heute. »Es war ein schreckliches Erlebnis«, fuhr er fort. »Schadow hat damals das Stück ausgesucht, und ich habe ihn noch gewarnt. Aber er wollte es ja nicht glauben.«

Hildebrandt nickte. Die Maler, allen voran Schirmer, Reinick und er selbst, konnten sich sehr gut daran erinnern. Der Einzige, der damals den Humor in der Szene zwischen dem dicken, pöbelnden Falstaff und seinem kleinen Pagen hatte teilen können, war von Uechtritz gewesen, aber auch er hatte bei der Totenstille um sich herum das Lachen schnell eingestellt.

Immermann schüttelte den Kopf. »Die hochwohlgeborene Prinzessin hat die Lippen aufeinandergepresst und den Blick starr auf den Boden gerichtet. Wahrscheinlich hat sie die ganze Zeit befürchtet, dass ich, so dick wie ich war, jeden Augenblick vor ihren Augen mit noch einem Pagen niederkomme! Ich sage Ihnen, so etwas will ich nie wieder erleben! Nie wieder!«

Nun hatten sie sich für Shakespeares »Sommernachtstraum« entschieden, schließlich handelte es sich ja um ein Sommerfest. Die Szenen der Handwerkerkomödie waren unverfänglich genug, zwei Elfen traten auch auf, eine von beiden natürlich der Puck, damit er den Handwerker Niklaus Zettel in einen Esel verwandeln konnte. Als Einleitung hatte Mendelssohn seine Ouvertüre angeboten und wollte sie zusammen mit Norbert Burgmüller vierhändig auf dem Flügel spielen. Auch mit dem Chor hatte er musikalisch alles für die Lebenden Bilder vorbereitet. Die Probe zum »Sommernachtstraum« war am Tag zuvor trotz der Kürze der Zeit unter Immermanns Regie erstaunlich gut gelungen. Jetzt fehlte nur noch die Generalprobe für die Lebenden Bilder selbst.

Bevor Immermann und Hildebrandt allzu ungeduldig werden konnten, öffnete sich endlich die Tür, und die neun ausgewählten Darsteller traten ein. Für die weiblichen Rollen hatten die Maler Verstärkung aus den Mitgliedern des Chors bekommen. Die jungen Damen waren sehr aufgeregt, weil sie zum ersten Mal den Jägerhof betreten durften und bei einem solchen Fest auf der improvisierten Bühne stehen würden.

»Danke, dass Sie alle gekommen sind«, sagte Immermann, »und dass niemand von Ihnen so kurz vor dem Ereignis erkrankt ist, und sei es nur an den Nerven! Wir wollen auch gleich beginnen.« Er nickte Hildebrandt zu.

»Wir gehen in der Reihenfolge des heutigen Abends vor«, übernahm der Maler, »und beginnen mit Lessings Bild. Also zunächst nur Clemens und Mamsell Kaspers als König und Königin bitte. Kommen Sie hier zu den beiden Stühlen. Wir probieren die Posen noch einmal.«

Fast zwei Minuten mussten König und Königin in ihrer Haltung verharren, denn so lange brauchten Reinick und Immermann, um mit verteilten Rollen Ludwig Uhlands Gedicht »Das Schloss am Meere« vorzutragen, aus dem Lessings Idee zu seinem Bild stammte. Die Darsteller saßen vor einem Transparent, das den Hintergrund des Gemäldes zeigte: den halb hinter einem Vorhang versteckten Blick durch ein Burgfenster auf das offene Meer, rechts davon etwas erhöht ein Sarg, über den ein schwarzes Tuch gebreitet war.

Clemens hatte die nötige Größe für den König. Er setzte sich schräg zum Publikum auf den linken Stuhl, den Körper nach rechts gewandt, den Kopf über die Schulter nach vorne gerichtet, und blickte zu Boden. Hildebrandt korrigierte seine Haltung, bis er genauso dasaß wie der König auf dem Bild. Clemens gelang es nach ein paar Versuchen auch, die notwendige Trauer und Verlassenheit auszustrahlen.

»Ausgezeichnet«, lobte Hildebrandt. »Wenn du heute Abend das Gewand trägst, wird es noch einmal so gut aussehen. Kannst du dir die Pose jetzt merken?«

Clemens nickte und nahm seine niedergedrückte Haltung noch einmal ein. Er konnte sie jetzt beliebig oft wiederholen, also würde es bei der Vorführung auch kein Problem geben.

Nun war Henriette Kaspers an der Reihe. Sie war für die Königin ausgewählt worden, weil sie mit ihren dunklen Augenbrauen und der spitzen Nase, die sie von ihrer Mutter geerbt hatte, der Königin des Bildes verblüffend ähnlich sah. Am Abend würde sie ein dunkelrotes Gewand tragen und einen schwarzen Schleier über ihrem Haar. Jetzt musste man nur erreichen, dass sie den Kopf senkte und einen Gesichtsausdruck zwischen Trauer und Hoffnungslosigkeit annahm, was bei den letzten Proben gründlich misslungen war.

»Nein, so geht das nicht!«, rief Hildebrandt, als Mamsell Kaspers sich auch heute wieder mit kerzengeradem Rücken neben Clemens setzte und freundlich, wenn auch etwas schüchtern, in das noch eingebildete Publikum lächelte. »Wir haben es doch so oft geprobt!«

»Ich weiß, dass Sie nervös sind«, kam Immermann Mamsell Kaspers zu Hilfe. »Man tritt nicht jeden Tag vor dem gesamten Hof und den Honoratioren der Stadt auf, aber wenn das Bild gelingen soll, müssen Sie sich in die Königin hineinversetzen! Sie kennen doch das Gedicht! Die Königin hat ihre Tochter verloren, sie ist gestorben, als sie in der Blüte ihrer Jahre stand. Wie würde wohl Ihre Mutter ausschauen, wenn ihr das mit ihrer Tochter passierte?«

Mamsell Kaspers fing an zu kichern. Ihre Mutter mit einer Königin zu vergleichen, schien ihr gar zu unpassend zu sein.

»Darum geht es nicht«, erklärte Immermann. »Es geht um Gefühl, um Trauer, um Verzweiflung. Das alles muss auf Ihrem Gesicht zu sehen sein, als würde es Ihnen in diesem Augenblick wirklich so ergehen!«

»Aber dann sehe ich ja ganz hässlich aus!« Empört stand Mamsell Kaspers vom Stuhl auf.

Hildebrandt wandte sich ab, damit sie sein Lachen nicht sah. Immermann, der Ähnliches von seinen Schauspielerinnen und Schauspielern gewöhnt war, erklärte ihr geduldig die Szene, bis er meinte, dass sie die beabsichtigte Wirkung verstanden haben müsste.

»Probieren Sie es noch einmal!«, forderte er sie auf.

Mamsell Kaspers versuchte es. Sie setzte sich auf ihren

Stuhl, legte ihren Kopf in eine Hand, wobei sie den Ellbogen auf der Stuhllehne hinter Clemens abstützte. Ihre Haltung war jetzt perfekt, denn auch auf dem Gemälde neigte sich die Königin auf diese Weise wie Trost suchend zum König. Dann senkte sie den Kopf und runzelte die Stirn.

»Noch nicht ganz«, sagte Immermann. »Jetzt sehen Sie grimmig aus.«

Hildebrandt wollte schon aufgeben und für eine andere junge Dame plädieren, aber Mamsell Kaspers' Ähnlichkeit mit der Königin war einfach zu überzeugend. Immermann hatte eine Idee.

»Wann waren Sie eigentlich selbst einmal traurig?«

»Als mein Kätzchen gestorben ist«, antwortete Mamsell Kaspers nach kurzem Zögern kläglich und zog die Augenbrauen mit einem schmerzlichen Gesichtsausdruck zusammen.

»Ja! Das ist es!«, rief Immermann. »So müssen Sie aussehen! Können Sie uns das noch einmal zeigen?«

Mamsell Kaspers wiederholte ihre Mimik mühelos.

»Genauso müssen Sie es heute Abend machen!«, lobte Immermann. »Denken Sie einfach an Ihr Kätzchen! Das war sehr gut!«

Er machte ein zufriedenes Gesicht. Die einfachsten Mittel erzielten doch immer die besten Ergebnisse. Auch bei seinen Schauspielern war es so, wenn er ihnen begreiflich machte, wie sie ihre Rolle auf der Bühne nicht nur spielen, sondern leben mussten, damit man sie ihnen auch glaubte.

Mamsell Kaspers lächelte, wogegen jetzt auch niemand mehr etwas einzuwenden hatte.

»Aber Sie dürfen nicht ins Publikum schauen!«, schärfte Hildebrandt ihr ein. »Unter keinen Umständen. Die Königin im Gemälde würde das ja auch nicht tun. Meinen Sie, dass Sie das können?«

Mamsell Kaspers riss die Augen auf und nickte heftig mit dem Kopf.

»Gut, danke!« Immermann klatschte in die Hände. »Das nächste Bild, die ›Gefangenen Juden‹.« Er warf einen Blick auf den Probenzettel. »Die Demoiselles Schmitz, Fassbender und Köhler und Herr Förster bitte! Wo ist das Bündel Stoff, mit dem der Säugling dargestellt wird? Und haben wir eine Leier für den Greis? Ein Zeichenbrett würde für den Moment völlig ausreichen!«

✦✦✦✦✦✦

Kurz nach vier Uhr nachmittags atmete Eduard Hartmann erleichtert auf. Für diese Woche war seine Arbeit erledigt. Seine Kontoristen hatten sich bereits verabschiedet, und auch für ihn wurde es Zeit, die Geschäftsbücher zu schließen und nach Hause zu gehen, um sich auf den heutigen Abend vorzubereiten. Seine Familie und er hatten die Ehre, zum Sommerfest des Prinzen Friedrich eingeladen zu sein. Eduard schmunzelte in sich hinein. Seine gesellschaftliche Stellung als Hoflieferant und darüber hinaus auch noch seine Mitgliedschaft im Theaterverein und im Verein für Tonkunst zahlten sich aus!

Nun, auf jeden Fall waren Wein und Champagner, die er vor zwei Tagen zum Jägerhof hatte liefern lassen, vom Feinsten. Er fragte sich, wann er wohl die Summe für die enorme Bestellung erhalten würde. Manchmal waren die Hoch- und die Wohlgeborenen der Stadt durchaus träge, was die Begleichung ihrer Rechnungen anging. Sorgen musste man sich in diesem Fall aber keine machen. Bisher hatte Seine Königliche Hoheit immer pünktlich bezahlt.

Bevor er sich auf den Weg nach Hause machen konnte, hatte er allerdings noch einen Gang vor sich, dem er mit gemischten Gefühlen entgegensah. Seine Mutter hatte darum gebeten, dass er bei ihr vorbeischaute. Er verschloss die Weinhandlung von innen, trat durch eine Tür ins Treppenhaus und stieg die Stufen zu Karolines Wohnung hinauf. Das Dienstmädchen öffnete ihm.

»Madame Hartmann erwartet Sie schon«, sagte sie freundlich und führte ihn in den kleinen, gemütlichen Salon.

Karoline saß mit einem Buch im Sessel und fächelte sich Luft zu. Die Sommerhitze draußen machte ihr arg zu schaffen. Ihr resolutes Temperament hatte sie dadurch jedoch nicht eingebüßt.

»Eduard, da bist du ja!«, rief sie und legte den Fächer beiseite. »Setz dich, ich habe mit dir zu reden. Es geht um Emma.«

Das hatte er befürchtet. Eduard seufzte. Zu Hause ließ Auguste keine Minute vergehen, in der sie sich nicht über Emma beklagte. Er hoffte inständig, dass seine Frau sich nicht mit seiner Mutter verschworen hatte und er nun hier dasselbe zu hören bekam. Ergeben setzte er sich in den zweiten Sessel.

»Ich nehme an, du hast über unser Gespräch von letzter Woche nachgedacht?«, fragte Karoline und hob ihr Lorgnon vor die Augen. »Zu welchem Schluss bist du gekommen?«

»Nun«, tastete sich Eduard behutsam heran, wie er es in prekären Situationen immer tat. »Auguste meint, Emma vernachlässigt ihre Tochterpflichten, wenn sie sich weiterhin ihren Malkünsten widmet.«

»Mein Lieber, es geht nicht darum, was deine Frau sagt. Ich will deine Meinung hören!«

Das Lorgnon blitzte bedenklich, aber Eduard ließ sich davon nicht beeindrucken, weil er diese Raffinesse seiner Mutter schon zu lange kannte. Andererseits war er sich nicht sicher, was sie von ihm hören wollte, denn über ihre eigene Meinung hatte sie sich bisher ausgeschwiegen. Sie hatte ihm nur geraten, sich selbst ein Bild zu machen, und das hatte er getan. Er gab sich einen Ruck. Er war ein erfolgreicher Geschäftsmann mit Beziehungen zu den höchsten Kreisen! Da würde er doch wohl auch seiner energischen Mutter gegenüber seine gut überlegte Meinung äußern können, sogar wenn es um die Erziehung von Töchtern ging, obwohl das ja streng genommen Frauensache war! Kämpferisch reckte er das Kinn vor.

»Ich habe mir diese Woche ihre Bilder bei Mamsell Severin angesehen, wie du es vorgeschlagen hast. Ich finde sie gut und bin dafür, dass Emma ihren Unterricht bei Herrn Sohn haben soll. Erkundigungen über ihn haben mich davon überzeugt, dass er ein sehr guter Kunstlehrer sein muss. Außerdem«, fügte er kühn hinzu, »kann man auch heiraten, wenn man besser zu malen vermag, als das gewöhnlich bei Frauenzimmern der Fall ist!«

Karoline schmunzelte zufrieden. »Sag das Auguste, nicht mir! Im Übrigen bin ich froh, dass wir derselben Ansicht sind. Hast du schon mit Emma gesprochen?«

Eduard fiel ein Stein vom Herzen. »Nein. Zu Hause herrscht seit einer Woche helle Aufregung. Auguste schwirrt umher und plant Kleider und Putz für das heutige Sommerfest. Danach will ich es gerne tun.« Wieder seufzte er. »Auguste wird nicht erfreut sein!«

»Wenn alles nichts hilft, dann schick sie zu mir!«

✦✦✦✦✦✦

Clemens und Förster waren mit Immermann und den anderen Darstellern schon früh im Jägerhof eingetroffen. Sie betraten das Schloss durch eine Tür im Seitenflügel und wurden nach links in einen lang gestreckten Raum neben dem Treppenhaus des Hauptgebäudes geführt. Ein schmaler Bereich gleich vorne war mit einem roten Vorhang abgeteilt und diente als eine Art Garderobe. In einem großen Transportkorb standen Requisiten und Gewänder bereit, zwei aufgerollte Transparente lehnten neben einer Leiter an der Wand, das Transparent für das »Königspaar« hing bereits an Haken von der Decke herab. Clemens schob den Vorhang ein Stück zur Seite und blickte in den Zuschauerraum. Es wurde ihm doch flau im Magen, als er die kleine Bühne mit den beiden Stühlen sah, die direkt hinter dem Vorhang aufgebaut war. Daneben stand ein Flügel, an den Platz für den Chor hatte man auch gedacht und für die Zuschauer Stuhlreihen aufgestellt.

Die beiden Freunde streiften sich die langen Gewänder für König und Greis über ihre Kleidung und begannen schnell, unter ihren künstlichen Vollbärten zu schwitzen. Für ein Sommerfest war das Wetter ideal, wenn man nicht gerade winterlich warm gekleidet war. Sie traten ans offene Fenster, durch das wenigstens etwas frische Luft hereinwehte, bereuten es aber sofort. Jetzt bekamen sie erst recht Lampenfieber! Das Publikum traf ein. Militärs in Gala kamen hoch zu Ross über die Reiterallee, und von der Jägerhofstraße her näherte sich ein langer Zug von Kutschen.

»Adelig, adelig, nicht adelig«, murmelte Förster in seinen Kunstbart.

»Was brummelst du da?«, fragte Clemens.

»Ich zähle die Adelswappen an den Equipagen. Und sieh mal da, eine Barouche unter all den offenen Landauern! Oh, da hat jemand aber viel Geld, dass er sich auch noch eine Sommerkutsche leisten kann!«

»Nun sei nicht neidisch.«

»Bin ich nicht! Aber wenn du reich wärst, welche Kutsche würdest du dir kaufen?«

Clemens lachte. Das lag so sehr außerhalb seiner Möglichkeiten, dass er noch nie darüber nachgedacht hatte. »Vielleicht nur ein Pferd, damit ich nicht immer zu Fuß laufen muss. So ein schönes braunes, wie Mendelssohn eins hat. Wie heißt es noch?«

»Tyrol. Ein braves Tier.«

Die Kutschen auf der Jägerhofstraße kamen nur noch zögernd voran. Die ersten Wagen bogen in den Schlosshof ein, fuhren direkt vor Clemens' und Försters Fenster um das mit Büschen bestandene Rondell herum und hielten vor dem Eingang. Festlich gekleidete Damen und Herren stiegen lächelnd aus. Die beiden Freunde erkannten Oberbürgermeister von Fuchsius, den Grafen von Spee, die theater- und musikbegeisterten Juristen von Sybel und von Woringen mit ihren Familien und Direktor Schadow mit seiner Frau. Sie wurden begrüßt und weiter zu den Lakaien in die Eingangshalle geleitet. Eine leere Kutsche nach der anderen fuhr wieder vom Schlosshof.

»Aber ich meine nicht bloß ein Pferd«, fuhr Förster fort. »Was hältst du von dem Wagen da?«

»Von dem Phaeton mit dem Diener hinten auf der Bank?«

»Ja«, schwärmte Förster mit leuchtenden Augen. »Ein leichter Zweisitzer mit Lederpolster, Klappverdeck und Kurbelbremse, nur acht Fuß lang und deshalb besonders schnell und wendig in der Stadt und – jetzt kommt das Wichtigste – man kutschiert selbst!«

»Du bist Maler und kein Stutzer!«

»Das macht nichts.« Liebevoll betrachtete Förster das kleine Gefährt und riss plötzlich die Augen auf. »Sieh mal einer an!«

»Was ist los?«

»Auf dem Phaeton sitzt de Boer! Und so ungemein herausgeputzt, fast hätte ich ihn gar nicht erkannt! Schau mal, er hat sogar einen weißen Zylinder! Aber wieso hat der überhaupt eine Einladung?«

»Berliner Beziehungen vielleicht?«, antwortete Clemens zerstreut. Er war abgelenkt. Gerade bog die Kutsche der Familie Hartmann in den Schlosshof ein. Eduard Hartmann machte ein zufriedenes Gesicht, Madame Hartmann neben ihm hatte wohl noch nie so elegant ausgesehen, und sogar Hedwig, die ihrer Mutter gegenübersaß, war heute sehr hübsch in ihrem weißen Kleid und den ins Haar geflochtenen dunkelroten Bändern.

Clemens hatte allerdings nur Augen für Emma. Ihr Gesicht lag im Schatten, denn sie hatte gegen die tief stehende Sonne einen kleinen Sonnenschirm aufgespannt. Sie sah entzückend aus! Sie trug ein weißes Kleid mit modischen Keulenärmeln und einem breiten laubgrünen Band um die Taille. In ihre kunstvolle Frisur hatte sie sich eine weiße Rose mit grünen Blättern gesteckt, eine weitere an ihrem mit Spitze eingefassten Dekolleté befestigt. Clemens seufzte. Sie war so schön in ihrem Putz! Viel schöner als jede der edelsteingeschmückten Damen in den vornehmen Equipagen.

»Aha«, sagte Förster, der Clemens' Blick gefolgt war. »Die Hartmanns haben eine Einladung!«

Clemens ließ Emma nicht aus den Augen. »Das wusstest du nicht? Madame Hartmann spricht seit einer Woche von nichts anderem. Sie hat letzten Samstag sogar meinen Unterricht abgebrochen, weil Schneider Schmitz gekommen war und Hedwig ihr Kleid anprobieren musste. ›Das verstehen Sie doch, Herr Papenstiel!‹«, ahmte er Auguste nach.

Jetzt fuhr die Kutsche direkt an ihnen vorbei. Emma blickte zu den beiden Gestalten am Fenster hinüber, wandte sich wieder ab und sagte etwas zu ihrer Schwester. Hedwig lachte. Clemens hatte Emma zuwinken wollen, aber nun strich er sich verwirrt über das Kinn. Er verstand sofort. Der Vollbart des Königs bedeckte fast gänzlich sein Gesicht. Kein Wunder, dass sie ihn nicht erkannt hatte! Was ihm jedoch einen Stich ins Herz gab, war de Boer. Er reckte auf seinem Phaeton den Hals und beobachtete aufmerksam, wie Emma ausstieg und die Stufen zum Eingang hinaufging. Wenn er dabei nur nicht so süffisant gegrinst hätte! Clemens hatte nicht übel Lust, aus dem Fenster zu springen und ihn von seiner Kutsche zu holen. Je unsanfter, desto besser.

»Steht ihr schon die ganze Zeit hier am Fenster?«

Clemens fuhr zusammen. Er hatte gar nicht gehört, dass Hildebrandt zu ihnen getreten war.

»Ja«, nickte Förster.

»Habt ihr vielleicht Mendelssohn ankommen sehen? Burgmüller hat uns schon gesagt, er sei noch aufgehalten worden, aber jetzt wird der Chor allmählich unruhig.«

»Nein, tut uns leid«, antwortete Förster. »Allerdings haben wir auch nicht auf die Reiter geachtet.«

Hildebrandt zeigte aus dem Fenster, und sein Schnurrbart hob sich in den Mundwinkeln zu einer beachtlichen Höhe. »Da kommt er!«

Auf der Reiterallee war Unruhe entstanden. Einige junge Offiziere, die mit kerzengeradem Rücken auf ihren Pferden saßen und in leichtem Trab mitten über die Allee ritten, weil sie wussten, dass sie damit insbesondere der Damenwelt einen schneidigen Anblick boten, waren nun vollauf damit beschäftigt, ihre Tiere zu bändigen. Ein eleganter Reiter in Frack und Zylinder auf einem braunen Pferd galoppierte an ihnen vorbei. Er war nicht übermäßig schnell und ritt, um niemanden zu stören, dicht an den Bäumen entlang. Man konnte sehen, dass er sein Pferd vollkommen beherrschte, aber die anderen Tiere gerieten in Aufregung, wollten auch galoppieren und begannen zu tänzeln.

Am Ende der Reiterallee angekommen, sprang Mendelssohn ab, tätschelte seinem Pferd den Hals und übergab es einem der wartenden Stallknechte des Prinzen. Er beeilte sich, an den Kutschen vorbei zum Eingang zu kommen. Das konnte er jedoch nicht, ohne immer wieder zu grüßen oder, was ihm bei seiner natürlichen Bescheidenheit sichtlich unangenehm war, für den Applaus zu danken, der ihm aus den letzten vorfahrenden Wagen gespendet wurde. Man amüsierte sich über den Effekt auf die unglücklichen Militärs, aber wenn der Herr Musikdirektor es eilig hatte, fielen ein paar tänzelnde Pferde wirklich nicht ins Gewicht. Die Hauptsache war, dass er rechtzeitig kam und man gleich seine Musik genießen konnte!

»Ich sage dem Chor Bescheid.« Hildebrandt grinste immer noch, als er sich umwandte und durch die seitliche Öffnung im Vorhang zu den Sängern ging.

Plötzlich nahm Clemens das Gemurmel der Zuschauer im Saal wahr. Er wurde bleich unter seinem Bart, und sein Lampenfieber besserte sich durchaus nicht, als Immermann jetzt die Garderobe betrat.

»Machen Sie sich bereit«, rief er mit halblauter Stimme den Darstellern zu. »In zehn Minuten fangen wir an.«

✦✦✦✦✦✦

Emma stieg mit klopfendem Herzen aus der Kutsche. Sie hatte es kaum glauben wollen, als ihr Vater von der Einladung des Prinzen erzählte, und nun war es Wirklichkeit: Sie ging in ihrem schönen neuen Ballkleid in die geschmückte Eingangshalle von Schloss Jägerhof, um sich herum das erwartungsvolle Geplauder der Einflussreichen und Berühmten der Stadt. Sie würde an der Tafel des Prinzen und seiner Gemahlin speisen und ihren ersten Ball erleben! Ein Lakai trat auf sie zu und überreichte ihr die Tanzordnung des Balls. Es war eine bedruckte Karte, an der ein kurzer Bleistift befestigt war. Emma öffnete ihren kleinen Beutel aus modischer Perlenstickerei und steckte sie hinein. Neugierig ging sie weiter.

»Nicht so schnell, Emma!«, hörte sie ihre Mutter hinter sich sagen. »Lasst uns alle schön zusammenbleiben!«

Augustes ewig gleicher Satz, wenn die Familie unter vielen Menschen war, ging zum Glück in einem allgemeinen »Ah!« und einem kurz aufflackernden Applaus unter, als Mendelssohn die Eingangshalle betrat, freundlich nickte und eilig durch eine Seitentür verschwand.

»Mamsell Hartmann! Ich wusste gar nicht, dass Sie auch hier sein würden. Was für eine angenehme Überraschung!«

Emma hatte kaum Zeit, sich umzuwenden, als de Boer auch schon lächelnd ihre Hand ergriff und an seine Lippen führte.

»Möchtest du uns nicht vorstellen, Emma?«, fragte Auguste spitz und warf dem jungen Mann einen empörten Blick zu. Was dachte er sich dabei, so an ihre Tochter heranzutreten? Und woher kannte Emma ihn überhaupt?

»Das ist Herr de Boer, Mama. Er ist Kunsthändler«, erklärte Emma. »Meine Eltern, Herr de Boer, und meine Schwester Hedwig«, stellte sie ihre Familie vor.

Die Empörung verschwand augenblicklich aus Augustes Gesicht und machte freudiger Überraschung Platz. Entzückt ließ sie sich einen Handkuss geben. »Wie nett, Sie kennenzulernen! Wir haben schon so viel von Ihnen gehört!«

Eduard schaute seine Frau fragend an, und Emmas Wangen röteten sich. Es musste sich für de Boer so anhören, als hätte sie nichts Besseres zu tun gehabt, als ihrer Familie von ihm vorzuschwärmen, dabei hatte sie nichts dergleichen getan. Schließlich rührte sie zu Hause lieber nicht an das Thema Malerei. Das meiste Gerede über den neuen Kunsthändler hatte ihre Mutter selbst verbreitet. Hoffentlich missverstand er nicht, was sie eben gesagt hatte! Das wäre ihr ungemein peinlich! Aber es war schon zu spät. De Boer warf Emma einen lächelnden Blick zu, in dem erfahrenere Menschen auch eine Spur Selbstgefälligkeit entdeckt hätten.

»Ich bewundere Ihre Tochter sehr!«, sagte er galant und gab seiner Stimme einen weichen Klang. Beglückt strahlte Auguste ihn an. »Mamsell Hartmann, darf ich Sie um den ersten Tanz nach der Polonaise bitten? Ich möchte nicht zu spät fragen, sonst könnte Ihre Karte schon voll sein! Wenn Sie erlauben, Madame Hartmann?«

Auguste nickte geschmeichelt. Emma nestelte die Tanzkarte aus ihrem kleinen Beutel und warf einen Blick darauf. Es war ein Walzer! Sie hatte sich zwar nicht vorgestellt, bei ihrem allerersten Tanz auf einem Ball über Geschäfte zu reden, aber er bot die einmalige Gelegenheit, unter den Argusaugen ihrer Mutter zu erfahren, ob der Kunsthändler vielleicht schon eins ihrer Bilder verkauft hatte.

De Boer schrieb mit dem kleinen Bleistift seinen Namen hinter den Tanz, verbeugte sich und folgte den anderen Gästen durch den Gartensaal in das provisorische Theater. Auguste blickte ihm mit leuchtenden Augen nach.

»Wieso hast du mir nicht erzählt, dass du ihn kennengelernt hast, Emma?«, fragte sie in einer Mischung aus Vorwurf und Begeisterung, sobald er außer Hörweite war. »So ein eleganter Herr! Und so kultiviert! Genau der Schwiegersohn, den ich mir vorstelle!«

Emmas Geduldsfaden riss. »Es ist nicht so, wie du denkst!«, zischte sie gefährlich leise. »Ich habe ihm einen Teil meiner

Bilder für hundert Taler in Kommission gegeben, das ist alles.«

Mutter und Tochter maßen sich mit nicht sehr freundlichen Blicken. Hedwigs Miene wechselte von Staunen zu Respekt. Es war an Eduard, die Situation zu retten, indem er seiner Ältesten einfach den Arm reichte und sie zum Theaterraum führte. Auguste sah, dass er mit ruhiger Stimme auf sie einsprach, worauf sie ihn überrascht anlächelte und ihm einen eiligen Kuss auf die Wange gab. Was bedeutete das nun wieder? Es blieb Auguste nichts anderes übrig, als hinter ihnen und den anderen froh gestimmten Menschen herzugehen – mit Hedwig an der Seite und mit den schwärzesten Gefühlen in der Brust!

✦✦✦✦✦✦

Die Lebenden Bilder waren ein voller Erfolg geworden, und nach der schwirrenden, flirrenden Elfenmusik der Ouvertüre zum Sommernachtstraum war auch die Handwerkerkomödie grandios über die Bühne gegangen! Niklaus Zettel (Reinick) war durch ein Versehen Pucks (Schroedter) in einen Esel verzaubert und auch wieder entzaubert worden, und Förster hatte die Thisbe wunderbar gespielt, die vermeintlich von einem Löwen (Clemens) getötet wird, so dass ihr Geliebter Pyramus (Hildebrandt) sich aus Trauer darüber in seinen Degen stürzt, worauf Thisbe ihn findet und sich mit seinem Dolch ersticht. Nun lagen alle tot auf der Bühne, wie es bei einem Shakespeare-Drama sein musste. Immermann trat auf, um den Epilog zu sprechen, für den er eine Rede aus dem Stück der Gelegenheit angepasst hatte:

»Keinen Epilog, ich bitte euch; das Stück bedarf keiner Entschuldigung. Wenn alle Schauspieler tot sind, braucht

man keinen zu tadeln. Meiner Treu, hätte der, der es geschrieben hat, den Pyramus gespielt und sich in Thisbes Strumpfband aufgehängt, so wär es eine schöne Tragödie gewesen; und das ist es auch, wahrhaftig, und recht wacker agiert. Aber kommt, nun speist und trinkt und tanzt! Den Epilog lasst laufen.«

Er verneigte sich. Gelächter und Beifall brandeten auf, und alle Toten auf der Bühne erhoben sich wie von Zauberhand, um sich zu verbeugen. Als Burgmüller und Mendelssohn von ihren Plätzen am Flügel aufstanden und zum Chor hinübergingen, wurden für die Musiker und Sänger des Abends sogar Bravorufe laut.

Die Zuschauer begaben sich darauf durch die hintere Tür des Saales und durch einen weiteren Raum ins große Gartenzimmer. Hier waren lange Tische für ein Souper gedeckt, bei dem Delikatessen wie Austern mit kühlem Johannisberger vom Rhein und Trüffelpasteten mit französischem Champagner gereicht werden sollten. Zunächst strebten jedoch alle Gäste der offenen Gartentür zu, um in der lauen Abendluft ein paar Schritte durch die weitläufige Parkanlage hinter dem Schloss zu gehen.

Hinter der Bühne streiften unterdessen die Darsteller ihre Gewänder ab, die sie über ihrer normalen Kleidung trugen, und legten sie zusammen mit Bärten und Hüten zurück in den Transportkorb. Bei allen, auch bei den Sängern des Chors, machte sich die Erleichterung über den Erfolg ihrer Anstrengung in Lachen und Schwatzen Luft.

»Ich habe noch nie eine so schöne Sterbeszene gesehen, Förster! Ich hatte schon Angst, dein Dolch wäre echt!«

»Henriette, wieso hast du denn ausgerechnet bei den letzten Zeilen des Gedichts doch noch ins Publikum gelächelt?«

»Hattet ihr drei beim ›Wirtshaus‹ eigentlich richtigen Wein in den Gläsern? Eure Gesichter waren so rot!«

»Komm, spiel uns noch mal den Löwen, Papenstiel!«

»Der Löwe war äußerst eindrucksvoll, so wie alle Ihre Darstellungen!«

Schlagartig wurde es still. Alle fuhren herum und verbeugten sich oder sanken in einen tiefen Knicks. Prinz Friedrich in seiner weißen Gala-Uniform war mit Immermann in die Garderobe getreten, was niemand bemerkt hatte, und lächelte die Darsteller an.

»Meine Gemahlin und ich möchten uns bei Ihnen herzlich bedanken. Durch Sie ist unser Sommerfest zu etwas Besonderem geworden. Der Dank gilt auch Ihnen, Immermann. Ein besseres Stück hätten Sie nicht wählen können! Wir haben uns sehr gut amüsiert.« Immermann verneigte sich und verbarg seine Erleichterung, so gut er konnte. »Kommen Sie«, sagte der Prinz zu ihm, »gehen wir zu Tisch. Großen Dank Ihnen allen!« Er nickte den Darstellern noch einmal freundlich zu und verließ mit Immermann den Raum.

Das fröhliche Geplauder ging weiter, denn es bestand die Aussicht, bei dem Souper dabei zu sein! Der Prinz hatte die Darsteller bei solchen Ereignissen schon öfter unverhofft an seine Tafel geladen, so wie voriges Jahr beim Besuch des Kronprinzen. Getanzt hatten die Glücklichen damals auch! Sie warteten also geduldig auf ein Zeichen.

Lakaien kamen, verschlossen leise die hintere Tür zum Gartensaal und begannen fast lautlos aufzuräumen, ohne die Darsteller zu beachten. Sie zogen den Vorhang zur Garderobe auf, schoben das hölzerne Podest beiseite, das als Bühne gedient hatte, stellten die Stühle in langen Reihen an die Wände und trugen einige die Treppe zum Tanzsaal hinauf. Einer von ihnen steckte Kerzen in große Leuchter. Platz und Licht wurden benötigt, denn zum Auftakt des Balls würden der Prinz und seine Gemahlin persönlich die Polonaise durch alle Räume des Hauptgebäudes anführen.

»Entschuldigung«, sagte Förster mutig. »Wann beginnt das Souper? Geben Sie uns Bescheid?«

Der angesprochene Lakai, von der Arbeit bei dem warmen Wetter ins Schwitzen geraten, fuhr sich mit einem Tuch über das Gesicht.

»Für Sie ist doch gar nicht gedeckt«, schnaufte er, maß Förster, der wieder seinen Gehrock trug, mit einem abschätzigen Blick von Kopf bis Fuß und fuhr damit fort, Stühle zu tragen.

Förster blickte ihm ungläubig nach.

»Ich habe es dir gleich gesagt!« Clemens klopfte dem Freund auf die Schulter. »Wir tragen nicht die richtigen Sachen, das nehmen sie übel! Schirmer hat uns doch erzählt, dass er das selbst einmal erlebt hat. Niemand hat mit ihm geredet, obwohl er sich einen Frack geliehen hatte, nur weil er keine Abendschuhe besaß und in seinen normalen Stiefeln gekommen war.«

Nun war die Stimmung nicht mehr so fröhlich. Die vier jungen Damen aus den Lebenden Bildern verabschiedeten sich, um mit den anderen Chormitgliedern nach Hause zu gehen, einige der enttäuschten Malerschüler schlossen sich an. Hildebrandt, Burgmüller und Mendelssohn – sehr elegant in ihren Fräcken und weißseidenen Halsbinden – waren bereits als Gäste im Gartensaal, nur noch Schroedter, Reinick, Förster und Clemens blieben übrig.

»Und was machen wir jetzt?«, fragte Clemens. Obwohl er die Situation richtig eingeschätzt hatte, war auch er sehr enttäuscht. Er hatte gehofft, mit Emma zusammenzutreffen, und ein Traum hätte sich für ihn erfüllt, wenn er vielleicht sogar mit ihr hätte tanzen können, aber das war nun nicht mehr möglich. Der Gedanke an de Boer nagte an ihm, der wahrscheinlich schon jetzt beim Essen neben Emma saß! Sein einziger Trost war, dass Madame Hartmann ihre Tochter wohl nicht aus den Augen lassen würde. Der Abend war ihm dennoch gründlich verdorben.

»Jetzt«, sagte Schroedter trotz allem gut gelaunt, »gehen wir zu mir nach Hause und suchen meinen Hausgenossen Lessing heim. Er hat heute sowieso ein paar Leute eingeladen und etwas von Punsch und Hasenpfeffer erzählt. Das könnte nicht übel lustig werden!«

✦✦✦✦✦✦

Emma war glücklich. Nicht nur darüber, dass sie sich auf einem Ball befand und ihre Tanzkarte fast voller Namen war. Noch wichtiger war es für sie, dass ihr Vater ihr kurz vor der Theateraufführung gesagt hatte, er wolle ihr den Unterricht bei Carl Sohn ermöglichen, wenn es sein musste sogar gegen den Willen ihrer Mutter. Für den immerzu um häuslichen Frieden bemühten Papa bedeutete das sehr viel! Sie musste sich unbedingt bei Katharina bedanken! Sie schien nicht nur ihren Vater, sondern auch ihre Großmutter überzeugt zu haben. Das Leben war einfach schön!

Und nun füllte sich das Schloss mit Musik, und der Ball begann mit einer Polonaise. Emma stellte sich in die lange Reihe der Gäste, die sich die Hände reichten und, angeführt von Prinz Friedrich und seiner Gemahlin, durch alle Räume des Hauptgebäudes tanzten, dann die Treppe mit dem schmiedeeisernen Barockgeländer hinauf, durch den ovalen Salon und an den Musikern vorbei bis in den Großen Saal.

Es war ein schöner Raum, sogar noch schöner als das Gartenzimmer direkt darunter. Dort waren die Wände mit Jagdemblemen geschmückt, hier oben schienen sie aus weißem Marmor mit feinsten Adern zu sein. Erst bei näherem Hinsehen bemerkte Emma, dass sie kunstvoll bemalt waren. Oben und unten bis dicht an die Pfeiler heran, die die Wände in einzelne Felder teilten, zogen sich gewundene Arabesken in Goldfarbe, was den Raum besonders jetzt im Schein unzähliger Kerzen kostbar aussehen ließ. Rings um die Tanzfläche waren Stühle zum Ausruhen und Zuschauen aufgereiht. Durch geöffnete Türen mit goldenen Verzierungen gelangte man in die Nebenräume, wo kleine Tische zum Kartenspielen für die älteren Gäste bereitstanden. Sie überließen den jungen Leuten gerne das Tanzen, während sie sich selbst mit einer Partie Whist vergnügten.

Zehn Minuten dauerte der Walzer mit de Boer. Emma erfuhr nicht viel über ihre Bilder, weil er die Kunstgalerie erst im Juli eröffnen wollte. Dafür machte er ihr die liebenswürdigsten Komplimente, die ihr sehr schmeichelten. Warum sagte Clemens Papenstiel nie so etwas zu ihr? Es hätte ihr ungemein gefallen! Sie war nicht sicher, ob sie sich gerade nicht doch ein wenig in de Boer verliebte. Und er war so ein guter Tänzer, dass sein Name nun auch noch hinter dem Cotillon stand, dem Höhepunkt eines jeden Balls. Er begann nach Mitternacht und dauerte nach der neuesten Mode fast drei Stunden, wobei es allerdings nach der Hälfte der Zeit eine Pause gab. Emma freute sich darauf. Man würde Contredanse zu je vier Paaren tanzen: Quadrille, Anglaise, Française, Ecossaise nach festgelegten Figuren und Schrittfolgen, die der Tanzmeister ansagte.

Nach einer Polka, einem weiteren Walzer und einem Galopp konnte sie sich zum ersten Mal ausruhen. Ihr Tanzpartner führte sie zu einem der Stühle, dankte ihr mit einer Verbeugung und blickte sich suchend nach seiner nächsten Partnerin um. Emma klappte ihren Fächer auf und genoss den kühlen

Luftzug. Entspannt beobachtete sie, wie die Gäste sich zu einem neuen Tanz aufstellten. Sie hatte gar nicht gewusst, dass Mendelssohn so ein sichtlich begeisterter Tänzer war! Bisher hatte er noch keinen Tanz ausgelassen und amüsierte sich prächtig. Sogar ihre Eltern begannen sich im Walzer zu drehen. Emma erkannte die Musik sofort. Sie stammte vom Wiener Kapellmeister Johann Strauss, der seit einigen Jahren mit ganz besonders spritzigen Melodien Furore machte. Auguste schien den kleinen Zwischenfall in der Eingangshalle vergessen zu haben. Selig lächelnd wiegte sie sich in Eduards Armen. Emma schmunzelte. Zum Glück sah ihre Mutter Hedwig nicht, die genauso selig lächelte, während sie sich mit einem jungen Leutnant im Kreis drehte!

Auch die Prinzessin tanzte. Emma hatte sie noch nie so nah gesehen. Sie sah bezaubernd aus. In ihren dunklen, kunstvoll frisierten Haaren steckte ein Perlendiadem, und ihr zartviolettes Kleid war an Dekolleté und Rock mit Silberstickereien versehen. Sogar in der Stadt gab es nur Gutes über sie zu hören. Emma kannte sie als liebenswürdige Dame, aber auch als besonders tatkräftig, wenn es um die Möglichkeiten der geistigen Bildung von Mädchen ging. Sie führte eine glückliche Ehe und war dem Prinzen so zugetan, dass sie sich niemals Prinzessin Luise nennen ließ, sondern auf ihrem offiziellen Titel Prinzessin Friedrich bestand. Als sie nun mit ihrem Partner, einem älteren Offizier, an ihrem Gemahl vorbeitanzte, nickte sie ihm lächelnd zu.

Prinz Friedrich hatte die wohl schönste und eindrucksvollste Frau im Saal zu diesem Tanz geführt. Sie hatte ein intelligentes Gesicht, umgeben von dunklem Haar, mit klaren Augen, einem energischen Kinn und einem römischen Profil. Der Prinz genoss sichtlich, mit einer Schönheit zu tanzen, die völlig darauf verzichtete, lieblich und sanft wirken zu wollen, wie es die meisten Damen versuchten. Sie schien das Leben und vor allem diesen Tanz in vollen Zügen zu genießen. Emmas Augen verfolgten gebannt jede ihrer eleganten Bewegungen.

Eine ältere Dame neben Emma, vielleicht so alt wie ihre Mutter, räusperte sich. »Sie ist wunderschön, nicht wahr?«

Emma wandte sich um und lächelte. »Ja, das ist sie.«

»Man sieht ihr nicht an, dass sie unglücklich ist. Sie ist stark. Und sie weiß, wer sie ist.« Die Dame bemerkte Emmas fragenden Blick. »Sie kennen sie nicht? Das ist Sophie von Hatzfeld. Es ist erstaunlich, dass der Graf sie heute auf diesen Ball hat gehen lassen. Aber er ist wohl irgendwo bei einem seiner Liebesabenteuer und bemerkt es gar nicht. Oder sie wird bei ihrer Rückkehr ihr blaues Wunder erleben!«

Emma schaute die Dame verwirrt an.

»Oh, es ist doch ein offenes Geheimnis, dass er handgreiflich wird. Er entzieht ihr die Kinder, verbietet ihr, wann immer es ihm beliebt, Schloss Kalkum zu verlassen oder unter Menschen zu gehen, und er stellt ihr auch kein Geld für ihre Wünsche zur Verfügung. Sie hat es nicht gut getroffen. Aber wie kann man das auch, wenn man mit siebzehn Jahren von Eltern und Brüdern zu einer Heirat mit einem Cousin gezwungen wird, nur um zwei zerstrittene Familienzweige wieder zu versöhnen?« Fragend blickte die Dame Emma an.

»Sie hätte ihn nicht heiraten dürfen!«, sagte Emma entschieden.

Die Dame reagierte mit einem trockenen Lachen. »Sie sind so jung! Manchmal, meine Liebe, können Frauen nichts gegen solche Verbindungen tun, und wenn man nicht ganz viel Glück hat, bedeutet es unweigerlich ein trauriges Leben. Es sei denn, man kann sich wieder daraus befreien, indem man sich scheiden lässt. Aber seien Sie ehrlich – wer will einen solchen Skandal? Man muss schon sehr verzweifelt sein!« Sie schaute eindringlich in Emmas bestürztes Gesicht und senkte die Stimme. »Sie fragen sich, warum ich Ihnen das alles erzähle? Nun, ich mag Sie. In Ihrem Leben gibt es vielleicht nicht solche Probleme, aber ich habe Sie vorhin beim ersten Walzer mit einem jungen Mann beobachtet. Sie sind verliebt in ihn, er ist jedoch nicht gut für Sie, glauben Sie mir! Und Sie sind viel zu hübsch, um unglücklich zu werden. Passen Sie gut auf, was Sie tun, Kindchen!« Sie wandte den Kopf und warf einen Blick auf die Tanzfläche. »Oh, der Tanz ist zu Ende! Ich muss Sie leider verlassen. Es war sehr angenehm, mit Ihnen zu plaudern.«

Die Dame stand auf und wollte gehen, doch Emma hielt sie zurück.

»Verzeihung, aber wer sind Sie?«

»Charlotte von der Schulenburg.« Sie lächelte Emma noch einmal zu und ging der Prinzessin entgegen.

Sie war die Oberhofmeisterin! Emma erinnerte sich an eine Szene zu Beginn des Balls. Prinzessin Luise hatte die Gräfin vertraulich geduzt und Lottine genannt, als sich alle zur Polonaise aufstellten! Was hatte solch eine Frau gegen den doch sehr höflichen und weltgewandten de Boer? Emma war überrascht, aber sie beschloss, die Warnung ernst zu nehmen und ihn genauer zu beobachten. Nun, dafür würde sie gleich beim Cotillon drei Stunden Zeit haben!

✦✦✦✦✦✦

Um ein Uhr nachts war das Fest im Jägerhof noch lange nicht beendet. Durch die Bäume des dunklen Hofgartens schimmerte das erleuchtete Schloss, und manchmal klangen Fetzen von Musik durch die nächtliche Stille.

Eine Gruppe junger Männer kam aus einem einzeln zwischen Feldern und Gärten gelegenen Haus in der Jägerhofstraße. Sie entzündeten eine Laterne, überquerten die Hofgartenstraße und gingen die Allee hinunter Richtung Stadt. Das ein oder andere Glas Punsch mochte dazu beigetragen haben, dass sie zwar nicht betrunken, aber sehr guter Laune waren. Sie hatten Instrumente dabei – eine Bratsche, nur noch mit den beiden tiefsten Saiten bespannt, und eine Flöte.

»Das können wir doch nicht machen, Schroedter!«, prustete Clemens.

Der Abend mit seinen Freunden hatte ihm gutgetan. Auch die betrübte Stimmung der anderen Sommerfestdarsteller hatte sich beim Feiern und Singen so sehr gebessert, dass sie alle auf den großartigen Einfall gekommen waren, auch andere Freunde mit ihrer guten Laune zu beglücken.

»Doch, doch! Das machen wir ja schließlich nicht zum ersten Mal! Das kennen die Leute schon.«

»Oh ja, das tun sie!«, rief Förster.

»Pssst!«, machte Clemens. Auf einmal konnte er das Gelächter, das in ihm aufstieg, kaum bezwingen.

»Und außerdem«, flüsterte Förster und wedelte mit dem Zeigefinger durch die Dunkelheit, »machen die Hoch- und Wohlgeborenen dahinten im Schloss ja auch noch Krach.«

»Wir machen aber keinen Krach!«, protestierte Reinick. Er drehte sich zu Förster um, wobei seine Laterne bedenklich hin und her schwang. »Wir machen Musik!«

»Pass mit der Laterne auf!«, warnte Lessing. »Sonst sehen wir die Straße nicht mehr und fallen da vorne in den Weiher!«

»Hu!« Clemens schüttelte sich. »Nasses Wasser!«

Das war das Stichwort für Reinick, der schon eben nach Lessings köstlichem Hasenpfeffer Schwung in die Gäste gebracht hatte. Erneut schöpfte er aus seinem schier grenzenlosen Vorrat an Liedern.

»Guckt nicht in Wasserquellen,
ihr lustigen Gesellen,
guckt lieber in den Wein!
Das Wasser ist betrüglich,
die Quellen sind anzüglich:
Guckt lieber in den Wein!«

Clemens und die anderen fielen ein, wobei sie so gut wie möglich versuchten, ihre Stimmen zu dämpfen.

»Narziss, der hat's erfahren
in seinen schönsten Jahren;
er sah nicht in dem Wein,
nein, in dem Quell der Wildnis
sein allerliebstes Bildnis:
Guckt lieber in den Wein!«

»Seid still«, zischte Clemens. »Da vorne bewegt sich schon eine Laterne.«

Schlagartig verstummten sie. Sie waren am Ratinger Tor angekommen, wo die Zollgrenze rund um Düsseldorf klar zu erkennen war. Zwischen den beiden kleinen, tempelartigen Gebäuden standen hohe eiserne Gitter, die an Steinpfeilern befestigt waren und die Straße versperrten. Ein Wachtposten stellte sich mit erhobener Laterne in den Weg.

»Kennst du ihn, Lessing?«, wisperte Schroedter.

Lessing nickte. Er hatte vor ein paar Monaten sein Militärjahr in Düsseldorf beendet und äußerst nützliche Bekanntschaften geschlossen, zu denen auch einige Posten an den Toren gehörten.

»Lohmann, nun lass uns schon durch«, sagte er. »Wir haben nichts zu verzollen.«

»Seid ihr sicher?«, fragte der Posten grinsend. »Also ich bemerke eine gewisse Menge alkoholischer Genussmittel. Die Einfuhr kostet ein paar Taler!«

»Alles nur rein geistig«, beteuerte Förster, »und sicher verwahrt!« Er klopfte auf seinen Bauch.

»Ja, dann ...« Der Wachtposten öffnete eines der Fußgängertore. »Bitte sehr, die Herren! Wen beglückt ihr denn heute?«

»Das ist noch ein Geheimnis«, antwortete Clemens und legte den Finger auf die Lippen.

Der Wachtposten nickte verschwörerisch und ging zurück in das kleine Gebäude.

Die Maler liefen weiter durch die menschenleere, schlafende Stadt bis zur Mühlenstraße. Bereits in Höhe der Andreaskirche begann Schroedter, eine rasche Melodie auf seiner Flöte zu spielen, Förster kratzte nahezu virtuos auf den beiden restlichen Saiten seiner Bratsche den Bass. Das ging nicht ohne prustendes Gelächter, denn die Musikanten schnitten die verrücktesten Gesichter dabei.

»Und nun der Hidalgo!«, verkündete Schroedter.

Clemens stellte sich mit den anderen zum Nationaltanz der Düsseldorfer Maler auf. Hildebrandt und Schroedter hatten den Tanz erfunden und Hidalgo genannt, weil er nach der gemeinsamen Lektüre des »Don Quijote«, des allseits bekannten, großen Hidalgo, entstanden war. Er war nicht weiter schwierig, da er nur aus einem einzigen Tanzschritt bestand. Das Wichtige war die Pose, die man dabei einnehmen musste. Sogar die Düsseldorfer Bäcker wussten inzwischen, wie ein Hidalgotänzer aussah, weil sie ihn in seiner typischen Haltung immer wieder aus süßem Teig backen mussten, wenn einer der Maler Geburtstag hatte.

»Jetzt!«, rief Förster. Als Auftakt entlockte er seiner Bratsche ein paar besonders kratzige Töne.

Clemens, Lessing und Reinick mit seiner Laterne gingen in die Knie und krümmten den Rücken. Gebückt sprangen und hüpften sie zur Musik im Dreitakt die Straße hinunter, wie wohl die spanischen Bauern mit ihren Bocksprüngen im »Don Quixote« getanzt haben mochten. Auch das ging nicht ohne Gelächter, so dass in einigen Häusern bereits Vorhänge beiseitegeschoben wurden. Aber sie waren noch nicht am Ziel. Erst an der Mühlenstraße 1 bei Mücke und Bendemann machten sie halt. Bei ihnen war noch Licht. Die Freunde hatten sie natürlich bereits ankommen hören und schauten erwartungsvoll aus dem Fenster. Die Vorstellung war noch nicht zu Ende, denn nun folgte pflichtgemäß ein Ständchen.

»Ich bin nicht gern allein
mit meinem Glase Wein.
Mag allein der Geizhals fasten
neben dem gefüllten Kasten,
mag der Dieb an dunkler Mauer
einsam schleichen auf der Lauer:
Ich bin nicht gern …«

»Ist ja gut! Kommt schon herauf!«, rief Mücke mit halblauter Stimme und warf ihnen seinen Schlüssel zu.

Clemens fing ihn grinsend auf und ging zur Tür. Die anderen zogen die Köpfe zwischen die Schultern, als sich über ihnen ein Fenster öffnete und das verschlafene Gesicht von Frauenschneider Schmitz herausschaute. Aus dem Hintergrund hörten sie seine Frau rufen: »Wilhelm? Was ist denn?«

»Oje! Das gibt Ärger«, flüsterte Clemens, aber er täuschte sich.

»Ach, es sind nur unsere Maler«, sagte der Schneider und schloss schmunzelnd das Fenster.

EDUARD BENDEMANN

Man ist gewohnt, sich unter einem Maler etwas gar hochgestimmtes und idealisch-phantastisches vorzustellen. Ich kann nicht versprechen, dem Leser eine so interessante Erscheinung zu zeigen, sondern nur etwas sehr prunklos bürgerliches und schlichtes, einen Kreis von jungen Leuten, der sich auf seine eigne Kunst und seine eigne unmittelbare Lebensthätigkeit beschränkt, einfach und zurückgezogen lebt und im Ganzen um die übrige Welt und ihre Interessen nicht viel bekümmert.

(Friedrich von Uechtritz, Blicke in das Düsseldorfer Kunst- und Künstlerleben, 1839)

MITTWOCH, 09. JULI 1834

Louis de Boer zog das schützende Tuch von der nagelneuen Sitzbank aus Kirschholz und ließ sich genüsslich auf das weiche blaue Polster sinken. Zufrieden blickte er sich in seiner Galerie um. Noch war er dabei, die Einrichtung zu vervollständigen, aber seine Vision nahm Gestalt an. Gleich vorne hingen zu beiden Seiten Bilder an den Wänden. Sie waren durch das Schaufenster auch von außen gut zu sehen. Im Hintergrund des Raumes, wo das Tageslicht spärlicher war, standen ein Schreibtisch und ein Stuhl auf der einen Seite, auf der anderen Seite hatte er ein hohes Regal aufstellen lassen. Das rötliche Holz der Möbel passte sich farblich geschmackvoll an das gebrochene Weiß der Wände an.

Die elegante Sitzbank stand in der Nähe des Schaufensters. Sie war lang, hatte vier Beinpaare und keine Lehne, so dass mehrere Besucher sich von jeder Seite daraufsetzen konnten, wenn sie die Bilder in Ruhe betrachten wollten. Einige bestellte Werke von ausländischen Künstlern waren noch nicht eingetroffen, trotzdem hatte er bereits mehr Gemälde an die Wände hängen können, als er gedacht hatte. Nach seinem unerfreulichen Gespräch in der Akademie war er zwar Mitglied des Kunstvereins geworden, um den Kontakt zu den Kreisen, auf die es ihm ankam, nicht zu verlieren. Aber dann hatte er sich verstärkt um die Düsseldorfer Dilettanten gekümmert. Und das hatte sich ausgezahlt. Sie waren nur zu gerne bereit gewesen, ihre Bilder in seine Galerie zu geben.

De Boer schüttelte schmunzelnd den Kopf. Es war geradezu rührend, wie dankbar sie für seine Aufmerksamkeit und sein Angebot gewesen waren, ihnen sogar eine Anzahlung auf die Verkaufssumme zu geben. Die einen fühlten sich einfach nur geschmeichelt, andere mussten eine Familie ernähren und hofften auf einen guten Verkauf. Und die beiden jungen Damen ohne jegliche akademische Ausbildung hatten wirklich Glück gehabt, dass sie jemanden wie ihn gefunden hatten, damit überhaupt irgendwer Notiz von ihren Bildern nahm. Obwohl sie erstaunlich gut malten! Trotzdem, letztlich hatten Frauenzimmer in diesem Metier gar nichts zu suchen. Er hatte sich jedoch sehr angestrengt, die beiden Damen und auch die anderen Dilettanten nicht merken zu lassen, dass es ihm eigentlich gar nicht um sie ging. Ihre Bilder waren bestens dafür geeignet, die Wände seiner Galerie zu füllen, aber sie waren eben nicht das, was er wollte. Er wollte die großen Namen.

Langsam strich er mit der Hand über den schimmernden Polsterstoff. Seine Kunsthandlung und Galerie sollte einen Ruf erwerben, den Sammler von nah und fern kennen würden. Düsseldorf war dafür der richtige Ort. Das kunstsinnige Publikum aus anderen Städten scheute auch eine weite Reise nicht, um hierherzukommen und die Malerschule aus nächster Nähe zu erleben. Und zum Musikfest alle zwei Jahre wimmelte die Stadt ohnehin von Menschen, wie man ihm lebhaft und fast schon ermüdend ausführlich erzählt hatte. Damit jedoch all diese Leute den Weg in seine Galerie finden würden, musste er etwas Besonderes zu bieten haben. Er musste die Düsseldorfer Maler von Rang und Namen für sich gewinnen.

Er hatte recht gute Ideen, wie ihm das gelingen könnte. So hatte er zum Beispiel in der Stadt immer wieder Klagen darüber gehört, dass nirgendwo wirklich gutes Papier für Aquarelle und dergleichen zu bekommen war. Nun lag hier bestes Papier nach Qualität und Zweck sortiert in schmalen Regalfächern und wartete auf den Verkauf, was sich bald auch bei den Malerschülern herumsprechen würde. Damit holte er sie in sein Geschäft! Er käme mit ihnen ins Gespräch, und früher oder später würde sich etwas daraus ergeben.

Und noch mehr war ihm eingefallen. Man lebte in einer Zeit, die geradezu einen Hunger nach Bildern entwickelt hatte. Bücher mit Illustrationen verkauften sich besser als andere. Ein neues Poesiebändchen oder ein Liederbuch waren kaum noch denkbar ohne wenigstens ein paar kleine schwarzweiße Vignetten, die gefällig zwischen die Texte gestreut waren. Aber was es gar nicht zu kaufen gab, waren Kunstbücher. Farbige Kunstbücher, Aquarelle oder kolorierte Lithographien zum Beispiel, zu einem bestimmten Thema zusammengestellt und in der höchst beliebten Form des Albums herausgebracht. Diese Bücher würden teuer sein, weil er den Malerschülern vorschlagen würde, die Bilder extra dafür anzufertigen. Das hatte natürlich seinen Preis. Und Lithographen, Drucker und Buchbinder mussten auch bezahlt werden. Aber solche Alben wären genau das Richtige für ein reiches Publikum, das auf der Suche nach exquisiten Geschenken war. Von diesen Leuten gab es hier genug.

De Boer stand seufzend auf. Seine Ideen würden ihm ermöglichen, so viel Geld zu verdienen, dass ihm richtiggehend schwindelig davon wurde. Wenn es ihm gelang, die richtigen Künstler zu überzeugen, mit ihm zusammenzuarbeiten, war er bald ein gemachter Mann. Nächste Woche sollte die Eröffnung seines Geschäftes sein. Es war höchste Zeit, die Handzettel mit der Ankündigung vom Drucker abzuholen und unter die Leute zu bringen. Zum Glück hatte er damals in den Ateliers den Zettelträger kennengelernt. Ludwig Giesen war gerne bereit gewesen, jetzt, in der Sommerpause des Theaters, gegen entsprechendes Entgelt die Handzettel in den vornehmeren Geschäften und bei den Mitgliedern des Kunstvereins zu verteilen, damit die Düsseldorfer auch den Weg zur Galerie fanden. Nicht einmal die Malerschüler würden dann mehr behaupten können, er wäre ihnen unbekannt.

Sorgfältig deckte er das Polster der Bank wieder ab, verschloss sein Geschäft und machte sich auf den Weg zum Drucker.

✦✦✦✦✦✦

»Schon gut«, wehrte Katharina ab. »Du brauchst dich nicht zu bedanken. Ich habe deiner Großmutter und deinem Vater nur deine Bilder gezeigt, also hast du sie ja selbst überzeugt. Und jetzt darfst du also ganz offiziell bei Carl Sohn studieren? Wie wunderbar für dich!«

Katharina hatte noch nichts von dieser Veränderung in Emmas Leben erfahren, weil sie gar nicht in der Stadt gewesen war. Sie hatte gute Freunde außerhalb Düsseldorfs besucht, erfolgreich mit den Honoratioren ihrer kleinen Stadt über ein Altarbild für die Kirche verhandelt und war am Tag zuvor erst zurückgekehrt.

»Ja, ist das nicht herrlich?«, strahlte Emma. »Im neuen Studienjahr bin ich Privatschülerin in seiner Malklasse! Stell dir das vor!«

Vergnügt hakte sie sich bei Katharina unter und bog mit ihr in die Marktstraße ein. Die beiden Freundinnen waren auf dem Weg in die Akademiegalerie. Am Sonntag war die große Ausstellung eröffnet worden, und auch die hatte Katharina noch nicht gesehen.

»Was sagt denn deine Mutter dazu?«, wollte Katharina wissen.

»Sie hat bisher erstaunlich wenig dazu gesagt! Dafür redet sie wieder ununterbrochen vom Heiraten.«

Katharina lachte. »Und wer soll der Glückliche sein?«

»De Boer.«

»Nein! Wie kommt sie denn auf den?«

»Wir haben ihn beim Sommerfest im Jägerhof getroffen, und seitdem redet sie von nichts anderem.«

»Hast du mit ihm getanzt?« Katharina lächelte verschmitzt. »Ich hätte es getan, er sieht ja nicht schlecht aus.«

»Ja, das habe ich«, nickte Emma. »Und zuerst fand ich ihn sehr anziehend, weil er mir unablässig Komplimente gemacht hat. Aber dann in der Tanzpause um zwei Uhr morgens war er so unmöglich, dass ich mich entschuldigt habe und gegangen bin. Meine Eltern wollten sowieso nach Hause, nur Hedwig hat ein wenig Skandal gemacht, aber sie musste mit.«

»Was ist denn passiert?«

Emma schüttelte unwillig den Kopf. »Er ist dumm und arrogant!«, entrüstete sie sich. »Der Walzer zu Beginn des Balls hat mir noch gefallen, er tanzt ja sehr gut. Aber beim Cotillon ist er plötzlich wie ein Pfau herumstolziert und hat die Damen der drei anderen Tanzpaare in unserer Quadrille derart verlegen gemacht, dass ihre Herren ihn mit Blicken durchbohrt haben.«

»Aber der Cotillon ist doch dazu da, dass man ein wenig kokettiert und mit schmeichelnden Floskeln tändelt«, wandte Katharina ein.

»Glaub mir, er hat nicht getändelt«, versicherte Emma. »Die Tanzfiguren waren überhaupt nicht mehr heiter und beschwingt, wie sie sein sollen, sie waren unangenehm. Es war so schade! De Boer hat uns allen das Fest verdorben. Und dann hat er mich auch noch gefragt, warum ich unbedingt Malerin werden will, wo es für eine Frau doch nur eine schickliche Pflicht gäbe, nämlich Herz und Seele im Haus ihres Gatten zu sein. Das hat mir gereicht.«

»Damit hat er sich um Kopf und Kragen geredet«, nickte Katharina. »Es wundert mich nur, dass er an unseren Bildern so höchst interessiert ist. Er muss uns dann ja auch für unschicklich halten. Wie auch immer, er wäre wirklich nichts für dich.«

»Meine Mutter ist leider ganz anderer Meinung.« Emma verdrehte die Augen.

»Nun, sie wird ihn hoffentlich auch noch richtig einschätzen lernen!«

Sie spazierten an der Hauptwache vorbei und blieben neugierig hinter einer Schar lachender Gassenjungen stehen. Wie fast jeden Tag turnte Pitter an seiner langen Leine oben auf der Mauer des niedergebrannten Schlossflügels herum. Der kleine Affe von Münzdirektor Zabel war eine Attraktion der Stadt und die verfallene Mauer sein angestammter Platz, solange sein Herr in der Düsseldorfer Münze im Unterhaus des Südflügels beschäftigt war. Insbesondere Katzen waren Pitters erklärte Todfeinde, und wenn sie sich wie jetzt in seine Nähe wagten, wusste er sich zur Freude aller mit gefletschten Zähnen, mit Gefauche und Gekreisch zu wehren.

Emma und Katharina rissen sich schweren Herzens los, gingen weiter durch den Galeriehof und stiegen die Treppe zum Ausstellungssaal hinauf. Vormittags waren zum Glück noch nicht viele Besucher dort, und sie hatten Ruhe genug, die Bilder zu betrachten. Auch Künstler aus anderen Städten wie Berlin, München und sogar Amsterdam hatten Bilder geschickt. Von den Düsseldorfer Malern fehlten einige. Schadow war zum Beispiel gar nicht vertreten, Bendemann und Lessing zeigten neben fertigen Gemälden auch Farbskizzen, manche Landschafter sogar nur ihre Kompositionsskizzen. Insgesamt bekam man jedoch einen guten Eindruck davon, was gerade in den Ateliers erarbeitet wurde. Auch von Düsseldorfer Künstlern, die nicht an der Akademie studierten, hingen Bilder an den Wänden. Im »Verzeichnis der Kunstwerke« waren sie besonders gekennzeichnet.

Katharina blätterte in dem kleinen Heft. »Stell dir vor, dein Name steht vielleicht auch einmal hier drin«, sagte sie. »Du musst zwar damit rechnen, dass sie dich unter die reinen Laienkünstler stecken und ›Arbeiten einer Dilettantin‹ hinter deinen Namen schreiben, so ähnlich wie hier bei Franz Custodis, aber immerhin!«

Emma lächelte. »Noch ist es nicht so weit. Oh, sieh mal! Dieses Bild ist von Clemens Papenstiel! Was für ein Erfolg für ihn!«

Katharina betrachtete interessiert das Landschaftsbild mit Burg Rheinstein in der Morgensonne, dem Fluss in der Tiefe und den gegenüberliegenden Bergen im Hintergrund.

»Er ist ein wirklicher Künstler«, nickte sie. »Es ist nicht leicht, einen so klaren, fast durchsichtigen Morgenhimmel zu malen. Das ist exzellent!«

»Ja, nicht wahr?«, strahlte Emma. Sie war geradezu stolz auf Clemens und freute sich für ihn.

Die Tür zum kleinen Saal öffnete sich, und Schadow betrat den Ausstellungsraum. Ein eleganter Herr begleitete ihn. Seine Haltung war selbstbewusst, und seine Augen erfassten die Umgebung mit einem Blick. Schadow behandelte ihn ausgesucht höflich, während er ihm mit einigem Stolz sein Reich zeigte.

»Nachdem Sie nun die Malklassen und die Ateliers gesehen haben, verehrter Graf«, erklärte er, »sind wir hier also in der diesjährigen Ausstellung. Einige der besten Stücke sind leider bereits beim Kunstverein in Berlin oder bei anderen Käufern. Wir haben alles versucht, aber man wollte sie uns nicht ausleihen, so dass Sie sie teilweise erst bei der Berliner Ausstellung im Herbst sehen werden. Auch sind dieses Jahr leider nur wenige auswärtige Bilder eingetroffen. Trotzdem gibt es einige beachtliche Düsseldorfer Werke, die Sie interessieren dürften.«

»Komm«, flüsterte Katharina, »wir stellen uns in die Nähe vor ein Bild und lauschen. Ich möchte zu gern wissen, wer das ist.«

Sie gingen langsam an den Bildern vorbei, blieben schließlich vor einer Herbstlandschaft von Schirmer stehen und spitzten die Ohren.

Vom Treppenhaus her trat Schnaase in den Saal und blickte sich suchend um. Als er die beiden Männer sah, ging er erfreut auf sie zu.

»Graf Raczynski, darf ich Ihnen den vorzüglichen Kunstkenner und Historiker Oberlandesgerichtsrat Dr. Schnaase vorstellen?« Schadow wies auf seinen Freund. »Er ist ein hervorragender Gesprächspartner für Ihr Vorhaben.«

»Es ist mir eine Ehre!«, sagte Schnaase und erfasste die ausgestreckte Hand des Grafen. »Ich wäre entzückt, Ihnen mit Rat und Tat zur Seite zu stehen. Am Thema Ihres Buches, der Geschichte der neueren deutschen Kunst, bin ich selbst höchst interessiert.«

Der Graf nickte liebenswürdig. »Und ich würde mich über Ihren Rat freuen, Dr. Schnaase, denn ich möchte meine Eindrücke und Vorstellungen über Kunst mit der hiesigen Schule beginnen.«

»Die große Welt ist nach Düsseldorf gekommen«, raunte Katharina ihrer Freundin zu. »Weißt du, wer das ist?«

Emma schüttelte den Kopf.

»Athanasius Graf Raczynski, einer der wichtigsten Kunstsammler heutzutage. Er hat Polen wegen der Aufstände dort verlassen und ist in Berlin Diplomat im Dienste Preußens geworden. Seine Meinung über Künstler zählt wirklich! Wir hören noch ein bisschen zu, ja?«

Damit war Emma sehr einverstanden. Sie musste sich beherrschen, den Grafen nicht allzu eingehend zu betrachten. So sah also jemand aus, der sich in Sphären bewegte, die sie sich kaum vorstellen konnte. Er war zurückhaltend und freundlich, strahlte aber gleichzeitig ruhige Überlegenheit aus – ein Aristokrat, der an Macht und Einfluss gewöhnt war. Emma zwang sich dazu, wieder möglichst überzeugend die Herbstlandschaft zu betrachten und trotzdem kein Wort zu verpassen.

»Erfüllt Ihre Unterkunft in Düsseldorf alle Ihre Bedürfnisse zufriedenstellend?«, fragte Schnaase.

»Bestens!«, antwortete der Graf. »Der Breidenbacher Hof ist mir nicht zu Unrecht empfohlen worden, und ich hatte bereits gestern Mittag das angenehme Vergnügen, mit Ihrem Musikdirektor dort zu speisen. Er ist das wohl auch sonst so gewohnt. Und er scheint hier die Chance zu nutzen, seine Malerei zu vervollkommnen?«

»Das ist richtig«, bestätigte Schadow. »Schirmer, den Sie ja vorhin in seinem Atelier kennengelernt haben, kommt regelmäßig an den Sonntagvormittagen zu ihm. Mendelssohn musiziert, Schirmer malt, und dann, so habe ich mir sagen lassen, zeigt Schirmer ihm einige farbliche Geheimnisse der Landschaftsmalerei, die man nur hier in der Akademie lernt.«

Der Graf lächelte. »Das hat er mir auch erzählt. Er war begeistert, dass er nun die Farbe Violett als überaus geeignet dafür entdeckt hat, im Lichtdunst entschwindende Ferne zu malen. Ein erstaunlicher junger Mann. Ein Virtuose seines Fachs und künstlerisch so vielseitig begabt, dass es verwundert.«

»Wir sind alle sehr stolz darauf, ihn hier zu haben«, sagte Schnaase, »was nicht zuletzt auch Direktor Schadow zu verdanken ist.«

Der Graf nickte Schadow beifällig zu und begann, die Bilder zu betrachten. »Das ist also die Farbskizze, von der der junge Lessing eben gesprochen hat?«

»Das ist sie«, bestätigte Schadow nicht ohne Stirnrunzeln. »Die ›Hussitenpredigt‹. Wenn das Bild gemalt ist, wird es zum Besten gehören, was die Düsseldorfer Akademie bisher hervorgebracht hat. Und das sage ich, obwohl mir das Sujet überhaupt nicht gefällt. Ein liturgisches Gerät wie den Kelch, den der Hussit emporhält, derart kriegerisch vor Aufständischen zu präsentieren, ist mir als Katholik zuwider, weshalb ich mit dem Bild gar nicht einverstanden bin. Allerdings hat der Kronprinz es bereits bestellt, und so ist nichts weiter dazu zu sagen.«

»Nun, Lessing hat es gegenüber seiner Fassung, die ich vor zwei Jahren in Berlin gesehen habe, sogar noch verbessert«, lobte der Graf. »Hier ist nicht nur religiöse Unruhe, sondern auch die Leidenschaft eines Eiferers greifbar dargestellt. Er schaut den Betrachter unmittelbar an, so dass man verstört zurückweicht. Brand und Verwüstung in der Ferne deuten den unweigerlichen Misserfolg schon an, den Fanatismus immer haben muss. Das alles ist vortrefflich ins 15. Jahrhundert gesetzt und mit den Mitteln der Malerei ausgedrückt. Sie haben völlig recht – um wie viel mehr als die Skizze muss erst das fertige Gemälde wirken! Der Kronprinz kann sich glücklich schätzen, es seiner Sammlung hinzuzufügen.«

»Touché!«, murmelte Katharina schmunzelnd.

Emma wurde unruhig. »Komm, wir gehen lieber weiter«, flüsterte sie. »Wenn wir hier noch länger stehen, wird es zu auffällig.«

✦✦✦✦✦✦

Karl Leberecht Immermann legte die Feder beiseite und streckte seinen verspannten Rücken. Es hatte gutgetan, an diesem Vormittag an seinen »Epigonen« weiterzuschreiben und sich vom Überdruss zu erholen, den ihm die Menschen derzeit bereiteten. Bisweilen brauchte er eine Atempause von ihrer nahezu aufdringlichen Geschäftigkeit. Man legte es ihm als launenhaft aus und sah in ihm den Griesgram, aber er konnte nicht anders, als sich hin und wieder in seine Einsamkeit zurückzuziehen und sich auf sich selbst zu besinnen.

Er stand auf und ging zu der offenen Fenstertür seines Arbeitszimmers auf Collenbachs Gut. Es lag am Rande des kleinen Örtchens Derendorf weit vor den Toren der Stadt, also auch weit genug entfernt von den Menschen dort. Er sog die frische Luft ein und betrachtete den friedlichen, sommerlichen Garten. Insekten schwirrten geschäftig um unzählige Rosensträucher, mit denen die Beete eingefasst waren, und zwischen Büschen hatten Platon und Aristoteles als bärtige Marmorbüsten ihren Platz gefunden. Die beiden Philosophen erinnerten ihn immer daran, dass es auch noch Gedankenwelten außerhalb des eintönigen Juristenalltags gab. Sie verkörperten für ihn seinen eigenen Weg durch das Leben, seine nervenaufreibende Gratwanderung zwischen Poesie und Wirklichkeit.

Er hatte sich nun endlich für die Poesie entschieden, für das Theater, dessen ganz eigene Wirklichkeit ihn jedoch einzuholen begann. Auch hier gab es den Alltag mit seinem unruhigen Geschäftsleben. Es kam ihm manchmal wie ein Rausch vor, wie ein Strudel, der ihn unweigerlich in sich hineinzog. Verhandlungen für Engagements, Organisation, Konferenzen – all das hatte ihm in letzter Zeit das Gefühl gegeben, als habe sich seine Seele gänzlich in die äußere Haut gezogen.

Ein Spaziergang würde ihm guttun. Der Weg durch den Garten begann am Haus, verlor sich im satten Sommergrün der Sträucher und führte bis hinunter zum Friedhof an der Golzheimer Insel. Er rief seinen Spitz, der sofort wie ein kleiner schwarzer Teufel aus dem Haus geschossen kam und sich sichtlich über den Ausflug freute. Immermann schmunzelte. Vielleicht war es trotz allem auch die Bestimmung des Menschen, seine Tage heiter und freundlich zu verleben, statt zu grämeln und zu murkeln. Nun, ein Gang in die Natur würde seine Seele reinwaschen und ihn klarer denken lassen.

Der Spitz war ihm schon weit voraus, als er an der hohen, blühenden Weißdornhecke vorbeiging und überdachte, was ihn in letzter Zeit zusätzlich zu seinem juristischen Amt über die Maßen beansprucht hatte. Nach seiner Zustimmung, das neue Theater zu leiten, waren die Dinge mit einer Heftigkeit auf ihn eingeprasselt, die er so nicht vorausgeahnt hatte. Er hatte ein Statut für das Theater aufgesetzt, die Aktionäre hatten sich versammelt, der Verwaltungsrat war gewählt worden, er wurde von Gesprächen und Briefen – seinen eigenen und anderen – fast erdrückt. Dazu kamen die Reisen nach Elberfeld, wo er mit den Notabeln der Stadt darüber verhandelt hatte, ob die Düsseldorfer Truppe wie schon zu Zeiten Derossis den Sommer über dort spielen könnte. Es hielt die Truppe zusammen, und es war überaus wichtig für die Einnahmen des Theaters, dass der Sommer auch Geld einbrachte. Aber man konnte sich in Elberfeld nicht entscheiden und stand dem Anliegen auch nicht sehr aufgeschlossen gegenüber.

Beim ersten Mal hatte Felix ihn begleitet und war entsetzt gewesen über die Reaktionen der Pietisten im Elberfelder Theaterkomitee. Obwohl er ihre Äußerungen auch von einigen Düsseldorfern kennen musste, hatte er sich die ganze Rückfahrt über nicht beruhigt. »Fatale Exemplare von Predigern und trockenen Haushofmeistern« hatte er sie genannt und geschimpft wie ein Rohrspatz, dass sie sich und jedem anderen die Freude versalzen und ein Konzert für eine Sünde, einen Spaziergang für verderblich und den Frühling mitsamt seinem schönen Wetter für ein Moderloch halten würden. Da könnte es kaum noch verwundern, wenn sie das Theater als den Schwefelpfuhl schlechthin verdammten. Er hatte zwar mit jugendlichem Temperament gesprochen, aber er war ja im Recht! Und was sie beide peinlich betroffen gemacht hatte, war der Hochmut, mit dem diese Leute ihnen entgegengetreten waren.

Eine zweite Reise vor ein paar Tagen hatte keine Veränderung gebracht, und er konnte nur hoffen, dass die Düsseldorfer Schauspieler, die sich nun für den Sommer in alle Winde zerstreuten, um an anderen Theatern ihr Geld zu verdienen, keine besser bezahlten Engagements finden und im Herbst wieder nach Düsseldorf zurückkehren würden.

Sein Hund kam begeistert angesprungen, nur um zu sehen, wo sein Herr bliebe, und rannte wieder voraus. Woher nahmen die Tiere nur ihre Lebensfreude? Nun, sie waren genügsam und zufrieden, wenn man sie gut versorgte. Und sie grübelten nicht. Er erinnerte sich an Spaziergänge dieser Art im letzten Sommer, als er an Nervenzufällen kränkelte und Beklemmungen in der Brust verspürte, die ihn auf eine hypochondrische Art beunruhigten. Damals hatte ihm die Bewegung in der freien Luft sehr geholfen. Und er hatte sich den Spitz gekauft.

Er überquerte die Landstraße nach Kaiserswerth, ging eine kurze Allee hinunter und betrat den Friedhof. Hier, unter den schattigen Linden, wurde er immer milder und leichter gestimmt. Der Ort hatte mit seiner Stille einen wohltuenden Einfluss, der ihn jeden Groll vergessen ließ. Wenn er wie jetzt an den Gräbern vorbeiging und die Inschriften las, wurde ihm bewusst, dass all diese Begrabenen einmal lebendige Menschen gewesen waren. Sie hatten ihr Leben gelebt, hatten geliebt und waren wiedergeliebt worden. In diesen Momenten fühlte er sich den Toten auf eine zeitübergreifende Weise verbunden.

Nachdenklich verließ er den Friedhof und ging mit seinem Hund zurück in den Garten. Liebe gab es auch in seinem Leben. Seit neun Jahren lebte er nun mit der Gräfin Elisa von Ahlefeld zusammen, mit der Freundin, die sich seinetwegen ihm von ihrem Gatten General Lützow hatte scheiden lassen, um in seiner geistreicheren, zivilen Welt eine wichtige Rolle zu spielen. Sie war es, die ihn immer wieder in seinem schriftstellerischen Schaffen ermutigte und die ihn auch jetzt unterstützte. Wirklich glücklich fühlte er sich in dieser Verbindung jedoch nicht. Seit Jahren machte er der acht Jahre älteren Geliebten Heiratsanträge, die sie immer wieder ausschlug. Sie wollte sich nicht noch einmal binden, vor allem wollte sie ihn nicht binden, denn sie vermutete, dass er irgendwann den Wunsch nach einer Familie verspüren würde, den sie ihm nicht mehr erfüllen konnte. Aber sie band ihn trotzdem an sich durch ihre liebenswürdige Schönheit, ihren freundlichen Charakter, ihre vornehme Seele. Und so hatten sie ihr Verhältnis besiegelt, indem sie sich versprochen hatten, niemals jemand anderen zu heiraten.

Sie zu heiraten wäre allerdings sehr viel besser, denn ihre Art des Zusammenlebens belastete nicht nur ihn. Sie konnten nicht als Paar in der Gesellschaft erscheinen, weil ihr gemeinschaftliches unverheiratetes Leben unter einem Dach bei denen Befremdung und Unbehagen auslöste, die sie nicht gut kannten und ihre Entscheidung für untragbar hielten. Oft meinte er, im Blick der Menschen eine Art Geringschätzung zu entdecken, die seiner zutiefst honorigen Seele immer wieder einen Stich versetzte. Vielleicht täuschte er sich auch. Jeden Tag musste er jedoch scharf zwischen privatem und öffentlichem Leben trennen und vor den Leuten den Schein wahren. Das hatte ihn empfindlich für die Nuancen im Verhalten der anderen gemacht. Aber zumindest war das gesellschaftliche

Leben schon so weit gediehen, dass er Freunde und Bekannte einladen konnte, die dann auch gerne wiederkamen. Schnaase und von Uechtritz, Mendelssohn, Burgmüller, Hildebrandt oder Lessing – sie alle waren von der geistvollen Freundin angetan und verbrachten angenehme Stunden mit Gesprächen und anregendem Gedankenaustausch auf Collenbachs Gut.

Er betrat das Haus und sah, dass der Spitz eine Belohnung für seine Begleitung erwartete. Immermann klingelte seinem Diener Joseph, der den Hund geziemend verwöhnen würde, und setzte sich seufzend an seinen Schreibtisch. Schadow hatte sein pädagogisches Talent, Felix sein überschäumendes Genie und er seine unerschütterliche Willenskraft. Viel Arbeit wartete auf ihn, und er würde sie zielstrebig meistern. Denn aller Anfang war nicht schwer, wie das Sprichwort sagte, sondern leicht. Schwer wurde erst das Beharren, die entschlossene Ausdauer. Und die würde er haben!

✦✦✦✦✦✦

Am späten Nachmittag um fünf Uhr war der Unterricht in der Akademie beendet. Das Gebäude leerte sich allmählich, und auch Clemens und Förster brachen auf.

»Ob sie heute auch kommt, wo wir doch so hohen Besuch haben?«, fragte Clemens.

»Natürlich kommt sie«, sagte Förster überzeugt, »gerade wegen des hohen Besuchs.«

Sie gingen zum Fenster im zweiten Stock der Akademiegalerie, wo die Landschafter ihr Reich hatten, und blickten hinaus.

»Was habe ich gesagt? Da ist sie!« Förster zeigte hinunter zum Eingang der Galerie. »Mit den Kindern.«

Wenn schönes Wetter war, und das war es in letzter Zeit eigentlich ununterbrochen, kam Charlotte Schadow zur Akademie, um ihren Mann und den engeren Kreis seiner Schüler abzuholen. Man spazierte gemeinsam zu einem der vielen Gartenlokale der Stadt und erholte sich von der Arbeit. Oft schlossen sich die Frauen der verheirateten Maler mit ihren kleinen Kindern an, so dass der Spaziergang den Charakter eines Familienausflugs annahm.

»Komm«, sagte Clemens und klopfte dem Freund auf die Schulter, »lass uns auch hinuntergehen.«

Seit ihrer Einladung zum Abendessen bei Schadow vor ein paar Wochen gehörten sie wie selbstverständlich dazu. Sie waren beide gespannt, in welches Lokal Schadow seinen Gast führen würde.

Im Galeriehof hatten sich die Maler bereits versammelt, unter ihnen Hübner und Bendemann, Sohn, Lessing und Schirmer. Schadow stand mit Graf Raczynski vor der Marmorstatue und erklärte ihm, wer Jan Wellem war. Als er sich umblickte, stellte er fest, dass sich seine Schüler nun vollzählig eingefunden hatten.

»Folgen Sie uns Richtung Derendorf!«, rief er.

Clemens zwinkerte Förster zu, und auch die anderen Maler lächelten, denn sie wussten, wohin es gehen würde. Graf Raczynski beobachtete ihre Reaktion und schien sich nun auch auf das Ziel des Ausflugs zu freuen, obwohl er es nicht kannte.

»Das wird der Graf aber nicht gewöhnt sein«, flüsterte Clemens. »Weiße Tischtücher und französischen Rotwein gibt es da nicht!«

»Das macht nichts«, raunte Förster. »Er will unser Leben hier kennenlernen, also muss er das auch mitmachen.«

Die Düsseldorfer kannten den Anblick, der sich ihnen nun bot. Schadow mit seiner Frau, seinen Kindern Sophie und Rudolf und seinem Gast an der Spitze verließ den Galeriehof zum allgemeinen Spaziergang, die Maler folgten als Nachhut. Es ging die Mühlenstraße hinunter und durch den Hofgarten bis zum Schloss Jägerhof, wo sie langsamer wurden, weil Schadow den Grafen auf den Marstall mit seinen Giebeln aufmerksam machte.

»Sie sehen hier drei wunderschöne barocke Schnitzgiebel, verehrter Graf«, sagte er. »Ganz unverhofft kommt man in Düsseldorf an Kleinodien der Kunst vorüber, sogar wenn man sich bereits vor den Toren der Stadt befindet.«

Der Graf ließ sich die vielfältig verschlungenen Motive aus der Werkstatt von Grupellos Holzschnitzern erklären, die alle auf das Fürstenhaus und den ursprünglichen Gebrauch des riesigen Gebäudes als Jagdzeughaus hinwiesen. Sie gingen weiter und passierten die kleine Rochuskapelle am Ende des Marstalls.

»Jetzt wird es dem Grafen doch mulmig«, wisperte Förster grinsend.

Clemens nickte. »Wahrscheinlich ist es ihm hier allzu ländlich.«

Die staubige Landstraße nach Derendorf führte sie durch Felder, an denen vereinzelt weiß getünchte, kleine Bauernhäuser standen, bis sie in einiger Entfernung ein herrschaftliches Haus sahen. Es war zwar kein Palast, sah aber freundlich aus mit seinen rotweiß gestreiften Markisen über den Fenstern. Zur Straße hin schloss das Grundstück mit hohen Gittern zwischen steinernen Säulen ab, die in eine Mauer übergingen. Oben auf der Mauerecke thronte ein kleiner Pavillon. Dort konnte man Tee trinken und weit in die Landschaft schauen.

Clemens bemerkte, wie die Augenbrauen des Grafen erwartungsvoll in die Höhe schnellten. Wahrscheinlich vermutete er, dass dies ihr Ziel wäre. Aber Schadow blieb bei einem kleineren Haus stehen.

»Dort hinten steht das Herrenhaus von Gut Stockkamp«, erklärte er dem Grafen. »Ein schönes Wohnhaus mit einem beneidenswert großen Garten. Durch seine Mitte fließt sogar die Düssel! Herr von Tronchin, der Kammerherr Ihrer Königlichen Hoheit Prinzessin Friedrich, bewohnt das Gut zurzeit. Wir sind jedoch schon hier an unserem Ziel angekommen.«

Vor Jahren war an der Straße nach Derendorf ein kleineres Stück Land mit dem Gärtnerhaus, Ställen und einer Scheune vom großen Gut abgeteilt und verkauft worden. Hier unterhielt Familie Knaben eine Weinwirtschaft, die sie »Stockkämpchen« genannt hatte.

Graf Raczynski betrachtete verwundert das bäuerlich anmutende Haus, an dem sie vorbeigingen, um gleich in den Garten zu gelangen. Dort waren einfache Holztische aufgestellt, um die herum die Gäste auf Bänken und Stühlen Platz nahmen.

»Dies ist also Ihr Ort der Erholung, verehrte Frau Direktor?«, fragte der Graf in sichtlicher Verwirrung. Nach dem Bekanntheitsgrad der Düsseldorfer Malerschule zu urteilen, hatte er wohl eine vornehmere Umgebung erwartet.

»Einer von vielen«, nickte Charlotte Schadow. »Die große Zahl an Gartenlokalen ist ein wirklicher Vorteil von Düsseldorf, vor allem wegen dieser reizenden, ländlich ruhigen Atmosphäre.«

Der weit gereiste Diplomat lächelte. »Sie hat einen ganz eigenen Charme«, bestätigte er zuvorkommend. »Recht idyllisch.«

Clemens sah, wie der Graf die Umgebung in sich aufnahm. Wahrscheinlich würde er das »Stockkämpchen« in seinem geplanten Buch genau beschreiben: das Haus, den Garten mit seinem schattigen Laubengang und die Gemüsebeete, durch die schmale Wege führten. Und natürlich die besondere Attraktion, wegen der die Maler so gerne hierherkamen: die Kegelbahn.

Die Wirtin trat an den Tisch und nahm die Bestellungen auf. »Soll ich meinem Sohn Bescheid sagen?«, fragte sie in die Runde.

»Ja!«, lautete die vielstimmige Antwort, und sie ging schmunzelnd ins Haus zurück.

»Meine jungen Leute kegeln für ihr Leben gern«, erklärte Schadow, als er den fragenden Blick seines Gastes wahrnahm. »Nach der Arbeit an der Staffelei ist ein wenig Bewegung dieser Art durchaus zu begrüßen.«

Der Graf nickte und betrachtete interessiert die einfache Anlage. Gleich am Haus stand ein hohes Pult mit einem Stuhl, den man über eine Holzstufe erreichte. Auf dem Pult lag eine Schiefertafel zum Notieren von Spielern und Punktzahlen. Daneben begann die Bahn als schmales Holzbrett auf dem sandigen Boden und wurde über mehrere Meter mit leichter Steigung breiter. An ihrem Ende waren neun Kegel im Quadrat aufgestellt.

Die Wirtin kam zurück, servierte Kaffee, Dickmilch und Bier und stellte Schoppengläser mit Rheinwein vor Schadow und den Grafen. Ein kleiner Junge war ihr gefolgt. Er lief zum Ende der Kegelbahn, wo er sich neben eine schräge, lange Holzrinne stellte. An seiner Seite konnte er sie gerade so eben erreichen, um benutzte Kugeln wieder zum Anfang der Bahn rollen zu lassen.

Förster trank einen Schluck Bier. »Wer macht mit?«, fragte er. »Ich schreibe auf.«

»Ich spiele auch mit!«, rief Schadows kleiner Sohn, worauf seine Mutter den Kopf schüttelte.

»Die Kugeln sind viel zu schwer für dich, Rudolf«, erklärte sie ihm mit ruhiger Freundlichkeit. »Du würdest nur die anderen Spieler stören.«

Der Achtjährige verschränkte die Arme und zog wie befürchtet die Augenbrauen finster zusammen, weil er seinen Willen nicht bekam, was Charlotte Schadow wegen der Anwesenheit des Grafen peinlich berührte. Solch ein Verhalten kannten die Maler vom verwöhnten Spross ihres Direktors. Einige von ihnen erbarmten sich und spielten mit dem Kleinen Nachlaufen in den Gemüsebeeten. Die anderen gingen hinüber zur Kegelbahn.

»Es ist erstaunlich, Herr Direktor«, sagte der Graf. »Ich habe noch nirgendwo in Europa eine Schar Künstler angetroffen, die einen so harmonischen, ja, ich möchte fast sagen familiären Eindruck erweckt. Wie ist das möglich, wenn nicht durch Ihre überaus kluge Führung?«

Schadow war erfreut und geschmeichelt. »Das ist richtig. Ich bemühe mich, eine Schule von Künstlern zu schaffen, die in brüderlicher Gemeinschaft und in gegenseitigem Respekt miteinander arbeiten.«

Graf Raczynski nickte. »Mein Besuch in den Ateliers hat mich heute davon überzeugt, dass dies auch gelungen ist. Besonders beeindruckt war ich von der Tatsache, dass unter den Malern kein Neid und keine Eifersucht bestehen, wie sie so oft unter Künstlern anzutreffen sind, ja, dass sogar in manchen Gemälden das Vieh oder eine Landschaft oder auch nur ein einzelner Stiefel durchaus von einem Malerfreund stammen kann. Und das nicht, weil der eigentliche Maler des Bildes nicht dazu in der Lage wäre, diese Dinge selbst zu erarbeiten. Einträchtig, bescheiden und herzlich – das ist der Eindruck, den ihre jungen Leute mir vermittelt haben. Wirklich erstaunlich.«

Schadow schmunzelte zufrieden, während der Graf verwundert die jungen Männer betrachtete, die sich beim Kegeln amüsierten oder mit dem kleinen Rudolf durch die Gemüsebeete jagten. Vielleicht trug gerade dieses einfache und beschauliche Düsseldorfer Leben ohne die Zerstreuungen und Affektiertheiten einer Großstadt dazu bei, dass eine solche Gemeinschaft überhaupt erst entstehen und ihr großes künstlerisches Talent entfalten konnte.

Die Kegelpartie war bereits in vollem Gange, als man Hufgetrappel hörte und ein Reiter vor dem Haus anhielt. Kurz darauf kam Mendelssohn in den Garten und wurde freudig begrüßt. Aber er machte ein ernstes Gesicht.

»Herr Direktor«, wandte er sich an Schadow, »zum Glück habe ich erfahren können, dass Sie alle hier sind. Ich habe soeben eine sehr seltsame Nachricht von meinem Freund Moscheles aus London erhalten. Er schreibt, die Kunsthandlung Graves & Co. in der Cockspur Street biete Gemälde der Düsseldorfer Malerschule an. Das fand ich höchst verwunderlich.«

»Sie haben völlig recht! Wie kann das sein?«, rief Schadow entgeistert. »Wir haben doch gar keine Bilder dorthin geschickt!«

Die Kegelspieler unterbrachen die Partie und kamen an den Tisch zurück. Irgendetwas Schwerwiegendes musste geschehen sein.

»Welche Bilder sind es denn?«, wollte Clemens wissen.

»Bendemanns ›Gefangene Juden‹ und Lessings ›Königspaar‹.« Mendelssohn zuckte die Schultern. »Ich verstehe es nicht.«

Bendemann schüttelte den Kopf. »Das kann nicht sein. Mein Bild hängt im Kölner Museum. Ich habe zwar noch eine kleinere Version für meinen Bruder gemalt, aber er würde sie niemals verkaufen.«

»Ist Ihr Bild nicht in Sankt Petersburg, Lessing?«, fragte der Graf.

»Ja, das ist es«, antwortete der Maler. »Und ich glaube auch nicht, dass die Zarin es verkaufen würde. Gestohlen worden ist es dort nicht, sonst hätten wir davon gehört. Es muss sich also um Fälschungen handeln.«

»Sehr übel. Wir müssen der Sache sofort auf den Grund gehen.« Schadow wandte sich an Mendelssohn. »Kann Ihr Freund uns eine genaue Beschreibung der Bilder geben?«

»Ich schreibe ihm noch heute Abend und schicke den Brief gleich morgen mit der Frühpost«, nickte Mendelssohn. »Seine Antwort müsste wohl in weniger als zwei Wochen bei uns sein.«

FELIX MENDELSSOHN BARTHOLDY

Aber heut ist Kirmeß, das heißt, ganz Düsseldorf trinkt Wein. Nicht als ob's das nicht jeden anderen Tag auch täte, aber es geht spazieren dabei. Nicht als ob's das nicht jeden anderen Tags täte, aber es wird getanzt (in der gräßlichen Hitze) und gejubelt und sich betrunken, und wilde Tiere gezeigt und Puppenspiel, und Waffeln auf offener Straße gebacken. Sie wissen ja, was Kirmeß heißt. Als neugieriger Zuschauer muß ich auch noch spät Abends hin, jetzt aber erst mich etwas in den Rhein stürzen, mit vielen Malern.

(Felix Mendelssohn Bartholdy, Brief an Julius Fürst in Leipzig vom 20.07.1834)

SONNTAG, 20. JULI 1834

Felix Mendelssohn Bartholdy saß am Schreibtisch in seiner kleinen Wohnung und faltete den dicht beschriebenen Bogen zu einem ordentlichen Brief. Er erhitzte Siegellack über einer Kerze, ließ etwas davon auf den offenen Papierrand tropfen und drückte das Petschaft mit den Initialen »FMB« hinein. Der Brief ging an Julius Fürst in Leipzig. Die Korrespondenz mit dem Orientalisten und Bibelkenner war ungemein wichtig für die Arbeit an seinem »Paulus«. Nur wenn er die Bibelverse für das Libretto klug zusammenstellte und richtig interpretierte, konnte er sie auch angemessen in Musik umsetzen.

Er war seinem alten Freund Eduard Devrient unendlich dankbar, dass er trotz all seiner Aufgaben als Schauspieler und Sänger den Kontakt zu Fürst hergestellt hatte. Devrient wusste immer Rat und stand ihm unverbrüchlich zur Seite. Das war schon damals vor fünf Jahren in Berlin so gewesen, als sie gemeinsam ihren Lehrer Carl Friedrich Zelter gebeten hatten, die äußerst schwierige »Matthäuspassion« von Bach mit dem Chor seiner Singakademie aufführen zu dürfen. Zelter hatte sie ausgelacht und es schlichtweg abgelehnt, weil er die Musik für unaufführbar und ihr Vorhaben für jugendlichen Übereifer hielt. Aber sie hatten ihn überredet, und der Erfolg hatte ihnen recht gegeben. Die gemeinsame anstrengende Unternehmung hatte darüber hinaus ihren Ruhm als Musiker und Sänger begründet. Mit einem Schlag waren sie beide bekannt geworden.

Auch jetzt konnte er sich auf Devrient verlassen. Vor ein paar Wochen hatte er ihn gebeten, nach Solosängern und Choristen Ausschau zu halten, die Interesse hätten, an den Rhein zu kommen. In Berlin hatte der Freund einfach mehr Möglichkeiten als er hier in Düsseldorf! Ungehalten trommelte er mit den Fingern auf den Tisch. Immermann hatte ihn gemahnt, sich um gute Sänger zu kümmern. Der künftige Intendant wusste, dass er jede Oper mit Freude einstudieren und dirigieren würde, wie er es schon für die Mustervorstellungen getan hatte. Allerdings hielt er es nicht für seine Aufgabe, das Personal dafür zu suchen. Er war nicht am Theater angestellt und führte nur die musikalische Oberaufsicht über die Oper. Auch hatte er bereits bei den Mustervorstellungen gemerkt, dass Immermann der Oper nicht das Gewicht beimaß, das sie verdiente, obwohl sie regelmäßig ein volleres Haus brachte als die Theaterstücke. Außerdem war er mit der Planung, Organisation und Durchführung von Konzerten und Kirchenmusik mehr als ausgelastet. Aber um dem älteren, verehrten Dichterfreund gefällig zu sein, hatte er sich doch überreden lassen, sich nach geeigneten Sängern umzuschauen.

Und tatsächlich würde er in einem Monat, wenn er endlich wieder einmal nach Hause fuhr, dank Devrients Vermittlung einige Sänger prüfen können. Wirkliche Berühmtheiten bekäme er wohl nicht für die Bühne hier, aber es gab junge Talente, die sich über ein Engagement freuten. Die höchste Gage, die er verhandeln konnte, waren tausend Taler im Jahr und vielleicht zusätzlich ein oder zwei Vorstellungen zugunsten eines Solisten, allerdings unter Vorbehalt, denn endgültige Verträge konnte er ja nur mit Immermann zusammen abschließen.

Nachdenklich lehnte er sich zurück und blickte hinaus in das strahlende Sommerwetter. Es blieb nur zu hoffen, dass niemand den Sängern inzwischen ein besseres und vor allem gesichertes Angebot machte. Früher als Ende August konnte er leider nicht nach Berlin reisen, obwohl er das liebend gern getan hätte. Seine Mutter war von ihrer Krankheit wieder genesen, was die ganze Familie überaus beruhigt hatte, und er hatte ihr versprochen zu kommen. Aber zuvor standen noch Chor- und Orchesterproben für Händels »Dettinger Te Deum« und Mozarts »Requiem« an. Beides sollte in der zweiten Hälfte des August in der Maxkirche aufgeführt werden.

Von seinem vertraglich zugesicherten dreimonatigen Urlaub blieb also gleich in diesem ersten Jahr nur ein Monat übrig. Und ein richtiger Urlaub würde es ja ohnehin nicht sein, denn er musste in Berlin Sänger engagieren, Musiker-Freundschaften pflegen und endlich wieder einmal bei Fannys Sonntagskonzerten mitwirken. Ende September ginge es dann nach Leipzig. Dort wollte er ein paar Tage bei seinem Freund, dem Opernsänger Franz Hauser, wohnen und ihn überreden, für ein Gastspiel nach Düsseldorf zu kommen. Anfang Oktober würde er hoffentlich im Gewandhaus wenigstens eine Probe seiner kürzlich umgearbeiteten Ouvertüre »Meeresstille und glückliche Fahrt« miterleben können, wenn er schon keine Zeit für den Konzertabend am nächsten Tag hatte. Es war ungeheuer wichtig, ein Orchester seine Musik spielen zu hören, bevor er die endgültige Fassung nächstes Jahr bei Breitkopf & Härtel in Druck gab.

Alles war wegen der Kürze der Zeit ein wenig gedrängt, aber wenn es gelang, wie er es sich vorstellte, konnte er auf der Rückreise hierher vielleicht auch noch Louis Spohr in Kassel besuchen, der in Düsseldorf sein Vorgänger als Musikdirektor gewesen war. Am 9. Oktober wäre er dann wieder hier und hätte noch genügend Zeit, die Musik für den Eröffnungsabend des Theaters am Ende des Monats zu komponieren und sie mit dem Orchester zu proben. Das hatte er Immermann versprochen, was immer der für den Abend plante. Nun, er war ein städtischer Musikdirektor, und so ein ungewöhnliches Wesen hatte eben schrecklich viel zu arbeiten.

Mendelssohn blies die Kerze aus, klappte den Deckel auf das Tintenfass und stand auf. Aber heute war Kirmes. Ein Doppelfest wurde hier gefeiert: die Kirchweihe von St. Lambertus und der Tag des Stadtpatrons St. Apollinaris. Morgens hatte er in der geschmückten Kirche die festliche Messe von Luigi Cherubini geleitet. Zwei Tage hatten sie in der letzten Woche dafür geprobt, und er war heute mit dem Chor sehr zufrieden gewesen. Niemand, noch nicht einmal er selbst, konnte also etwas dagegen haben, wenn er den Rest des Tages faulenzte und mit den Malern im Rhein schwimmen ging.

Er legte den Brief auf den Tisch, wo sein Diener Johann ihn finden und abschicken würde. Seltsam, dass Moscheles ihm noch nicht auf seine Frage nach den Düsseldorfer Bildern in der Londoner Kunsthandlung geantwortet hatte. Dabei hatte er sogar vermieden, eine kleine Melodie für sein einjähriges Patenkind Felix in den Brief hineinzuschreiben. Er hatte schon mehrfach die böse Erfahrung gemacht, dass die Grenzbehörden Notenschriften für chiffrierte Botschaften hielten und seine Briefe ins Ausland aus dem Verkehr zogen. Was auch immer die Antwort des Freundes verzögerte, auf ihn war jedenfalls Verlass. Wahrscheinlich kam sie nächste Woche.

Aber jetzt wurde erst einmal gefaulenzt und geschwommen! Gut gelaunt machte sich Mendelssohn auf den Weg zum Rhein.

✦✦✦✦✦✦

Karoline Hartmann spazierte am Arm ihrer Enkelin zum Hofgarten. An diesem Sonntag fühlte sie sich sicherer, wenn jemand bei ihr war, denn der Weg dorthin glich einem Exodus. Die ganze Stadt war unterwegs, um sich auf der Kirmes zu vergnügen. Die Wiesen des Hofgartens rund um das Ratinger Tor bis nach Norden an die Schützenwiese heran hatten sich in einen Rummelplatz mit unzähligen Buden verwandelt. Tanzbären, Gaukler und Seiltänzer zeigten ihre Kunststücke. Überall rauchten Feuer in Tonnen und unter Rosten, und es duftete nach Gebackenem und Gebratenem. Der Lärm und die Musik waren unbeschreiblich! Trotzdem genoss Karoline die Atmosphäre in vollen Zügen. Es war nur bedauerlich, dass in diesem Jahr das große Zelt der Tierschau von Herman van Aken fehlte, sonst hätte man sich auch noch auf Riesenschlangen und Kakadus, Löwen, Tiger und diese kleinen, schwarzweiß gestreiften Pferde freuen können. Erstaunlich! Gestreifte Pferde! Zebras hießen sie wohl. Aber van Aken, so hatte in der Zeitung gestanden, war mit seiner Menagerie in Berlin unterwegs. Dafür gab es hier diesmal eine andere Attraktion.

»Wo soll denn nun das neue Karussell stehen, Emma?«, fragte sie. »Und was ist so neu daran?«

»Es steht irgendwo gegenüber vom Eiskellerberg, Großmama«, antwortete Emma eifrig, »und es soll viel höher sein als das alte. Kleine Gondeln hängen an Ketten herunter und schwingen nach außen, wenn es sich dreht.«

Karoline versuchte, sich das vorzustellen. Die Karussells, die sie kannte, waren immer gleich gebaut. In einem großen Holzkreuz auf dem Boden steckte ein dicker drehbarer Mast, an dessen Spitze Holzstreben befestigt waren. Sie führten in einer breiten Schräge nach unten und endeten an einem großen hölzernen Ring, auf dem bemalte Pferde oder kleine Sessel starr befestigt waren. Das Ganze sah aus wie ein niedriger, aufgespannter Riesenschirm ohne Stoff, und der sichere Boden war fast noch mit den Füßen erreichbar.

»Ist das nicht gefährlich?«, fragte sie besorgt. »Wenn es so viel höher ist, kann man sich ja den Hals brechen, besonders wenn es schwingt! Man sollte sich niemals in eine solche Gefahr begeben, und das auch noch aus freien Stücken!«

Emma lachte. »Wir schauen es uns einfach mal an und urteilen dann, ja, Großmama?«

Karoline verbarg ein Lächeln. Da hatte Emma sie mit ihren eigenen Waffen geschlagen. Aber wenigstens bedeutete es, dass ihre Enkelin immer zuhörte, wenn die Großmama ihre eiserne Regel gegen vorschnelle Urteile jeder Art verkündete. Nun ja, Emma war auch ein intelligentes Mädchen. In letzter Zeit schien sie schnell erwachsen zu werden. Vielleicht hing es damit zusammen, dass sie nun endlich das tun durfte, was sie gerne tat, ohne es verheimlichen zu müssen. Im Gegenteil! Ihre Bilder hingen jetzt ja sogar in der neuen Kunsthandlung!

»Guten Tag, Madame Hartmann! Mamsell Hartmann!«

Karoline blieb stehen und betrachtete den sympathischen jungen Mann, der ihre Enkelin und sie freundlich begrüßte. Sie hatte ihn doch schon gesehen, aber wo? Erstaunlicherweise stieg Emma eine zarte Röte ins Gesicht. Und der junge Mann hatte eigentümlich glänzende Augen, als er Emma die Hand gab.

»Großmama, das ist …«

»Herr Papenstiel!«, rief Karoline. »Natürlich! Ich habe die ganze Zeit überlegt, woher ich Sie kenne. Sie unterrichten meine jüngste Enkelin, nicht wahr?«

»Das ist richtig«, nickte Clemens.

Karoline nahm wahr, wie verlegen die beiden geworden waren. Emma schaute zu Boden, Papenstiel verschlang sie förmlich mit den Augen. Man musste schon blind sein, wenn man nicht merkte, was da vor sich ging. Karoline beschloss, die Gelegenheit zu nutzen und sich die Sache genauer anzusehen.

»Was haben Sie vor, junger Mann? Karussell fahren, den starken Mann besiegen oder zu viele Waffeln essen?«

»Nein«, lachte Clemens. »Ich bin eigentlich mit anderen Malern verabredet, weil wir bei der Hitze im Rhein schwimmen wollen. Und Mendelssohn hatte auch vor …«

»Papperlapapp. Begleiten Sie uns doch! Ich würde mich freuen. Bei diesen Menschenmengen fühle ich mich immer ein wenig unsicher auf den Beinen. Männliche Begleitung kann da nicht schaden.«

Manchmal, schmunzelte Karoline in sich hinein, hatte es seine Vorteile, zu den Alten zu gehören. Man fand auch mit nur vorgeschobener körperlicher Schwäche so schnell einen glaubwürdigen Grund für ein bestimmtes Vorhaben, wenn es eigentlich um ein ganz anderes ging. Zufrieden bemerkte sie, wie Emmas Augen aufleuchteten. Der Zufall kam ihr sogar noch zu Hilfe. Ein sehr vergnügter Mann, schon etwas unsicher auf den Beinen und mit einer verräterisch roten Nase, kam auf sie zu und sang laut, aber nicht mehr sehr deutlich, das Düsseldorfer Kirmeslied:

»Wieder ist die Kirmes da,
heißa, hupsa, hopsassa!
Höret, wie die Glocken beiern,
lasset uns die Kirmes feiern
in der Stadt, vor der Stadt,
die so schöne Mädchen hat.«

Beim letzten Vers breitete er die Arme aus und versuchte ein paar schwankende Tanzschritte mit der unwilligen Emma. Clemens kam ihr zu Hilfe, indem er ihn einfach weiter in die Menschenmenge schob. Er wurde mitgezogen, und man hörte ihn munter die vielen Strophen des Liedes weitersingen.

»Er hat sich wohl schon arg begossen«, grinste Clemens. »Geht es Ihnen gut?«

»Ja, danke«, antwortete Emma noch etwas erschrocken.

»Da sehen Sie selbst, wie nötig wir Sie haben«, stellte Karoline fest.

Das sah Clemens nur zu gerne ein, also gingen sie zu dritt weiter, um das neue Karussell zu besichtigen. Karoline maß das hohe Gestell mit skeptischen Blicken. Es war wirklich viel höher als gewöhnlich, und der sichere Boden schien weit entfernt. Die Karussellschieber strengten sich mächtig an, es in Bewegung zu halten. Wahrscheinlich hatten sich die Gassenjungen wie jedes Jahr um diese Arbeit gerissen, denn wenn sie viermal das Karussell geschoben hatten, durften sie einmal umsonst mitfahren. Den Leuten in den Gondeln, die eher wie kleine Boote aussahen, schien die Fahrt jedenfalls Spaß zu machen. Je weiter sie hinausschwangen, desto mehr Geschrei und Gelächter war zu hören. Manche junge Burschen schwenkten sogar kühn ihre Mützen. Gefährlich schien es also nicht zu sein, deshalb hatte sie auch nichts dagegen, als Emma und Clemens bei der nächsten Fahrt mit dabei waren. Wie hatten die Zeiten sich doch geändert! Emmas Vater hatte als kleiner Junge noch jubiliert, als es zum ersten Mal neben all den Buden eine hohe hölzerne Rutschbahn gegeben hatte. Und jetzt flog man also im Kreis herum. Aber Emma und der junge Mann schienen sich prächtig zu amüsieren. Karoline schmunzelte, als sie sah, wie er es trotz der raschen Fahrt in einer schwingenden Gondel schaffte, Emmas Hand zu küssen. Dafür wurde er allerdings auch mit einem strahlenden Lächeln belohnt. Sie hatte also richtig vermutet. Nun ja, das war auch nicht besonders schwer gewesen. Jetzt, als das Karussell wieder anhielt, sahen die beiden natürlich enttäuscht aus, aber sie würden noch eine Weile zusammen sein können, denn auf der Kirmes gab es ja noch mehr zu sehen. Vom Rhein her hörte man schon Böllerschüsse, was bedeutete, dass die Wettspiele im Sicherheitshafen begannen.

»Lasst uns dorthin gehen!«, bat Karoline. »Ich hoffe, sie fangen mit den Enten an.«

Sie ließen sich mit der Menschenmenge bis zum Hafen treiben. Dort liefen die einen weiter zur Schützenwiese, um zuzuschauen, wie der Vogel abgeschossen wurde. Die anderen verteilten sich auf die Grashänge um das große Hafenbecken, auf denen ausnahmsweise keine Wäschestücke zum Bleichen lagen. Wieder andere standen gegenüber auf der Allee zur Schönen Aussicht. Sogar bis zu den Bäumen oben auf dem Eiskellerberg drängten sich die Schaulustigen. Am Fuß des Hügels bei der Zollmauer entdeckte Karoline noch einen freien Platz, von wo sie alles gut beobachten konnten.

Der Hafen war heute von Fischerbooten und Dampfschiffen geräumt. Auf dem Wasser lag das geschmückte Preisrichterschiff, von dem aus die Kämpfe im Wetttauchen, Wettschwimmen und vor allem im Schifferstechen begutachtet wurden. Dabei fuhren je zwei Boote aufeinander zu, und die aufrecht stehenden Kämpfer versuchten, sich gegenseitig mit langen Stangen, auf deren Spitzen sandgefüllte Bälle steckten, ins Wasser zu stoßen.

Wie Karoline gehofft hatte, begann gerade das Entenfangen. Junge Männer in bunten kurzen Hosen warteten auf dem Schiff, bis aus einem weit heraushängenden Korb Tauchertenten freigelassen wurden und auf dem Wasser landeten. Dann kam das Startsignal. Die Wettkämpfer stürzten sich kopfüber ins Hafenbecken und versuchten, einen Vogel zu erwischen, was allerdings nicht einfach war. Es war zu komisch, wie die Enten vor den Händen der verdutzten Schwimmer unter Wasser verschwanden und erst weit entfernt wieder auftauchten. Manche flogen auch einfach empört schnatternd über die Köpfe der Zuschauer davon, begleitet von begeistertem Applaus und Gelächter. Trotzdem gelang es einem geschickten Schwimmer, als Erster eine Ente zu fangen, und er bekam seinen Siegespreis.

»Jetzt habe ich gesehen, was ich wollte«, sagte Karoline immer noch lachend. »Dein Großvater war übrigens auch einmal Sieger im Entenfangen, Emma, wusstest du das? Es ist schon lange her, aber deshalb schaue ich es mir so gerne an.«

Langsam spazierten sie zurück, gingen an den Buden vorbei und bewunderten die Akrobaten und Puppenspieler. Beim Ratinger Tor spielten Musikanten eine fröhliche Melodie, zu der ausgelassen getanzt wurde. Clemens nahm Emma bei der Hand, und Karoline beobachtete lächelnd, wie die beiden mittanzten. Sie passten gut zusammen. Man müsste nur eine Möglichkeit finden, den jungen Mann ein wenig unter die Lupe zu nehmen. Vielleicht hatte sie ja noch eine gute Idee.

Außer Atem und mit glücklichen Gesichtern fanden sich Emma und Clemens wieder bei ihr ein. Von Verlegenheit zwischen ihnen war nichts mehr zu spüren, wie Karoline zufrieden feststellte.

»Und jetzt haben wir doch alle eine Waffel nötig, oder nicht?«, fragte sie. »Mit Zimt und Zucker.«

Der Stand eines Waffelbäckers war ganz in der Nähe. Neben einer Feuertonne hingen große eiserne Zangen über einem Holzbock. Jeder der Zangenarme endete in einer flachen Eisenscheibe mit Rauten- oder Waffelmuster. Der Bäcker fettete zwei Eisen ein, gab einen Löffel Teig hinein und hielt die geschlossene Zange über das offene Feuer.

»Knusprige Waffeln gefällig, die Herrschaften? Rund oder viereckig?« Die Bäckerin pries ihre Waren an und warf einen kurzen Blick auf Clemens und Emma. »Oder vielleicht lieber Herzen?«, fügte sie augenzwinkernd hinzu.

Sie kauften drei runde Waffeln und gingen genüsslich kauend zur Stadt zurück, bis sie wieder vor Karolines Wohnung standen.

»Was für ein wunderbarer Nachmittag!«, bedankte sie sich.

»Nur meine Füße sind jetzt etwas müde. Es war sehr nett von Ihnen, uns zu begleiten, Herr Papenstiel.«

»Es war mir ein Vergnügen«, sagte Clemens mit einer kleinen Verbeugung, und man sah ihm an, dass er es auch so meinte.

»Kommen Sie doch morgen auf einen Kaffee zu mir. Ich besitze ein Gemälde, auf dem man kaum noch etwas erkennt, weil es so dunkel geworden ist. Ich würde gerne Ihren Rat als Maler hören.«

Karoline beglückwünschte sich insgeheim zu dieser kleinen List, unbefangen mit Papenstiel plaudern zu können und – nun ja, ihn dabei ein wenig auszuhorchen, ohne dass er es unbedingt merkte.

»Ja gerne«, antwortete Clemens, verbeugte sich noch einmal und verließ die beiden Damen.

Karoline schloss die Tür auf. »Komm, Emma«, sagte sie lächelnd, »lass uns hinaufgehen und Kaffee trinken. Wenn du noch länger hinter ihm herschaust, starrst du ihm gewiss ein Loch in den Rücken!«

JOHANN WILHELM SCHIRMER

Die Königin von Bayern habe ich gesehen, aber nicht in Gala, sondern ich saß im Kahn und wollte nebst zwei andern in den Rhein springen; da kam sie auf ihrem Dampfboot an; da wir nun alle keine Schwimmhosen hatten, welches sich bei Hofe nicht schicken soll, so sprangen wir a tempo *ins Wasser, als sie näher kam, und besahen von da aus alle Ceremonien, mit denen Graf Spee die Geistlichkeit und die Generale vorstellte, und wie* senatus populusque Düsseldorfiensis *am Ufer stand und Musik machte. Weiter habe ich dann nichts von ihr zu sehen bekommen.*

(Felix Mendelssohn Bartholdy, Brief an seine Eltern in Berlin vom 04.08.1834)

Mittwoch, 06. August 1834

Clemens hatte so gute Laune wie lange nicht mehr, als er an diesem Morgen in die Mittelstraße einbog. Seit zwei Wochen schwebte er im siebten Himmel, war verliebt bis über beide Ohren und musste es nicht mehr unbedingt überall geheim halten. Ein Hoch auf Madame Hartmann! Die Großmutter, wohlgemerkt, nicht die Mutter, denn in deren Haus ließen Emma und er sich um des lieben Friedens willen immer noch nichts anmerken. Aus irgendwelchen unerfindlichen Gründen meinte sie, ihre Tochter solle partout den neuen Kunsthändler heiraten, und war durchaus streitbar in ihren Ansichten. Sei's drum! Emma wollte den aufgeblasenen Stutzer ohnehin nicht, und das reichte ihm völlig aus.

Clemens grinste in sich hinein. Es war ein Erlebnis gewesen, nach Karoline Hartmanns Einladung am nächsten Nachmittag zu ihr zu gehen. Die alte Dame hatte ihm zwar ein Gemälde gezeigt, auf dem wirklich nicht mehr viel zu erkennen war. Aber als sie genug gefachsimpelt hatten und der Kaffee serviert wurde, hatte sie ihr Lorgnon vor die Augen gehoben und ihn mit blitzenden Gläsern einem ordentlichen Verhör unterzogen. Das hatte ihn sehr amüsiert, aber er hatte so getan, als merke er es nicht, und geduldig alle ihre Fragen beantwortet: woher er kam, was seine Eltern machten, wie er sich seinen Lebensweg vorstellte und dergleichen mehr. Ihr schien gefallen zu haben, was er erzählte, denn sie hatte ihm äußerst freundlich die Hand gereicht, als er sich schließlich verabschiedete. Und dann hatte sie den wichtigen Satz gesagt: »Grüßen Sie Emma von mir, denn Sie werden sie ja jetzt sicher noch öfter sehen.«

Zuerst hatte er gedacht, er hätte sich verhört, aber ihr Kopfnicken und ihr verschmitztes Lächeln hatten ihm klargemacht, dass ihm die Großmutter gerade erlaubt hatte, häufiger mit ihrer Enkelin zusammen zu sein – selbstverständlich in einem gewissen schicklichen Rahmen. Er konnte sich nicht mehr genau erinnern, ob er danach die Treppe hinuntergegangen oder geschwebt war. Auch von dem Gewitter, das sich auszutoben begann, gerade als er das Haus verließ, hatte er nur vage Bilder im Kopf. Erst zu Hause stellte er verwundert fest, dass er bis auf die Haut durchnässt war.

Sooft die Möglichkeit bestand, trafen Emma und er sich nun in Katharina Severins Atelier. Natürlich nur, wenn Katharina auch dort war, denn der alte Severin würde es nicht dulden, dass sich in seinem Haus zwei Verliebte heimlich trafen, und das auch noch ohne die obligatorische Anstandsdame. Katharina ließ sie jedoch in Ruhe und malte. Eine wirklich nette Person. Allerdings hatte er es noch nicht gewagt, Emma um das Du zu bitten. Vielleicht war das aber auch gar nicht so dumm, schließlich mussten sie ja ihrer Mutter immer noch ein wenig Theater vorspielen. Schwungvoll betrat er Melchior Severins Werkstatt.

»Guten Morgen, Meister Severin!«

Der Buchbinder saß am Arbeitstisch und war dabei, fertig gestapelte und gefalzte Seiten eines Buchs in die Heftlade zu legen.

»Guten Morgen, junger Mann. So früh heute?«, fragte er erstaunt.

»Ja, und leider auch nur kurz«, erklärte Clemens. »Ich muss gleich wieder zurück zur Akademie.«

Severin wies mit dem Kopf zur hinteren Tür. »Nun, die beiden Damen sind oben im Atelier und malen schon fleißig«, schmunzelte er. »Sie kennen ja den Weg.«

Während Severin sich daranmachte, die einzelnen Lagen Papier an der gefalzten Seite zusammenzunähen, lief Clemens rasch die Treppe hinauf und klopfte an die Tür.

»Kommen Sie herein, Clemens«, rief Katharina lachend. »Wir haben Sie schon an Ihren Sprüngen auf der Treppe erkannt.«

»Sie brechen sich noch den Hals, wenn Sie immer zwei Stufen auf einmal nehmen!« Emma verließ die Staffelei und kam ihm überrascht lächelnd entgegen, als er den Raum betrat. »Wir haben Sie heute gar nicht erwartet.«

In zwei Sätzen war er bei ihr, nahm ihre beiden Hände und führte sie an die Lippen.

»Ich musste einfach kommen, wenn auch nur kurz.« Er begleitete sie zu dem kleinen, runden Tisch mit den beiden Stühlen, wo sie sich hinsetzten. »Ich habe eine Neuigkeit, die ich Ihnen unbedingt erzählen will. Ihnen beiden!«, sagte er freudestrahlend.

Katharina unterbrach ihre Arbeit an der Staffelei, auf der ihr Altarbild entstand, und wandte sich neugierig um.

»Was ist denn passiert?«

»Erzählen Sie doch!«, rief Emma gespannt.

»Es geht um mein Bild. Die ›Burg Rheinstein‹.«

»Haben Sie es verkauft?«

»Noch nicht, aber hoffentlich bald.«

Die Düsseldorfer Ausstellung war vorüber. Letzte Woche Donnerstag hatte der Kunstverein sich versammelt und die Verlosungen der bereits von ihm angekauften Bilder vorgenommen. Zwei Stunden mussten seine Mitglieder und die Interessenten der Kunstvereine anderer Städte ausharren, bis die Ergebnisse bekannt waren. Für manche war die Warterei umsonst gewesen, und Mendelssohn hatte sich sogar höllisch geärgert, weil er hoffte, eines von Hübners Bildern für seine

Schwester Fanny zu bekommen. Aber ein anderer war der glückliche Gewinner, und so hatte auch er sich mit dem Nietenblatt der »Singenden Chorknaben« von Hildebrandt trösten müssen. Hildebrandts Gemälde der Chorknaben war dem Kunstverein Braunschweig zugefallen.

»Und heute wird also mein Bild mit den anderen zur großen Ausstellung nach Berlin verschickt«, erzählte Clemens glücklich.

»Oh, wie schön für Sie!«, freute sich Emma.

Katharina nickte. »Es ist aber auch gut gemalt! Das haben wir schon in der Ausstellung sehr bewundert.«

Clemens strahlte. Die Freude und das Lob der beiden Damen bedeuteten ihm viel.

»Und warum ist es nun doch dabei?«, fragte Emma. »Erst hieß es doch, es sollte in Düsseldorf bleiben.«

»Prinz Friedrich hat es bei der Ausstellungseröffnung gelobt, und das hat wohl den Ausschlag gegeben. Eben habe ich gesehen, dass Schadow es mit auf die Liste für Berlin gesetzt hat.«

Wenn die Ausstellung dort beendet war, würde auch sein Bild weiterreisen und im nächsten Jahr bei verschiedenen Ausstellungen in anderen Städten gezeigt.

»Hoffentlich findet es einen Käufer!«, seufzte Clemens. »Das Übelste an diesen Ausstellungen ist, wenn ein Bild nach einem Jahr wieder nach Düsseldorf zurückkommt und es offensichtlich niemand hat haben wollen! Dann hat man als Maler wohl versagt. Das haben wenigstens die anderen erzählt, denen es passiert ist.«

»Das stimmt nicht.« Katharina schüttelte den Kopf. »Natürlich ist es enttäuschend, und vielleicht hat man auch das falsche Motiv für den Publikumsgeschmack gewählt. Aber als Maler, also als Künstler, hat man nicht versagt. In Ihrem Fall glaube ich das sowieso nicht.«

»Ich auch nicht«, versicherte Emma. »Eine Burg am Rhein ist doch genau der Geschmack der Leute. Und dann gehört sie auch noch dem Prinzen – besser geht es nicht!«

Clemens lächelte sie an. Er liebte es, wenn sie sich so für ihn ereiferte. Aber er konnte das glückliche Gefühl nicht lange genießen. Das Geläut der Kirchenglocken drang durch das offene Fenster und erinnerte ihn daran, dass die Zeit nicht stehen geblieben war, auch nicht hier oben in Katharinas kleinem Atelier.

»Oh Gott!«, rief er und sprang auf. »Ich muss wieder in die Akademie, Bilder für Berlin verpacken!« Er verabschiedete sich eilig von Katharina, warf einen langen Blick in Emmas dunkelblaue Augen und war verschwunden.

Er sah nicht mehr, wie die beiden Freundinnen sich zulächelten und wieder an ihre Arbeit gingen – die eine an ihr Altarbild, die andere an einen alten, knorrigen Baumstamm, dessen Runzeln in der Rinde so täuschend echt aussahen, dass man meinte, die raue Oberfläche spüren zu können, wenn man darüberstrich.

✦✦✦✦✦✦

»Vorsicht, Mann! Das ist zerbrechlich!«

Die Mittagszeit war bereits vorüber, als Clemens und Förster mit anderen Malerschülern im Innenhof der Galerie standen und amüsiert beobachteten, wie Schadows heiliger Zorn auf den viel größeren und kräftigeren Spediteur herniederfuhr, der die Kisten mit den Gemälden für die Ausstellung in Berlin auf das große Fuhrwerk lud.

»Das sind keine Kohlköpfe, das sind Gemälde!«, schimpfte Schadow weiter. »Kostbare Fracht von einigem Wert, und den wollen Sie doch sicher nicht ersetzen müssen, oder?«

Der Spediteur zog den Kopf ein und bemühte sich, mit seinen großen Pranken die schweren Kisten so sanft wie möglich auf die Ladefläche zu hieven. Allein konnte man einige nicht heben, noch nicht einmal er, aber der Akademiediener und die Malerschüler halfen ihm tatkräftig bei seiner Aufgabe.

»Paffrath, da haben Sie ganze Arbeit geleistet!«, wandte sich Schadow lobend an den jungen Schreiner. »Wunderbare Kisten, wenn sie sogar diesen Tölpel aushalten. Ich hoffe, Sie sind mit den Malern im Preis einig geworden?«

»Ja, danke, Herr Direktor«, versicherte Paffrath. »Von einigen habe ich Bilder bekommen, wie Sie vorgeschlagen haben. Wahrscheinlich werden sie eines Tages sogar wertvoller als meine Kisten sein. Ich bin sehr zufrieden!«

Beruhigt beobachtete Schadow wieder Fuhrwerk und Ladung.

»Stell dir das vor«, freute sich Förster mit seinem Freund. »Dein Bild ist auch dabei!«

Clemens nickte. Er war stolz und froh, aber zugleich auch ein wenig traurig. Sein Bild war zwar zum ersten Mal in einer solchen Kiste, für ihn bedeutete es jedoch auch eine Art Abschied von seinem Werk, von den vielen Arbeitsstunden daran.

»Wir können nur hoffen, dass es nicht wieder so gewittert wie letzte Woche und dass die Plane über den Kisten keine Löcher hat, falls es doch regnet«, seufzte er.

»Mach dir keine Gedanken«, tröstete Förster ihn. »Du wirst sehen, alles geht gut!«

Es blieb keine Zeit, sich weiter Sorgen zu machen. Schirmer winkte die beiden Freunde zu sich, und mit Lessing zusammen nahmen sie Paffrath beiseite, um eine gemeinsame Idee mit ihm zu besprechen.

»Eine Frage«, sagte Schirmer. »Wir Landschafter malen ja

viel draußen in der Natur. Deshalb müssen wir so einiges mit uns herumschleppen, zum Beispiel den Malkasten mit Farben und Papier.«

»Das allein reicht schon«, unterstützte Clemens ihn. »Aber beim Skizzieren ist es einfach schöner, wenn man sich setzen kann.«

»Und auch noch einen Schemel mitzunehmen, das wäre einfach zu viel«, fügte Förster hinzu.

»Die einfache Frage ist folgende«, kürzte Lessing die Sache ab. »Können Sie einen Feldstuhl für unsere Zwecke herstellen? So etwas gibt es nicht zu kaufen.«

Paffrath überlegte. »Ja, sicher, warum nicht? Wie soll er denn aussehen?«

»Nun, wir dachten an eine Art Spazierstock, den hat man bei Wanderungen ja ohnehin dabei«, erklärte Schirmer eifrig. »Unten am Stock sollte man zwei Beine ausklappen können, so dass er fest steht. Dann müsste man etwas höher einen Sitz aus Leder aufklappen können. Und oben sollte irgendwie ein kleiner Sonnenschirm zu befestigen sein.«

Der Schreiner nickte. »Das ist schwierig, aber machbar. Ich muss darüber nachdenken.« Man sah ihm an, dass er es jetzt schon tat. Er beschrieb seine Überlegungen und fuhr dabei lebhaft mit beiden Händen durch die Luft. »Sie müssen sich das so vorstellen: Wenn unten die Beine ausklappen, steht der ganze Stock schief. Er bildet ja im unteren Teil eines der drei schrägen Beine. Der Sitz muss aber waagerecht sein, sonst ist er nicht bequem. Und das Ganze sollte auch Gewicht aushalten. Wie gesagt, ich muss darüber nachdenken. Und für den Schirm finde ich auch noch eine Lösung.«

Die Maler bedankten sich überschwänglich. Paffrath versprach, sich zu melden, sobald er etwas ausgetüftelt hatte, und verließ den Galeriehof.

Clemens sah, dass das Fuhrwerk fertig gepackt und bereit zur Abfahrt war. Zwei schwere Kaltblüter zogen es durch das Tor. Eine Woche, vielleicht etwas länger, würden sie nun mit der Ladung über Straßen und Wege nach Münster und Hannover und weiter nach Berlin rumpeln. Hoffentlich kamen die Kisten sicher und unbeschädigt an!

»Meine Herren!«, rief Schadow. »Kommen Sie doch bitte zu einer kurzen Besprechung in mein Bureau.«

Das hatte sich ernst angehört. Gespannt gingen Clemens und Förster mit den anderen die große Treppe hinauf. Als alle versammelt waren, stellte Schadow zwei kleinere Gemälde gegen die Wand. Ein erstauntes Gemurmel füllte den Raum.

»Schauen Sie sich das an«, sagte er. »Was halten Sie davon? Das sind die Gemälde, die in der Londoner Galerie zu sehen waren. Sie erinnern sich, dass Mendelssohn uns davon berichtet hat? Sein Freund hat uns dankenswerterweise gleich beide Bilder geschickt, weshalb seine Antwort auch länger gebraucht hat.«

Es war unglaublich. Die Titel von Bendemanns und Lessings Bildern trafen zwar nicht zu, denn es war nicht das ganze Gemälde, sondern nur jeweils das Brustbild von einer der Personen, und zwar von König und Greis. Aber sie waren so exakt gemalt, dass es verblüffte.

»Wer macht so etwas?«, fragte Bendemann empört. »Es muss doch jemand von hier sein. Jemand, der genug Zeit hatte, unsere Bilder zu betrachten.«

Lessing nickte. »Es sieht fast aus wie meine Kopfstudie des Königs. Nur liegt sie gut verwahrt in meiner Mappe. Wenn es nicht so eine Frechheit wäre, müsste man es bewundern!«

»Sind die Bilder signiert?«, wollte Clemens wissen. »Ein Zeichen, ein Kürzel, irgendetwas?«

»Genau das ist das Ärgerliche daran.« Schadow schüttelte

den Kopf. »Sie haben kein Signet. Keinen Namenszug, kein Symbol, nichts! Wir werden große Schwierigkeiten haben, den Schuldigen überhaupt zu finden!«

✦✦✦✦✦✦

Auguste war glücklich über ihre gute Idee, das Kaffeekränzchen bei der Hitze diesmal nicht in ihrem stickigen Salon, sondern im luftigen Garten hinter ihrem Haus stattfinden zu lassen. Nun ja, es war mehr ein Gärtchen und nicht das, was sie eigentlich wollte. Aber in der Stadt musste man froh sein, überhaupt etwas Grünes am Haus zu haben. Man lebte ja schließlich nicht auf einem Gut, also hatte man auch nicht viel Platz, schon gar nicht, wenn ein Teil des Gartens benötigt wurde, um die Remise für die Kutsche, den Stall für die beiden Pferde und darüber die kleine Wohnung des Kutschers unterzubringen. Eduard hatte sich ja leider nie mit der Möglichkeit anfreunden können, einen Wagen mit Pferden und Kutscher für einen akzeptablen Preis im Monat zu mieten. Bei Bedarf würde er auch immer zur Verfügung stehen, nur eben nicht direkt am eigenen Haus, was Eduard hasste, aber die Gartenfläche verdoppelt hätte.

Nun, so ging es auch, denn sie hatte einen Gärtner wahre Wunder wirken lassen. Niedrige Buchsbaumhecken umgaben in geschwungenen Linien die Blumenrabatten, in denen Lavendel, Rosen und Phlox wuchsen. Wege aus weißem Kies führten durch die duftende Pracht, so dass man wenigstens den Eindruck hatte, man könnte darin spazieren gehen. Blühende Sträucher verbargen die Remise, und die hintere Mauer wurde dazu genutzt, Clematis und Wein über gebogene Metallstäbe ranken zu lassen. Über die Jahre war so ein schattiger Laubengang entstanden, im Sommer der ideale Platz für einen

Kaffeetisch mit Blick in den Garten. Besonders wenn der Tisch wie jetzt gedeckt war, sah er ihrer Meinung nach unwiderstehlich aus.

»Wo bist du mit deinen Gedanken, meine Liebe?«, fragte Karoline ihre Schwiegertochter.

»Oh, nichts weiter. Ich habe mich nur gefreut, dass wir heute hier draußen sitzen können.«

»Ja, das ist wirklich eine Wohltat«, seufzte Pauline Kaspers. »Und dieser wundervolle Blick über all die Blüten!«

Die Witwe Bergrath nickte. »Sie sind zu beneiden. Bei mir im Hof ist nur Platz für einen Blumentopf. Ich hätte auch gar nicht die Zeit für einen Garten wie diesen.«

Madame Kaspers beugte sich neugierig vor. »Sagen Sie, Madame Bergrath, haben wenigstens Sie die bayrische Königin gesehen? Sie muss doch bei Ihnen am Burgplatz vorbeigekommen sein.«

»Wie – Sie haben nicht am Straßenrand gestanden und gejubelt wie alle anderen, Teuerste?«, schmunzelte Karoline mit blitzendem Lorgnon. »Ich könnte es verstehen, mir war es draußen auch zu heiß für solche Abenteuer.«

»Nein, mein Karl und ich waren gar nicht in der Stadt«, antwortete Madame Kaspers. »Wir haben Verwandte besucht. Leider, wie ich gestehen muss.«

Auguste war immer noch verwundert, dass Madame Kaspers sich von Karoline und ihrem Lorgnon nicht mehr einschüchtern ließ. Seitdem sie Romane bei ihrer Schwiegermutter auslieh und manchmal auch angeregt mit ihr darüber sprach, war das vorbei. Zu irgendetwas mussten diese grässlichen Bücher tatsächlich gut sein, wenn sie es sogar geschafft hatten, gerade diese beiden Damen einträchtig auf einer Gartenbank beieinandersitzen zu lassen.

»Ich habe sie auch nicht gesehen«, gestand die Witwe Bergrath. »Als ich zu den vorderen Fenstern lief, war sie schon vorbeigefahren.«

Erwartungsvoll schauten sie alle Auguste an. Wenn jemand die Königin leibhaftig gesehen hatte, dann mit Sicherheit sie.

»Nun ja.« Auguste spitzte genüsslich die Lippen. »Es war erhaben!«, schwärmte sie. »Königin Therese stieg so ungemein majestätisch aus dem Dampfboot, jeder Zoll eine Königin! Sie sah göttlich aus, obwohl sie fast gar keine Juwelen trug, und ihr Reisekleid war einfach, aber elegant, als wäre sie eine ganz normale Dame! Das ist auch kein Wunder, sie wollte ja nur ihren Cousin Prinz Friedrich im Jägerhof besuchen. Und als der Graf von Spee ihr die Offiziere und Honoratioren vorgestellt hat, lächelte sie huldvoll und ließ sich dann zu der wartenden Kutsche führen. Sie hat der Bevölkerung sogar gewunken, als sie vorbeifuhr. Wir haben natürlich Vivat gerufen, und dann war das feierliche Erlebnis leider schon vorüber.«

»Sie ist Protestantin«, warf Karoline ein. »Und sie will es auch bleiben, obwohl sie Königin im katholischen Bayern ist.«

»Und wenn schon!« Auguste ließ in besonderen Einzelfällen ja gerne Ausnahmen gelten. »Noch nicht einmal die Bayern scheinen ihr das zu verübeln, wie man in der Zeitung lesen kann.«

»Im Gegenteil! Feiern sie nicht heute noch an ihrem Hochzeitstag im Oktober ein großes Fest?«, fragte die Witwe Bergrath. »Ich glaube, die Festwiese in München haben sie nach ihr benannt.«

»Das habe ich auch gehört«, nickte Madame Kaspers.

»Wie dem auch sei«, nahm Auguste den Faden ihrer Geschichte wieder auf, »störend waren nur die Schwimmer an der Sandbank gegenüber vom Schloss. Wer immer es war – konnten die Männer nicht warten, bis die Königin an Land ging? Sie mussten Hals über Kopf von ihrem Kahn ins Wasser springen, um ihr keinen unschicklichen Anblick zu bieten. Nicht auszudenken, wenn sie doch etwas gesehen hätte!«

Karoline fing an zu glucksen, Madame Kaspers schlug errötend die Hand vor den Mund, und die Witwe Bergrath lachte laut heraus.

»Köstlich!«, rief sie. »Oh, die Ärmsten! Sie haben bestimmt nicht damit gerechnet, dass eine Königin vorbeikommt. Das muss ja ein Schreck gewesen sein!«

»Das ist nicht lustig!«, schimpfte Auguste. »Und außerdem ist es verboten, an der Sandbank zu schwimmen!«

»Aber das Militär geht doch auch dort schwimmen«, warf Madame Kaspers ein, »wenn auch oberhalb der Schiffsbrücke.«

»Und wenn sie das tun, gibt es hier auf unserer Seite ja auch genug Gejohle von den Hafenarbeitern!«, empörte sich Auguste.

Die Witwe Bergrath lachte. »Es ist aber auch zu komisch, wenn sie mit Hörnerklang und Trommeln und militärischem Drill, aber natürlich ohne Uniform, hübsch brav ins Wasser marschieren. Ich muss sagen, ich habe mich auch schon sehr darüber amüsiert!«

»Das haben sie aber nicht getan, als die Königin kam!«, beendete Auguste die Diskussion. »Und das ist der feine Unterschied.« Träumerisch blickte sie über ihren blühenden Garten. »Ach ja«, seufzte sie. »Große Ereignisse gehen immer so schnell vorbei.«

»Apropos große Ereignisse«, sagte die Witwe Bergrath. »Ich habe die Bilder Ihrer Tochter Emma in der neuen Kunsthandlung gesehen. Sie hat ja wirklich ausgesprochenes Talent!«

»Das stimmt.« Auguste lächelte geschmeichelt. »Wir sind natürlich auch hingegangen. Herr de Boer hat uns liebenswürdigerweise persönlich eingeladen, das kann man ja nicht ausschlagen! Er ist begeistert von ihren Bildern und hat jetzt sogar noch Blumenstücke bei ihr bestellt. Ich muss zugeben, dass ich seither auch sehr stolz auf sie bin.«

Madame Kaspers und die Witwe Bergrath verstanden Augustes Gefühle voll und ganz. Aber Karoline hob ihr Lorgnon vor die Augen.

»Soweit ich weiß, hast du das ihr gegenüber noch mit keinem Wort erwähnt«, sagte sie streng. »Es ist höchste Zeit dafür! Man sollte wirkliche Leistung immer anerkennen, besonders bei den eigenen Kindern!«

»Man sollte seine Kinder aber auch nicht zu sehr verwöhnen!«, antwortete Auguste scharf. »Und vielleicht«, fügte sie mit einem seligen Lächeln hinzu, »kann ich Sie ja bald alle mit einer wunderbaren Neuigkeit überraschen, für die ich mir das Lob lieber aufsparen will.«

CARL FRIEDRICH LESSING

Das kleine Düsseldorf, dessen Bevölkerung noch nicht die Zahl 30 000 erreichte, hatte einen so großen Procentsatz geistiger Elemente aufzuweisen, wie sich dessen wohl nur noch Weimar rühmen konnte. Zwar regte sich der Kunstsinn hier wie in andern Städten noch wenig, auch fehlte es an Leuten, vermögend genug, um den Luxus sich erlauben zu dürfen, Bilder anzuschaffen. Und was das Schlimmste war, der von den Kriegen erschöpfte Staat entbehrte die Mittel zur Ausführung monumentaler Arbeiten. Um beiden Uebelständen in etwa abzuhelfen, wurde [1829] der rheinisch-westfälische Kunstverein gestiftet, welcher durch seine Ausstellungen und durch die Verteilung guter Kupferstiche an die Mitglieder die Masse der Bevölkerung aus ihrer Gleichgültigkeit aufrüttelte.

(»Wilhelm von Schadow: Jugenderinnerungen«,
Kölnische Zeitung Nr. 701/55, 1891)

FREITAG, 05. SEPTEMBER 1834

Louis de Boer saß am Schreibtisch in seiner Kunsthandlung und las zum wiederholten Male den beunruhigenden Artikel im »Morgenblatt für gebildete Stände«. Die Beilage »Kunst-Blatt« berichtete, dass im Juli die Akademische Kunsthandlung in Wien auf Anordnung des Fürsten Metternich geschlossen worden war. So ein Jammer! Gerade auch diese Kunsthandlung war eines seiner Vorbilder gewesen. Vor dreizehn Jahren waren ihre Geschäftsräume im Erdgeschoss und im ersten Stock der Wiener Akademie in der Annastraße eröffnet worden. Unten wurden Malerutensilien verkauft und im Saal darüber Gemälde der Wiener Künstler angeboten.

Um die Erlaubnis des Kaisers für die Eröffnung einer solchen Kunsthandlung zu bekommen, hatte die Wiener Akademie ausdrücklich festgehalten, sie wolle damit nur die akademische Kunst fördern und die jungen Künstler mit einer permanenten Ausstellung ermutigen, keinesfalls aber mit dem An- und Verkauf von Gemälden spekulieren. De Boer schüttelte den Kopf. Das war der erste Fehler gewesen, doch die Akademie war ein kaiserliches Institut und durfte keine eigenen Gelder einnehmen. Für die Etablierung der Kunsthandlung hatte Metternich sogar einen hohen Betrag aus der Staatsschatulle zur Verfügung gestellt, und so war nichts anderes möglich.

Natürlich hatte es nicht zum Überleben gereicht. Die Herren Maler kauften ihre Utensilien lieber in Privatgeschäften oder gleich im Ausland und erzielten bessere Verkaufserfolge bei den jährlichen Ausstellungen in Wien und in anderen Städten. Das allgemeine Publikum betrat den Ausstellungssaal nur zögerlich. »Die Zeitverhältnisse«, so war die Begründung der

Kunsthandlung für ihre Verluste, wären »seit mehreren Jahren nicht sehr günstig gewesen«.

War das ein Wunder? De Boer und auch der Schreiber des Artikels wussten genau, woran es lag. Der Grund war ebenso logisch wie bedrohlich. Vor vier Jahren war der Wiener Kunstverein gegründet worden und zog das Publikum an. Durch die Verlosungen von Gemälden konnte so jedermann, nicht nur Kaiser oder König, allein durch die Mitgliedschaft im Verein ein echtes, sonst vielleicht viel zu teures Gemälde besitzen. Die kostenlose Verteilung von Lithographien und Kupferstichen beliebter Bilder bot einen zusätzlichen Anreiz. Als Vorbilder wurden natürlich unter anderem die Kunstvereine von Hamburg, Nürnberg, München oder Düsseldorf genannt.

De Boer fuhr sich mit beiden Händen durch die Haare. Es war zum Verzweifeln, wie schnell der Einfluss dieser Vereine wuchs. Inzwischen konnte man fast von einem Netz über allen deutschen Ländern und Provinzen sprechen, das sich ständig vergrößerte und untereinander förderte. Auch in Österreich und in der Schweiz hatte man die Idee aufgegriffen. In den letzten sechs Wochen hatte er es am eigenen Leibe zu spüren bekommen. Seine Kunsthandlung war überhaupt noch nicht ins Bewusstsein der Leute hier eingedrungen. Die Dilettanten und ihre Familien waren wohl zur Eröffnung erschienen und hatten sich eifrig umgeblickt, bis sie ihre Werke an den Wänden entdeckt und entsprechend bejubelt hatten. Wie nicht anders zu erwarten, hatten sie natürlich nichts gekauft. Auch einige andere Neugierige waren gekommen. Sie hatten ebenso wenig Geld ausgegeben, sich aber prächtig über die gerade laufende Akademie-Ausstellung und den hiesigen Kunstverein unterhalten. Und die Düsseldorfer Maler, geschweige denn ihr Akademiedirektor, waren bis heute überhaupt nicht erschienen. Sie nahmen ihn und sein Geschäft einfach nicht zur Kenntnis.

De Boer seufzte. Vielleicht war er zu früh auf die Welt gekommen. Die Malerei für jedermann war eine noch junge Entwicklung innerhalb des Kunstbetriebs. Vielleicht gäbe es irgendwann so viele Maler, dass Kunstvereine allein nicht mehr ausreichten, sie alle zu fördern. Vielleicht müsste man nur warten. Aber das waren zu viele »vielleicht«. Wahrscheinlich würde er alt und grau sein, bis es so weit war, und das konnte er sich nicht leisten. Ein Eisen hatte er noch im Feuer. Darauf setzte er seine ganze Hoffnung. Wenn er Glück hatte, würde ein Meisterstreich aus dem kleinen Kunstgriff, den er hatte anwenden müssen, um seine Galerie über die Grenzen der Stadt bekannt werden zu lassen. Im Ausland, insbesondere in England, dachte man gottlob anders, fortschrittlicher. Dorthin hatte er Fäden geknüpft, die sich lohnen könnten.

De Boer stand auf, ging in den vorderen Teil seines Geschäftes und betrachtete die Bilder an den Wänden. Er rückte eines der Schildchen mit dem Namen der Malerin und dem Preis des Bildes gerade: Mamsell Hartmann. Sie war so naiv! Hübsch, aber naiv. Sie hatte ihre Bilder nicht einmal signiert! Er schüttelte den Kopf. Vielleicht war es ja ein Fehler gewesen, hierherzukommen. Es gab die Akademie, es gab die talentierten Künstler, aber die Stadt war zu klein, die Zahl der Malerschüler vergleichsweise gering. Sie brauchten ihn hier nicht. Möglicherweise konnte er überleben, bis bessere Zeiten für ihn kämen, wenn er die reiche Bürgertochter heiratete? Verzweifelt genug war er dafür. Schwierigkeiten würde er mit einem Heiratsantrag nicht haben. Die Mutter streckte bereits alle zehn Finger nach ihm aus. Sehr amüsant! Nun, es wäre vielleicht nicht unklug. De Boer straffte die Schultern. Noch würde er nicht aufgeben.

✦✦✦✦✦✦

Emma legte ihre beiden neuen kleinen Blumenstücke auf den Tisch in Katharinas Atelier und schlug sie in Papier ein.

»Soll ich dich begleiten?«, fragte Katharina.

Emma schüttelte den Kopf. »Nein, ich glaube, das ist nicht nötig. Ich bringe Herrn de Boer nur schnell die beiden Bilder in die Kunsthandlung, dann komme ich wieder. Jetzt, wo sie endlich fertig sind, will ich ihn nicht länger warten lassen.« Vergnügt schob sie das Päckchen unter den Arm. »Bis gleich!«, rief sie gut gelaunt und machte sich auf den Weg.

Die Stadt wirkte irgendwie verlassen, fast schon verschlafen. Die Akademieferien hatten am Montag begonnen, und die Maler waren nach und nach von den Straßen verschwunden. Die meisten waren endlich wieder einmal nach Hause gefahren oder wollten neue Eindrücke in einer ganz anderen Gegend sammeln. Auch Clemens hatte vor, seine Eltern zu besuchen, aber noch war er zum Glück in der Stadt. Sie würde ihn vermissen, vor allem, wo sie jetzt noch ein wenig mehr Zeit zusammen hätten. Schon vor einer Woche war Mendelssohn nach Berlin gereist, so dass die regelmäßigen Chorproben an den Dienstagen ausfielen. Erst Mitte Oktober waren alle wieder zurück und die Ferien zu Ende.

Noch fünf Wochen! Und dann würde sie zum ersten Mal die Akademie als Malerschülerin betreten und so selbstverständlich hingehen, wie sie sich das schon lange gewünscht hatte. Sie konnte es kaum erwarten! Sie wäre zwar kein Mitglied der Akademie, weil sie eine Frau war, aber sie würde bei den gleichen Lehrern lernen wie die Männer. Und das war das Wichtigste.

Emma öffnete die Tür der Kunsthandlung.

»Guten Morgen, Herr de Boer!«, rief sie fröhlich.

De Boer saß an seinem Schreibtisch und blickte auf. Die glatte geschäftsmäßige Liebenswürdigkeit verschwand aus seinem Gesicht und wurde durch das besondere Lächeln ersetzt, das Emma öfter gesehen hatte, wenn er mit Frauen sprach. Sie mochte es nicht. Aber das musste sie auch nicht, schließlich war er ja nur ihr Kunsthändler.

»Mamsell Hartmann! Guten Morgen!« De Boer kam mit ausgestreckter Hand auf sie zu, um sie zu begrüßen, und warf dabei einen Blick auf das Päckchen unter ihrem Arm. »Haben Sie die Blumenstücke mitgebracht? – Endlich!«, fügte er erfreut hinzu, als sie nickte.

Er deutete einen Handkuss an und bat Emma, auf der blau gepolsterten Bank Platz zu nehmen.

»Warten Sie bitte einen Moment. Ich muss Ihnen noch das Geld dafür geben.«

Während er an seinen Schreibtisch zurückging, legte Emma das Päckchen neben sich auf die Bank und betrachtete die Bilderwände. Sie hatten sich nicht verändert, seit ihre Familie und sie bei der Eröffnung hier gewesen waren. Seltsam. Offenbar hatte noch niemand etwas gekauft. Automatisch suchte sie mit den Augen ihre eigenen Bilder heraus. Nein, alles sah unverändert aus. Aber jetzt fiel ihr auf, dass trotzdem nicht alle ihre Gemälde hier hingen.

»Haben Sie schon einige meiner Sachen verkauft?«, fragte sie überrascht.

»Leider nicht«, bedauerte de Boer. Er kam zu ihr und setzte sich neben sie auf die Bank. »Hier bitte. Ihr Geld.« Er reichte ihr einen Tresorschein über fünf Taler und drei Münzen.

»Danke.« Emma steckte alles sorgfältig ein. »Aber es fehlen doch zwei Bilder!«, beharrte sie und zeigte auf die Wand.

De Boer warf einen raschen Blick darauf und lächelte. »Sie sind im Hinterzimmer. Ich habe so viele Gemälde, dass ich nicht alle hier aufhängen kann.«

»Aber warum ausgerechnet diese beiden?«, rief Emma empört. »Es sind doch meine besten!«

De Boer schmunzelte. »Nun zerbrechen Sie sich doch nicht Ihr hübsches Köpfchen über solch böse Geschäftssachen«, bat er in väterlichem Tonfall.

Emma runzelte unzufrieden die Stirn. Wieso antwortete er ihr nicht ganz einfach, indem er ihr seine Gründe erklärte? Jetzt redete er wieder so von oben herab mit ihr wie in der Ballnacht. Sie mochte ihn immer weniger.

De Boer legte einen Arm um sie und zog sie an sich. »Sie sehen zu niedlich aus, wenn sie schmollen«, flüsterte er. Er umfasste ihr Kinn, drehte ihren Kopf zu sich und versuchte, sie zu küssen.

Emma stemmte sich gegen ihn. »Lassen Sie das!«, protestierte sie, aber sein Griff wurde nur fester. Sie spürte seinen Atem auf ihrem Gesicht, seine zudringlichen Hände an ihrem Körper.

»Nein!«, schrie sie und sammelte all ihre Kräfte.

✦✦✦✦✦✦

Clemens war auf dem Weg zu Katharinas Atelier, als er Emma von Weitem mit einem Päckchen unter dem Arm vor sich hergehen sah. Er rief ihren Namen, aber sie hörte es nicht. Allzu laut rufen wollte er auch nicht, also fing er an zu laufen. Kurz bevor er sie jedoch erreicht hatte, sah er, wie sie de Boers Kunsthandlung betrat. Clemens wunderte sich über den Stich, den ihm das versetzte. Er wusste doch, dass Emma ihm Bilder in Kommission gegeben hatte und dass er noch zwei Blumenstücke von ihr erwartete. Wahrscheinlich waren sie in dem Päckchen unter ihrem Arm, sie waren ja nicht sehr groß. Trotzdem passte es ihm ganz und gar nicht, dass sie allein zu ihm ging. Aber wenn er nun auch den Laden betrat, könnte sie denken, er sei eifersüchtig oder er spioniere ihr nach. Nun, wenn er ehrlich war, tat er das gerade, aber sie musste es ja nicht unbedingt merken. Es geschah auch nur zu seiner eigenen Beruhigung.

Langsam trat er seitlich an das Schaufenster der Kunsthandlung heran und spähte hinein. Emma saß auf der Bank, und de Boer kam mit einem Zettel auf sie zu. Irgendetwas schien ihr zu missfallen, denn sie gestikulierte aufgeregt, zeigte auf die Wand und runzelte die Stirn, als de Boer ihr antwortete.

Und das Nächste, was er sah, wollte er gar nicht mehr in Ruhe abwarten. Er stürmte in den Laden, als Emma schrie, riss de Boer von ihr fort und setzte ihm, ohne nachzudenken, seine geballte Faust dermaßen auf die Nase, dass das Blut auf das blaue Polster spritzte. In einem Satz war er bei Emma. Sie war aufgesprungen und drückte sich an die Wand, so weit wie möglich von de Boer entfernt.

»Ist alles in Ordnung mit Ihnen, Emma?«, fragte er besorgt.

»Jetzt ja!« Sie versuchte, tapfer zu lächeln.

De Boer saß auf dem Boden und hielt ein Taschentuch vor seine blutende Nase. Nur langsam schien er zu begreifen, was geschehen war. Sein Blick schweifte von Emma zu Clemens und auf das blaue Polster. Blutflecken bildeten einen hässlichen Kontrast zu dem schimmernden Stoff. De Boers Augen zogen sich zu schmalen Schlitzen zusammen. Er sprang auf die Füße und wedelte mit dem rot verfärbten Taschentuch in Clemens' Richtung.

»Das wird Sie teuer zu stehen kommen, Papenstiel!«, brüllte er in äußerstem Zorn. »Ich werde Sie anzeigen! Wegen Körperverletzung und Sachbeschädigung. Darauf können Sie sich verlassen! So eine Unverschämtheit!«

Seine geschwollene Nase fing wieder an zu bluten. Er drückte das Taschentuch darauf und legte den Kopf in den Nacken.

»Die Unverschämtheit liegt ja wohl bei Ihnen!«, fuhr Clemens de Boer an. »Wie kommen Sie dazu, Mamsell Hartmann derart zu belästigen?«

De Boer ließ ein spöttisches Lachen hören. Durch das Taschentuch war es gedämpft, aber der Dünkel und die Geringschätzung darin waren deutlich zu erkennen.

»Belästigen?«, höhnte er. »Ich? Mamsell Hartmann wird mir von ihrer Mutter doch geradezu aufgedrängt! Das nenne ich Belästigung! Ich dachte, die Sache wäre klar! Woher soll ich wissen, dass sich die Dame so ziert? Dabei will ich sie gar nicht! Eine Malerin! Noch dazu zweitklassig. Was bildet sich diese alberne Gans überhaupt ein?«

Emma war über und über rot geworden und wusste vor Verlegenheit nicht, wohin sie schauen sollte. Clemens reichte es endgültig. Wutentbrannt ballte er die Fäuste und wollte sich wieder auf de Boer stürzen, aber Emma fiel ihm geistesgegenwärtig in den Arm.

»Nein, nicht!«, rief sie entsetzt. »Sonst fordert er Sie noch!«

»Ein Duell? Warum?«, näselte de Boer verächtlich unter seinem Taschentuch. »Er ist doch kein Mann von Stand!«

Clemens war so zornig, er erkannte sich selbst nicht wieder. Am liebsten hätte er de Boer windelweich geprügelt und anschließend durch das Schaufenster geworfen. Es kostete ihn immense Kraft, sich zu beherrschen, aber er wusste, dass Emma recht hatte. Und er wusste, was Schadow davon hielt, wenn seine Schüler in derartige Schlägereien verwickelt waren: Er verachtete sie und tilgte sie aus seinem Leben. Emmas Eingreifen brachte ihn trotz allem zur Vernunft. Hastig zog er sie zur Tür.

»Kommen Sie, wir gehen, bevor ich mich doch noch vergesse!«, knurrte er, während er de Boer einen wütenden Blick zuwarf.

»Ich zeige Sie an!«, schrie de Boer hasserfüllt hinter ihm her. »Darauf können Sie Gift nehmen! Das kostet Sie Ihren Platz in der Akademie!«

✦✦✦✦✦✦

Als Karl Leberecht Immermann von einem Lakaien in den ovalen Salon auf Schloss Jägerhof geführt wurde, war er beunruhigt, Prinz Friedrich dort nicht zu sehen. Stattdessen begrüßte ihn der dicke Kammerherr von Stranz, allerdings mit einem freudigen Lächeln.

»Immermann! Wie schön, dass Sie es einrichten konnten! Der Arzt ist noch bei Seiner Königlichen Hoheit, deshalb haben wir etwas Zeit für uns.« Er wies auf einen Sessel, und die beiden Herren setzten sich.

»Wie geht es dem Prinzen heute?«, fragte Immermann besorgt.

»Besser. Nach seinem unseligen Schuss mit dem Jagdgewehr hat das Kupferhütchen sein Auge zum Glück nur oberflächlich verletzt. Der Arzt hatte Bedenken, weil das Hütchen ja giftiges Knallquecksilber enthielt, aber gottlob gibt es keine Schädigungen in dieser Richtung. Das Auge wird wieder ausheilen.«

»Er hatte großes Glück«, sagte Immermann erleichtert.

»Da haben Sie recht!« Von Stranz schüttelte den Kopf. »Und es musste natürlich ausgerechnet nach seiner verdienten Erholung auf Burg Rheinstein passieren!«

»Sie selbst sind doch sicher froh, wieder hier zu sein?«, fragte Immermann schmunzelnd.

Das bestätigte von Stranz gern und aus tiefster Seele. »Mir bekommt das Flachland einfach besser. Sie haben sich ja vor drei Wochen selbst davon überzeugen können, wie beschwerlich der Aufenthalt auf der Burg ist.«

Immermann nickte. »Wohl wahr. Allein der steile Aufstieg kostete mich einigen Schweiß.«

Anfang August hatte er eine Reise über Aachen und Köln bis hinunter nach Mannheim und Karlsruhe unternommen, um möglichst viele Aufführungen in den Theatern anderer Orte zu sehen und mit Schauspielern zu sprechen. Die Rückreise per Schiff über den Rhein hatte er in Bingen für den Besuch auf Rheinstein unterbrochen. Er war recht schnell zu der Ansicht gelangt, dass es sich bei dieser Burg um eine fürstlich-romantische Spielerei handelte. Auf den schmalen Felsvorsprüngen war nicht viel Platz, und so war das Leben dort sehr beengt. Es war nahezu unmöglich, in den kleinen Räumen bequem zu wohnen oder sich überhaupt frei zu bewegen.

Von Stranz und von Tronchin, die beiden Dicken des Gefolges, traf das besonders hart. Tronchin musste die überaus schmale Treppe zu seinem Kämmerchen sogar mit eingezogenem Bauch seitwärts emporsteigen. Da war der Kammerherr der Prinzessin hier auf Gut Stockkamp natürlich anderes gewöhnt. Unbequem, abgeschieden und langweilig war der Ort für den Hofstaat und wurde, wie er festgestellt hatte, von einigen täglich, wenn nicht gar stündlich verflucht. Er hütete sich jedoch, sich über die Torheit der Menschen zu amüsieren, denn, so gestand er sich ein, er selbst war ja auch nicht besser, wenn man seine Theaterpläne bedachte.

»Nun«, sagte von Stranz und senkte vertraulich die Stimme, »der Blick von dort oben ist natürlich wundervoll, aber die Nähe zu Adlern und Geiern ist auf die Dauer doch etwas ermüdend.« Wieder lauter fuhr er fort: »Seine Königliche Hoheit hat übrigens bedauert, dass er selbst zu dem Zeitpunkt zur Kur in Ems war und Sie nicht persönlich begrüßen konnte.«

»Ich bin auf das Angenehmste entschädigt worden«, versicherte Immermann. »Die Prinzessin lud mich ein, mit ihr, der

Gräfin Schulenburg und Hofmarschall von Pritzelwitz zu speisen.«

»Ich bin erfreut, das zu hören!« Prinz Friedrich betrat den ovalen Salon. Ein schmales schwarzes Band um seinen Kopf hielt die schwarze Klappe über seinem Auge fest, unter der Verbandsleinen hervorlugte.

Die beiden Herren erhoben sich, und der Prinz reichte Immermann die Hand zur Begrüßung.

»Ich hoffe, mein Piratenaussehen erschreckt Sie nicht allzu sehr, Immermann«, scherzte er, »aber vom Theater sind Sie ja einiges gewöhnt.«

»Erschreckt hat mich nur die Nachricht über Ihre Verletzung, Königliche Hoheit«, antwortete Immermann mit einer Verbeugung. »Die äußerlichen Konsequenzen waren zu erwarten.«

Sie nahmen wieder auf den Sesseln Platz.

»Der Arzt war eben sehr zufrieden mit mir. Nun muss ich mich nur eine Zeit lang gedulden, was mir allerdings schwerfällt. Und wie gestaltet sich die Sommerpause für Sie, nachdem wir nun endlich die Theaterkonzession bekommen haben? Erzählen Sie!«

»Von Pause kann keine Rede sein«, seufzte Immermann. »Minister von Kamptz hat mir bereits im Juli einen dreimonatigen Urlaub von meinem juristischen Amt gewährt, so dass jetzt die Feinarbeit begonnen hat. Wir haben Derossi vor den Verwaltungsrat zitiert, weil der Kontrakt mit ihm über das Inventar des Theaters noch ausstand. Auf Betreiben des Grafen Spee hat er ihn dann unterschrieben. Daraufhin bin ich mit ihm die Bücher und Musikalien durchgegangen. Aber was für eine grässliche Unordnung habe ich in den Schränken angetroffen! Als ich ihn auf den besonders krassen Fall aufmerksam gemacht habe, dass das Schauspiel ›Der Löwe von Kurdistan‹

nun wirklich nichts neben dem Singspiel ›Richard Löwenherz‹ zu suchen hätte, hat er nur gelacht und gesagt, es wären doch beides Löwen.« Immermann schüttelte den Kopf. »Ich habe alles an mich genommen und erst einmal geordnet.«

Von Stranz schmunzelte, und auch der Prinz hatte eine heitere Miene. Sie kannten beide Derossi, dessen Ordnungsliebe im besten Fall als nonchalant beschrieben werden musste. Und sie kannten Immermann.

»Aber das ist noch nicht das Ende vom Lied«, fuhr Immermann fort. »Der innere Ausbau des Theaters ist immer noch nicht fertig. Ich habe mich also unter anderem um Behelfsgarderoben für die Schauspieler im ehemaligen Magazin hinter dem Theater kümmern müssen. Viel mehr als grobe Holztrennwände können wir nicht bezahlen. Das Bureau des Intendanten musste aus diesem Grund auch in billig angemietete Räume in der Ratinger Straße verlegt werden. Bücher, Musikalien, Akten und Schränke sind bereits dort. Und ein neuer Souffleur namens Heß ist eingetroffen. Er hat eine schöne Schrift, weshalb ich sehr zufrieden mit ihm bin, denn er soll ja auch Rollentexte gut lesbar abschreiben. Nur will der Mann mir partout nicht verraten, wo er hier in Düsseldorf wohnt! Er macht also dem Spitznamen seiner Profession alle Ehre, und man kann ihn mit Fug und Recht ›Heß, die Geisterstimme‹ nennen.«

Die Herren lachten. »Soweit ich weiß, lieber Immermann«, rief der Prinz, »sind Sie, was das Memorieren der Texte angeht, mit Ihren Schauspielern besonders streng. Die Geisterstimme wird wohl gar nicht nötig sein. Auf welche Stücke dürfen wir uns denn im Herbst freuen?«

»Nun, Mendelssohn und ich haben noch vor seiner Abreise das Repertoire für die ersten beiden Monate zusammengestellt. Es ist eine gute Mischung aus Schauspiel, Komödie und

Oper. Der Verwaltungsrat war auch zufrieden und hat zugestimmt. Nur Graf Spee merkte an, er habe gehört, in Victor Hugos Schauspiel ›Marie Tudor‹ sei moralisches Gift.«

»Und?«, wollte von Stranz wissen. »Ist dem so?«

Immermann hob die Schultern. »Ich kenne das Stück wie alle anderen in- und auswendig und habe nichts Giftiges entdecken können.«

»Dann lassen wir es dabei bewenden«, nickte der Prinz, »und schauen uns einfach Ihre Aufführung an. Und was haben Sie heute Nachmittag zum Vorlesen mitgebracht, Immermann? Ich freue mich sehr darauf, da mir das Lesen im Augenblick ärztlich verboten ist.«

»Sicherlich etwas Lehrreiches«, schmunzelte von Stranz.

»Im Gegenteil!« Immermann zog einen blau eingebundenen Theatertext aus seiner Tasche. »Ein Stück von Ernst Raupach, ein Possenspiel mit dem Titel ›Die feindlichen Brüder oder der Doktor und der Apotheker‹. Es handelt sich natürlich um eine Liebesgeschichte. Aber es geht auch um die Debatte, die wir alle ja seit einigen Jahren kennen, nämlich um den Streit zwischen einem Homöopathen, dem Doktor, und seinem Bruder, der wegen seines Apothekerdaseins Krankheiten rationell und nach der Schulmedizin geheilt haben will.«

Prinz Friedrich lachte auf. »Sehr gut! Genau das passende Sujet! Und Raupach ist ein Garant für heitere Szenen! Lassen Sie hören!«

Immermann begann zu lesen, und die drei Herren verbrachten einen ausgesprochen vergnüglichen Nachmittag, bis die Abenddämmerung hereinbrach.

✦✦✦✦✦✦

In Katharinas Atelier verlief der Nachmittag nicht so angenehm. Dorthin hatten sich Emma und Clemens geflüchtet, um den unerhörten Vorfall erst einmal zu verkraften. Katharina erschrak zutiefst, als Emma hereinstürzte und ihr weinend um den Hals fiel.

»Um Himmels willen, Emma! Was ist denn passiert?«, rief sie.

»Ich hasse de Boer!«, rief Emma zwischen zwei abgrundtiefen Schluchzern an der Schulter ihrer Freundin, dann kam noch ein zittriges »Er ist widerlich!« hinterher.

Katharina wiegte ihre Freundin in den Armen, bis sie sich ein wenig beruhigt hatte. Über Emmas Kopf hinweg warf sie Clemens einen fragenden Blick zu, aber der saß mit aufgewühlter Miene am Tisch, starrte vor sich hin und war genauso wenig in der Lage, schlüssige Auskünfte zu geben.

Emma nahm dankbar das Taschentuch an, das Katharina ihr reichte, und schnäuzte sich geräuschvoll die Nase. Plötzlich stahl sich ein spöttisches Lächeln in ihre rot verweinten Augen.

»De Boer wird sich seine Nase für eine Weile nicht putzen können!«, rief sie mit trotziger Schadenfreude. »Das geschieht ihm recht!« Und wieder liefen ihr Tränen über das Gesicht, aber zum Glück nicht so heftig wie zuvor. Nun verstand Katharina überhaupt nichts mehr.

»So, ihr beiden«, sagte sie resolut, »jetzt will ich endlich wissen, was passiert ist. Heraus damit!«

Stockend und dann immer schneller begannen Emma und Clemens ihre Erlebnisse zu erzählen, bis Katharina verstand, was sie so sehr aufregte.

»Oh, es war furchtbar!«, rief Emma. »Und so ungemein beleidigend, wie er dann über mich gesprochen hat! Er hat mich die ganze Zeit bloß zum Narren gehalten.« Sie schluchzte zornig auf. Katharina nahm sie wieder tröstend in den Arm und führte sie zu dem anderen Stuhl neben dem Tisch. »Und dann hat er auch noch Clemens gedroht. Er ist einfach abscheulich!«

»Da hast du völlig recht!«, stimmte Katharina aus vollem Herzen zu.

»De Boer ist ein Idiot! Ein ganz großes ...« Clemens bezwang seine Wut im letzten Moment. »Ich sage es lieber nicht. Nicht hier.«

Katharina betrachtete die beiden jungen Menschen, die so unglücklich vor ihr saßen. Emmas Erlebnisse waren peinlich und ärgerlich und mit Sicherheit sehr verletzend. Im Stillen wünschte sie Emmas Mutter wirklich ins Pfefferland. Wie leichtfertig sie doch mit dem Leben ihrer Tochter umging! Ihre Pläne konnte man bestimmt durchkreuzen, über Clemens' Zukunft jedoch braute sich etwas weitaus Gefährlicheres zusammen. Sie merkte, dass die beiden sie erwartungsvoll ansahen.

»Also«, sagte sie, »jetzt müssen wir trotz allem einen kühlen Kopf bewahren, sonst endet die Geschichte sehr übel. Ich habe Sie so verstanden, Clemens, dass Sie die Beherrschung verloren haben, was ich sehr gut nachempfinden kann. De Boer will Ihnen also mit seiner Anzeige dermaßen schaden, dass Sie es mit dem Gericht zu tun bekommen und damit für die Akademie als Schüler untragbar sind?«

Clemens nickte betroffen. So klar ausgesprochen hörte es sich schrecklich an. »Eine Anzeige reicht dafür völlig aus. Es sind schon Maler für kleinere Vergehen von der Akademie gewiesen worden.« Er stützte die Ellbogen auf den Tisch und vergrub sein Gesicht in den Händen. »Was soll ich nur tun?«

Sein Künstlerleben fing gerade erst an, erfolgreich zu sein. Vergeblich versuchte er den Gedanken zu vertreiben, es könnte schon wieder vorbei sein. Allmählich wurde ihm das ganze Ausmaß seiner unbedachten Tat bewusst.

Katharina dachte nach, aber Emma empfand so großes Mitleid, dass das Erste aus ihr heraussprudelte, was ihr einfiel.

»Sie müssen Schadow alles erzählen, bevor er es von irgendjemand anderem hört! Sicher weiß er Rat!«

Clemens schüttelte den Kopf. »Das geht nicht. Er ist in Berlin und erst im Oktober wieder zurück.«

»Dann müssen Sie ihm schreiben oder vielleicht selbst hinfahren. In einer Woche wären Sie da!«

Wieder schüttelte Clemens den Kopf.

»Langsam, Emma!«, winkte Katharina ab. »Das wäre viel zu überstürzt. Ich glaube nicht, dass Schadow begeistert wäre, wenn ihn ein solcher Vorfall bis nach Berlin verfolgte.«

»Aber was kann ich denn tun?«, fragte Clemens verzweifelt.

»Das ist die falsche Frage«, antwortete Katharina. »Eigentlich muss man eher fragen, was er, also de Boer, tun kann! Der Mann hat gerade ein Geschäft eröffnet. Er will mit der Akademie zusammenarbeiten, wie er damals in Reinicks Atelier erzählt hat. Würde er dann wirklich auf diese Weise gegen ein Mitglied der Akademie vorgehen? Er weiß, dass Schadows Maler dafür bekannt sind, eine verschworene Gemeinschaft zu bilden. Müsste er nicht viel eher befürchten, dass niemand mehr etwas mit ihm zu tun haben will? Zumal, wenn der Grund für Ihr Einschreiten herauskommt!«

»Ich verstehe«, sagte Clemens langsam und war plötzlich hellwach. »Das könnte sein!«

Emma schaute ihre Freundin hoffnungsvoll an. Sie glaubte fest daran, dass sie wie immer Rat wusste.

»Wenn Ihre Freunde und auch Schadow Ihnen Ihre Geschichte glauben«, fuhr Katharina fort, während sie im Atelier auf und ab ging, um sich besser konzentrieren zu können, »und es gibt keinen Grund, warum sie das nicht tun sollten, dann steht de Boer nicht gerade als Ehrenmann da. Ihr Verhalten war zunächst ja völlig korrekt. Sie haben eine junge Dame, die Sie sehr schätzen, aus einer äußerst unangenehmen Situation gerettet und mussten auch noch mit anhören, wie sie beleidigt wurde. Ein gewalttätiger Mensch hätte de Boer danach wohl erst recht verprügelt. Das haben Sie zum Glück nicht getan. Sie können sich bei Emma dafür bedanken, sonst sähe es jetzt nämlich sehr viel schlechter für Sie aus. Nein, Sie haben gehandelt, wie man Sie kennt, nämlich als ein normalerweise friedfertiger Mensch. Der Faustschlag war eine Ausnahme, und viele werden sogar behaupten, er war berechtigt. Glauben Sie mir, de Boer wird sich hüten, irgendetwas gegen Sie zu unternehmen.«

Auf Emmas Gesicht breitete sich ein zaghaftes Lächeln aus.

Clemens blickte nachdenklich aus dem Fenster. »Das heißt also, ich unternehme vorerst gar nichts?«

»Richtig«, stimmte Katharina ihm zu. »Ich glaube, es ist erst einmal das Beste, abzuwarten, was passiert. Inzwischen überlegen wir uns, was man tun kann, falls de Boer Sie doch anzeigt. Und sobald Schadow wieder da ist, sprechen Sie mit ihm. Vorher sollten wir allerdings mit niemandem darüber reden.«

»Mit niemandem?«, fragte Clemens. »Auch nicht mit Förster?«

»Nun«, überlegte Katharina, »kann er schweigen?«

»Wie ein Grab.«

»Dann sollten Sie ihn ins Vertrauen ziehen. Vielleicht hat er auch noch gute Ideen.«

Clemens nickte erleichtert. In dieser Situation brauchte er unbedingt einen Freund.

»Übrigens, Emma, gut, dass du deine Blumenstücke wieder mitgebracht hast«, sagte Katharina und wies auf den Tisch. »Zwei Bilder weniger, die de Boer dir wieder zurückgeben muss. Nach diesem Vorfall sollten wir nämlich beide unsere Geschäfte mit ihm beenden.«

Emma erschrak. »Ich habe gar nicht gemerkt, dass ich sie wieder mitgenommen habe! Oh Gott!« Hastig zog sie den Tresorschein und die Münzen aus ihrer Tasche. »Er hat mir die Anzahlung doch schon gegeben.«

»Gib mir das Geld. Ich bringe es zurück«, bot Katharina an, »bevor er noch Zeter und Mordio wegen eines Diebstahls schreit!«

»Du kannst doch nicht allein dahin gehen!«, rief Emma entsetzt.

»Tu ich auch nicht. Ich nehme meinen Bruder mit. Gleich am Montagmorgen, dann ist Wilhelm von seiner Reise zurück.«

KARL LEBERECHT IMMERMANN

Die holländische Reise, seit Jahren projectirt, sollte zur Ausführung kommen, wenn gleich nur im Fluge, da Alles in Allem 7 Tage dazu bestimmt werden konnten. Indessen beßer Etwas, als Nichts. Madame Lauska setzte durch Beharrlichkeit es durch, daß sie mitgenommen wurde, obgleich dergleichen Geschleppe mit halbfremden Personen mir unterwegs fatal ist. So kommt aber eine Berlinerin durch die Welt. Da sie sich gar nicht abweisen ließ, so mußte man sich fügen.

(Karl Leberecht Immermann, Tagebucheintrag vom 17.09.1834)

DONNERSTAG, 18. SEPTEMBER 1834

Früh am Morgen verließ Frieda das Haus in der Bilker Straße mit dem großen Einkaufskorb am Arm. Sie atmete tief ein. Frische Septemberluft wehte vom Rhein herüber und duftete nach Meer. Sie hatte das Meer zwar noch nie gesehen, aber ihr Vater hatte ihr erklärt, warum manchmal etwas so besonders Würziges in der Luft lag, wenn der Wind aus Westen von Holland her wehte. Das Meer musste wunderschön sein, wenn es schon so gut roch. Was für ein Unterschied zu der morgendlichen Schwüle noch vor zwei Wochen!

Auf dem Weg zum Markt begegneten ihr auffallend wenige Menschen, aber das war nicht verwunderlich. Die Maler genossen ihre Ferien, auch viele Düsseldorfer hatten sich für eine kleine Reise entschieden, jetzt, wo das Wetter auch tagsüber sonnig und warm, aber nicht mehr gar so heiß war. All die wichtigen Leute, nach denen sie sonst neugierig Ausschau hielt, wenn sie morgens für die kurze Zeit des Einkaufens das Hartmann'sche Haus verlassen konnte, waren auch fort. Schadow und Mendelssohn waren in Berlin, wie sie gehört hatte. Und es hatte auch schnell die Runde gemacht, dass Immermann und seine Gräfin in Begleitung einer Dame gestern Morgen das Dampfboot rheinabwärts bestiegen hatten. Wohin sie wollten und wie lange sie fort wären, das wusste allerdings niemand.

Nun ja, Immermann konnte sich nicht leisten, allzu lange unterwegs zu sein, denn – das war jedem auf dem Marktplatz klar – er hatte nicht mehr viel Zeit bis zur Eröffnung des Theaters. Gerüchte darüber machten die Runde. Immermann war in letzter Zeit einsilbig und leicht reizbar geworden. »Rechtich iggelich«, hatte Martha, wie immer auf einem Schemel hinter ihren Gemüsekörben hockend, im Brustton der Überzeugung versichert. Er grüßte kaum die Leute und verschwand mit meist gerunzelter Stirn im Theater. »Dä Miesepitter!«, fasste der Bäckerjunge mit den frischen Apfeltörtchen die Meinung aller zusammen.

Eines Tages hatte man Immermann und seinen Sekretär Trimborn sogar Akten und andere Unterlagen aus dem Theater tragen sehen. Irgendjemand hatte gewusst, dass er sein Bureau in die Ratinger Straße verlegt hätte. Dorthin jedenfalls waren Akten und Schränke gebracht worden. Über den Umzug wunderte sich allerdings niemand, denn bei dem Baulärm, den man aus dem Theatergebäude hörte, war es ja nicht möglich, in Ruhe zu arbeiten. Wahrscheinlich, so reimte man sich zusammen, war er deshalb gestern mit dem Dampfboot weggefahren. Es war ihm zu laut! Überhaupt konnte man gespannt sein, ob der Ausbau wohl bis Oktober fertig wäre. Die einen waren ganz sicher, die anderen lachten nur.

Und es gab sogar ein zweites, geheimnisumwittertes Gerücht in dieser ruhigen Zeit, in der eigentlich nie viel los war. Es betraf den neuen Kunsthändler. Man hatte ihn mit einer geschwollenen, dunkelvioletten Nase gesehen. Darüber hatte es viel Gelächter gegeben, denn »dä Jeck«, wie der Kunsthändler auf dem Marktplatz nur genannt wurde, hatte sein gutes Aussehen schwer eingebüßt, und irgendwie gönnte man ihm das. Man hätte natürlich zu gerne gewusst, wer ihn so vertrimmt hatte, aber darüber war lange nichts zu erfahren gewesen. Eine ganze Woche lang nicht! De Boer war nicht mehr gesehen worden und sein Geschäft wegen Krankheit geschlossen. Bis vor drei Tagen.

»Dä Jeck es widder do«, hatte Martha am Montag verkündet, »un de Blötsch op dr Nas es fott.«

Am Dienstag wusste ein anderes Marktweib zu berichten,

dass die Beule auf der Nase tatsächlich weg war und es außer einem leicht gelblich grünen Farbton kaum noch etwas zu sehen gab, aber dafür war durchgesickert, einer von Schadows Malern habe ihn wohl so furchtbar verprügelt. Gestern war dann gemunkelt worden, der Malerschüler hätte in einem schrecklichen Wutanfall sogar die Einrichtung des Ladens demoliert. Und er hätte Bilder und Hunderte von Talern mitgehen lassen. Ein Malerschüler? Konnte man das wirklich glauben? Wer genau das gewesen sein sollte, wusste man allerdings nicht. Der musste ja Bärenkräfte haben! Eigentlich sah aber keiner der Maler so aus, als hätte er die. Und warum er es getan hatte, blieb auch ein Rätsel. Zu dumm!

Frieda war gespannt, was sie heute zu hören bekommen würde. Am Marktplatz angekommen, ging sie sofort zu Martha, ihrer wichtigsten Informationsquelle. Und was die zu erzählen hatte, schockierte Frieda dann doch. In Windeseile kaufte sie ein und lief zurück in die Bilker Straße. Sie wusste, dass Madame Hartmann über diese Neuigkeiten nicht erfreut sein würde!

✦✦✦✦✦✦

Um zehn Uhr morgens waren Clemens und Förster in der Bolker Straße in Clemens' Zimmer. Förster saß am Tisch, ließ sich sein Frühstücksbrot schmecken und schaute Clemens dabei zu, wie er hin und her lief, um einen kleinen Reisekorb zu packen. Trotz allem hatte er sich für den Besuch bei seinen Eltern entschieden. Er konnte zwar nicht mehr aus nächster Nähe miterleben, was in der Stadt über de Boer erzählt wurde, aber Förster wäre hier und würde für ihn aufpassen. Und der Freund würde auch merken, wenn de Boer ihn doch noch anzeigte, denn dann würde sicherlich ein höchst offiziell aussehender Brief abgegeben werden. Bisher war jedoch nichts dergleichen geschehen.

»Hast du die Gerüchte gehört?«, fragte Clemens zum hundertsten Mal. »Mein Gott, wie sie sich das Maul zerreißen! Jetzt soll der Angreifer de Boer auch noch um viel Geld erleichtert haben! Wahrscheinlich geht es nur um die kümmerlichen acht Taler für Emmas Bilder. Katharina und ihr Bruder konnten sie ja nicht zurückbringen, weil just an diesem Montag sein Geschäft geschlossen war. Aus Krankheitsgründen!« Darüber musste Clemens doch grinsen. Die möglichen Folgen seiner Tat waren äußerst unangenehm, aber wenigstens hatte de Boer jetzt hoffentlich genug von Emma. »Inzwischen hat er das Geld ja zurück, aber leider zu spät. Die Tratscherei über den angeblichen Diebstahl machte schon die Runde.«

»Gerüchte!«, sagte Förster wegwerfend. »Man weiß doch, wie ungeheuerlich sie aufgebauscht werden! Ein Wunder, dass noch niemand behauptet hat, de Boer sei ermordet worden!«

Clemens nickte. »Ja, aber wer denkt sich so was aus und verbreitet es auch noch?«

»Das ist doch klar!«, antwortete Förster. »De Boer natürlich! Wer sonst könnte ein Interesse daran haben, solche Gerüchte zu streuen? Mamsell Severin hatte recht! Eine Anzeige ist ihm zu heikel, also versucht er auf diese Art, dir zu schaden.«

»Gott sei Dank weiß ja bisher niemand, dass ich es war, der ihm eins auf die Nase gegeben hat. Aber de Boer wird schon noch dafür sorgen, dass früher oder später mein Name fällt.« Clemens setzte sich zu seinem Freund an den Tisch. »Wenn ich jetzt die Stadt verlasse – sieht das nicht nach Flucht aus? Das heizt die Gemüter doch noch mehr auf!«

»Und wenn schon!« Förster schüttelte den Kopf. »Du nutzt die Ferien und besuchst deine Familie. Das tun die meisten, das ist ganz normal. Nach den Ferien bist du wieder da und offensichtlich nicht geflohen. Das wird die Mäuler wieder stopfen.«

Clemens schaute Förster zweifelnd an. »Glaub mir, sie werden es trotzdem denken! So etwas bleibt haften.«

»Nur im Moment. Wenn alle zurück sind, vor allem Schadow, kannst du die Sache aufklären. Und dann wird man sich bestimmt wundern, warum bei einem offenbar verbrecherischen Überfall kein einziger Polizeisergeant vom Rathaus zu de Boer gelaufen ist und dich umgehend im Speckkämmerchen festgesetzt hat. Das wäre übrigens ein hübsches Gerücht gegen de Boer, falls wir eins brauchen. Wenn er solche Spielchen spielt, können wir das auch.«

»Ja, schon«, nickte Clemens, »trotzdem habe ich überlegt, ob ich nicht vielleicht Immermann fragen sollte, was zu tun ist. Er ist Jurist, er muss es wissen.«

Förster hob abwehrend die Hände. »Lass das lieber. Du hast ihn doch in letzter Zeit erlebt. Vorsichtig formuliert kann man ihn als launisch bezeichnen. Du hättest immenses Glück, wenn er dich überhaupt anhören würde!«

»Dann vielleicht Schnaase oder von Uechtritz?«, fragte Clemens. »Das sind die Einzigen, die die Akademie und uns so gut kennen, dass ich mich an sie wenden könnte.«

»Ja, aber jetzt noch nicht. Hör auf Mamsell Severin. Solange du keine Anzeige bekommst – und es sieht ja alles danach aus, sonst wäre sie schon da –, hast du Zeit, auf Schadow zu warten. Er wird auch den richtigen Juristen fragen, glaub mir.« Er schob Clemens ein Päckchen Butterbrote zu und legte fürsorglich einen Apfel obendrauf. »Und wenn du dich jetzt nicht bald auf den Weg machst, fährt die Postkutsche ohne dich ab.«

Clemens nickte, packte seinen Proviant in den Reisekorb und verschloss ihn. »Du hast recht! Fünf Taler Fahrpreis darf man nicht verschwenden! In vier Wochen bin ich zurück, mein Freund!« Er umarmte Förster.

»In alter Frische«, nickte Förster lächelnd und schob ihn mitsamt seinem Korb zur Tür hinaus.

✦✦✦✦✦✦

»Emma!« Hedwig stürzte, ohne anzuklopfen, mit weit aufgerissenen Augen in Emmas Zimmer. »Weißt du, was Frieda gerade erzählt hat?«

Emma blickte von ihrer Zeichnung auf und schüttelte den Kopf. »Nein, aber es muss ja etwas ganz Schreckliches sein!«, lächelte sie.

»Es war Papenstiel!«, rief Hedwig. »Papenstiel hat de Boer verprügelt! Und dann hat er noch die Möbel zerschlagen und ihn bestohlen.«

Emma schaute ihre Schwester entgeistert an. Katharina hatte recht gehabt! So rächte sich de Boer also! Keine Anzeige, dafür verbreitete er unhaltbare Gerüchte über Clemens. Es konnte nur de Boer sein! Was für ein Segen, dass Clemens heute zu seinen Eltern fuhr. Nicht in der Stadt zu sein, war im Moment das Beste für ihn, bis Schadow wieder da war.

»Was hast du? Warum bist du plötzlich so blass?«, fragte Hedwig.

»Ach nichts!« Emma bemühte sich um einen leichten Ton. »Ich dachte nur, dass er doch immer so freundlich ist und so etwas gar nicht zu ihm passt.«

Hedwig ließ sich auf Emmas Bett fallen. »Mama ist wütend. Sie hat sich so aufgeregt, dass ich ihr Riechfläschchen holen musste!«

»Warum das denn? Sie hat doch gar nichts damit zu tun!« Und hoffentlich blieb das auch so, dachte Emma im Stillen.

Wenn jetzt schon Clemens' Name kursierte, konnte es nicht mehr lange dauern, bis vielleicht auch ihr eigener auftauchte. Aber würde de Boer das wirklich tun? Sie hoffte, dass er noch einen Funken Anstand im Leib hatte und sie nicht mit hineinzog. Nein, beruhigte sie sich tapfer, er musste ja befürchten, dass dann der Anlass für die ganze Sache herauskam.

»Mama meint das aber«, erklärte Hedwig. »Nicht auszudenken, hat sie gesagt, wenn de Boer auch nur im Entferntesten vermuten würde, dass dieser gewalttätige Maler etwas mit uns zu tun hat! Und weißt du was? Ich muss endlich keinen Unterricht mehr bei ihm nehmen!«

Emma schüttelte unglücklich den Kopf. Wie furchtbar für Clemens, er brauchte das Geld! Und den Grund für die Aufregung ihrer Mutter konnte sie sich sehr leicht denken. Da kam er auch schon in einem Singsang aus Hedwigs Mund.

»Du sollst de Boer nämlich heiraten! Du sollst de Boer nämlich …«

»Hör auf!«, fauchte Emma. In ihrer angespannten Verfassung konnte sie Hedwigs launiges Verhalten oder die Ausbrüche ihrer Mutter kaum ertragen. Aber Clemens und sie hatten mit Katharina abgemacht, bis zum Ende der Ferien zu schweigen und abzuwarten. Daran würde sie sich halten und den Kampf zu Hause allein durchstehen. Zornig blickte sie ihre Schwester an. »Wie oft muss ich denn noch sagen, dass ich ihn nicht will? Wann begreift ihr das endlich?«

CARL FERDINAND SOHN

Hierher zurückgekehrt, rühre ich denn wieder fleißig in dem Hexenkessel umher, in welchem Lumpen, Lappen, Schreiner-Zimmerarbeit, Farben, Contracte, Oel, höhere Grundsätze, Spitzbüberei, Watte, Begeisterung, Regulative durch einander brodeln, um das noch unbekannte Geköch: Düsseldorfer Bühne, gar zu kochen. Dürfte ich wohl wieder den Teppich, der 3 Menschenalter sah, und die erwähnten Meubles in Gebrauch nehmen? Geben Sie mir, Theuerste, bald das beglückende Jawort.

(Karl Leberecht Immermann, Brief an Amalie von Sybel in Düsseldorf vom 28.09.1834)

Mittwoch, 15. Oktober 1834

Der Morgen war kalt, und die Sonne hatte nicht mehr die Kraft, ihn schnell zu erwärmen. Emma fror, aber das lag auch daran, dass sie so aufgeregt war. Fast wäre sie die drei Stufen zum Eingang der Akademie hinaufgefallen. Jemand hielt sie jedoch rechtzeitig fest.

»Passen Sie auf, Emma! Die Stufen sind ausgetreten und tückisch!«

Clemens war zurück! Emma wirbelte herum und wäre ihm fast um den Hals gefallen, aber sie bezwang sich unter all den Malerschülern noch rechtzeitig. Sie traten von der Treppe zurück auf den Platz, denn hinter ihnen verlangte man nachdrücklich, dass der Eingang freigegeben würde.

»Wann sind Sie angekommen?«, fragte sie strahlend.

»Gestern Abend. Haben Sie meinen letzten Brief nicht bekommen? Darin steht, dass ich Sie heute an Ihrem großen Tag gerne hierhin begleitet hätte.«

Emma schüttelte den Kopf. Sie hatten sich gegenseitig mehrere Briefe geschrieben, als Clemens bei seinen Eltern war, und er war so klug gewesen, seine Briefe zu Severins zu schicken. »Nein, leider nicht«, bedauerte sie, »aber vielleicht finde ich ihn nachher bei Katharina. Hat Förster Ihnen berichtet, was in der Stadt erzählt wurde, kaum dass Sie weg waren?«

»Ja, das hat er«, nickte Clemens unglücklich. »De Boer hat meinen Namen verbreitet, und alle haben geklatscht und getratscht, bis sie Halsschmerzen hatten. Unterricht habe ich auch eingebüßt, und wenn es so weitergeht, werde ich gar keinen mehr geben können.«

»Es tut mir alles so leid!« Emma drückte seine Hand. »Aber vielleicht kommt es nicht ganz so schlimm. Frieda hat jeden

Tag auf dem Markt aufgepasst. Sie sagt, die Leute hätten sich inzwischen beruhigt.«

Clemens schüttelte den Kopf. »Leider nicht. Als ich eben über den Marktplatz ging, haben sie angefangen zu tuscheln, und der Bäckerjunge hat sogar mit dem Finger auf mich gezeigt. Es passiert genau das, was ich befürchtet habe. Die Leute vergessen nichts. Das bleibt an mir kleben, auch wenn ich es richtigstellen kann.«

»Aber Sie gehen doch heute zu Schadow?«, wollte Emma wissen.

»Auf jeden Fall. Ich versuche, ihn in der Mittagspause zu sprechen, und hoffe wirklich, dass er Zeit zum Zuhören hat. Je eher die Sache aus der Welt ist, desto besser. Aber der Unterricht fängt gleich an! Wir sollten nachher weiterreden. Bei Katharina?«

Emma nickte. »Unbedingt. Sie ist genauso gespannt darauf wie ich, was Schadow zu allem sagt. Hoffentlich hat er Verständnis!«

Sie verabschiedeten sich schweren Herzens. Clemens ging weiter zur Galerie und hinauf zu den Landschaftern. Emma betrat die Akademie durch den Eingang im Südflügel des Schlosses, wo im ersten Stock die Malklassen untergebracht waren. Ihr aufgeregtes Gefühl kehrte mit einem Kribbeln im Magen zurück. Endlich war der lang ersehnte Tag da, und sie ging zum ersten Mal in den Unterricht von Carl Sohn. Sie holte tief Luft, um sich zu beruhigen. Ein abgestandener Geruch nach Staub und Farben stieg ihr in die Nase. Sie mochte ihn, obwohl sich eine gut bemessene Dosis vom Moder feuchter Mauern daruntermischte. Seit mehreren hundert Jahren floss die Düssel unter dem Gebäude her und hatte auch den einstigen Wassergraben um das Schloss gefüllt. Das immer wiederkehrende Hochwasser vom Rhein tat ein Übriges, so dass empfindliche Nasen sofort reagierten. Emma machte das nichts aus. Sie war viel zu glücklich! Einige Malerschüler warfen ihr neugierige Blicke zu und eilten an ihr vorüber in ihre Malklassen. Und jetzt gehörte sie dazu.

»Ist das auch Ihr erster Tag?«, fragte eine weibliche Stimme hinter ihr. »Oder können Sie mir helfen?«

Emma wandte sich um. Eine junge Dame schaute sie fragend an. Wie Emma trug sie eine große Leinentasche. Ein Zeichenbrett lugte daraus hervor, und wahrscheinlich verbarg sie Pinsel und andere Malutensilien in ihrem Innern.

»Wohin wollen Sie denn?«, fragte Emma. »Ich heiße übrigens Emma Hartmann.«

»Freut mich außerordentlich, noch eine Malerin hier zu sehen!« Die Dame ergriff herzlich Emmas ausgestreckte Hand. Sie war sympathisch und nur ein paar Jahre älter als Emma. »Ich bin Amalie Bensinger aus Mannheim und suche die Malklasse von Herrn Sohn.«

Emma lachte. »Da haben wir den gleichen Weg! Kommen Sie mit nach oben. Ich weiß, wo es ist.«

»Ich folge Ihnen. Aber sagen Sie nur, was stinkt hier so entsetzlich?«

✦✦✦✦✦✦

Etwa zur gleichen Zeit blickte sich Felix Mendelssohn Bartholdy in seiner kleinen Wohnung am Flinger Steinweg um. Ja, so war es gut. Zwar etwas eng, aber das Extra-Bett, das sein Malerfreund Hübner gestern hatte bringen lassen, passte genau an die Wand. Schadows Dienstmädchen hatte es unter den kritischen Augen Johanns bezogen, und nun war alles für seinen Freund Karl Klingemann bereit.

Letzte Woche Donnerstag war er von seiner Reise zurückgekehrt und hatte einen Brief von Klingemann vorgefunden. Der Freund wollte sein Versprechen tatsächlich wahrmachen und aus London zu ihm nach Düsseldorf reisen. Und er hatte zum Glück über eine Woche für seinen Besuch eingeplant! Natürlich durfte Klingemann nicht im Hotel übernachten. Die Zeit war dafür zu knapp, wenn man sich so lange nicht gesehen hatte. Bis tief in die Nacht würden sie zusammensitzen und reden und dabei Trauben essen, die in diesem Jahr besonders delikat schmeckten. Darauf freute er sich. Und gleich traf Klingemann nun endlich mit der Schnellpost aus Aachen ein.

Mendelssohn ging ins vordere Zimmer und setzte sich an seinen Flügel, um sich die Zeit zu vertreiben, bis der Freund an die Tür klopfte. Er schlug eine einfache Melodie an und begann zu improvisieren. Die Melodie bekam eine zweite Stimme dazu, und beide Stimmen verbanden sich zu einer Fuge, wie er sie durch die Kunst Johann Sebastian Bachs lieben gelernt hatte. Die Exaktheit, die mathematische Genauigkeit der Musik konzentrierte ihn ungemein.

Klingemanns Bitte, ob er ihm nicht nach Aachen entgegenkommen könne, so dass sie schon auf der nächtlichen Fahrt nach Düsseldorf zusammen wären, hatte er ablehnen müssen. Dafür war leider keine Zeit. Seine Arbeit ließ ihm immer nur ein paar Stunden übrig. Gleich am letzten Sonntag, drei Tage nach seiner Ankunft, musste er für das Patronatsfest in der Maxkirche eine Messe von Haydn leiten, für die er samstags noch eine Probe angesetzt hatte. Und in einer Woche schon würde das erste Konzert stattfinden, für das natürlich auch Proben mit Chor und Orchester anberaumt waren. Als Musikdirektor ohne Mitarbeiter musste er den Konzertsaal bestimmen, der örtlichen Presse den Termin mitteilen, Programmzettel drucken lassen, eventuell zusätzliche Instrumente anmieten, sich um fehlende Notenpulte, Stühle und dergleichen kümmern.

Außerdem fanden an den Wochenenden Konferenzen im Theater über den Probenplan der folgenden Woche statt. Das alles kostete Zeit.

Die einfache Melodie, zu einer kunstvollen Fuge gewoben, veränderte sich. Sie schwoll an, wurde energischer und bekam etwas Herausforderndes, Leidenschaftliches. Klingemann und er würden sehr viel zu bereden haben! Der Freund beschäftigte sich nämlich seit einiger Zeit mit einem Opernlibretto für ihn. Das Thema war gut. Die komische Oper »Pervonte oder die Wünsche« von Kotzebue nach einem Märchen von Wieland gefiel ihnen beiden, und sie waren dabei, sie so umzuschreiben, dass sie auf die heutige Bühne passte. Manche Melodien dafür klangen schon in seinem Kopf, und er brannte darauf, sie auf Papier zu bringen. Es wurde wirklich Zeit, dass er endlich eine Oper komponierte. Oder zwei.

Immermann hatte ja damals vor zwei Jahren den guten Einfall gehabt, Shakespeares »Sturm« zu einem Libretto für ihn umzuarbeiten. Aber bei allem Respekt vor dem Dichter musste man doch sagen, dass er keine Ahnung davon hatte, wie eine Oper auf der Bühne wirken musste, damit sie etwas Lebendiges und Fesselndes wurde. Nur so war zu erklären, wieso er alle guten, für die Oper geeigneten Stellen aus dem Text gestrichen hatte. Herausgekommen war eher ein gekürztes Theaterstück, das sich so nicht vertonen ließ. Seine Ablehnung hatte er so vorsichtig und höflich wie möglich formuliert, um Immermann nicht allzu sehr auf den Fuß zu treten. Er schien die Sache inzwischen auch vergessen zu haben. Er hatte ihm danach ja sogar das Du angeboten!

Seitdem sah er den Dichter als Freund. Also unterstützte er ihn in seinen Theaterplänen und dirigierte Opern und Zwischenaktmusik für ihn. Das – aber nicht mehr – hatte er ihm versprochen, weil viele der Interessierten ja nur Geld für Theateraktien ausgeben wollten, wenn der Musikdirektor am Dirigentenpult stand. Immermanns Pläne waren aufgegangen, und das hatte ihn gefreut. Seit er aus Berlin wieder da war, begann er allerdings an Immermanns Freundschaft zu zweifeln.

Die Musik kam mit einem Fortissimo-Akkord zu Ende. Er stand auf, ging zum Fenster und blickte stirnrunzelnd in den klaren, heiteren Morgenhimmel.

Gleich letzten Freitag, am Tag nach seiner Rückreise, wollte Immermann ihn nach Aachen schicken, um eine Sopranistin zu prüfen. Mindestens zwei Tage hätte ihn diese Fahrt gekostet, und die Chorprobe am Samstag, sogar die Kirchenmusik am Sonntag – seine eigentliche Aufgabe als Musikdirektor – wären fraglich geworden. Er lehnte natürlich ab, und der zweite Dirigent Julius Rietz machte die lange Reise. Um solche Probleme zu lösen, war der ja auch eingestellt worden! Immermann passte es gar nicht, dass der Musikdirektor nicht selbst hinfuhr. Stattdessen übertrug der Intendant ihm dann die Aufgabe, die Musiker für das Theaterorchester zu engagieren. Warum hatte er sich nur darauf eingelassen? Er hasste dergleichen Dispute, aber er hätte es ablehnen müssen, denn auch das war Julius Rietz' Aufgabe. Und so war es eine Plage für ihn gewesen, mitten in seiner eigenen Probenarbeit dreißig Musiker zu prüfen, je zwei Kontrakte für sie auszufertigen und sich um einen Taler Monatsgage mit ihnen zu streiten, wo es nichts zu streiten gab, weil er sein Angebot nicht überschreiten konnte. Erst lehnten sie ab, dann kamen sie wieder und nahmen den Kontrakt doch an.

Und dann gab es nichts als Schwierigkeiten mit ihnen. Seit dieser Woche probte Rietz »Der Templer und die Jüdin« mit ebendiesen Musikern und Sängern des Theaters. Aber die einen kamen betrunken zur Probe und waren zu nichts gut, die anderen kamen gar nicht, und mit dem Rest allein konnte man keine Probe durchführen. Er war also zum Zimmer 6 im ehemaligen Franziskanerkloster an der Schulstraße gegangen, wo die Proben stattfanden, und hatte sie heftig zusammengestaucht. Mit sehr lauter Stimme. Etwas, das ihm gar nicht behagte! Seitdem lief es aber für Julius Rietz etwas besser.

Die aufgeregte Betriebsamkeit vor der Theatereröffnung zerrte an jedermanns Nerven. Gestern war es dann zu einem Eklat mit Immermann gekommen. Nach seiner Probe mit dem Chor des Singvereins war er abends ins Theater geeilt, um mit Rietz an der Konferenz über die Regisseure für Schauspiel und Oper teilzunehmen. Der Schauspieler Reußler war einer der fähigsten Köpfe, also hatten sie ihn, wie an anderen Theatern auch üblich, für die Oper erbeten. Immermann wollte ihn jedoch beim Schauspiel nicht entbehren und beschwerte sich, dass der neue Tenor aus Berlin nicht, wie von ihm gewünscht, Regie führen könne. Wie sollte er das auch? Einen Tenor für das Opernfach »jugendlicher Liebhaber«, der gleichzeitig das gesetztere Alter und die Erfahrung mitbrachte, um überhaupt Regie führen zu können, gab es in ganz Deutschland nicht! Immermann hatte Reußler vorläufig bewilligt, nicht ohne zu betonen, dies sei durchaus nicht selbstverständlich.

Er schüttelte den Kopf, wandte sich um und lehnte sich gegen die Fensterbank. Genau da hatte ihn die Mendelssohn'sche Wut gepackt. Sie war in seiner ganzen Familie berühmt, wenn nicht gar berüchtigt und erfasste ihn immer dann, wenn seine gewohnte Liebenswürdigkeit über die Maßen strapaziert wurde. Er hatte Immermann gesagt, er könne ja selbst die Regie für die Oper übernehmen, er sei ohnehin jeden Abend im Theater. Das war unüberlegt gewesen. Der Intendant hatte sich beleidigt gefühlt, worauf er – immer noch unter dem Einfluss Mendelssohn'scher Wut – erwiderte, dass die Oper schließlich auch keine Puppenkomödie sei und er sich ja auch nicht zu schade dafür wäre, im Schauspiel Zwischenaktmusik zu dirigieren. Immermann hatte reagiert, wie man es von ihm kannte. Er hatte die Lippen zusammengekniffen und war gegangen.

Nun, abgesehen von seiner Unbedachtheit, über die er sich jetzt doch ein wenig ärgerte, fühlte er sich im Recht. Trotz gegensätzlicher Bekundungen spürte er bei Immermann so etwas wie ein Vorurteil, eine Abneigung gegenüber der Oper. Als sei sie für ihn im Theater nur eine Last und ihm alles, was damit zu tun hatte, irgendwie fatal. Aber weil sie volles Haus brachte, musste er sie ertragen. Ein Klopfen an der Tür unterbrach seine Gedanken.

»Ein Bote hat dies gerade gebracht.« Johann trat ein und reichte ihm einen versiegelten Brief. Er war von Immermann und ziemlich dick. Mendelssohn wog ihn in der Hand. Es mussten mindestens zwei Bögen sein. Er ahnte nichts Gutes.

»Das ist zu arg!«, rief eine fröhliche Stimme. »Verdrießlich wie ein Meerschweinchen! Ich hätte nicht gedacht, dass du so ausschaust, wenn ich komme!«

Hinter Johann war ein eleganter Herr in den Dreißigern aufgetaucht. Er trug feine englische Kleidung und grinste über das ganze Gesicht.

»Der Legationsrat Klingemann!«, lachte Mendelssohn. »Hast du dich einfach hereingeschlichen?«

Er warf Immermanns Brief auf seinen Schreibtisch – der konnte noch warten – und begrüßte herzlich seinen Freund.

✦✦✦✦✦✦

Kurz vor dem Ende der Mittagspause ging Wilhelm Schadow in Begleitung von Carl Sohn einigermaßen empört aus dem

Galeriehof und machte sich auf den Weg zur Kunsthandlung des sauberen Herrn de Boer. Er würde nicht viel Zeit brauchen, um diesem Menschen beizubringen, was es bedeutete, wenn man einen seiner hoffnungsvollsten Malerschüler in Verruf brachte, zumal, wenn man sich den Auslöser dafür, einen noch viel zu sanften Nasenstüber, redlich verdient hatte. Trotzdem würde er zunächst diplomatisch vorgehen und de Boer seine Version erzählen lassen. Er hatte Sohn gebeten, ihn zu begleiten, zum einen, weil er groß und kräftig war, zum anderen, weil er einen Zeugen in diesem Fall für nötig hielt. Er traute de Boer nicht über den Weg.

Papenstiel hatte er allerdings vorhin gesagt, solch einen Ausrutscher im Wohlverhalten wolle er nie wieder von ihm erleben. Auf lange Sicht schadete so etwas dem Ruf der Akademie, obwohl er in diesem Fall den jungen Maler durchaus verstehen konnte. Als er damals hierhergekommen war, hatte es lange genug gedauert, bis die Bürger dazu bereit gewesen waren, seine Künstler in ihren Häusern wohnen zu lassen. Er musste sich sogar persönlich für sie verbürgen, damit die Düsseldorfer Vertrauen zu den jungen Leuten fassten. Heute waren sie stolz auf sie, und diese Errungenschaft wollte er unter keinen Umständen gefährdet sehen.

»Ich habe von Anfang an gewusst, dass dieser Kunsthändler nichts taugt!«, sagte er zu Sohn. »Er hat keinen Charakter. Ein Fersenbeißer, der öffentlichen Skandal macht, indem er Gerüchte in die Welt setzt, weil er fest damit rechnen kann, dass die Leichtgläubigen sie schlucken und vermehren, ohne nach der Wahrheit zu fragen. So etwas ist mir ausgesprochen fatal.«

Sohn nickte. »Zumal er sich damit wohl auch für seine Abfuhr damals in der Galerie rächen will. Dass er dem Betroffenen gewissenlos schadet, und zwar in größerem Maße, als dieser ihm geschadet hat, wird ihn nicht kümmern.«

»Kennen Sie eigentlich die junge Dame, um die es hier letztlich geht?«, wollte Schadow wissen. »Eine Emma Hartmann?«

Sohn hob die Schultern. »Ich weiß zumindest, wer sie ist. Sie war heute Morgen zum ersten Mal in meinem Unterricht, so dass von Kennen noch keine Rede sein kann. Sie hat allerdings eine bedeutende Begabung, das konnte ich trotz der kurzen Zeit schon sehen.«

»Also nicht eine von diesen schlechten Malerinnen, die ich vor Jahren als Allererstes aus der Akademie komplimentiert habe?«

»Nein«, antwortete Sohn. »Genauso wenig wie meine andere neue Schülerin, Amalie Bensinger.«

Schadow nickte. Er selbst hatte schon einige Schülerinnen privat unterrichtet und wusste, dass auch Frauenzimmer durchaus zu hervorragender Malerei in der Lage waren. Die Lauska war ihm sogar aus Berlin nachgereist, um weiterhin von seinen Ratschlägen zu profitieren und zweifellos gute Bilder zu malen. Es waren, ganz nach seinem Herzen, zumeist religiöse Darstellungen. Nun, man würde sehen, wie sich die beiden Privatschülerinnen entwickelten.

»Lassen Sie mich mit ihm reden«, sagte Schadow, als sie an de Boers Kunsthandlung angekommen waren. »Ich werde ihn zunächst nur befragen. Sie schauen sich am besten ein wenig um und hören zu.«

Sohn nickte zustimmend, und sie betraten den Laden. De Boer sprang von seinem Stuhl auf. Mit einem strahlenden Lächeln eilte er Schadow entgegen.

»Herr Direktor! Welche Freude, Sie hier zu sehen!«, rief er und nickte auch Sohn zu.

Schadow berührte de Boers ausgestreckte Hand flüchtig. »Ich höre, Sie hatten einen kleinen Zusammenstoß mit einem meiner Malerschüler und wollen ihn anzeigen?«

»Nein, nein, durchaus nicht! Das ist ein Missverständnis«, beteuerte der Kunsthändler. »Es tut mir unendlich leid, wenn er es so verstanden hat. Aber inzwischen hat er ja wohl gemerkt, dass ich ihn nicht angezeigt habe. Ich wollte die Sache auf sich beruhen lassen.«

»Ich wundere mich allerdings über die üble Nachrede, die in der Stadt in Umlauf ist«, beharrte Schadow. »So etwas lassen sich die Leute ja nicht von selbst einfallen.« Aufmerksam beobachtete er de Boers Miene. Das liebenswürdige Lächeln wurde ein wenig starr, aber sonst geschah nichts. »Wenn ich die Gerüchte richtig verstanden habe, sind hier Ihre Möbel zerschlagen worden.« Er blickte sich um. »Eine Sachbeschädigung dieser Art kann ich jedoch nicht feststellen. Außerdem sollen Ihnen Bilder und eine hohe Summe Geldes abhandengekommen sein.«

»Die Leute reden, das weiß man doch!«, de Boer machte den Eindruck ehrlicher Entrüstung. »Der Diebstahl hat allerdings seine Richtigkeit. Ich habe direkt nach der Tat zwei Bilder, einige Münzen und einen Tresorschein über fünf Taler vermisst. Das Geld habe ich inzwischen zurück, die Bilder nicht. Aber auch das wird sich finden.«

Schlüpfrig wie ein Aal, konstatierte Schadow. Papenstiel hatte nicht nötig, Bilder zu stehlen, er malte sie. Irgendetwas anderes musste sich hinter der Behauptung verbergen. »Ich darf mich doch sicher ein wenig bei Ihnen umschauen?«, fragte er.

»Mit dem größten Vergnügen!« Beflissen zeigte de Boer auf die beiden Bilderwände. »Ich muss Sie allerdings warnen. Es ist nicht die Qualität, die Sie gewöhnt sind.«

Schadow betrachtete interessiert die Bilder, bis Sohn ihn leise auf etwas aufmerksam machte. Er hatte recht. Da hingen drei sehr gute Kopien von Köpfen aus bekannten Gemälden.

Die Eltern Bendemann aus dem Bild »Die Familie Bendemann und ihre Freunde«, an dem alle abgebildeten Maler mitgearbeitet hatten. Es war als hübsche Erinnerung an den gemeinsamen Aufenthalt in Rom vor drei Jahren gedacht, als er selbst, die Bendemanns, Hübner, Hildebrandt und Sohn sich dort zu Studien aufhielten. Das dritte Bild gab den Kopf des lächelnden Kriegers wieder, der sein kleines Kind auf dem Schoß festhält, während es ihn am Bart zupft. Hildebrandt hatte großen Erfolg damit gehabt. Auffällig an allen drei Bildern war die gelungene Wiedergabe der Karnation, der Farbe der Haut in Licht und Schatten. Darauf legte er in der Ausbildung größten Wert. Eine misslungene Karnation war gleichbedeutend mit einem misslungenen Gemälde. Er trat an die Bilder heran. Sie waren nicht signiert. Ein kleines Schild verriet jedoch den Namen der Künstlerin. Er warf Sohn einen beredten Blick zu und wandte sich an de Boer.

»War die Malerin dieser Bilder, Emma Hartmann, nicht auch in den kleinen Aufruhr hier verwickelt?«

Mit Genugtuung beobachtete er, wie de Boers Augen sich weiteten und sein Gesicht eine rötliche Farbe annahm, die nicht einfach zu malen gewesen wäre.

»Nun …«, wand sich der Kunsthändler, auf einmal sehr einsilbig.

»Lassen Sie nur«, lächelte Schadow, dankte ihm betont höflich und verabschiedete sich.

Auf dem Weg zurück zur Akademie war er nicht weniger empört als auf dem Hinweg. »Ein Windbeutel! Ich wusste es!«, rief er. »Und Sie haben es ja wohl auch sofort gemerkt! Ihre neue Schülerin hat die Bilder gemalt, die sich ohne unser Wissen in der Londoner Kunsthandlung befanden. Ihre Bilder sind zwar Kopien, aber sie verraten alle dieselbe Kunstfertigkeit. Kein anderes Bild in diesem Laden zeigt sie so perfekt.

Wir werden die junge Dame zunächst befragen müssen. Wenn es ihre Bilder sind und sie selbst sie mit den irreführenden Titeln nach England geschickt hat, muss sie die Akademie sofort verlassen. Wenn nicht, dann gnade Gott dem Kunsthändler!«

✦✦✦✦✦✦

Am späten Nachmittag stieg Karl Leberecht Immermann seufzend die Treppe im Theater hinauf. Seit Anfang des Monats zettelte sich sein Leben dahin. Es blieb ihm nichts anderes übrig, als nicht mehr nachzudenken und nur das Korn zu vermahlen, das ihm Tag für Tag auf die Steine geschüttet wurde. Das Gefühl, seine Pflicht zu tun, hielt ihn aufrecht, obwohl in einem doch recht unsicheren Rahmen. So viele Unwägbarkeiten brachte die Theaterarbeit mit sich, dass er, dem Sicherheit sehr wichtig war, manchmal fast daran verzweifelte. Und dazu nagte noch der Zank an ihm, den er am gestrigen Tag mit Mendelssohn gehabt hatte. Er hatte sich bereits in einem Brief an ihn Luft gemacht und war auf die Antwort gespannt. Doch um darüber weiter nachzudenken, fehlte ihm jetzt die Zeit.

In nahezu zwei Wochen, am 28. Oktober, sollte die Eröffnung stattfinden. Der Innenausbau des Theaters war allerdings immer noch nicht beendet, was auch an den äußerst trägen Handwerkern lag. Allein schon der Auftrag, die Sitze in zwei Logen aufzupolstern, ebenso die Brüstungen davor mit neuem Plüsch zu versehen, zog sich viel zu lange hin. Wenigstens war der Überbau zwischen Bühnenhaus und Giebeldreieck fertig, so dass er nun für die Leseproben endlich das passende Lesezimmer besaß. In seiner Mitte standen Stühle und ein langer Tisch, an dem auch der Verwaltungsrat tagen konnte, und an den Wänden hatten die Schränke mit Akten und Rollenbüchern ihren neuen Platz gefunden. Schwere Vorhänge vor den Fenstern und Amalie von Sybels riesiger Teppich auf dem Boden dämpften den unangenehmen Hall in dem großen Raum.

Seine Truppe war vollständig, sogar die fehlende Sopranistin war engagiert. Der Dekorateur und Maschinist Hausmann war dabei, die notwendigen Kulissen herzustellen, auch die für den Eröffnungsabend. Dafür wollte er selbst eine einleitende Szene schreiben, ein kleines dramatisches Vorspiel. Vielleicht fand er am Wochenende Zeit, Mendelssohn musste ja auch noch die Musik dazu komponieren. Mit Hildebrandt hatte er heute bereits das Lebende Bild festgelegt, das die Szene beenden würde. Raffaels »Parnass« war genau das Richtige: der Berg Apollons, des Gottes der Künste, mit den neun Musen, dazwischen die bedeutenden Dichter der Antike und der Renaissance als Hinweis auf die Qualität des neuen Theaters. Hildebrandt und Sohn würden sich um die Inszenierung kümmern.

Zänkereien unter den Schauspielern um abschließbare Schränke waren beigelegt und die Garderoben für Choristen und Statisten fertig, Vorlagenbücher und Stoffe für Kostüme waren für den Schneider gekauft, und der Souffleur Heß war mit einigen anderen eifrig damit beschäftigt, die fehlenden Rollentexte abzuschreiben. Jetzt befanden sich die Schauspieler mit ihm zusammen bereits mitten in den Proben für bisher sechzehn Stücke. Und es würden noch mehr dazukommen. In einer kleinen Stadt konnte man sich allzu viele Wiederholungen nicht leisten.

Neue Stücke las er der Truppe zunächst in Gänze vor, danach begannen die Leseproben, dann die Zimmerproben, bis man so weit war, den Text mit Mimik und Gestik auch auf der Bühne zu versuchen. Immer noch gab es einige neue Schauspieler, die den Sinn dieser für sie unbekannten Probenarbeit nicht einsahen, aber sie würden den Wert bei den Aufführungen erkennen, wenn sie den Text so sicher wussten, dass ein Souffleur überflüssig wurde. Sogar die Komödienliebhaber unter den Zuschauern, da war er sich sicher, wären überrascht über die Natürlichkeit und Schnelligkeit ihres Spiels, als würde die dargestellte Situation auf der Bühne ihnen gerade selbst widerfahren. Die Wirklichkeit glaubwürdig vorzutäuschen, war schließlich die Aufgabe einer guten Truppe.

Er öffnete die Tür zum Lesezimmer, wo der neu engagierte Schauspieler Eduard Lücke auf ihn wartete. Er sollte die Rolle des Piano in Lebruns Stück »Die beiden Philibert« spielen, einer Verwechslungskomödie um zwei Brüder. Ein amüsierter Ausdruck huschte über Immermanns Gesicht. Das Stück war nur eine dieser französischen Konditorwaren, die man leicht schlucken konnte. Pikant war jedoch, dass es sich bei Lückes Rolle um einen Musikdirektor handelte, der sich beklagte, dass Musensöhne in der heutigen Zeit nur auf Unverständnis stießen. Nun, es war doch erstaunlich, wie sehr Illusion und Wirklichkeit sich manchmal glichen! Allerdings war es bei dieser Rolle fatal, dass Lücke Probleme mit dem Memorieren hatte und deshalb eben auch mit der Schnelligkeit des Textes. Aus diesem Grund wollte er eine Szene noch einmal mit ihm durchgehen, bevor gleich die Theaterprobe des ganzen Stücks begann. Aber er befürchtete, dass Lücke auf die Dauer für die Truppe nicht geeignet war. Er verließ sich zu sehr darauf, dass der Souffleur ihm schon helfen würde, wenn er stecken blieb, oder dass er rasch ein paar Sätze erfinden könnte, bis er wieder sicher war. Und genau das sollte an diesem Theater nicht mehr vorkommen.

»Wunderbar, Herr Lücke, dass Sie pünktlich sind«, nickte Immermann. »Dann fangen wir auch gleich an. Erster Aufzug, siebter Auftritt: Piano, Musiklehrer im Hause Waldmann, unterhält sich mit dem älteren Philibert. Dieser möchte ihn wegen seiner Liebe zu Pianos Schülerin Sophie Waldmann überreden, für ihn ein gutes Wort bei deren Vater einzulegen. Piano lehnt dies aber ab. Sie sehen, die Szene kann man auch in drei Sätzen abhandeln, aber dann wäre das Stück keine Komödie mehr. So dauert sie länger, und zwar nur deshalb, weil Ihre Rolle, der Piano, ein kauziger alter Mann ist. Das müssen Sie bereits mit der Sprache, mit dem Text herausbringen. Versuchen wir es! Ich spreche den Philibert.«

Bis etwa zur Mitte der Szene ging alles erstaunlich gut, dann blieb Herr Lücke stecken und verhedderte sich in der stichwortartigen Redeweise seiner Figur, ausgerechnet bei seiner längsten und wichtigsten Textstelle.

»Noch einmal von ›Sie wissen, ich war Musikdirektor‹«, bat Immermann. »Und werfen Sie keines der ›warum‹ und ›weshalb‹ durcheinander. Sie sind gut gesetzt, da wo sie stehen. Also! Der ältere Philibert beginnt: ›Darf ich auf Ihren Beistand, auf Ihre Freundschaft rechnen? Reden Sie, ich beschwöre Sie!‹«

Der Schauspieler konzentrierte sich. Immermann registrierte jedes Stocken und gab ihm an diesen Stellen den Text.

»Hören Sie mich. Sie wissen, ich war Musikdirektor … bin es nicht mehr … weshalb? Weil mir eine Oper ausgepfiffen wurde. Jetzt bin ich Musiklehrer … verstehen Sie … Lehrer … hänge von andern ab … kann nicht mehr kommandiren … warum? Weltweisheit! Man muss sich zu finden wissen. Es geht mir gut … weshalb? Weil ich mich zu finden weiß! Nie mische ich mich in Familien-Angelegenheiten, am allerwenigsten, wenn Weiber mit ins Spiel kommen … weshalb? Klugheit. Nie suche ich ein Pärchen zu trennen … warum? Klugheit. Nie bringe ich ein Pärchen zusammen … die Ursache? Klugheit! Übri-

gens bin ich kein Heiliger, habe auch einstens Glück bei den Damen gemacht, aber bis auf eine sind meine Schülerinnen immer unangefochten geblieben. Eine, verstehen Sie … welche? Meine jetzige Frau. Fünfzehn Jahre sind wir glücklich … wodurch? Sie hat mich gern, ich hab' sie gern … woher? Sympathie!«
»Das weiß ich ja alles. Aber jetzt beschwöre ich Sie …«
»Hilft nichts … mische mich in nichts … warum? Consequenz! Musensöhne haben ohnedem wenig Credit. Man traut ihnen nichts Gutes zu … inwiefern? Zeitgeist, Vorurtheil! Das muss besiegt werden … weshalb? Ehrensache! Also nichts weiter. Ich habe Sie gern … aber ich thue nichts, sage nichts.«

Immermann wiegte den Kopf und nickte schließlich. »Nun, ein dreimaliges Stocken in dieser Szene ist zu viel, aber insgesamt war es schon besser als bisher! Gehen wir hinunter auf die Bühne.«

Für sich beschloss er, Reußler zu fragen, ob er die Rolle im Notfall auch noch übernehmen könnte. Er bezweifelte stark, dass Lücke seinen Unfleiß im Textlernen würde besiegen können.

WILHELM VON SCHADOW

Die Poesie ist recht eigentlich das Element der Kunst. Die durch sie in der Seele des Künstlers angeregten Vorstellungen, Gedanken und Gefühle offenbaren sich, den besonderen Gaben gemäß, welche diese zu deren Manifestation von Natur erhalten haben. Dem Einen ist die Zunge gelöst, und er wird ein Dichter, in eines Anderen Seele gestaltet sich Alles zu Farben und Formen und er wird ein bildender Künstler, der Dritte hört unwillkürlich, gemäß der Verschiedenheit seiner Seelenstimmung, bald heitre, bald ernste oder melancholische Melodien in seinem Innern erklingen, und er wird ein Musiker; kurz es ist dieselbe schöpferische Kraft, welche gleichsam, wie durch ein Prisma, sich verschiedenartig bricht.

(Wilhelm von Schadow, Der moderne Vasari: Erinnerungen aus dem Künstlerleben, 1854)

Montag, 20. Oktober 1834

Pauline Kaspers hatte es eilig. Mit schnellen Schritten ging sie zur morgendlichen Besuchszeit die Mittelstraße hinunter, und auf die Sekunde genau um elf Uhr – früher zu kommen gehörte sich nun überhaupt nicht! – zog sie die Klingel an Karoline Hartmanns Haus. Es wurde Zeit, dass sie mit ihrer Freundin ein Wort über die Sache redete, die sie seit Freitag beschäftigte.

Das Dienstmädchen öffnete ihr und führte sie in den Salon.

»Madame Kaspers! Guten Morgen!«, rief Karoline erfreut. »Möchten Sie wieder ein Buch bei mir ausleihen? Ich hätte eines, ganz nach Ihrem Geschmack! Es ist soeben herausgekommen und heißt ›Die letzten Tage von Pompeji‹. Die alten Römer sind eine Wohltat nach all den Räubern und Rittern, glauben Sie mir! Wunderbar spannend und ergreifend ist es auch. Aber setzen Sie sich doch!«

Madame Kaspers' Augen blitzten neugierig auf, während sie sich dankbar auf den zweiten Sessel sinken ließ, doch sie schüttelte den Kopf.

»Ich komme gerne darauf zurück, aber zuerst brauche ich Ihren Rat. Es ist nämlich so …« Sie stockte und wusste nicht weiter.

Karoline merkte, dass irgendetwas nicht stimmte. »Nun?«, fragte sie freundlich abwartend. »Was haben Sie auf dem Herzen, Teuerste?«

Madame Kaspers gab sich einen Ruck. »Mein Dienstmädchen hat erzählt, dass der Name Ihrer Enkelin Emma auf dem Marktplatz kursiert! Sie soll Bilder gefälscht und nach London geschickt haben!«

Karoline zog amüsiert die Augenbrauen in die Höhe.

»Doch, doch!«, beteuerte Madame Kaspers. »Die Reinemachefrau der Akademie hat gesehen, wie Emma in Schadows Bureau geholt wurde. Sie hat natürlich wie üblich an der Tür gelauscht, aber nicht alles hören können, weil man sie ertappt hat. Es ging um London und zwei Bilder mit falschem Titel. Sie sollen jetzt im Bureau des Direktors stehen.« Sie schüttelte den Kopf. »Es tut mir so leid!«

»Nicht nötig«, sagte Karoline wegwerfend. »Emma hat es mir gestern selbst erzählt. Sie hat die Bilder zwar gemalt, aber danach in die neue Kunsthandlung gegeben und seitdem nicht mehr gesehen. Und sie war sehr überrascht, sie dann plötzlich in der Akademie vorzufinden. Mit der Londoner Sache hat sie nichts zu tun. Und genau das wollte Schadow von ihr wissen, weiter nichts.«

»Ach, da bin ich aber erleichtert!«, rief Madame Kaspers. »Wissen Sie, ich habe mich gar nicht unter die Augen von Emmas Mutter getraut und wusste nicht, was ich machen sollte, wo wir uns doch am Mittwoch wieder zu unserem Kaffeekränzchen treffen. Sie muss die Gerüchte inzwischen doch auch gehört haben! Aber jetzt hat sich ja alles erledigt.«

»Leider nicht, wenigstens nicht für die arme Emma. Dieses Ereignis ist natürlich Wasser auf die Mühlen meiner Schwiegertochter. Sie meint, Emma müsste ja nun selbst einsehen, wohin ihr falscher Ehrgeiz sie gebracht hätte!«

»Nun ja.« Madame Kaspers wiegte den Kopf hin und her. »Ganz unrecht hat sie ja nicht. Es kann ihr nicht recht sein, dass man ihre Familie und ihren Namen in einem Atemzug mit dem Wort Fälschung nennt, auch wenn dies nicht wahr ist.«

»Meine Beste, Sie vergessen, dass es auch meine Familie und mein Name ist!«, sagte Karoline streng und ließ ihr Lorgnon blitzen. »Aber ich mache mir gar nichts daraus, weil sich alles aufklären wird. Es ist überhaupt nichts an der Sache, und das werden auch die eingefleischtesten Klatschbasen irgendwann begreifen müssen.«

Das hoffte Madame Kaspers allerdings auch.

»Ein ganz klein wenig bewundere ich Ihre Enkelin nämlich für ihren Mut. Stellen Sie sich das nur vor – in eine Akademie zu gehen und dort mit all den begabten Künstlern den Unterricht zu besuchen!« Sie seufzte. »Ich an ihrer Stelle wäre vollkommen verunsichert, ob ich das überhaupt könnte, wo man doch immer hört, dass die Qualitäten von Frauen nicht unbedingt in geistigen Bereichen liegen.«

»Man sollte nicht immer alles glauben, was man hört, Teuerste!«, erklärte Karoline, wieder besänftigt. »Emma ist meine Enkelin, und als solche lässt sie sich durchaus nicht von dergleichen Tiraden abhalten, noch nicht einmal von ihrer Mutter. Und das ist gut so!«

Madame Kaspers blickte nachdenklich vor sich hin. Plötzlich nahm ihr Gesicht einen listig-schlauen Ausdruck an. »Diese Londoner Sache ... da fällt mir ein, wenn Emma ihre Bilder das letzte Mal gesehen hat, als sie sie in die Kunsthandlung brachte, dann heißt das doch ...«

»Richtig«, nickte Karoline. »Zum Kuckuck mit dem Kunsthändler!« Sie brauchte diesmal kein Lorgnon, damit ihre Augen gefährlich blitzten.

✦✦✦✦✦✦

Felix Mendelssohn Bartholdy nutzte seine freie Stunde an diesem Vormittag, um Klingemann den berühmten Becker'schen Garten zu zeigen. Sie verließen Schadows Haus am Flinger Steinweg und wandten sich in Richtung der Grafenberge.

Herbstlich bunt gefärbte Ebereschen, unter denen rote Beeren auf dem Boden lagen, säumten den Fahrweg. Amseln flogen zeternd vor ihnen auf, als die beiden Freunde über den schmalen Pfad an Wiesen und Gärten vorbeigingen. Sie passierten den Weg, der zu den großen Bleichwiesen an der Düssel führte. Schadow hatte in letzter Zeit oft davon gesprochen, dass er auf dem Eckgrundstück ein neues Haus bauen wolle, wenn er nur den richtigen Architekten dafür fände. Drüben auf der anderen Seite wechselten sich Häuser und Vorgärten mit Schänken, Ställen und Pferdetränken ab. Dahinter waren bereits die schattigen Bäume in Anton Beckers großem Garten zu sehen. Klingemann betrachtete interessiert die Umgebung.

»Wenn ich mich hier umschaue, lädt die Gegend zum Wandern oder Reiten geradezu ein! Macht man das hier?«

»Ja, das macht man sogar sehr gern«, nickte Mendelssohn. »Unsere Maler haben natürlich ihre besonderen Lieblingsplätze.« Er wies die Straße hinunter. »Wenn man von hier immer weiter nach Osten geht, kommt man ungefähr in einer halben Stunde zu den Grafenbergen. Dort gibt es einen schönen Wald und einen weiten Blick. Nach zwei weiteren Stunden ist man im Gesteins, einer Felsenschlucht mit geheimnisvollen Höhlen, wo Pastor Neander damals seine Lieder komponiert hat. Und nach Süden beginnt recht bald der Bilker Busch, ein wirklich uralter, riesiger Wald. Viele haben schon versucht, ein zweites Mal die gleichen Wege wiederzufinden. Schier unmöglich! Der Wald reicht bis an das kleine Schlösschen Eller heran. Es war einmal eine Wasserburg, ist aber vor zehn Jahren neu gebaut geworden, nur der Turm ist noch der alte. Dort hält sich auch öfter die Familie des Prinzen Friedrich auf, zumal der Prinz im Bilker Busch gerne auf die Jagd geht.«

Klingemann lachte. »Ich sehe, du kennst dich bereits so gut hier aus, dass du den Fremdenführer spielen kannst.«

»Nun ja, ich bin ja auch schon ein Jahr in der Stadt und oft mit den Malern unterwegs! Und hier«, zeigte Mendelssohn mit großer Geste, »sind wir nun beim Becker'schen Garten.«

Als sie durch die Umzäunung traten, blickte Klingemann sich neugierig, wenn auch erstaunt um.

»Das ist also dein Konzertsaal?«, fragte er und wies auf ein lang gestrecktes hohes Holzgebäude. Es war von außen sehr schlicht und besaß keine besonderen Verzierungen.

»Ja, das ist der Saal, in dem die Rheinischen Musikfeste und andere Konzerte stattfinden«, erklärte Mendelssohn, während sie auf das Gebäude zugingen. »Aber nur im Sommer. Im Winter ist es zu kalt.«

Er öffnete die Tür, und sie betraten die große Halle. Eine stabile Konstruktion aus Balken trug das schräge Dach. Sie ruhte auf geweißten hölzernen Seitenwänden und zusätzlich noch auf zwei Reihen Säulen. Zwischen ihnen fanden etwa 1200 Menschen auf nummerierten Stühlen Platz. Ein Drittel des Saales nahm die erhöhte Bühne ein. Sie bot Raum für mehrere hundert Musiker und Sänger. Den Hintergrund bildete ein riesiger Vorhang mit der übergroßen Darstellung eines Schwans, der eine Leier auf dem Rücken trug, den beiden Symbolen für Dichtung und Musik.

»Irgendwie imposant«, sagte Klingemann, »wiewohl doch sehr viel einfacher gehalten als die Konzertsäle in London mit all ihrem Gold und Pomp. Du kennst sie ja zur Genüge!«

»Sicher«, nickte Mendelssohn mit einem verschmitzten Lächeln, »aber es kommt immer auf die Musik an, die man in einem Konzertsaal macht – oder in der ›Tonhalle‹, wie die Leute hier oft auch sagen. Und in diesem Saal ist die Musik natürlich gut!«

Klingemann warf dem Freund einen amüsierten Blick zu und gab sich geschlagen.

»Wir haben noch zwei kleinere Säle«, fuhr Mendelssohn fort, »den Casinosaal in der Stadt und den Saal der Lesegesellschaft im Schloss. Die kann man im Winter wenigstens heizen! Und nun komm. Lass uns noch einen Kaffee trinken, bevor ich zur Probe muss. In drei Tagen haben wir das erste Konzert im Schloss.« Er zwinkerte Klingemann zu. »Und weil du zuhören wirst, müssen wir hier und da noch einige Probleme beheben. Wir wollen doch gut sein!«

Sie verließen den Saal und gingen hinüber zu Anton Beckers Gartenwirtschaft. An manchen Tagen wimmelte der Garten von Menschen. In der langen Pause zwischen den beiden Teilen eines Konzertes saßen sie an den Tischen, aßen ihre mitgebrachten Butterbrote und Äpfel und tranken dazu Dickmilch, Wein oder Bier, bis ein Tusch sie wieder in den Saal rief. Heute waren nur wenige Gäste zu sehen. In einer windgeschützten, sonnigen Ecke setzten sich die Freunde an einen Tisch und bestellten Kaffee.

»Wie ist denn jetzt eigentlich deine Differenz mit Immermann ausgegangen?«, wollte Klingemann wissen. »Ihr habt Briefe hin und her geschrieben und miteinander gesprochen, das weiß ich. Und ich sehe dich herumhetzen. Aber worum geht es überhaupt?«

Mendelssohn runzelte die Stirn. »Ein endloses Thema! Also nur kurz, denn ich mag mir die Stunde mit dir nicht verderben«, antwortete er verdrießlich. »Nun, wir haben einen Streit darüber, wie wir zusammenarbeiten. Ich will ihm einfach als Freund helfen, deshalb habe ich ihm zuliebe und auf seinen Wunsch hin mit dem Theater angefangen, als es noch um seine Mustervorstellungen ging. Und ich will auch weiterhin für ihn Opern dirigieren und ihm jede Musik für das Schauspiel schreiben. Mit Freuden! Das reicht ihm aber nicht.« Er seufzte. »Er ist seltsam, seit ich zurück bin. Launisch und reizbar.«

Klingemann machte ein besorgtes Gesicht. »Was will er denn genau? Du bist doch nicht bei ihm angestellt, oder doch?«

»Nein, und das ist eben der Punkt, den er nicht versteht. Im Theater scheint es für ihn keine Freunde zu geben. Er will, dass wir dort als Theaterintendant und Opernintendant arbeiten – mit all den Querelen, die es ja auch an anderen Theatern gibt, weil der Intendant des Schauspiels sich immer für den Tonangebenden hält. Und nun hat er auch schon zwei Briefe damit gefüllt, Dinge gegeneinander aufzurechnen. Ich habe dies … und du hast aber das … Ich hasse so etwas! Trotzdem habe ich ihm geantwortet und erklärt, wie ich die Sache sehe. Mir liegt einfach nichts an diesem Intendantentum! Ich will die Musik dirigieren, die er braucht, damit er Erfolg hat. Nur bedeutet das Ganze mir nicht mehr viel, wenn ich es auch noch aussprechen muss, um ihm klarzumachen, was ich unter einer Freundschaft zwischen Künstlern verstehe.« Er schüttelte den Kopf. »Weißt du, für mich ist das völlig normal, dass man zusammenarbeitet, damit eine Aufführung gelingt. Da kümmere ich mich auch noch um den letzten Tusch nach der Vorstellung, wenn alle sich verbeugen! Wenn er allerdings weiterhin so mit mir umspringt, höre ich gänzlich mit dem Theater auf. Das habe ich ihm auch geschrieben.«

»Du bist Musiker und hast eine reizbare, empfindsame Seele«, sagte Klingemann nachdenklich. »Er ist Dichter, aber auch ein Beamter, deshalb sieht er die Sache natürlich anders als du. Trotzdem träfe es ihn vermutlich sehr, wenn du aufhören würdest! Hängt nicht das Geld für das Theater davon ab, ob du dabei bist?«

»Ja, sicher!« Mendelssohn breitete die Arme aus. »Darum geht es doch! Deswegen dirigiere ich ihm ja seine Opern, wie die Aktionäre es wollen. Für alles andere ist Julius Rietz eingestellt worden. Trotzdem ist es Immermann irgendwie gelungen, dass ich immer tiefer in die Sache hineingeraten bin und viel von Rietz' Arbeit mitmache. Immermann kann sehr bestimmend sein. Nun, im Gespräch am Samstag haben wir abgemacht, dass wir es noch einmal versuchen. Es darf nur nicht sein, dass ich abends zu müde zum Komponieren bin und wahrscheinlich noch nicht einmal meinen ›Paulus‹ bis zum Musikfest nächstes Jahr fertig bekomme! So sehr ist mir das Theater hier dann doch nicht ans Herz gewachsen!«

Klingemann nickte. »Lass dich nicht ausnutzen, aber unternimm auch nichts Unüberlegtes, Irreparables!«, warnte er den Freund.

»Keine Sorge. Wenn aber doch, dann nur zu meinem eigenen Schutz«, versicherte Mendelssohn und trank endlich einen Schluck von seinem inzwischen lauwarmen Kaffee. »Und nun lass uns von etwas Erfreulichem reden. Weißt du, dass ich in Leipzig das Gewandhausorchester erlebt habe? Das sind Musiker!«, schwärmte er. »Ein Wink mit dem Stab, und sie verstehen, was sie tun sollen. Da ist nichts von der Mittelmäßigkeit zu spüren, über die wir hier leider nicht hinauskommen, trotz des guten Willens. Und ich habe ein Konzert mit Clara Wieck gehört! Sie ist erst fünfzehn Jahre alt und bereits eine glänzende Pianistin. Sie hat Sachen von Chopin exzellent gespielt und auch die schwierige ›Toccata‹ von Robert Schumann!« Er schmunzelte. »Schumann war übrigens auch da und hat sie mit den Augen verschlungen! Dem gestrengen Herrn Papa passte das gar nicht. Nun, wir werden sehen, was daraus wird.«

✦✦✦✦✦✦

In der Mittagspause der Akademie gingen Clemens und Emma zu Katharina. Sie hatten viel zu erzählen und wussten, dass ihre Freundin ungeduldig auf sie wartete. Als sie sich der Buchbinderei in der Mittelstraße näherten, hielt sie schon nach ihnen Ausschau.

»Und?«, fragte sie. »Was ist gestern herausgekommen?«

»Lass uns erst nach oben gehen«, bat Emma.

Wenige Menschen waren auf der ruhigen Straße, aber sogar sie warfen ihnen beredte Blicke zu und flüsterten miteinander.

»Du hast recht«, nickte Katharina. »Bei so vielen Gerüchten in der Stadt sollten wir lieber keinen Anlass für neue geben.«

Oben in ihrem Atelier waren sie ganz unter sich. Clemens und Emma setzten sich an den kleinen Tisch, und Katharina machte es sich auf der tiefen Fensterbank des Giebelfensters gemütlich.

»Erzählt endlich!«, bat sie.

»Also«, begann Emma. »Ich war letzten Donnerstag bei Schadow und habe ihm erklärt, dass die beiden Bilder in seinem Bureau von mir sind, dass ich mir aber nicht erklären kann, wie sie nach London geraten sind. Aber das weißt du ja schon.«

»Das war in der Stadt nicht zu überhören«, nickte Katharina. »Danach fingen ja die Gerüchte über dich und deine Fälschungen an.«

»Genau«, fuhr Emma fort. »Deshalb hat sich meine Mutter ja auch so furchtbar aufgeregt. Sie wollte mir sogar die Akademie verbieten. Mein Vater hat sie zum Glück umstimmen können. Er fand das Verbot unsinnig, weil es einem unnötigen Geständnis gleichkäme. Das ganze Wochenende über war es ziemlich turbulent bei uns. Von meinem Erlebnis mit de Boer wissen allerdings beide nichts, das hätte ich nicht auch noch ausgehalten.«

Clemens nickte ihr ermutigend zu. »Keine Sorge, das wird sich alles bald klären. Förster und ich waren gestern Abend nämlich beim üblichen Sonntagstreffen in Schadows Haus. Es waren nicht so viele Leute da wie sonst, fast nur Maler, dann Mendelssohn mit einem Freund und Madame Lauska natürlich. Wir hatten schon Sorge, dass niemand vom juristischen Kleeblatt kommen würde, aber da trat, bleich wie immer, von Uechtritz ein. Er hat sich unseren Bericht angehört und eine wirklich gute Idee gehabt. Natürlich musste er sich erst ziemlich ausführlich über die ›unfassbare Niedertracht!‹ und die ›unerhörte Infamie!‹ auslassen, mit der wir armen Maler immer zu kämpfen hätten. Aber dann verlangte er Papier und Feder und hat ein paar Punkte fein säuberlich aufgelistet, die de Boer unterschreiben muss. Danach habe ich von Uechtritz richtig lieb gewonnen!«

Die beiden Damen lachten. »Und was muss er nun unterschreiben?«, wollte Katharina wissen.

»Oh, es wird ihm gar nicht passen!«, freute sich Clemens. »Man kann es als umfassendes Geständnis bezeichnen. Also!« Er zählte die Punkte an den Fingern auf. »Erstens: Er bestätigt, dass mein Fausthieb die Ehre einer Dame gerettet hat, die er in ungebührlicher Weise belästigte. Zweitens: Er verpflichtet sich, in der örtlichen Presse eine Richtigstellung zu veröffentlichen, auch was den Diebstahl und die Sachbeschädigung angeht, damit die horrenden Gerüchte über mich aufhören, die er selbst in die Welt gesetzt hat. Drittens: Er fügt dieser Richtigstellung hinzu, dass niemals Bilder gefälscht wurden, sondern dass er Kopien aus seiner Galerie ins Ausland gegeben hat. Dieser Punkt ist übrigens meine Idee, damit in der Stadt auch keine Gerüchte mehr über Sie verbreitet werden, Emma! Viertens: Er gibt zu, diese Kopien in betrügerischer Absicht nach England geschickt zu haben, wohl wissend, dass er den Namen ›Düsseldorfer Malerschule‹ nicht unbefugt und fälschlich benutzen darf. Fünftens: Er gibt den Dilettanten ihre Bilder zurück unter Verzicht auf die Rückzahlung des Vorschusses. Und sechstens: Er schließt sein Geschäft und verlässt die Stadt, andernfalls wird er für Punkte eins bis vier vor Gericht gestellt. Doppelte Ausfertigung und Unterschrift.«

Clemens lehnte sich nach dieser anstrengenden Rede in gespielter Erschöpfung zurück, strahlte dabei jedoch über das ganze Gesicht.

»Wunderbar!«, rief Katharina. »Aber wissen Sie, was ich immer noch nicht verstehe? Warum er das überhaupt getan hat!«

Clemens nickte. »Stimmt, das wollte ich auch noch erzählen. Schadow hat es ihm entlockt. Er wollte einen neuen Markt erschließen und mit seinem Erfolg den Kunstverein und die Akademie für sich gewinnen. Er wäre ein gemachter Mann gewesen, wenn es gelungen wäre. Er hat sich dabei nur zu dumm angestellt.«

»Das hat er wirklich«, sagte Emma. »Die Idee an sich ist eigentlich gar nicht schlecht. Er hätte nur nicht unbedingt meine Bilder dafür nehmen sollen. Aber warum ausgerechnet England?«

»Ganz einfach. Italien brauchte er gar nicht erst zu versuchen, Italien ist Vorbild. Wer als Maler in Europa etwas auf sich hält, fährt nach Rom. Die bestehenden Verbindungen sind vielfältig. Frankreich ist auch nicht gut möglich, weil die französische Malerei mit der deutschen zwar in Konkurrenz steht, man aber trotzdem unsere Besten bei der Pariser Ausstellung mit großem Interesse beachtet. Die Franzosen kennen unsere Kunst hinreichend, allein schon durch Sammler wie den Grafen Raczynski. Er hat ja sehr gute Beziehungen zu französischen Künstlern. England war keine schlechte Wahl für de

Boers Absichten. Man kann die Engländer leicht hinters Licht führen, weil sie die deutsche Malerei eben nicht gut kennen. Sie finden sie nämlich hässlich.«

»Was?«, rief Katharina entgeistert.

»Ja, es ist so!«, bestätigte Clemens. »Sie lieben die Italiener und machen einen großen Bogen um deutsche Malerei. Nicht einmal Königin Victoria und Prinz Albert konnten ihnen das mit ihrer Sammlung alter deutscher Meister austreiben. De Boer dachte nun, wenn er ihnen ein paar zeitgenössische Bilder unserer Schule schickt, sprächen sie für sich, und die Engländer würden ihre Ansichten ändern. Ich finde es ja nett, dass er so eine hohe Meinung von uns hat, aber er hat die falschen Bilder genommen! Das ist nun einmal Betrug und schadet dem Ruf der Akademie. Deshalb setzt sich Schadow in dieser Sache auch so sehr ein.«

»Und jetzt?«, fragte Katharina. »Hat de Boer unterschrieben?«

»Schadow ist gerade bei ihm«, erklärte Emma mit triumphierendem Lächeln. »Und Landgerichtsrat von Uechtritz begleitet ihn ganz offiziell. Er wird unterschreiben müssen.«

CHRISTIAN DIETRICH GRABBE

Das hiesige Schauspielhaus liegt ohngefähr im Mittelpunkt der Stadt, am Markt, die Reiterstatue des Churfürsten Johann davor, hat von außen ein geräumiges und befriedigendes Aussehen, und ist innen bequem und anständig eingerichtet. Durch lange Gewohnheit geübt, auf dem Theater erst den Souffleur und dann den Schauspieler zu hören, und somit den doppelten Genuß zu haben, fiel mir beim Aufzieh'n des Vorhangs auf, wohl einen Souffleurkasten zu bemerken, aber einen stummen. Auch hinter den Coulissen, wohin ich schnell den ängstlichen Blick warf, lief kein soufflirender Doppelschatten dem Sprechenden nach. Der Souffleur hatte also heute plötzlich Unfall erlitten, und die Schauspieler mußten in Verlegenheit sein. Doch das Stück ward schneller und unbefangener gespielt, als wäre der Einbläser da, alles sicher, als müßt' es so sein.

(Christian Grabbe, Das Theater zu Düsseldorf mit Rückblicken auf die übrige deutsche Schaubühne, 1835)

DIENSTAG, 28. OKTOBER 1834

Als Karl Leberecht Immermann am Morgen dieses denkwürdigen Eröffnungstages zum Theater ging, tat er es mit dem besonderen Gefühl, dass sich heute nun wirklich sein Traum erfüllte. Am gestrigen Tag war endlich die Erlaubnis des Königs für eine einjährige Beurlaubung von seinem Amt als Landgerichtsrat eingetroffen. Minister von Kamptz hatte ihn allerdings von der Maßgabe in Kenntnis gesetzt, dass er nicht den Titel eines Intendanten führen dürfe. Das war sehr ärgerlich, aber von der preußischen Beamtenbürokratie nicht anders zu erwarten. Schließlich verstand sie unter einem Intendanten ausschließlich den Militärbeamten, der für die Versorgung der Truppen zuständig war, und das hatte nun weder mit seinem Amt eines Juristen noch mit dem Theater etwas zu tun. Obwohl er sich manchmal schon fast wie ein General vorkam, der seine Truppen disziplinierte, drillte und dann in den abendlichen Kampf schickte. Und es war ein Kampf, wenn man dem Publikum gutes literarisches Theater vorsetzte, aber äußerst selten die verdiente Reaktion dafür bekam! Nun, vielleicht würde sich das in der kommenden Saison ändern und seine Anstrengung sogar über die Grenzen Düsseldorfs hinaus geschätzt werden! Arbeit genug investierten sie alle.

Auch der heutige Abend kostete Mühe. Gleich würde er noch einmal Kleists »Prinz Friedrich von Homburg« in der zweiten und letzten Hauptprobe vor dem heutigen Abend verfolgen und danach die letzte Hauptprobe seines Vorspiels sehen. Hildebrandt und Sohn hatten Raffaels »Parnass« am Samstag noch bis tief in die Nacht mit achtundzwanzig Darstellern vor ihrem Transparent einstudiert, und gestern war das Lebende Bild dann zusammen mit Vorspiel und Musik geprobt worden. Es würde begeistern! Mendelssohn hatte nur wenige Tage Zeit gehabt und trotzdem wunderbar treffende Musik dazu geschrieben, das musste man ihm wirklich lassen.

Sie kamen beide ein wenig besser miteinander aus, nach all den Briefen und dem Zank um Regie, Darsteller, Probenzeiten auf der Bühne, Requisiten, Kostüme und dergleichen. Er hatte festgestellt, dass Mendelssohn die Dinge nur persönlich sah. Geschäftsmäßigkeit lag ihm offenbar nicht, denn seine Meinung, er beteilige sich nur als sein Freund und auch nur seinetwegen am Theater, war ein großes Missverständnis der Sache. Niemand übernahm schwierige und oft verdrießliche Arbeit nur um eines anderen willen!

Als der Ältere hatte er beschlossen, es erst einmal auf sich beruhen zu lassen. Er würde Mendelssohn Gelegenheit geben, zu lernen und sich zu finden und die offensichtlichen Schranken seiner Natur hinter sich zu lassen. Harsche Worte waren gefallen und hatten ihm eine schlaflose Nacht bereitet, aber niemand verwundete ihn mehr so leicht auf Dauer. Seine gleichgültige Ansicht von den Menschen war ihm auch in dieser Sache wieder einmal nützlich. Der junge Freund hatte sich allerdings auch nie plagen müssen, um Großes zu erreichen! Er war ein Felix im wahrsten Sinne des Wortes, ein Glückskind, dem alle zujubelten. Wenn er diesen Umstand mit einbezog, war er ohne alle Emotion gegen ihn. Mendelssohn war in seinem Herzen jedoch gut und liebenswürdig, und deshalb verdiente er die Geduld.

Immermann betrat das Theater und ging sofort weiter in den Zuschauerraum, wo der Tapezierer May dabei sein müsste, die bestellten Girlanden und Festons für den feierlichen Abend anzubringen. Er blickte sich im Saal um, aber außer den Bühnenarbeitern und einigen Darstellern, die für die Probe des »Prinzen von Homburg« bereits im Kostüm auf der

Bühne warteten, war niemand zu sehen. Weder waren die Säulen rechts und links der Bühne geschmückt, noch zogen sich grüne Gebinde über die mit Gold verzierten Logenbrüstungen rund um den Saal. Sie sollten bogenförmig angebracht werden, weil es schön aussah und die Namen der Theaterschriftsteller in schwarzen und die der Komponisten in roten Buchstaben sichtbar ließ. Leider konnte man sie nicht besonders gut lesen. Der Kronleuchter an der Decke war zwar riesig, aber seine Kerzen verbreiteten nur ein zartes Dämmerlicht.

Nun, es überraschte ihn nicht, dass man ihn trotz frühzeitiger Bestellung und häufiger Erinnerung im Stich ließ, wie es die höchst unlöbliche Sitte der hiesigen Handwerker war. Er würde sofort jemanden auf die Suche nach dem Tapezierer schicken. Der Preis von 33 Talern für den nur einmal benutzten Schmuck war teuer genug! Und er konnte nur hoffen, dass der Mann bald kam, sonst würde er noch an den Girlanden hämmern, wenn die Leute um sechs Uhr vor der Tür standen.

Er warf einen kurzen Blick hinauf zur Loge Nummer 13. »Shakespeare« stand auf der Brüstung. Sie war für die Elberfelder Notabeln reserviert, die er eingeladen hatte, damit sie sich selbst von der Qualität des Theaters überzeugen konnten. Es war sein letzter Versuch, mit ihnen darüber einig zu werden, die Truppe im Sommer in Elberfeld spielen zu lassen. Das Theater brauchte die Einnahmen! Nicht sehr zuversichtlich wandte er sich ab und ging weiter. Er hatte sogar im Oberpräsidium Koblenz nachgefragt, ob eventuell Koblenz oder Bonn dafür infrage kämen. Von Bodelschwingh hatte Koblenz rundheraus abgelehnt und hinzugefügt, dass in Universitätsstädten wie Bonn grundsätzlich kein Theater geduldet würde und wenn doch, dann nur unter besonderen Vorsichtsmaßnahmen. Nun, vermutlich befürchtete man Aufruhr durch politisch brisante Stücke, die im Düsseldorfer Repertoire ja durchaus vertreten waren.

Immermann ging die kleine Treppe zur Bühne hinauf, um einen der Arbeiter zu Tapezierer May zu schicken. Hinter der Bühne hörte er jedoch weibliche Stimmen laut miteinander debattieren. Streit konnte er heute überhaupt nicht brauchen, also kümmerte er sich zuerst darum. Als er hinzukam, hörte das Gezänk zwar auf, aber er musste feststellen, dass es sich bei den beteiligten Damen um seine fünf besten Schauspielerinnen handelte.

»Worum geht es?«, fragte er seufzend. Es stand zu befürchten, dass sie sich wieder um Rollen stritten.

»Um die Garderobe Nr. 1 direkt hinter der Bühne«, war die Antwort. »Sie bietet den kürzesten Weg, wenn man sich bei einem Stück oft umziehen muss. Sie hat aber nur vier Plätze.«

Immermann verdrehte die Augen und ließ, wie bei all diesen leidigen Querelen, Lose ziehen.

✦✦✦✦✦✦

Etwa zur gleichen Zeit betrat Eduard Hartmann sein Handelshaus und begab sich in sein Kontor. Jeglicher Antrieb zur Arbeit fehlte ihm heute. Trotzdem tat er automatisch das, was er seit Jahren jeden Morgen zu tun gewöhnt war. Er schlug die Fensterläden zum Innenhof auf und ließ frische Luft herein. Dann trat er an seinen Schreibschrank, öffnete die runde Glasscheibe der Uhr, die oben in der Mitte des Schrankes eingesetzt war, verglich sie mit seiner Taschenuhr und zog sie auf. Er achtete peinlich genau darauf, dass sie immer lief. Pünktlichkeit war wichtig im Geschäftsleben. In der Mitte des Zifferblattes war ein zweiter, kleinerer Kreis Zahlen. Sie gaben den Tag im Monat an. Um Mitternacht hatte sich der kurze Zeiger brav auf die 28 bewegt. So weit war also alles in Ordnung. Er ließ die runde Glasscheibe wieder in ihrem kleinen Schloss einrasten.

Um den neuen Arbeitstag wirklich beginnen zu können, musste er nun den Schreibschrank aufschließen und die Arbeitsplatte herunterklappen. In den Fächern dahinter lagen Aufträge, Briefe ausländischer Händler und auch sonst genügend Arbeit, um die er sich kümmern sollte. Aber stattdessen ließ er sich auf den Stuhl vor dem Schrank sinken und blickte hinaus in den Innenhof, auf den Eingang zum Kellergewölbe, wo edle Weine, Champagner, Cognac und andere teure Erzeugnisse aus Trauben lagerten. Er fühlte sich erschöpft, und das bereits am frühen Morgen! Er war sogar früher als gewöhnlich von zu Hause aufgebrochen, weil er die Klagen seiner Frau über Emma, die Gerüchte in der Stadt und vor allem den Kunsthändler einfach nicht mehr aushielt. Augustes Verhalten kostete ihn im Moment viel Kraft. Dabei musste er über einiges nachdenken! Und dafür brauchte er Ruhe.

Da war zum Beispiel diese sehr ärgerliche Sache mit Papenstiel. Damit schien überhaupt alles angefangen zu haben! Er hätte ihm sein unmögliches Verhalten bei diesem Kunsthändler niemals zugetraut und war froh, dass er ihn in seinem Haus nicht mehr sehen würde. Hedwig schien es zum Glück nicht allzu schwer zu nehmen, dass der Maler sie nicht mehr unterrichtete. Auguste und er hatten auch Emma ermahnt, Papenstiel bei ihren Gängen zur Akademie oder zur Chorprobe nicht mehr zu beachten. Das war eigentlich überflüssig, denn sie hatte ja nichts weiter mit ihm zu tun. Aber es war ratsam, schließlich waren die Gerüchte über Emmas angeblich gefälschte Bilder gerade abgeflaut. Seine Mutter hatte es ihm damit erklärt, dass zwischen ihr und einer befreundeten, etwas leichtgläubigen Dame diesbezüglich ein paar deutliche Worte gefallen waren. Er wusste nicht, welche Dame, aber er war seiner Mutter dankbar dafür. Warum man seine Tochter überhaupt verdächtigt hatte, konnte er sich nicht recht erklären. Sie selbst hatte nicht viel dazu erzählt. Das war auch nicht möglich gewesen, denn Auguste hatte ja immerzu geredet. Seit heute Morgen nun passten einige Dinge nicht mehr in das Bild, das er sich von der ganzen Sache gemacht hatte, auch was Papenstiel betraf.

In der heutigen Zeitung stand nämlich eine erstaunliche Annonce des neuen Kunsthändlers, über die er sich nicht ganz im Klaren war. Auguste war außer sich gewesen, als sie sie las. De Boer rückte darin einige Dinge gerade, die in letzter Zeit in Umlauf gewesen waren, und die betrafen vor allem auch Papenstiel, der offenbar wegen irgendeiner Dame in guter Absicht gehandelt hatte. Darüber hinaus kündigte er an, die Stadt zu verlassen, und bat die Dilettanten, freundlicherweise ihre Bilder bei ihm abzuholen. Auguste hatte nur noch diesen letzten Satz gesehen und angefangen zu lamentieren.

Sie hatte einen Narren an diesem Kunsthändler gefressen und glaubte jetzt sogar an eine Verschwörung gegen de Boer! Er dagegen konnte den aalglatten Menschen nicht ausstehen und traute ihm durchaus noch sehr viel mehr zu. Unter anderem bestätigte ja schon diese Annonce, dass er letztlich wohl selbst hinter den Gerüchten um Papenstiel und vor allem um Emma steckte. Das war unverzeihlich. Und es war unverständlich, so gar nicht geschäftsmäßig. Nun war Emmas Ansehen zum Glück wiederhergestellt, aber man schadete sich und seinem Unternehmen doch nicht selbst! Trotzdem musste es so sein, denn sonst stünde es ja nicht auf de Boers Veranlassung in der Zeitung. Es sei denn, jemand spielte ihm tatsächlich einen üblen Streich. Was sollte man an dieser ganzen Sache, bei der die eigene Tochter als Fälscherin verunglimpft worden war, nun glauben?

Er schüttelte den Kopf. Zu viele Ungereimtheiten waren einem Geschäftsmann wie ihm ein Gräuel. Er brauchte Tatsachen.

Eduard hörte, wie sich die Tür zur Weinhandlung öffnete, und verließ sein Kontor. Wahrscheinlich waren trotz der frühen Stunde seine Kontoristen eingetroffen. Abrupt blieb er stehen. Es war der Maler! Papenstiel. Was wollte er noch hier?

»Guten Morgen, Herr Hartmann!«, begrüßte Clemens ihn. »Ich habe gesehen, dass Ihr Geschäft schon geöffnet ist, und dachte, ich könnte es wagen, Sie um ein kurzes Gespräch zu bitten.«

Höflich war er ja, dachte Eduard, aber er drehte seinen Zylinder in den Händen und sah aus, als hätte er ein schlechtes Gewissen. Vielleicht war er auch nur unsicher, das konnte man bei diesen jungen Leuten nie auseinanderhalten. Er beschloss, ihn anzuhören.

»Nun? Worum geht es?«

»Ich möchte mit Ihnen über Ihre Tochter sprechen und über …«

Eduard winkte ab. »Das ist zwecklos. Sie wird den Unterricht bei Ihnen nicht wieder aufnehmen.«

»Ich meine nicht Mamsell Hedwig, ich meine Mamsell Emma Hartmann.«

Eduards Augen weiteten sich. »Was wollen Sie von ihr? Sie steckt doch schon in genügend Schwierigkeiten! Allerdings scheinen sie seit heute aus der Welt zu sein.«

»Genau darüber möchte ich mit Ihnen reden. Ich glaube nämlich im Gegensatz zu Emma, dass Sie ein Recht darauf haben, alles über gewisse Ereignisse zu erfahren. Es schafft Klarheiten.«

Das war genau das, was Eduard wollte. Aber etwas an diesem Angebot missfiel ihm ungemein. »Was heißt ›im Gegensatz zu Emma‹?« Er reckte sich zu seiner vollen Größe empor.

»Ich verlange zu wissen, was Sie mit meiner Tochter zu schaffen haben!«

»Auch darüber möchte ich mit Ihnen reden. Ihre Frau Mutter hat es mir empfohlen.«

»Wer hat …? Meine …?« Es fiel Eduard schwer, sich zu fassen, denn damit hatte er nicht gerechnet. »Was geschieht hier hinter meinem Rücken?« Er warf Clemens einen empörten Blick zu, dem der Maler jedoch standhielt, und kapitulierte. »Kommen Sie mit in mein Bureau und erzählen Sie!«

✦✦✦✦✦✦

Am Abend traf Emma rechtzeitig in der Mittelstraße ein, um ihre Großmama zum Eröffnungsabend des Theaters zu begleiten.

»Nun?«, fragte Karoline verschmitzt lächelnd als Allererstes. »Hat Papenstiel wie abgemacht mit deinem Vater gesprochen?«

»Das muss er wohl gleich heute Morgen getan haben.« Emma hob die Schultern. »Ich habe Clemens heute leider nicht sehen können. Aber Papa kam überraschend zum Mittagessen nach Hause, was Mama völlig durcheinandergebracht hat. Sonst geht er ja immer zu Beeking am Markt. Wir haben also ziemlich rasch gegessen, und danach hat er sie in sein Arbeitszimmer gebeten. Hedwig und ich haben versucht, etwas zu verstehen, aber durch die Tür drang nur Gemurmel. Erst am Schluss hat Papa sehr laut gerufen: ›Ich will den Namen de Boer in meinem Haus nie wieder hören! Hast du das verstanden?‹ Und …«

»Mein Sohn hat gebrüllt?«, fragte Karoline ungläubig. »Man sollte sich niemals so weit vergessen, aber die Sache war ja auch wirklich ernst genug! Erzähl weiter.«

»Nun, sie kamen wieder heraus. Mama ist auf mich zugestürzt und hat gerufen ›Mein armes, armes Kind!‹ und ‹So ein Unhold! Wir werden nie mehr über ihn reden!‹. Also muss Clemens Papa alles erklärt haben.«

»Ja, aber weiß er auch von euch beiden?«, fragte Karoline.

Emma seufzte. »Ich habe keine Ahnung. Du kennst ja Mama, sie hätte mit Sicherheit etwas dazu gesagt. Das hat sie aber nicht. Papa hat mich einen Augenblick ernst angesehen und den Kopf geschüttelt, bevor er wieder ins Kontor gegangen ist. Gesagt hat er nichts.«

»Nun, ich werde es erfahren, wenn dein Clemens und du mich hoffentlich sehr bald wieder besuchen kommt. Und jetzt sag mir, was wir gleich im Theater sehen. Ich bin sehr gespannt.«

Emma zog den Theaterzettel aus ihrem kleinen Beutel. Ludwig Giesen hatte ihn wie üblich am Morgen gebracht. »Die Jubel-Ouvertüre von Carl Maria von Weber, dann ein Vorspiel von Immermann. Es heißt ›Kurfürst Johann Wilhelm im Theater‹.«

»Sehr sinnig!«, schmunzelte Karoline. »Er sitzt ja vor der Tür des Theaters auf seinem Pferd. Aber wie bekommt Immermann ihn wohl hinein? Wir werden sehen. Und was gibt es noch?«

»Eine Festmusik von Beethoven«, las Emma vor. »Mendelssohn hat uns bei der letzten Chorprobe verraten, dass es die Ouvertüre ›Die Weihe des Hauses‹ ist. Beethoven hätte sie vor zwölf Jahren für die Einweihung eines Theaters in Wien geschrieben. Das passt ja nun auch. Und dann als Letztes ›Prinz Friedrich von Homburg‹ von Kleist.«

»Tatsächlich?«, fragte Karoline erstaunt. »Sehr mutig! Im Literaturblatt hat gestanden, dass das Stück vor sechs Jahren in Berlin verboten worden ist. Der Prinz von Homburg ist nämlich ein General, aber in einer Szene zeigt er wohl unmännliche Angst vor dem Tod, was für einen Offizier ja völlig unmöglich ist. Außerdem soll sich Prinzessin Marianne von Preußen, eine geborene von Hessen-Homburg, in der Familienehre gekränkt gefühlt haben. Sicherlich war Immermann klug genug, diese Stelle herauszustreichen. Lassen wir uns überraschen!«

Kurz vor sechs Uhr kamen sie am Theater an. Der Marktplatz wimmelte von Menschen, Kutschen fuhren vor und dann weiter auf die genehmigten Plätze, wo sie bis zum Theaterschluss nach neun Uhr stehen durften. Die Zufahrt über die engen Gassen auf den doch recht kleinen Marktplatz war wie immer genau geregelt, so dass es trotz des vielen Verkehrs keine Probleme gab.

»Lass uns gleich hineingehen«, sagte Emma. »Unsere Plätze sind alle zusammen in einer Loge. In diesem Gewimmel finden wir die anderen ja doch nicht.«

Die Türen wurden geöffnet. Ganz vorne amüsierten sich einige der festlich gekleideten Besucher über das laute Hämmern, das aus dem Inneren des Gebäudes drang. Auch Emma und Karoline mussten lachen. War das Theater immer noch nicht fertig? So kurz vor der Eröffnung? Plötzlich hörte das Hämmern auf, und nicht lange danach sah man, wie Tapezierer May aus der Toreinfahrt kam, die zum Bühneneingang führte, und sich mit seiner Leiter davonmachte.

Geduldig schoben sich Emma und Karoline mit der Menge ins Theater. In der Loge wartete schon ihre Familie auf sie. Eduard und Hedwig lächelten Karoline zu, nur Auguste schien ungewöhnlich kleinlaut zu sein. Karoline begrüßte ihre Schwiegertochter besonders herzlich, während Emma sich neugierig umschaute. Der Saal sah mit all den Girlanden sehr festlich aus, aber er war leider nicht ganz ausverkauft. Sogar eine ganze Loge – bei dem dämmrigen Licht war der Name Shakespeares gerade noch zu entziffern – blieb leer.

Nun erhob sich das gesamte Publikum und wandte sich zur Fürstenloge direkt gegenüber der Bühne, weil Prinz Friedrich mit seiner Gemahlin und einigen Hofleuten eingetroffen war. Nachdem das hochwohlgeborene Paar gegrüßt und Platz genommen hatte, setzte sich auch das Publikum. Mendelssohn trat ans Dirigentenpult, verbeugte sich in Richtung der Fürstenloge und noch einmal vor den Zuschauern im Saal. Applaus brandete auf, während er sich zu seinen Musikern umdrehte. Sie hatten ihre Plätze im Parkett direkt zwischen der erhöhten Bühne und der ersten Sitzreihe. Sehr konzentriert und ruhig hob er den Taktstock, und es wurde mucksmäuschenstill.

Emma konnte sich noch gut daran erinnern, wie sehr die Düsseldorfer über seinen ersten Auftritt als Dirigent beim Musikfest vor über einem Jahr gestaunt hatten. Bis dahin waren sie gewöhnt, dass entweder ein Pianist wie der alte Burgmüller am Flügel saß und von da aus mit einer Notenrolle Zeichen gab oder der Erste Geiger die Einsätze mit dem Geigenbogen dirigierte. Aber das dünne, mit weißem Leder bezogene Stöckchen, das Mendelssohn von seinem erhöhten Pult aus wie einen blitzenden Zauberstab schwang, konnte doch nie im Leben ein ganzes Orchester bändigen – und mehrere Chöre dazu! Emma lächelte, während die mächtige Musik Webers das Theater erfüllte. Und wie das Stöckchen die Musiker gebändigt hatte! Ein Konzert wie heute wäre vor einem Jahr noch nicht möglich gewesen, zumindest nicht in dieser viel besseren Qualität.

Die Jubel-Ouvertüre näherte sich dem Schluss. Bei den wohlbekannten Klängen der preußischen Königshymne »Heil dir im Siegerkranz«, mit der Webers Ouvertüre zu Ende ging, sangen – wie beabsichtigt – alle Zuschauer den Text mit. Die

Rheinländer unter ihnen sangen ohnehin gerne, und sie mochten »ihren« Prinzen Friedrich, also war auch ein preußisches Lied nicht so tragisch. Über die Hälfte des Theaters war mit Preußen gefüllt. Sie hielten das Mitsingen dieser Hymne für selbstverständlich. Nach dem letzten Ton spendeten alle einträchtig den Musikern begeisterten Applaus.

Mendelssohn blieb am Pult stehen, als sich nun der Vorhang öffnete. Ein Seufzen ging durchs Publikum. Die Kulisse war einfach zu schön! Emma war fasziniert vom Anblick des vertrauten Marktplatzes auf der Bühne mit der Reiterstatue Jan Wellems in der Mitte. Die Fenster der Häuser waren von innen erleuchtet, rechts war ganz deutlich das Theatergebäude zu erkennen. Amüsiert verfolgte sie das launige Gespräch zwischen einem Architekten und seinem vorwitzigen Gehilfen über die Veränderungen und den Ausbau des Theaters. Wie alle anderen musste Emma mehr als einmal laut lachen. Der Architekt bedauerte nur den armen bronzenen Kurfürsten, der immer mit dem Rücken zum Gebäude auf seinem Pferd sitzen musste, alles hören, aber nie selbst sehen und erleben konnte. Also lud er ihn ins Theater ein, sein eigentliches Geburtshaus, weil das Gebäude ja einmal Grupellos Gießhaus gewesen war.

Sein Gehilfe war über die Einladung genauso entsetzt wie der Diener Leporello in Mozarts Oper »Don Giovanni«, weil man Statuen, ob nun aus Stein oder Bronze, nicht einfach irgendwohin einladen sollte. Er behielt recht, denn als sich die beiden kurz darauf – nun im Theater – über Geldsorgen und geplante Aufführungen unterhielten, klopfte es, wie in Mozarts Oper auch, dreimal laut an die Tür. Die Bronzestatue war der Einladung gefolgt. Emma und Karoline zwinkerten sich zu. Da hatte Immermann eine sehr gute Idee gehabt! Der trotz allem furchtlose Architekt befragte nun den Kurfürsten nach seiner Meinung über das neue Theater und bekam äußerst positive Antworten durch Gesten und Kopfnicken. Einmal zeigte Jan Wellem auch hinauf zur Fürstenloge, wo sein Nachfolger als Förderer der Künste in Düsseldorf saß.

Jeder wusste, dass Mendelssohn die Musik zum Vorspiel geschrieben hatte, obwohl sein Name nicht auf dem Theaterzettel stand. Emma war begeistert, wie er die Aufgabe gelöst hatte, alle Gesten der Statue mit Musik zu unterlegen, weil sie ja nicht sprechen konnte. Er hatte einfach Immermanns Idee aufgegriffen. Die Zuschauer erkannten sofort die ersten Takte von Mozarts Musik, die im »Don Giovanni« den Auftritt des Steinernen Gastes begleiteten, obwohl sie jetzt viel leiser gespielt wurden. Aber bevor jemand auf die Idee kommen konnte, mitzusummen und zu sehr an die Oper zu denken, veränderte sich die Musik und konzentrierte das Publikum wieder auf das Geschehen auf der Bühne.

Die letzte Frage des Architekten, welche Gestalten wohl das Theater bevölkern würden, beantwortete die Bronzestatue, indem sie auf die Hinterwand der Bühne wies und dann langsam im Boden versank. Auch Architekt und Gehilfe zogen sich leise zurück, während sich die Hinterwand hob und Raffaels wohlbekannter »Parnass« mit Apollon, den Musen und den Dichtern als Lebendes Bild erschien. Die Musik wurde noch kurze Zeit weitergeführt, bis man sich sattgesehen hatte, dann senkte die Wand sich wieder herab und berührte, wie von Mendelssohn berechnet, genau mit dem letzten Ton den Boden.

Es war ein überwältigender Eindruck! Emma fiel gerne in den stürmischen Applaus ein und hatte fast das Gefühl, dass der Höhepunkt des Abends damit schon vorüber war. Aber dann wurde sie, wie alle anderen auch, in Beethovens Festmusik eingehüllt.

ANDREAS ACHENBACH

Du wünschest mir am Ende Deines Briefes viel Geduld zum Theaterwesen, aber die hatte ich schon 14 Tage, ehe ich ihn bekam, verloren. Die Sache war nicht, wie sie mir gefiel und gefallen konnte; meine ganze Zeit vom Aufstehen bis zum Abend war mit Düsseldorfer Theater eingenommen, weil Immermann durchaus Nichts mit der Musik zu thun haben kann, und doch Alles selbst entscheiden und bestimmen mußte, als Intendant. Ferner sollte eine gewisse Rivalität von Oper und Schauspiel eintreten und ich sollte die Oper repräsentieren – kurz eines schönen Morgens erinnerte ich mich, dass ich in Düsseldorf sei, um ein Paar Jahre zu arbeiten, und stieg wie Carl V. von meinem Throne. Seitdem habe ich wieder angefangen zu schreiben, Musik zu machen und Mensch zu sein.

(Felix Mendelssohn Bartholdy, Brief an Eduard Devrient in Berlin vom 23.11.1834)

Montag, 10. November 1834

Nun, Immermann!«, sagte Oberlandesgerichtsrat Karl Schnaase, betupfte seinen Mund mit einer Serviette und lehnte sich zufrieden zurück. Die Mittagsküche bei Beeking war gut, und mit einem Freund zusammen schmeckte es immer noch am besten. Der Freund wirkte allerdings bedrückt. Schnaase vermutete, dass er den Grund dafür kannte, aber er hatte mit seiner Frage lieber bis nach dem Essen gewartet. Das war bekömmlicher. »Was ist heute im Verwaltungsrat geschehen? Als ich eben hierherkam, standen Oberbürgermeister von Fuchsius, Archivrat Lacomblet, Regierungsrat von Sybel und etliche andere Herren mit ernsten Gesichtern vor dem Theater.«

Immermann blickte sich um. Sie saßen in einer Ecke, in der ihr Gespräch nicht gehört werden konnte. Er wartete noch mit der Antwort, denn ein Kellner kam, räumte die Teller ab und stellte zwei Tassen Kaffee vor sie auf den Tisch.

»Es war höchst unerfreulich, hat sich aber schon angekündigt«, antwortete er ungehalten, als der Kellner wieder davongeeilt war. »Mendelssohn ist von den Theatergeschäften zurückgetreten.«

Aufmerksam beobachtete Schnaase die Miene seines Freundes. Wie erwartet presste er die Lippen aufeinander, als wolle er die Kommentare einsperren, die ihm dazu auf der Zunge lagen.

»Was war seine Begründung?«, fragte er.

»Er begründet es mit seiner Gesundheit, weil er in eine grässliche Hetze hineingeraten sei, und mit seinen eigenen Arbeiten, die er in Düsseldorf schreiben wolle und für die er nun keine Zeit mehr habe. An den Sitzungen des Verwaltungsrates will er noch teilnehmen und, wie versprochen, einige Opern dirigieren, um den Wünschen der Aktionäre Genüge zu tun.«

Schnaase nickte. »Was hat der Verwaltungsrat dazu gesagt?«

»Er hat es akzeptiert.« Immermann rührte in seiner Tasse, ohne sie wirklich wahrzunehmen. »Ich habe Mendelssohn gestern einen langen Brief geschrieben, aber nicht abgeschickt. Es wäre ohnehin zwecklos gewesen. Ich wollte ihm anbieten, alles, was ihn belastet, von ihm fernzuhalten. Das Einstudieren könnte er an Rietz abgeben und Regiefragen vom Regisseur unter Rücksprache mit mir entscheiden lassen.«

»Gut, dass du den Brief nicht abgeschickt hast«, sagte Schnaase. »Du warst dir wohl selbst nicht sicher.«

»Wieso?« Immermann nippte an seinem heißen Kaffee.

»Nun, Mendelssohn hätte sich nur wieder aufgeregt, weil dann auch noch die Regie der Oper unter deiner Aufsicht gestanden hätte – etwas, das du übrigens vor Kurzem noch weit von dir gewiesen hast. Weißt du, er braucht Unterstützung, aber keine Einmischung.«

»Wenn ich mich nicht um alles kümmere, kommt nichts zustande!«, beklagte sich Immermann. »Mendelssohn sieht viele Dinge zu leicht, bis er merkt, dass sie komplizierter sind, als er dachte. Am letzten Donnerstag hat er mir seine Entscheidung angekündigt. Da war mir fast die Lust vergangen, den ›Oberon‹ abends noch anzusehen. Er hat mir auch nicht gefallen! Eine lärmende Verwandlungsoper, Kulissen, Gardinen – alles immer in Bewegung, fünfzig Menschen auf und hinter der Bühne, erstickender Dampf von der Elfenszene. Ich war beinahe physisch krank!« Er schüttelte den Kopf. »Hätte ich mich nur nie auf die Oper eingelassen! Der ganze Singsang ist mir fatal.«

Schnaase unterdrückte ein Schmunzeln. »Ich fand den

›Oberon‹ sehr gelungen. Die Inszenierung passte zu Webers Musik und war abwechslungsreich für das Publikum. Wenigstens kam nicht wie bei Marschners ›Templer und Jüdin‹ ein Ritter darin vor, den du mit deiner Sparsamkeit in ein Bettlaken statt in einen weißen Umhang gehüllt hast. Zwar hatte der Schneider ein rotes Kreuz daraufgenäht, aber es fiel trotzdem auf. Das war nun wiederum mir fatal!«

»Das kann ich nicht ändern«, gab Immermann zurück. »Ich bin genötigt, die Musik mit ihrem Silberklang mitzuschleppen, und muss sie irgendwie bezahlen. Im rezitierenden Theater machen die einfachsten Dinge Wirkung, die Oper braucht dafür Flitter. Und Flitter ist teuer. Ein neues Meer, ein neuer Himmel, Samt und Seide, mehr Statisten zur Bevölkerung der Bühne und dergleichen kosten Geld. Ich werde Ende des Monats ausrechnen, ob die Opern das einbringen, was ich für sie ausgeben muss.«

»Ich glaube, das Haus war am Freitag ausverkauft«, sagte Schnaase ruhig. »Und viel geklatscht haben wir Zuschauer auch. Ich habe dir schon einmal gesagt, dass dein Publikum Opern liebt, ob sie nun mit ihrem Erfolg deinen Schauspielen Konkurrenz machen oder nicht. Und ich habe dich davor gewarnt, Mendelssohn Verwaltungsarbeit aufzubürden, die ihm nicht liegen kann.«

Immermann erinnerte sich genau an dieses Gespräch an einem sonnigen Morgen vor scheinbar unendlich langer Zeit. »Prinz Friedrich und die Aktionäre fanden ihn auf dem Posten wünschenswert. Was hätte ich denn tun sollen?«

»Ihn mehr unterstützen und ihm nicht fortwährend zeigen, dass dir die Oper lästig ist, auch wenn du ihm das Gegenteil sagst, wie mir mehrfach aufgefallen ist. Er ist sehr intelligent und sehr gebildet. Er merkt es, wenn man ihm etwas vorgaukeln will, glaub mir!«

»Ich weiß«, gab Immermann zu. »Aber mir andauernd zu sagen, das Theater interessiere ihn nur wenig und er hätte es nur mir zuliebe übernommen, die Opern zu dirigieren, ist doch genauso unangebracht. Dabei war ich es, der ihm einen Gefallen damit tun wollte! Und dann spricht er vor einer Woche schon mit Freunden, also mit Dritten darüber, dass er aufhören will! Er hätte damit zuerst zu mir kommen müssen, statt hinter meinem Rücken zu agieren!«

Schnaase nickte, aber er antwortete nicht. Manchmal war es besser, die Dinge im Raum stehen zu lassen, bis sie von allein zur Tür hinausfanden. Nachdenklich betrachtete er seinen Freund. Was er verlangte, hielt er oft selbst nicht ein. Auch er agierte hinter dem Rücken anderer, das letzte Mal war noch gar nicht so lange her. Von Uechtritz hatte es diesmal getroffen, der ihn anfänglich sogar bei den Mustervorstellungen sehr unterstützt hatte. Nun war sein Theaterstück »Rosamunde« zu seiner großen Freude endlich bei einem örtlichen Verlag erschienen, Immermann ließ allerdings kein gutes Haar an diesem Stück, was von Uechtritz dann doch zu Ohren gekommen war. Seitdem sprachen sie kein Wort mehr miteinander.

Er bedauerte Immermann. Er war ein hervorragender Dichter und Schriftsteller, er war geistreich, er zählte Ludwig Tieck und Heinrich Heine zu seinen Freunden, er leistete Großes für das Theater und konnte kämpfen, wenn er von einer Sache überzeugt war. Aber seine Art, wie er die Menschen in seiner täglichen Umgebung behandelte, vergraulte sie alle. Warum traf es immer ihn, dem Freund dies erklären zu müssen? Sie hatten sich im Juli sogar schon einmal über einen ähnlichen Fall fast entzweit! Aber Immermann verhielt sich immer gleich. Er war liebenswürdig zu einem noch Unbekannten, machte sich damit einen neuen Freund, und nach einer Weile stieß er ihn so vor den Kopf, dass dem anderen nichts weiter übrig blieb, als Abstand zu halten. Er hatte sich auch mit Schadow überworfen, was man in Düsseldorf nicht tun sollte, wenn man das Theater leitete. Schadow hatte das Theaterprojekt ja überhaupt erst mit ins Leben gerufen, und außerdem war sein Haus der kulturelle Mittelpunkt der Stadt. Allerdings musste man zugestehen, das Schadows ständige Versuche, Immermann zum Katholizismus zu bekehren, auf die Dauer unerträglich waren. Aber der Freund hatte sich sogar mit einigen Malern zerstritten! Und das war eigentlich nahezu unmöglich, denn sie waren ein gutmütiges Völkchen, das fast alles schnell verzieh.

»Baron Meyendorff will im französischen ›Constitutionnel‹ über die hiesige Bühne schreiben«, unterbrach Immermann die Stille zwischen ihnen. »Ich bin mir sicher, dass der Artikel eines Diplomaten Furore machen wird, wenn wir ihn übersetzen und dann hier veröffentlichen. Kannst du nicht auch etwas schreiben?«

»Jederzeit!«, versicherte Schnaase. »Wenn du das nächste große Stück gibst, schreibe ich eine Kritik.«

Immermann lächelte erfreut. »Wie wäre es Ende des Monats? Wir geben Lessings ›Minna von Barnhelm‹.«

✦✦✦✦✦✦

Auguste saß am hübsch gedeckten Kaffeetisch in ihrem Salon und wartete auf ihre Töchter. Ein Feuer knisterte im Kamin und vertrieb die kalte Feuchtigkeit, die an diesem trüben Novembernachmittag durch alle Ritzen zu dringen schien. Hedwig und Emma waren beide noch in der Stadt unterwegs, die eine in der Leihbibliothek, die andere bei Mamsell Severin. Es war eigentlich erstaunlich, wie oft Emma bei der Malerin war. Seit sie den Unterricht in der Akademie besuchte, sah man sie kaum noch. Und Hedwig verbrachte viel Zeit mit Lesen. Also hatte Auguste beschlossen, zusammen mit ihren Töchtern bei einer Tasse Kaffee und dem Rest vom sonntäglichen Kuchen ein gemütliches Stündchen zu verbringen.

In letzter Zeit hatte sie viel nachgedacht und war zu dem Ergebnis gekommen, dass sie die Mädchen eigentlich gar nicht mehr richtig kannte. Sie hatte sie großgezogen und war ganz selbstverständlich davon ausgegangen, dass sie in allem ihre Meinung teilten. Nun ja, das war auch kein Wunder, schließlich wusste sie am besten, was gut für sie war. Bis vor zwei Wochen war sie zumindest der Ansicht, nein, der festen Überzeugung gewesen, dass genau das auch zutraf. Aber sie hatte die Zeichen nicht erkannt. Emma hätte bis zu jenem unseligen Pfingstsonntag ja sonst niemals vor ihr verheimlichen können, dass sie Malunterricht bei einem Professor nahm. Und das, obwohl sie immer versucht hatte, ihre Älteste auf die wirklich wichtigen Dinge im Leben eines Mädchens hinzuweisen. Malerei gehörte nun wirklich nicht dazu. Allerdings wirkte Emma in letzter Zeit so glücklich, was ja wohl an ihrem Unterricht in der Akademie liegen musste.

Aber Eduards Eröffnung vor zwei Wochen über die Unperson, deren Name in ihrem Haus nicht mehr ausgesprochen wurde, hatte sie unsanft auf den Boden der Tatsachen geholt. Sie war einem Schönredner, einem Töchterverführer auf den Leim gegangen! Das verzieh sie sich nicht so leicht. Nichts traf sie schwerer, als die Schuld für etwas bei sich suchen und – noch schlimmer – sogar finden zu müssen! Das war auch kein Wunder, denn es waren ja immer die anderen, die Schwierigkeiten bereiteten. Das wusste man doch! Und alles in allem war es in diesem Fall auch nicht anders. Die Unperson hatte die Probleme gemacht, niemand sonst. Aber – und das nagte mehr an ihr, als sie sich selbst eingestehen wollte – sie ganz allein war auf die

Schöntuerei hereingefallen. Und als Folge davon war Emma im Laden der Unperson in diese … nun, diese Situation geraten. Unverzeihlich! So ein Fehler, so ein Verkennen der Lage wie bei dieser Angelegenheit würde ihr nie mehr unterlaufen!

Zum Glück war Papenstiel rechtzeitig zur Stelle gewesen, wie sich dann ja gezeigt hatte. Eigentlich war er ein netter Junge. Mit seinen zweiundzwanzig Jahren vielleicht noch etwas grün hinter den Ohren und auch ohne Einkommen und ohne Aussichten, denn zu den bekannten Malern gehörte er nicht, aber man musste ihm dankbar sein. Seltsam, dass sie daran noch nicht gedacht hatte. Man müsste sich eigentlich erkenntlich zeigen. Sie sollte mit Eduard darüber sprechen, wie das zu bewerkstelligen wäre, denn Papenstiel kam ja nicht mehr zum Unterricht, also würde sie ihn auch nicht mehr sehen. Was irgendwie schade war, denn er hatte ihr immer so interessant von der Akademie und dem Künstlerleben erzählt. Emma tat das leider nicht. Überhaupt waren die Mädchen ihr gegenüber immer so schweigsam! Alle beide!

Die Haustür wurde aufgeschlossen, und sie hörte ihre Töchter lachen. Es tat ihr gut, dass sie sich in letzter Zeit viel besser zu verstehen schienen als noch vor Kurzem. Hedwig hatte sich unter Emmas Einfluss vorteilhaft verändert und war sogar ordentlicher geworden. Nun, sie wollte die Stunde nutzen, um die beiden ein wenig darüber auszuhorchen, wer sie inzwischen eigentlich waren und was sie dachten.

Die Tür zum Salon schwang auf. Hedwig und Emma kamen verfroren herein.

»Was hab ich gesagt, Emma?«, rief Hedwig. »Mama hat den Kamin anzünden lassen. Gott sei Dank!«

Sie gab Auguste einen Kuss auf die Wange, legte ihr neues Buch auf den Tisch und stellte sich zum Aufwärmen vor den Kamin. Emma setzte sich auf einen Stuhl zu ihrer Mutter.

»Ein heißer Kaffee tut jetzt gut!«, seufzte sie. »Soll ich dir auch eine Tasse einschenken, Mama?«

Auguste nickte abwesend. Sie spähte auf den Rücken von Hedwigs neuem Buch und lächelte.

»Goethe!«, rief sie erfreut. »Welches Buch ist es denn? Die Gedichte?«

Hedwig drehte sich um, nahm das Buch und schlug es auf. »Nein, ein Roman. ›Die Wahlverwandtschaften‹.«

Auguste machte ein sehr skeptisches Gesicht. War ein Buch über Untreue, Entsagung und schließlich Tod wirklich das Richtige für ein junges Mädchen von sechzehn Jahren? Aber sie hielt sich zurück, was ein völlig neues Gefühl für sie war. Wenn Hedwig schon Goethe ausgewählt hatte, wollte sie nicht gleich wieder dazwischenfahren. Nein, eine freundliche Nachfrage wäre viel besser. Damit würde sie wohl eher herausbekommen, was das Kind bewegte.

»Und warum dieses Buch?«, fragte sie so beiläufig wie möglich.

»Nun ja«, Hedwig zuckte die Schultern. » ›Wahlverwandtschaften‹ klang noch am interessantesten. Überleg doch mal, wie schön es wäre, wenn man sich seine Familie aussuchen könnte!«

✦✦✦✦✦✦✦

Als Clemens und Förster am Abend zum »Drachenfels« in der Rheinstraße gingen, wölbte sich ein dunkler, wolkenverhangener Himmel über der Stadt. Die Straßen waren allerdings erfüllt von bunten Lichtern, vom Lärm und dem unendlich oft wiederholten Gesang der Kinder:

»Lustig, lustig, traleralera, heut ist Martinsabend da!«

Die Kleinsten unter ihnen waren noch die Schweigsamsten, und das nicht nur, weil ihre Mütter sie aufmerksam beobachteten. Es war schließlich schwer genug, einen ausgehöhlten Kürbis, mit einer Kerze im Innern und mit Bindfäden zum Tragen versehen, festzuhalten und unter gar keinen Umständen loszulassen. Da konnte man nicht singen, man musste aufpassen. Das Licht sollte doch nicht ausgehen! Und so beleuchtete es überall auf den Gassen ernsthaft gespannte Kindergesichter.

Die Größeren wussten inzwischen aus Erfahrung, dass so ein Kürbis, je nach der Farbe der Frucht gelb, rot oder grün leuchtend, etwas aushalten konnte. Es war Ehrensache, an diesem Abend des Jahres einen zu besitzen. Manche hatten sogar allerlei fantastische Figuren und Gesichter herausgeschnitten. Sie taten sich in Gruppen zusammen, fein säuberlich nach Jungen und Mädchen getrennt. Und kaum hatten sie einen Passanten entdeckt, umringten sie ihn und fingen an zu singen.

»Sint Märten, Sint Märten,
de Kalver hann lang Stärten,
de Jongens kreeje Rabaue,
de Mädches wolle mer haue,
de Jongens kreeje jebackene Fesch,
de Mädches werfe mer onger dr Desch.«

Als Clemens nach Düsseldorf gekommen war, war er überrascht, wie das Martinsfest am Rhein gefeiert wurde. Er hatte damals nicht gewusst, was die Kinder von ihm erwarteten, die da mit ihren Kürbislaternen um ihn herumtanzten. Sie wollten ihn nach ihrem Lied nicht wieder freigeben und brüllten schließlich in den höchsten Tönen »Jizzhals! Jizzhals!«, bevor sie auseinanderstoben und ihr nächstes Opfer suchten. Aber inzwischen verstand er das Wort für Geizhals und sogar den Reim, obwohl es für ihn fraglich blieb, was Kälber mit Sankt

Martin zu tun haben könnten. Und dass die Kinder »Rabaue«, Äpfel, haben wollten, war ihm nun auch klar.

Also trauten sich Förster und er am Martinsabend nur vor die Tür, wenn sie einen kleinen Vorrat an Äpfeln dabeihatten, wobei Nüsse auch gnädig akzeptiert worden wären. Eigentlich hatte Clemens vorgehabt, sich die bunten Lichter und das Treiben in der Stadt mit Emma anzusehen. Sie war jedoch schon früh aus Katharinas Atelier aufgebrochen, weil ihre Mutter sie zu Hause erwartete. Försters Gesellschaft war ihm zwar auch immer lieb, aber kein Vergleich zu Emmas! Auf seinem Gesicht breitete sich das besondere Lächeln aus, das Förster nur noch mit »Clemens' Seligkeit« bezeichnete.

Von der Bolkerstraße bis zur Rheinstraße war es nicht gerade weit, aber die beiden hatten nicht an den Marktplatz gedacht, wo die meisten Laternenkinder versammelt waren. Fünfmal wurden sie noch aufgehalten, wobei sich Clemens immer wieder darüber amüsieren konnte, mit welcher Inbrunst die Mädchen das gleiche Lied sangen, natürlich mit der kleinen Änderung, dass nun sie die Äpfel und den gebackenen Fisch bekamen und die Jungen Prügel beziehen würden, bevor sie sie unter den Tisch warfen.

Als die Freunde Jakob Stangs »Drachenfels« betraten, roch es verführerisch nach Gänsebraten, und im Hinterzimmer war beste Stimmung. Stängelchen, der seelenruhige Kellner der Weinstube, balancierte gefährlich ein Tablett mit Schoppengläsern voller Wein, die er – trotz lauter Zwischenrufe und ängstlicher Bemerkungen seiner Gäste – schön gemächlich eins nach dem anderen erfolgreich auf den Tisch der Maler stellte. Ihn brachte wirklich nichts so leicht aus der Fassung. Unbeirrt klemmte er sich sein Tablett unter den Arm, hörte sich Clemens' und Försters Bestellung zweier weiterer Schoppen an und verschwand in den Schankraum.

»Kommt her!«, rief Achenbach und zeigte auf zwei freie Plätze. Er zuckte in gespieltem Entsetzen zurück, als Clemens sich neben ihn setzte. »Haltet mir diesen Schläger vom Leib!«

»Nun lass ihn in Ruhe!«, brummte Sohn und nahm die Pfeife aus dem Mund. »Das ist doch jetzt wirklich vorbei.«

Die anderen – Schirmer, Hildebrandt und Lessing – stimmten ihm zu. Sie hatten sowieso kein einziges der Gerüchte geglaubt, die so eilig von Mund zu Mund gegangen waren.

Stängelchen kam herein, stellte in seiner unnachahmlich langsamen Art zwei Schoppen Wein vor Clemens und Förster und entschwand ein zweites Mal wortlos in den Schankraum.

»Ich hab's auch nicht für möglich gehalten!«, dröhnte Jakob Stangs Bass. Der Wirt hatte sich zu den Malern an den Tisch gesetzt und genoss es sichtlich, sie einmal ganz für sich zu haben. »Ein Malerschüler! Nie im Leben! Aber heute ist ja wieder ein neues Gerücht in Umlauf, das die Mäuler in Bewegung hält: Unser Mendelssohn will die Stadt verlassen!«

»Was?«, rief Hildebrandt entgeistert. »Also allmählich reicht es mir mit diesen Gerüchten! Das ist doch völliger Unsinn! Er hat sich nur vom Theater zurückgezogen, das ist alles! Julius Rietz darf jetzt endlich die Arbeit machen, für die er eingestellt worden ist. Bisher fand Immermann ihn ja zu jung dafür! Am Donnerstag gibt Mendelssohn wieder ein Konzert mit Burgmüller und Rietz zusammen, nächsten Sonntag dirigiert er den ›Oberon‹ zum zweiten Mal. Sieht das aus, als wollte er die Stadt verlassen?«

Meister Stang hob abwehrend die Hände. »Ich hab' nichts gesagt! Ich hab' es nur gehört. Außerdem soll Mendelssohn mit dem Chor Ärger haben, weil sie nicht mit der Beutler zusammen singen wollen.«

Clemens nickte. »Daran ist wenigstens ein Körnchen Wahrheit.« Mendelssohn hatte bei der letzten Probe gefragt, wer von den Sängerinnen das Solo singen würde. Zuerst wollten sie alle und konnten sich nicht einigen. Als sie hörten, dass es eine schwierige Arie aus dem ›Oberon‹ sei, wollten sie nicht mehr so recht. »Mendelssohn ist inzwischen klug geworden«, fuhr Clemens fort. »Er versucht sie nicht mehr zu überreden, wenn sie sich zieren und sich nicht entscheiden können. Die Beutler ist Sopranistin. Sie singt die Arie in der Oper sowieso und deshalb bestimmt viel sicherer, als die Chordamen es könnten, was die natürlich nicht wahrhaben wollen. Nun hat er sie für das Konzert des Vereins für Tonkunst schriftlich bei Immermann erbeten und bewilligt bekommen. Eigentlich nichts, worüber es so schrecklich viel zu klatschen und zu tratschen gäbe.«

Plötzlich drang durch das allgemeine zustimmende Gemurmel Meister Stangs Bass. Er war laut, also hörte man ihn ohnehin. Aber die veränderte rhythmische Redeweise ließ alle überrascht aufhorchen.

»Sehet, wie sie sich beeifern,
Alles Gute, das geschah,
Zu verkleinern, zu begeifern,
Einem Dritten hie und da
Von der Ehre abzuschneiden;
Schwärmer, Sonderling, Phantast,
Heißt der Mann, den sie beneiden;
Grübeln ohne Ruh' und Rast,
Bis sie irgend einen Flecken
An der guten That entdecken:
O dann ist die Freude groß!
Zupfen hämisch sich und sprechen:
›Eines armen Bruders Schwächen
Sind nun wieder nackt und bloß.‹

Statt den Irrenden zu bessern,
Rücken sie ihm stets die Schwachheit vor,
Tragen sie von Ohr zu Ohr,
Und verschönern und vergrößern;
Suchen schalen Witz und Spott
An dem Strauchelnden zu schärfen,
Greifen hastig in den Koth,
Den Gefall'nen zu bewerfen.«

Jubel und Applaus brachen los, und Meister Stang stand auf und verbeugte sich verlegen grinsend.

»Das war gut!«, rief Lessing. »Was war das?«

»Ein Stück aus einem Gedicht«, erklärte Jakob Stang, während er sich wieder hinsetzte. »Es heißt ›Kotzebues Verzweiflung‹ und ist vierzig Jahre alt, aber es passt immer noch.« Er warf sich in die Brust. »Vor einem Jahr habe ich das ganze Gedicht sogar im Theater vortragen dürfen! Stellen Sie sich vor, meine Freunde, ich habe tatsächlich einmal in meinem Leben auf den Brettern gestanden, die nach unserem Friedrich Schiller ja die Welt bedeuten sollen!«

Dafür ließ man ihn gerne hochleben und spendete noch einmal reichlich Applaus.

»Immermann hat Sie tatsächlich auf die Bühne gelassen?«, fragte Clemens verblüfft.

Meister Stang schüttelte den Kopf. »Nein, nicht Immermann. Es war Derossi, der ja damals noch der Pächter des Theaters war. Immermann muss wohl die Augen verdreht und gemurmelt haben, es sei erstaunlich, wie viele Leute meinten, dass die Ader des Schönen in ihnen rinne. Das hat meine Freude dann doch etwas gedämpft, als es mir jemand erzählt hat!«

»Machen Sie sich nichts draus«, tröstete Schirmer ihn. »Das macht er mit vielen so. Unsern Reinick hat es auch getroffen, dabei hatte er nur ein Gedicht für ihn verfasst, um ihm eine Freude zu machen. Aber ein zweiter Dichter in Düsseldorf ist offenbar zu viel für Immermann. Er hat sich nicht einmal bedankt! Nun ja, Reinick hat sich wieder mit ihm vertragen, aber sogar von Uechtritz mit seiner sanften Seele nimmt ihn nicht mehr in Schutz!«

»Trotzdem«, warf Sohn ein. »Man muss ihm lassen, dass er das Theater hier interessant und vor allem hervorragend gestaltet. Der Eröffnungsabend hat mir sehr gut gefallen.«

»Das ist es ja!«, rief Förster. »Man ist so hin und her gerissen! Er verdient Respekt! Und er bekäme ihn auch mit vollen Händen, wenn er nicht meistens so kalt und abweisend wäre!«

Achenbach grinste. »Er wäre wirklich etwas für den Hoppediz! Gibt es morgen am 11.11. eigentlich endlich wieder einen Hoppediz? Oder was hat die Obrigkeit entschieden?«

Hildebrandt zuckte die Schultern. »Es hat nicht viel Sinn, den Karneval erwachen zu lassen, wenn er verboten ist.«

»Ja, aber nach sechs Jahren könnten die Berliner ihn doch wieder genehmigen«, maulte Achenbach.

»Nicht, wenn sie meinen, dass der Karneval die Moralität beeinflusst, dass die Tanzvergnügen bei der niederen Bevölkerung rohe Lust erzeugen und dass ausufernde Trinkgelage abgehalten werden!« Jakob Stang zog ein Gesicht, als verstünde er schon seit Längerem die Welt nicht mehr. »Das Letztere stimmt zwar, aber es kommt noch schlimmer. In Berlin meinen sie nämlich auch, der Karneval habe keine Tradition in Düsseldorf! Das war einer der Verbotsgründe.«

Empörte Rufe wurden laut, und Förster schüttelte den Kopf. Auch er kam vom Rhein, und daher wusste er, wie sehr so eine Entscheidung die Leute traf. »Oberbürgermeister von Fuchsius hat im Februar doch verbreiten lassen, er habe dieser Meinung heftig widersprochen«, wandte er ein.

»Schon, das hat er ja auch«, antwortete Jakob Stang, »aber dann ist die Entscheidung in Berlin sehr lange hinausgezögert worden, bis sie unserer Stadt endlich die Erlaubnis gegeben haben, einen Antrag auf Genehmigung zu stellen. Und der ist jetzt immer noch nicht bewilligt! Genau deshalb muss der Hoppediz weiterschlafen.«

»Wir könnten ihn vielleicht trotzdem aufwecken?«, grinste Clemens. »Ich möchte ihn schließlich auch einmal erleben!«

Jakob Stang blickte sich vorsichtig um, aber hier waren sie unter sich. »Das können wir nicht tun«, warnte er mit gesenkter Stimme. »Die Berliner haben sogar Spitzel hier bei uns! Und man soll es kaum für möglich halten, aber es sind Rheinländer! Rheinische Spitzel überprüfen ihre eigenen Städte und melden die Übertretungen des Verbots sofort den Berlinern.« Er schüttelte den Kopf. »Wenn der Hoppediz nun doch erwacht, gefährden wir nur die Genehmigung!«

Alle schwiegen eine Weile sehr beredt und einmütig. Man äußerte sich besser nicht allzu laut über Ungeheuerlichkeiten wie diese preußische Bevormundung, die auch noch das Denunziantentum förderte. Und etwas Schlimmeres als das gab es kaum!

»Also«, sagte Achenbach schließlich in die Stille, »wenn die Genehmigung da ist, hätte ich nicht übel Lust, dem Hoppediz ein närrisches Denkmal zu setzen! Dann würde man ihn das ganze Jahr sehen und immer daran erinnert, dass der harmlose, freche Kerl einmal verboten war.«

»Gute Idee!«, sagte Clemens. »Wo willst du es denn haben? Der Marktplatz ist ja nun belegt.«

»Mitten auf dem Carlsplatz!«, rief Achenbach. »Männer, ich sage euch, das mache ich wirklich! Verlasst euch drauf! Wer macht mit?«

JULIUS HÜBNER

Schadows eigenes Haus aber und seine Familie war und blieb natürlich der anziehendste Mittelpunkt der Schule und ihrer Freunde. Unvergeßlich die heiterem Abende, die Kunstfesttage aller Art, unter denen Schadows Geburtstag oben an stand, und die bei hohen Besuchen und anderen Gelegenheiten frisch improvisiert oder gediegen vorbereitet, alle Theilnehmenden zu entzücken pflegten.

(Professor Julius Hübner, Maler, Festrede zur Enthüllung des Schadow-Denkmals in Düsseldorf am 24.06. 1869)

MITTWOCH, 24. DEZEMBER 1834

Karl Leberecht Immermann stand vor seinem Schreibtisch auf Collenbachs Gut und ordnete seine Unterlagen. Er suchte nach einem Brief, den er gleich im Theater brauchen würde. Er hatte nicht viel Zeit, ihn zu finden, denn in etwa einer Viertelstunde würde die Mietkutsche vorfahren, die er sich gegen einen bestimmten Betrag im Monat für seine Arbeit im Theater leistete. Der Verwaltungsrat hatte dem zugestimmt, weil der Weg von der Stadt hinaus zum Gut zu weit war, um ihn eventuell sogar mehrmals täglich zu Fuß zu gehen. Die Zeit eines Theaterleiters war knapp genug bemessen.

Papierschnipsel jeder Größe, mit kurzen Nachrichten beschrieben, fielen ihm in die Hände. Sie hatten den Brief verborgen. Er legte ihn jedoch beiseite und betrachtete kopfschüttelnd die Zettel. Noch nie war ihm ein Mensch begegnet, der so mitteilsam war! Diese Zettel wurden ihm im Theater zugesteckt, manchmal mehrfach täglich. Sie enthielten abenteuerliche Einfälle, geniale Gedanken, kurze Informationen. Ihr Autor war das Sorgenkind, das er vor ein paar Wochen nach Düsseldorf geholt hatte. Noch im November hatte ihn ein so unglücklicher Brief aus Frankfurt am Main erreicht, dass er nicht anders konnte, als diesem einsamen, reale Not leidenden Menschen zu helfen. Der Mann hatte sich mit allen überworfen, den Dienst bei der Militärjustiz quittiert und stand mittellos da. Nun wusste er keinen anderen Ausweg, als irgendwo einen Neuanfang zu versuchen und auf das Mitgefühl eines Mitmenschen zu hoffen. Seine Wahl war auf ihn, Immermann, gefallen, obwohl sie sich vor Jahren nur einmal kurz getroffen hatten. Damals hatte er von dem Menschen zwar nicht den besten Eindruck gehabt, aber nun war Christian Dietrich Grabbe seit zwei

Wochen in der Stadt und hatte im eleganten, aristokratischen Düsseldorf bereits für Aufsehen gesorgt.

Immermann setzte sich auf seinen Stuhl und blätterte die Zettel durch. Gleich die erste Notiz – dass er nun angekommen sei und man ihn achten solle – verriet das Wunderliche an diesem Dichterkollegen. Es waren viele weitere Nachrichten gefolgt. Völlig wahllos berichteten sie über das, was er gerade tat, ob er nun ein Buch las oder sich mit der Wirtin zankte. Immermann konnte sich noch an ein Gespräch mit Heinrich Heine vor zehn Jahren erinnern. Heine hatte erzählt, er habe Grabbe damals in Berlin zum ersten Mal gesehen. Wie ein Dämon aus der Erde war er dort urplötzlich erschienen und hatte die Leute in Verwunderung versetzt. In den Dichterkreisen war man dann der Meinung gewesen, der seltsame Mann sei entweder ein Genie – oder verrückt! Heine war zu dem Schluss gekommen, dass Grabbe ein Genie war, ein großer Dramendichter, der den Vergleich mit Shakespeare nicht zu scheuen brauchte.

Nun, verrückt war er wohl wirklich nicht, diesen Eindruck teilte Immermann mit Heine. Aber er war exzentrisch und unberechenbar. Was würde ihm nun in Düsseldorf einfallen? Immermann empfand eine gewisse berechtigte Scheu davor, sich zu eng mit ihm einzulassen. Er war nicht sein Freund, aber helfen musste man ihm.

Nachdem er zwischen den Kulissen die erste Notiz zugesteckt bekommen hatte, war er am nächsten Morgen gleich zum Gasthof »Römischer Kaiser« in der Benrather Straße gegangen, um nach dem Dichter zu sehen. Man bedachte ihn mit einem Grinsen, als er nach der Zimmernummer fragte. Er musste feststellen, dass man den kuriosen Gast in einem Kämmerchen ohne Ofen untergebracht hatte, was bei der furchtbaren Dezemberkälte Wirkung zeigte. Grabbe lag auf dem Bett und fror erbärmlich. Allerdings mochte das auch damit zusammenhängen, dass seine schmächtige, schlotternde Gestalt nicht unter der Decke lag, wie man hätte annehmen können, sondern darauf, und zwar in einer Bekleidung, unter der es für den menschlichen Körper keine mehr gab.

Er hatte ihn überredet, in seine Kleider zu schlüpfen, obwohl Grabbe versicherte, das Frieren mache ihm nichts. Das Frösteln sei ihm unangenehm, aber das zähneklappernde Frieren versetze nach einer Weile in eine Empfindung angenehmer Wärme. Unnütze Reden! Als er den Dichter endlich dazu bewegt hatte, Hemd und Hose anzuziehen, sollte gefrühstückt werden. Der Kellner brachte Brot und kalte Küche, wurde aber grimmig angefahren, dass das Brot ohne Butter sei. Den Grund dafür, nämlich dass der Herr nur Brot und kein Butterbrot befohlen habe, ließ Grabbe nicht gelten.

»Was?«, rief er. »Soll ich, wenn ich ein Pferd miete, auch noch ausdrücklich den Schwanz dazu mieten? Butter gehört zum Brote und Brot zur Butter wie der Schwanz zum Pferde und das Pferd zum Schwanze!«

Das war typisch für die plötzlichen Ausbrüche, mit denen man immer rechnen musste, ganz gleich, wo man sich befand. Nun, irgendwie hatte er es damals geschafft, dass man Grabbes Sachen packte und er den Dichter in seine Unterkunft bei der alten Witwe Andriesen in der Ritterstraße 21 bringen konnte. Die Witwe hatte ihm gegen Bezahlung der Miete versprochen, sich um den Herrn zu kümmern, da er im realen Leben trotz seiner dreiunddreißig Jahre offenbar hilflos war wie ein Kind. Der Eindruck hatte sich bestätigt. Ohne die Magd der Witwe tat Grabbe keinen Schritt vor die Tür, weil er sich allein nicht zurechtfand. Auch wenn er eine Straße bereits mehrere Male gesehen und durchschritten hatte, blieb sie ihm unbekannt. Er war ein irrender Ritter der Poesie und verhielt sich in Düsseldorf so fremd, wie es ein Mondbewohner getan hätte. Dazu kam sein Laster der Trunksucht, das ihn bereits frühmorgens bezwang.

Immermann seufzte. Damit Grabbe wieder auf die Beine kam, musste man wohl einen Schritt nach dem anderen tun. Im Augenblick lag ihm daran, ihn vom Rum abzubringen. Das war nicht leicht. Der Dichter trank ihn in vollen Zügen aus Wassergläsern. Außerdem hatte er ihm ein Freibillet für das Theater gegeben, und das war genau das Richtige gewesen. Grabbe benutzte es fleißig, verfolgte die Vorstellungen mit großem Interesse und kommentierte die Inszenierungen mit klugen Bemerkungen. Er verstand nun einmal sehr viel von der Sache.

Und erst Grabbes eigene Dramen! Sprache von gestochener Schärfe, voll Satire und Spott, aber leider maßlos in ihrem beunruhigenden Zynismus, der pessimistischen Weltsicht und zuweilen auch der beängstigenden Blutrünstigkeit. Sie bestürzten und entsetzten die Zuschauer, diese Trauerspiele der menschlichen Natur. Immermann bezweifelte stark, dass er sie am hiesigen Theater aufführen konnte. Heine hatte ihn gewarnt, insbesondere vor ihrer Wirkung auf weibliche Nerven. Damals in Berlin hatte er Rahel Varnhagen, einer literarisch sehr interessierten und gebildeten Dame, Grabbes erstes Werk »Herzog Theodor von Gothland« zu lesen gegeben – mit dem Erfolg, dass sie ihn tief in der Nacht noch kommen ließ, um ihn zu beschwören, das entsetzliche Manuskript um Gottes willen wieder mitzunehmen, da sie nicht schlafen könne, solange es im Haus sei.

Die Tür zu Immermanns Arbeitszimmer öffnete sich, und sein Diener Joseph holte ihn mit der Mitteilung, die Kutsche sei vorgefahren, aus seinen Gedanken.

Nun, man würde sehen, wie sich das Ganze entwickelte.

Immermann legte Grabbes Zettel zurück auf den Schreibtisch, nahm den Brief und verließ das Haus zu einem weiteren anstrengenden Tag, der gleich mit einer Zimmerprobe von Shakespeares »Hamlet« beginnen würde.

✦✦✦✦✦✦

Die gemütliche Ecke in Karoline Hartmanns kleinem Salon mit dem hohen Sofa und dem Tisch davor bot gerade genug Platz für alle Damen, die sich zum Kaffeekränzchen bei ihr versammelt hatten. Auch Hedwig war zu Augustes Verwunderung ohne Murren mitgekommen, weil sie gerne bei ihrer Großmama war. Und Emma – die war in der Akademie.

Karoline hatte statt Kuchen und Torten eine große Schale mit Weihnachtsplätzchen auf den Tisch stellen lassen. Kardamom, Nelken, Zimt und Anis verbreiteten ihr verführerisches Aroma, das sich mit dem Duft der Tannenzweige auf dem warmen Ofen mischte.

»Meine Liebe, es ist so wunderbar heimelig bei Ihnen!«, seufzte Pauline Kaspers.

»Das ist wohl wahr«, stimmte ihr die Witwe Bergrath zu. »Weihnachten liegt hier sozusagen in der Luft! Haben Sie eigentlich noch einen Baum bekommen? Ich war zu spät. Die wenigen, die es gab, waren bereits alle verkauft.«

»In der Stadt ist es ja auch schwierig, an Tannenbäume zu kommen.« Madame Kaspers blickte die Witwe Bergrath mitleidig an. »Die Nachfrage wird immer größer, seit sie so modern geworden sind. Jedermann will einen, also sind sie knapp! Mein Karl kennt allerdings einen Förster, der uns noch eine Tanne geschlagen hat.«

»Man sollte sich niemals Bäume ins Zimmer stellen!«, verkündete Karoline und hob ihr Lorgnon. »Da gehören sie nämlich nicht hin! Mir reicht das, was es immer schon gab: ein Lebensbaum in der Kirche, wo wir ja alle heute Nacht das Weihnachtsfest feiern, und hier zu Hause ein paar grüne Zweige auf dem Ofen.«

»Aber Großmama!« Hedwigs Augen leuchteten auf. »An unserem Baum sind Kerzen, Zuckermandeln und Bonbons und sogar vergoldete Äpfel! Das ist doch viel schöner als nur ein paar Zweige!«

»Meine Kleine!«, lächelte Karoline. »Nun, wenn es dir solche Freude macht, kann ich ja kaum etwas dagegen sagen.«

»Auf Schloss Jägerhof wird auch alles für Weihnachten vorbereitet«, erzählte Auguste. »Sie haben bei der grässlichen Kälte draußen sogar schon die Düssel über die große Wiese hinter dem Schloss fließen lassen. Jetzt ist die Wiese dick überfroren, und die kleinen Prinzen Alexander und Georg sollen sich wohl täglich auf der Eisbahn tummeln!«

»Wenn es weiter so kalt ist«, seufzte die Witwe Bergrath, »dauert es nicht mehr lange, bis der Rhein zugefroren ist und man zu Fuß zur anderen Seite laufen kann. Also ich muss sagen, ich freue mich jetzt schon auf den nächsten Sommer!«

»Ja«, schwärmte Madame Kaspers, »wenn man wieder zum Kaffeetrinken auf den Ananasberg gehen kann oder zu Konzerten in den Becker'schen Garten. Ich genieße es immer, Musik zu hören, in der Pause Butterbrot zu essen und mich in der lauen Luft auf die zweite Stunde zu freuen. Das ist doch etwas anderes als der Saal im Schloss, wo es so stickig ist!«

»Ist eigentlich etwas an den Gerüchten, dass Mendelssohn die Stadt verlassen will?«, fragte die Witwe Bergrath. »Sie halten sich hartnäckig.«

»Das will ich nicht hoffen!«, antwortete Auguste streitbar. »Und wenn doch, müssen wir vor seine Tür ziehen und ihn davon abhalten.«

»Man sollte die Menschen niemals zu ihrem Glück zwingen wollen!«, meinte Karoline, und die Lorgnongläser blitzten bedrohlich in Richtung ihrer Schwiegertochter. »Vielleicht ist es nämlich gar nicht ihr Glück!«

Auguste merkte verärgert, wie ihre Wangen sich röteten. Sie wusste genau, dass ihre Schwiegermutter auf die Unperson und Emma anspielte. Hoffentlich würde niemand das Thema vertiefen!

»Ach so, Sie meinen de Boer!«, sagte Madame Kaspers nach kurzem Nachdenken. »Weil es doch so aussah, als wollte er Emma heiraten! Ja, richtig! Nun, wenn mich nicht alles täuscht, ist sie inzwischen mit einem anderen jungen Mann zusammen. Er ist wirklich sehr nett. Einer der Maler, wie heißt er noch? Man sagt, er habe sogar schon ein Bild in Berlin verkauft.«

Auguste bekam kaum noch Luft, und ihr wurde schwindelig, aber den Namen dieses Menschen wollte sie doch hören, also hielt sie sich aufrecht. »Davon sollte ich ja wohl wissen! Es tut mir leid, aber Sie müssen sich irren.«

»Nein«, sagte Karoline leichthin. »Emma ist seit der Kirmes sehr glücklich mit Clemens Papenstiel. Sie haben meine Genehmigung, solange sie es nicht übertreiben. Eduard war auch einverstanden, nachdem Papenstiel mit ihm geredet hatte. Und dann ich.«

»Und warum weiß ich nichts davon?«, fragte Auguste aufgebracht. Sie kannte ihre Familie ja sogar noch schlechter, als sie angenommen hatte!

»Wir wollten dir nicht noch mehr Kummer bereiten, Mama«, sagte Hedwig. »Du hast dich über den Kunsthändler so aufgeregt, da hat Papa gesagt, wir sollten Rücksicht nehmen und warten, bis du ruhiger geworden bist.«

»Du wusstest es auch?« Auguste merkte entsetzt, wie schrill ihre Stimme klang. »Die ganze Zeit?«

Hedwig hob entschuldigend die Hände. »Erst seit Ende Oktober, seit Clemens mit Papa geredet hat.«

»Das war doch sehr vernünftig«, tröstete Madame Kaspers. »Nicht wahr, Teuerste? Diese Sache damals war doch einfach zu viel für Sie! Und dann auch noch die Annonce in der Zeitung! Aber den Betrüger sind wir ja jetzt los.«

Auguste blickte ihre Freundin an, und ihre Augen weiteten sich in plötzlicher Erkenntnis. »Die ganze Stadt weiß es!«, keuchte sie.

»Ja sicher«, antwortete Madame Kaspers unbefangen.

Auch die Witwe Bergrath nickte. »Es war nicht zu übersehen, wie oft die beiden zusammen sind. Wenn sie zur Akademie wollen, kommen sie ja an meinem Geschäft am Burgplatz vorbei. Aber immer sehr schicklich!«, fügte sie beruhigend hinzu. »Sie siezen sich sogar immer noch!«

»Genau«, versicherte Madame Kaspers eifrig. »Sie können so zufrieden und stolz sein, meine Liebe!«

Auguste versuchte ein Lächeln, aber es wollte nicht so recht gelingen.

»Hedwig«, sagte sie nachdrücklich, »versprich mir, dass du deine Mutter nicht in solche Situationen bringst, indem du dich mit Malern abgibst!«

Hedwig schüttelte den Kopf. »Keine Sorge, Mama! Ich werde ohnehin Schriftstellerin«, erklärte sie bestimmt. »Ich brauche natürlich ein Pseudonym, wenn ich schreibe. Zum Beispiel Rudolfo von Rabenstein oder so etwas. Männernamen sind besser, weißt du? Dann wird man nämlich ernst genommen!«

Auguste griff sich ans Herz, und Madame Kaspers' Miene zeigte unverhohlene Neugier. Karoline betrachtete ihre Enkelin mit ihrem wohlbekannten verschmitzten Lächeln.

»Aber das ist ja wundervoll!«, rief die Witwe Bergrath.

✦✦✦✦✦✦

Am letzten Tag vor den Weihnachtsferien der Akademie, die bis zum Dreikönigsfest dauern würden, war der Unterricht um fünf Uhr zwar wie immer vorbei, in den Räumen der Akademie herrschte allerdings noch reger Betrieb. Im ersten Stock standen die Türen zu den Ateliers weit offen, man hörte Gespräche und Gelächter.

Clemens und Förster kamen mit den Landschaftern vom zweiten Stock herunter. Die beiden Privatschülerinnen Amalie Bensinger und Emma hatten sich von ihrer Malklasse im Schlossflügel gegenüber auf den Weg gemacht, und auch Katharina hatte es sich nicht nehmen lassen, ihre Malerfreunde vor Weihnachten noch einmal zu sehen.

Es war kalt im Gebäude. Die hohen Räume waren nicht gut zu heizen, und es zog durch die Fensterritzen. Dagegen vermummten sich die Maler mit Kappen, Schals und wärmenden Jacken. Hildebrandt hatte noch ein Übriges getan: In seinem Atelier duftete es nach Wein, Arrak und Zitrone aus einem großen Topf Punsch auf dem Ofen. Natürlich kamen nach und nach alle zu ihm.

Sie hatten sich um einen Tisch in seinem Atelier versammelt, tranken heißen Punsch in kleinen Schlucken und beobachteten, wie Sohn und Lessing Zeichnungen, Kompositionen und Farbskizzen in eine große Zeichenmappe schoben und die Bänder verknoteten.

»Ob er sich darüber freuen wird?«, fragte Emma.

»Mit Sicherheit«, antwortete Lessing. »Und das wird man ihm auch ansehen. Sie kennen doch seine überschwängliche Art!«

Die Mappe war als Weihnachtsgeschenk für von Uechtritz gedacht. Jeder Maler hatte eins seiner eigenen Blätter dafür ausgewählt. Es sollte ihr Dank dafür sein, dass er ihnen bei den regelmäßigen Kompositionsabenden geduldig vorlas und sie mit seiner Auswahl geschichtlicher oder dichterischer Werke zu neuen Ideen für ihre Gemälde anregte. Auch er hatte viel für ihre Erfolge bei den Ausstellungen getan. Und sie wussten, dass er mit seiner leicht zu rührenden Seele außer sich sein würde vor Freude über ein solches Geschenk. Sogar Schadow hatte eine Zeichnung beigesteuert.

Nachdem die Mappe nun fertig war, begannen sich die Maler auf den Abend bei Schadow zu freuen. Clemens und Förster hatten dieses Jahr zum ersten Mal eine Einladung bekommen und waren gespannt, wie in seinem Haus der Heilige Abend gefeiert würde.

»Was erwartet uns da eigentlich?«, wollte Förster wissen, um sich ein wenig darauf vorzubereiten. »Und wer wird da sein?«

»Alle Einsamen unter seinen Malerschülern und seinen anderen Bekannten«, antwortete Schroedter. »Von Uechtritz zum Beispiel, und auch Mendelssohn. Das macht Schadow schon seit Jahren so. Wer wegen einer zu langen Fahrt nicht nach Hause kann, hockt an diesem Abend wenigstens nicht allein in seinem Zimmer. Es ist immer sehr lustig, und Geschenke gibt es auch.«

Charlotte Schadow und Madame Lauska ließen es sich nicht nehmen, wegen der vielen Eingeladenen gleich drei Weihnachtsbäume zu schmücken, unter denen die Weihnachtsgeschenke lagen. Sie waren unter Tüchern versteckt, damit man sie nicht sofort sah. Angeführt von Schadows Kindern wartete der Zug der Gäste vor den geschlossenen Flügeltüren, bis ein Glöckchen läutete. Die Türen öffneten sich, und alle durften in den hell erleuchteten Saal eintreten.

»Ihr werdet es ja nachher selbst erleben«, sagte Schirmer

lächelnd. »Die unruhige Erwartung der Kinder ist ansteckend! Jedes Jahr aufs Neue!«

Charlotte Schadow bedachte ihre Gäste immer mit mehreren kleinen Geschenken: Schreibzeug, eine schön bemalte Tasse, ein Kupferstichblatt oder ein Brieftäschchen – irgendetwas, worüber die Beschenkten sich freuten. Und Madame Lauska spendierte jedem eine gute Flasche aus ihrem Weinkeller.

»Und dann«, erzählte Reinick, »machen wir Gesellschaftsspiele, wie man sie eben überall zu Weihnachten spielt: ein Geldstück mit dem Mund aus einem Mehlhaufen fischen oder mit verbundenen Augen einen anderen mit Wasser füttern, kleine Theaterszenen improvisieren, Ratespiele und dergleichen mehr. Ihr werdet schon sehen!«

Danach wurde bei einem Glas Wein noch gesungen und erzählt, und um Mitternacht war das fröhliche Fest vorbei. Als Dankeschön überlegten sich die Maler jedes Jahr eine besondere Weihnachtsgabe für ihren Direktor, die meistens aus Bildern seiner Schüler bestand. Einmal hatten sie ihm ein Album mit Porträts geschenkt, die sie gegenseitig von sich gezeichnet hatten.

Emma blickte zu Katharina hinüber. »Da kann man ja richtig neidisch werden!«, sagte sie. »Bei uns gibt es erst morgen früh nach der Christmette Geschenke. Heute ist noch nicht viel los außer einem Fisch zum Abendessen.«

Hildebrandt nickte. »Schadow ist zwar katholisch, wie wir alle wissen, aber er hat den protestantischen Brauch beibehalten. Zum Glück!«, erklärte er. »Heute Abend allein zu sein, wäre wirklich nicht …«

Er warf einen Blick zur Tür, hörte mitten im Satz auf zu sprechen und blieb stocksteif stehen. Die Maler wussten, was jetzt geschehen würde. Sie hatten es schon öfter erlebt.

Mendelssohn trat ein, ging gemessenen Schrittes auf seinen Freund zu und zupfte ihn am Bart. Hildebrandt hob daraufhin einen Arm und schlug ihm auf die Schulter. Danach schien der Bann gebrochen.

»Höllenbart!«, lachte Mendelssohn. »Ich dachte, ich treffe dich allein. Aber ein Glas Punsch ist auch keine schlechte Idee.«

»Du bist doch schon hier!« Hildebrandt wies lächelnd auf seine Staffelei. Sein Ölgemälde mit Mendelssohns Porträt war fast fertig und sah ihm sehr ähnlich.

Während die beiden das Bild betrachteten, beschwerte sich Mendelssohn zum hundertsten Mal, wie lange er dafür hatte still sitzen müssen. Einen ganzen Vormittag im November hatte es ihn gekostet! »Du hast nur noch in kurzen Sätzen mit mir geredet, erinnerst du dich?«, fragte er vorwurfsvoll. »Sieh mich an! Nicht lachen! Nicht bewegen! Am liebsten hätte ich dich gefragt, was ich denn überhaupt tun darf!«

»Nicht reden!«, grinste Hildebrandt. »Das hätte ich wohl geantwortet.«

Katharina zwinkerte Emma zu. »Siehst du jetzt, was ich damals gemeint habe? Bei mir war er genauso zappelig.«

»Da bin ich ja gewarnt«, sagte Amalie Bensinger. »Ich wollte ihn nämlich auch um ein Porträt bitten. Aber wieso haben sie sich so seltsam begrüßt? Ich denke, irgendwer sollte mir das jetzt erklären.«

Bendemann lachte. »Das ist eine alte Geschichte aus der Zeit vor drei Jahren, als wir alle in Rom waren.«

Eine alte Sage war erzählt worden, in der es um den Angriff der Gallier auf Rom ging. Die Römer zogen sich zu ihrem Schutz auf das Capitol zurück, Rom war verwaist, als die Gallier kamen. Nur die ältesten Senatoren hatten sich in einem Innenhof auf dem Forum versammelt und leisteten schweigend und bewegungslos Widerstand. Einer der Gallier entdeckte sie und hielt sie für Götterstatuen. Um sich zu überzeugen, trat er näher und zupfte einen der Senatoren am

Bart, worauf dieser sich natürlich regte und ihn empört mit seinem Elfenbeinstab niederschlug.

»Nun ja«, fuhr Bendemann fort. »Die beiden haben sich damals so sehr über den Gallier amüsiert, dass diese Begrüßung daraus geworden ist – egal wo, auch in der vornehmsten Gesellschaft.«

Amalie Bensinger schaute schmunzelnd auf die beiden Freunde vor der Staffelei. »Jetzt freue ich mich doppelt darauf, sein Porträt zu malen. Wenn er es mir gestattet!«

»Übrigens!«, rief Förster. »Ich muss etwas verkünden, was unseren Papenstiel hier betrifft. Dieser hoffnungsvolle junge Maler«, fuhr er mit einer spaßigen Verbeugung in Clemens' Richtung fort, »hat nicht nur sein Bild in Berlin verkauft, wie wir ja alle seit ein paar Tagen wissen. ›Burg Rheinstein‹ hat so sehr gefallen, dass es jetzt sogar die ersten Aufträge für ihn gibt!«

Clemens wurde rot bei dem Applaus ringsum. Er freute sich sehr, aber als er sah, wie Emma ihn anstrahlte, bedeutete es für ihn das pure Glück. »Clemens' Seligkeit« breitete sich auf seinem Gesicht aus, was Katharina und Förster schmunzelnd beobachteten.

Aber da kam schon das nächste Thema auf. Man musste über die Pläne für den Dreikönigstag reden, an dem das Bohnenfest gefeiert werden sollte.

»Haben wir dafür eigentlich alles erledigt?«, fragte Sohn.

»Schroedter hat die Einladung gezeichnet«, erzählte Reinick, »die wir an unsere Gäste verschicken wollen, wobei der Bohnenkönig sehr viel von einem Weinkönig hat, aber das ist ja nicht weiter verwunderlich.«

Schroedter grinste, und die anderen lachten. Schroedter hatte tausend Ideen, wenn es darum ging, mit Zeichnungen und Gemälden den Wein zu feiern. Er malte sogar einen Pfropfenzieher als Markenzeichen auf seine Bilder.

»Ich habe für den Abend den kleinen Saal im Friedrichsbad bestellt«, berichtete Reinick weiter, »und mein Prolog für den Einzug der Drei Könige ist auch fertig. Die Könige singen dann das Lied von Goethe, wenn sie in den Saal kommen.«

»Was für ein Lied von Goethe?«, fragte Amalie Bensinger.

»Kommt, wir geben ihr eine kleine Kostprobe«, sagte Schirmer zu Schroedter und Förster. Sie würden die Könige darstellen. Die drei stellten sich auf und sangen:

»Die heil'gen drei König' mit ihrem Stern,
sie essen, sie trinken, und bezahlen nicht gern:
sie essen gern, sie trinken gern,
sie essen, trinken, und bezahlen nicht gern.
Die heil'gen drei König' sind kommen allhier,
es sind ihrer drei und sind nicht ihrer vier;
und wenn zu dreien der vierte wär',
so wär' ein heil'ger drei König mehr.«

Das Lied war zu lang, um es jetzt zu Ende zu singen, aber Amalie Bensinger war zufrieden. »Das ist von Goethe?«, fragte sie lachend.

»Man soll es nicht meinen, aber er hat auch komische Sachen geschrieben«, antwortete Reinick. »Ja, und hinter den Königen kommt dann ein bunt gekleideter Diener und trägt den großen Bohnenkuchen herein.«

»Habt ihr eine Musik dazu?«, fragte Mendelssohn. »Ich könnte einen kurzen Marsch auf dem Klavier spielen.«

Dafür bekam er Applaus.

»Wir haben nicht gewagt, dich darum zu bitten«, sagte Hildebrandt. »Du hattest so viel zu tun!«

»Nun, das ist ja jetzt zum Glück vorbei!«, lächelte Mendelssohn.

»Alles Weitere«, fuhr Reinick fort, »hängt ja davon ab, wer von den Gästen die Bohne in seinem Stück Kuchen findet und König wird. Danach folgen das Festmahl und ein paar Späße, und dann tanzt der ganze Hofstaat des Bohnenkönigs, was bedeutet – es gibt einen Ball.«

»Brauchen wir nicht noch einen Zeremonienmeister, der ganz zu Anfang alle Gäste ankündigt?«, fragte Förster. »Papenstiel, du wärst doch dafür genau richtig!« Er blickte sich um. »Papenstiel?«

✦✦✦✦✦✦

Emma und Clemens hatten die Planungen für den Dreikönigstag nicht länger verfolgt. Unbemerkt waren sie aus Hildebrandts Atelier geschlüpft und nach oben zu den Landschaftern gegangen, wo jetzt niemand mehr war. Es war stockfinster in dem großen Atelier. Clemens zündete eine Lampe an, die ein spärliches Licht verbreitete.

»Ich bin froh, dass wir endlich einmal ganz alleine sind, Emma«, sagte er. »Wissen Sie, ich muss Ihnen nämlich etwas sagen.«

Emma hatte Clemens' neues Bild auf seiner Staffelei betrachtet und drehte sich erwartungsvoll um. Ihr Herz begann zu klopfen.

»Ich weiß es erst seit heute, und ich freue mich darüber, aber eigentlich ist es auch traurig.«

Er blickte in Emmas erschrockene Augen und schüttelte den Kopf über sich selbst.

»Verzeihung. Ich stelle mich dumm an, aber ich weiß nicht, wie ich es Ihnen schonend erzählen soll!« Er seufzte. »Tatsache ist, dass ich nächstes Jahr im Sommer nach Rom fahren werde. Man hat mir ein Stipendium in Aussicht gestellt, und ich kann mit einigen anderen für ein Jahr dorthin.«

Er forschte ängstlich in Emmas Gesicht, aber sie sah nur noch erschrockener aus.

»Ein ganzes Jahr?«, flüsterte sie.

»Ja, aber jeder Maler träumt davon!«, rief er unglücklich. »Ich hätte nie zu hoffen gewagt, dass ich es einmal wirklich tun könnte! Ich muss einfach in die größte Kunststadt der Welt! Ich muss die Landschaften mit eigenen Augen sehen und die Sonne mit einem so goldenen Licht, dass man es sich gar nicht vorstellen kann! Hildebrandt sagt, so ein Licht gäbe es hier überhaupt nicht! – Emma?«

Emma konnte nicht antworten. Rasch wandte sie sich ab, damit Clemens nicht sah, dass sie mit den Tränen kämpfte. Sie verstand ihn ja! Sie war selbst Malerin genug, um nachvollziehen zu können, was Rom für ihn bedeutete. Und bevor er fuhr, beruhigte sie sich selbst, würden sie auch noch ein halbes Jahr zusammen sein können. Kostbare Monate, in denen sie sich beide an den Gedanken gewöhnen konnten, eine Weile voneinander getrennt zu sein, bis er sich seinen Herzenswunsch erfüllt hatte und endlich wiederkam. Sie hoffte inständig, dass er genauso dachte und fühlte wie sie. Tapfer schluckte sie die Tränen hinunter und räusperte sich.

»Wahrscheinlich ist es das Beste für Sie«, sagte sie leise, »und ich sollte mich für Sie freuen.« Sie drehte sich um und blickte Clemens unsicher an.

»Aber wir können uns doch schreiben! So, wie wir es im Sommer getan haben. Wir könnten auch einen Tag in der Woche festlegen, an dem wir uns schreiben. Immer sonntags oder immer dienstags. Wir würden dabei an den anderen denken, der gerade das Gleiche tut. Wir könnten uns jedes Mal auf einen neuen Brief freuen und wüssten, wie es dem anderen geht und was ihn gerade beschäftigt. Und dann ...« Clemens nahm Emma bei der Hand und zog sie zum Fenster. Er zeigte hinauf zum klaren Winterhimmel, an dem ein halber Mond in einem Sternenmeer stand. »Immer, wenn Vollmond ist, schauen wir ihn an und denken ganz fest an den anderen. Der Mond ist unser Bote.«

Emma musste trotz allem lächeln. »Das ist sehr sentimental«, sagte sie, »und romantisch.«

»Aber so sind wir doch heutzutage!« Clemens nahm Emmas Hände und drückte sie an seine Brust. »Ich gebe ja zu, dass ich nicht der Einzige bin, der den Mond zu seinem Liebesboten erklärt. Der alte Knabe da oben hat bestimmt viel zu tun. Aber ich habe eine große Sorge, und deswegen suche ich nach allem, was mir helfen kann.« Er ließ ihre Hände los und zog etwas aus der Gehrocktasche. Überrascht sah Emma zu, wie er ihr einen schmalen Ring mit einem kleinen, dunkelblau leuchtenden Stein an den Finger steckte. Ihr Herz tat einen glücklichen Sprung.

»Der Saphir passt zu Ihren Augen«, erklärte er ernsthaft. »Es ist der Stein der Liebe und Treue und soll Sie jeden Tag daran erinnern, was ich fühle.« Eindringlich blickte er sie an. »Wirst du auf mich warten, Emma, oder vergisst du mich, wenn ich in Rom bin? Ich würde es nicht verkraften!«

Emma wusste, dass er aus tiefstem Herzen sprach. »Ich werde auf dich warten, Clemens«, sagte sie einfach.

Überglücklich nahm er sie in seine Arme, beugte sein Gesicht über ihres und …

»Papenstiel? Bist du hier?« Förster steckte den Kopf herein und hätte sich ohrfeigen können, als er die Lage mit einem Blick erfasste.

»Endlich!«, seufzte er schmunzelnd und schloss leise die Tür.

THEODOR HILDEBRANDT

LEIPZIG, 31. OKTOBER 1835

(Während die Glocken schön zum Reformationsfest läuten.)

Lieber Hildebrandt!

Wol war es eine gute Zeit, wo Du täglich ans Fenster kommen und in mein Frühstück hineingucken konntest, wo Du meinen Tagen dadurch gleich einen vergnügten Anfang gabst, und daran habe ich wol oft schon gedacht, wenn ich leider ganz ungestört frühstücken konnte; überhaupt muß ich Deinen und Schirmer's Brief nicht gerade durchlesen, wenn ich meinen neuen Aufenthalt ganz und gar loben soll; denn für die vielen frohen Stunden, die wir zusammen hatten, finde ich hier wol keinen Ersatz, und nichts, was daran erinnern könnte.

Dafür aber gestehe ich Dir, daß ich erst hier recht empfinde, wie sehr viel mir in musikalischer Hinsicht dort abging, wie viele und ganz unnütze Quälerei ich mit manchen Dingen hatte, die nun einmal eben durch den guten Willen der Einzelnen nicht zu schaffen sind, und wie ich mich also in Beziehung auf mein öffentliches Leben hier zufrieden fühlen muß. Das Institut der Concerte, bei denen ich bin, besteht seit mehr als fünfzig Jahren, alles ist in gutem geordneten Gange, manche alte hergebrachte Gewohnheiten, die mich zuweilen rühren könnten, weil sie auf eine vergangene Zeit noch hindeuten, wie mich denn auch ein Zopf oder eine Perrüke eines alten Herrn erfreuen kann – dabei ist das Orchester meistentheils jung und lebendig, ungemein sicher eingespielt, sogar einige berühmte Musiker darunter; ich habe einige meiner Ouverturen mit mehr Ensemble und Genauigkeit gehört als jemals sonst, und habe dabei das Vergnügen, daß sie selbst abends jeden augenblicklichen Einfall und Wink des Taktstocks verstehen und ausführen. Wenn Du das mit manchen Proben und Aufführungen, die wir zusammen erlebten, vergleichst, so kannst Du Dir denken, daß es mir hier in musikalischer Hinsicht wohler ist, – aber wenn so ein Stück Malerakademie nach Leipzig mitten unter die Lerchen ziehen wollte, so wäre es doch ein lustiger Leben.

Das geht nun freilich nicht, und so suche ich mich zurückzuziehen und fleißig zu arbeiten. Wenn mir es gelingt, so denke ich mich gegen den Frühling aufzumachen und ein paar Monate zu Fuß zu gehen; daß ich dann jedenfalls über Düsseldorf komme und wol mal eines Morgens hineingucke, wie der Herr Maler frühstücken thue – das steht fest. Dazwischen liegt noch viel Schnee und Hagel, und fünfzehn Abonnementsconcerte (denn fünf sind erst vorbei) und hoffentlich manches Brieflein von Dir, und überhaupt eben ein paar lange Monate, aber ich freue mich doch schon jetzt darauf, sobald ich lebhaft daran denke …

Du schreibst aber zu wenig von den Deinigen, bitte, lieber Höllenbart, hole das bald nach und sage, was Deine Familie macht, ob die Prinzen[*)] *noch leben oder schon gemordet sind, was Du für Bilder im Kopfe hast; erzähle mir von den Schadows und von Euch allen, auch vom Theater und Immermann, da es mich interessirt, vom Singverein und dem Rath der Alten*[**)] *und vor allen Dingen schreib nur bald mal wieder.*

Mit herzlichem Gruß an die Deinigen bin ich Dein
FMB

(Elise Polko. Felix Mendelssohn Bartholdy.
Ein Künstler- und Menschenleben. Leipzig, 1868)

*) Theodor Hildebrandts Gemälde »Die Ermordung der Söhne Eduards IV.«, 1835

**) Lesegesellschaft in Düsseldorf seit 1817

ANHANG

Heute, am Tage der Erinnerungen, sei es gestattet, wenigstens einige der Namen zurückzurufen in das Gedächtniß der Gegenwart, deren Träger zumeist schon dieß irdische Dasein verließen.

(Professor Julius Hübner, Maler, Festrede zur Enthüllung des Schadow-Denkmals in Düsseldorf am 24.06. 1869)

Stadt-Theater.

Außer Abonnement.

Zur Eröffnung der Bühne
heute Dienstag den 28. Oktober 1834

I.

Jubel-Ouverture
von K. M. v. Weber.

II.

Kurfürst Johann Wilhelm
im Theater.

Vorspiel.

Personen:

Der Architect	Herr Reußler.
Sein Gehülfe	Herr Jencke.
Die Statue	Herr Parrod.

III.

Festmusik von Beethoven.

IV.

Prinz Friedrich von Homburg.

Schauspiel in 5 Aufzügen von H. von Kleist.

Personen:

Friedrich Wilhelm, Kurfürst von Brandenburg	Herr Limbach.
Die Kurfürstin	Dem. Stephany.
Prinzessin Natalie von Oranien	Mad. Lauber-Versing.
Feldmarschall Dörfling	Herr Euling.
Prinz Friedrich Arthur von Homburg	Herr Schenk.
Obrist Kottwitz	Herr Reußler.
Graf Truchß	Herr Uber.
Oberst Hennings	Herr George.
Graf von Hohenzollern	Herr Jencke.
Rittmeister von der Golz	Herr Günther.
Graf von Sparren	Herr Reiner.
Ein Page	Mad. Hoppe.
Ein zweiter Page	Dem. Mercken.
Eine Hofdame	Mad. Günther.

Offiziere. Heiducken. Bürger. Bürgerinnen.

Preise der Plätze:
Logen und Sperrsitze 16 Sgr. Parterre 12 1/2 Sgr. Gallerie 5 Sgr.

Der Anfang ist um 6, das Ende nach 9 Uhr.
Die Casse wird um 5 Uhr geöffnet.

Donnerstag den 30. Oktober Außer Abonnement. Zum Erstenmale: Der Templer und die Jüdin. Große Oper in drei Akten von Wohlbrück. Musik von Marschner.

KURZBIOGRAFIEN

Die Maler

✦ **Andreas Achenbach** *(Kassel 1815–1910 Düsseldorf)*
Er war einer der herausragenden Landschaftsmaler seiner Zeit und zusammen mit seinem zwölf Jahre jüngeren Bruder Oswald das »A&O« der Düsseldorfer Landschaftsmalerei. 1841 errichtete er mit den Malerkollegen Emanuel Leutze und Wilhelm Camphausen das Hoppediz-Denkmal auf dem Carlsplatz, das dort bis 1860 stand. 1910 wurde er auf dem Nordfriedhof beigesetzt.

✦ **Eduard Bendemann** *(Berlin 1811–1889 Düsseldorf)*
Der Historien- und Porträtmaler wurde 1832 mit seinem Gemälde »Gefangene Juden in Babylon« zu einem der besten Maler der Schadow-Schule erklärt. Nach über zwanzig Jahren als Professor der Dresdner Akademie folgte er 1859 Schadow als Direktor der Akademie in Düsseldorf. Er wurde auf dem Nordfriedhof beigesetzt.

✦ **Theodor Hildebrandt** *(Stettin 1804–1874 Düsseldorf)*
Der Historienmaler galt auch als herausragender Porträtmaler. Seine Begeisterung für das Theater zeigte sich immer wieder in seinen Gemälden, so malte er 1835 »Die Ermordung der Söhne König Eduards IV.«, eines seiner wichtigsten Bilder. 1848 war er maßgeblich an der Gründung des Malkastens beteiligt. 1874 wurde er auf dem Golzheimer Friedhof beigesetzt.

✦ **Julius Hübner** *(Oels, Schlesien 1806–1882 Dresden)*
Nach fünf Jahren Lehrtätigkeit in Düsseldorf ging der Historien-, Genre- und Porträtmaler 1839 als Professor nach Dresden. Dort fertigte er den Entwurf zum berühmten »Fürstenzug«, der von seinem Schüler Wilhelm Walther ausgeführt wurde. In der Schlussgruppe ist er zum Dank mit dem Entwurf in der Hand abgebildet.

✦ **Carl Friedrich Lessing** *(Breslau 1808–1880 Karlsruhe)*
Der Großneffe des Dichters Gotthold Ephraim Lessing galt von Anfang an als der herausragende Maler der Düsseldorfer Schule und beeinflusste die Historien- und Landschaftsmalerei nachhaltig. 1832 machte sein

»Trauerndes Königspaar« Furore. 1848 war er Mitbegründer des Malkastens und ging 1858 als Leiter der Gemäldegalerie nach Karlsruhe.

✦ HEINRICH MÜCKE *(Breslau 1806–1891 Düsseldorf)*
Er wechselte mit Schadow 1826 nach Düsseldorf. Nach seiner Romreise arbeitete er 1834 an den Fresken im Spee'schen Schloss Heltorf in Angermund. Er war Professor der Akademie und 1848 einer der Mitbegründer des Malkastens.

✦ ROBERT REINICK *(Danzig 1805–1852 Dresden)*
Der Maler, Übersetzer und Dichter veröffentlichte zwischen 1834 und 1852 Liederbücher und Gedichte, z. B. fünf Bände »Lieder eines Malers mit Randzeichnungen seiner Freunde«, die u. a. Schroedter, Bendemann, Sohn und Achenbach illustrierten. Nach seiner Romreise lebte und arbeitete er ab 1844 in Dresden.

✦ ALFRED RETHEL *(Aachen 1816–1859 Düsseldorf)*
Er kam 1829 nach Düsseldorf, wo er sich besonders mit religiöser Historienmalerei beschäftigte. Bekannt sind seine ab 1839 entstandenen Fresken aus dem Leben Karls des Großen im Krönungssaal des Aachener Rathauses. An Demenz erkrankt, starb er mit nur 43 Jahren in Düsseldorf.

✦ FRIEDRICH WILHELM VON SCHADOW *(Berlin 1788–1862 Düsseldorf)*
Er war ein Sohn des berühmten Bildhauers Gottfried Schadow, von dem die Quadriga auf dem Brandenburger Tor stammt. 1826 folgte er Peter von Cornelius als Direktor der Düsseldorfer Akademie und strukturierte die Ausbildung völlig neu. Die Spezialisierung auf Ölmalerei, die ausgefeilte Technik, Gegenstände naturgetreu aussehen zu lassen, und die poetisch-romantische Stimmung der Bilder wurde von den Zeitgenossen umjubelt. Seine Schüler – auch diejenigen, die seine Vorliebe für religiöse Malerei nicht teilen konnten – fühlten sich bei ihm als Lehrer gut aufgehoben. Er konnte das aus ihnen herausholen, »von dem sie gar nicht wussten, dass es in ihnen steckte« (Robert Reinick). Für seine Verdienste erhob ihn Friedrich Wilhelm IV. 1845 in den Adelsstand. Anlässlich seines 25-jährigen Berufsjubiläums 1851 wurde der Flinger Steinweg in Schadowstraße umbenannt. 1862 wurde er auf dem Golzheimer Friedhof beigesetzt. Die Enthüllung des Schadow-Denkmals auf dem Schadowplatz (ehemals Kälbermarkt) fand 1869 statt. Die Festrede hielt ein Professor der Kunstakademie Dresden, sein Schüler Julius Hübner.

✦ **Johann Wilhelm Schirmer** *(Jülich 1807–1863 Karlsruhe)*
Der Begründer der Schule der Landschaftsmalerei in Düsseldorf kam 1826 mit Hilfe von Katharina Severin an die Akademie. 1854 wurde er an die neu gegründete Kunstakademie in Karlsruhe berufen und blieb bis zu seinem Tod ihr Direktor.

✦ **Adolph Schroedter** *(Schwedt/Oder 1805–1875 Karlsruhe)*
Der Maler und Grafiker wurde mit humoristischen Bildern wie »Die trauernden Lohgerber« (1832) bekannt. Bei der Vorarbeit zu seinem »Don Quijote« (1834) erfand er mit Hildebrandt den »Hidalgo«, den »Nationaltanz« der Düsseldorfer Maler. Seine Illustrationen zu J. H. Detmolds »Thaten und Meinungen des Herrn Piepmeyer« machten ihn zu einem der Wegbereiter der deutschen Comics. Von 1859 bis zu seinem Tod lebte und arbeitete er als Professor für Ornamentik in Karlsruhe.

✦ **Carl Ferdinand Sohn** *(Berlin 1805–1867 Köln)*
Er galt als exzellenter Akademielehrer, Historien- und Porträtmaler und war 1848 einer der Mitbegründer des Malkastens. Er starb unerwartet während eines Besuchs bei seinem Freund Ferdinand Hiller in Köln und wurde in Düsseldorf beigesetzt.

Die Musiker

✦ **Norbert Burgmüller** *(Düsseldorf 1810–1836 Aachen)*
Der Komponist und Pianist war ein Sohn des ersten Düsseldorfer Musikdirektors Friedrich August Burgmüller (1766–1824). Am 13.11.1834 fand die Uraufführung seiner »Symphonie Nr. 1« unter Mendelssohns Leitung in Düsseldorf statt. 1836 ertrank Burgmüller während eines epileptischen Anfalls im Quirinusbad in Aachen. Mendelssohn komponierte den »Trauermarsch a-moll« für das Begräbnis auf dem Golzheimer Friedhof. 1904 wurde er auf den Nordfriedhof umgebettet.

✦ **Frédéric Chopin** *(Żelazowa Wola bei Warschau 1810–1849 Paris)*
Er lebte bereits ein Jahr als Komponist und Pianist in Paris, als Mendelssohn 1832 sein erstes öffentliches Konzert besuchte und begeistert war. 1834 reiste er mit Mendelssohn und Hiller von Aachen zum gemeinsamen Musizieren nach Düsseldorf. 1847 erschien sein berühmtestes Werk,

der »Minutenwalzer«. Er starb 1849 in Paris, Place Vendôme 12, und wurde auf dem Friedhof Père Lachaise beigesetzt.

✦ **Ferdinand Hiller** *(Frankfurt a. M. 1811–1885 Köln)*
1829–1836 lebte und arbeitete der Pianist und Komponist in Paris, 1843–1844 bei seinem Freund Mendelssohn in Leipzig. Von 1847 bis 1850 war er Musikdirektor in Düsseldorf, danach leitete er dreißig Jahre lang das Gürzenich Orchester und das Konservatorium in Köln. 1991 wurde seine Statue mit Partitur und Taktstock an der Ostseite des Kölner Rathausturms aufgestellt.

✦ **Jakob Ludwig Felix Mendelssohn Bartholdy**
(Hamburg 1809–1847 Leipzig)
Er erhielt von klein auf eine umfassende Bildung, u. a. beherrschte er fließend Latein, Englisch, Französisch und Italienisch. Er spielte Klavier, Orgel und Bratsche und hatte mit neun Jahren seinen ersten öffentlichen Auftritt als Pianist. 1826 schrieb er seine Ouvertüre zum »Sommernachtstraum«, erst 1842 komponierte er die restliche Bühnenmusik dazu, u. a. den weltberühmten »Hochzeitsmarsch«. Konzertreisen führten ihn nach Rom, Paris und insgesamt zehnmal nach England. Das Oratorium »Paulus«, von dem er große Teile während seines Aufenthalts als Musikdirektor in Düsseldorf (1833–1835) schrieb, wurde unter seiner Leitung beim Niederrheinischen Musikfest 1836 in Düsseldorf uraufgeführt. Ab 1835 lebte und arbeitete er in Leipzig, leitete das Gewandhausorchester, gründete 1843 mit dem Leipziger »Conservatorium« die erste Musikhochschule Deutschlands und brachte die Werke alter Meister wie Händel, Haydn und besonders Bach zu neuem Ansehen. Im November 1847 erlag er mehreren Schlaganfällen und wurde in Berlin beigesetzt. An der Stelle seines Elternhauses in Berlin, Leipziger Straße 3, befindet sich heute der Sitz des Deutschen Bundesrates.

✦ **Ignaz Moscheles** *(Prag 1794–1870 Leipzig)*
1825–1846 lebte der Komponist, Pianist und Musikpädagoge als Zweiter Direktor der Royal Philharmonic Society in London, wo Mendelssohn ihn mehrfach besuchte und ihn dann 1846 als Lehrer an das Leipziger Konservatorium berief, dessen Leiter er 1847 nach Mendelssohns Tod wurde.

✦ **Julius Rietz** *(Berlin 1812–1877 Dresden)*
Der Komponist und Dirigent wurde 1834 als Zweiter Dirigent am Düsseldorfer Stadttheater angestellt und war von 1835 bis 1847 Mendelssohns Nachfolger als Musikdirektor. Als sächsischer Generalmusikdirektor leitete er 1874 die Redaktion der Gesamtausgabe von Mendelssohns Werken bei Breitkopf & Härtel in Leipzig.

Die Theaterleute

✦ **Josef Derossi** *(Südtirol 1768–1841 Düsseldorf)*
Er war von 1818 bis 1834 Pächter des Düsseldorfer Theaters. Die zunehmende Kritik am Niveau der Stücke und am schlechten Zustand des Theatergebäudes ließen seine Einnahmen sinken. Nach der Renovierung des Theaters 1832–1833 musste er 1834 von seinem Vertrag zurücktreten, und Immermann übernahm die Bühne. Als 1837 Immermanns Pläne scheiterten, leitete Derossi das Theater wieder bis zu seinem Tod.

✦ **Ludwig Giesen**
Er war fast fünfzig Jahre lang (belegt sind 1811–1858) Theaterzettelträger, außerdem Bühnenarbeiter am Immermann-Theater. Wie bei Zettelträgern üblich verfasste er zu besonderen Gelegenheiten (Saisonende, Neujahr) Gedichte für das geehrte Publikum in der Hoffnung auf finanzielle Zuwendungen. 1834 wohnte er bei der Witwe Reichart auf der Mühlenstraße 12 (in »der blauen Hand«), wo er »Regen- und Sonnenschirme ausbessert und Arbeiten jeder Gattung aus Pappendeckel ausführt«.

✦ **Christian Dietrich Grabbe** *(Detmold 1801–1836 Detmold)*
Der Dramatiker, Dichter und Kritiker kam 1834 nach Düsseldorf in der Hoffnung, am Düsseldorfer Theater seine Dramen aufführen zu können. Er schrieb u. a. Kritiken für die Immermann-Bühne, verfiel jedoch mehr und mehr seiner Trunksucht. 1836 brach er endgültig zusammen, als er vom Tod seines Freundes Burgmüller erfuhr. Noch im gleichen Jahr starb er in seiner Heimatstadt Detmold.

✦ **Karl Leberecht Immermann** *(Magdeburg 1796–1840 Düsseldorf)*
Er kam 1827 als Landgerichtsrat nach Düsseldorf und lebte auf Collenbachs Gut mit seiner langjährigen Geliebten, Gräfin Elisa von Ahlefeld (1788–1855). Mit Schadow entwickelte er Pläne für seine »Immermann'sche Musterbühne« zur Erneuerung der Theaterkultur und gründete 1832 den Theaterverein mit ihm. Er war befreundet mit Schnaase und von Uechtritz (»Juristisches Kleeblatt«) und unterstützte die Maler bei größeren Festen mit begleitenden Texten. Er schrieb ausführliche Tagebücher, Romane und Erzählungen, Gedichte und Dramen, von denen er auch einige (»Andreas Hofer«, »Alexis«) am Düsseldorfer Theater aufführte. Er scheiterte an dem Versuch, Mendelssohn fest für das Theater zu gewinnen. Bereits kurz nach der Eröffnung der Bühne im Oktober 1834 kam es zu einem Eklat, und im Februar 1835 folgte das endgültige Zerwürfnis der ehemaligen Freunde. 1837 gab er die Theaterleitung wegen zu knapper Geldmittel auf und an seinen früheren Widersacher Derossi zurück. 1839 heiratete er die Magdeburgerin Marianne Niemeyer, starb jedoch 1840 nach kurzer Krankheit zwei Wochen nach der Geburt seiner Tochter Caroline. Er wurde auf dem Golzheimer Friedhof beigesetzt.

Die Freunde

✦ **Amalie Bensinger** *(Bruchsal 1809–1889 Reichenau)*
Sie begann 1835 ihre private Ausbildung als Malerin in Düsseldorf bei Sohn und Hübner und malte hauptsächlich Porträts und Genrebilder. Nach ihrer Romreise konvertierte sie zum Katholizismus und beschäftigte sich mit religiöser Malerei.

✦ **Eduard Devrient** *(Berlin 1801–1877 Karslruhe)*
Der Sänger, Schauspieler, Dichter und Theaterleiter war ein Neffe des berümten Schauspielers Ludwig Devrient (1784–1832). Sein Ruhm als Sänger etablierte sich, als er mit Mendelssohn und der Sing-Akademie Berlin 1829 die Matthäus-Passion von Bach nach hundert Jahren zum ersten Mal wieder aufführte. 1852 wurde er an das Hoftheater in Karslruhe berufen, das er bis 1869 leitete.

✦ KARL KLINGEMANN *(Limmer/Hannover 1798–1862 London)*
Er war Diplomat, Dichter und ab 1825 ein lebenslanger Freund Mendelssohns. Einige seiner Liedtexte hat Mendelssohn vertont, auch das Libretto zum gemeinsamen Singspiel »Die Heimkehr aus der Fremde« (1829) stammt von ihm.

✦ CAROLINE LAUSKA *(Berlin 1787–1871 Berlin)*
Nach dem Tod ihres Mannes, des Pianisten Franz Lauska, nahm sie 1825 privaten Malunterricht bei Schadow und folgte ihm 1826 nach Düsseldorf. Sie gehörte zum engeren Kreis von Freunden, die sich regelmäßig im Haus der Schadows trafen.

✦ ATHANASIUS GRAF RACZYNSKI *(Posen 1788–1874 Berlin)*
Der Kunstsammler war Diplomat im Dienst des preußischen Königs. 1834 ließ er sich in Berlin nieder, 1842 schenkte Friedrich Wilhelm IV. ihm ein Grundstück am Königsplatz, wo das Palais Raczynski mit seiner für das Publikum geöffneten privaten Kunstgalerie erbaut wurde. Der Schadow-Schule widmete er 1836 einen von drei Bänden seiner »Geschichte der neueren deutschen Kunst«. Nach seinem Tod verkaufte sein Sohn 1874 das Grundstück an den Staat. 1883 wurde das Palais Raczynski abgerissen und an seiner Stelle das Reichstagsgebäude errichtet.

✦ KARL SCHNAASE *(Danzig 1798–1875 Wiesbaden)*
Er kam 1829 als Jurist nach Düsseldorf, wurde Sekretär des neuen Kunstvereins und Mitglied des Kuratoriums der Kunstakademie. Er verhalf der Malerschule und dem Immermann-Theater durch seine Artikel, Kritiken und andere Schriften zu Ansehen. Seine »Geschichte der bildenden Künste« (1863–1864) machte ihn zu einem der Begründer der Kunstwissenschaft und Kunstgeschichte in Deutschland.

✦ KATHARINA SEVERIN *(Eschweiler 1804–1872 Düsseldorf)*
1821–1823 wurde sie von Heinrich Kolbe und Lambert Cornelius, dem Bruder des Akademiedirektors, privat als Malerin ausgebildet. Sie erzielte bereits 1824 Erfolge mit zwei religiösen Bildern. 1825 eröffnete ihr Vater Melchior Severin eine Buchbinderei in der Mittelstraße 23, in der Schirmer als Buchbinder arbeitete. Katharina führte ihn in der Akademie ein und erteilte dem zehnjährigen Andreas Achenbach Zeichenunterricht. 1836 heiratete sie den Friedensrichter und Schriftsteller Peter Fischbach. Ihr Bruder Wilhelm Severin (1809–1888) war ein geschätzter Lithograph

und machte sich um 1850 als Hoffotograf mit den frühesten Fotografien von Düsseldorf einen Namen. Friedrich Fischbach (1839–1908), einer ihrer fünf Söhne, wurde auch Maler und Schriftsteller.

✦ **Friedrich von Uechtritz** *(Görlitz 1800–1875 Görlitz)*
1829 kam er als Jurist nach Düsseldorf und war mit den Düsseldorfer Malern befreundet, die er bei ihren Kompositionsabenden mit dem Vorlesen literarischer und geschichtlicher Werke zu neuen Ideen anregte. Er publizierte Dramen, Erzählungen und die beiden Bände »Blicke in das Düsseldorfer Kunst- und Künstlerleben« von 1839/1840.

✦ **Prinz Friedrich von Preussen** *(Berlin 1794–1863 Berlin)*
1820 kam er als Kommandeur der 20. Division nach Düsseldorf und ließ den Jägerhof zu einer dreiflügeligen Anlage ausbauen. Er machte sich einen Namen als Förderer der Künste und gilt als einer der Wegbereiter der Rheinromantik. Friedrichstadt und Friedrichstraße sind nach ihm benannt.

✦ **Prinzessin Luise von Preussen** *(Ballenstedt 1799–1882 Düsseldorf)*
Sie war Förderin der Künste und eine begabte Malerin. 1843 kaufte sie Schloss Eller und zog sich wegen eines chronischen Nervenleidens dorthin zurück. 1882 wurde sie neben ihrem Mann in der Gruft der Burg Rheinstein bestattet. Die Luisenstraße und die 1837 mit ihrer Förderung gegründete Luisenschule sind nach ihr benannt.

Nachwort

Bei historischen Romanen fragt man sich oft, was eigentlich historisch und was fiktiv ist. Mindestens zwei Drittel der erzählten Ereignisse in diesem Buch sind historisch belegt und fanden auch am angegebenen Tag statt, weil einer der Beteiligten sie in einem Tagebuch, in einem Brief oder in seinen Erinnerungen beschrieben hat. Einmalig in dieser Hinsicht ist Immermanns minutiöses »Theatertagebuch«. Fiktiv ist jedoch der Rahmen, in dem die Ereignisse im Buch erzählt werden.

Gleich im ersten Kapitel taucht Frieda Schmitz auf, das viel geplagte Dienstmädchen der fiktiven Hartmanns. Auch sie ist erfunden, aber nicht ihr Vater, der Frauenschneider Schmitz. Ihn hat es laut einem Notenblatt Mendelssohns gegeben. Neben Text und Noten des Kanons »Sohn, Schmidt, Bendemann …« hat der Komponist notiert: »Geburtstagsfrühstück bei Mücke und Bendemann auf der Mühlenstraße 1 beim Frauenschneider Schmitz, 1834«. Das ist eine geradezu unbezahlbare Information für einen historischen Roman. Ob Heinrich Mücke (9. April) oder Eduard Bendemann (3. Dezember) Geburtstag hatte, wissen wir heute leider nicht mehr.

Ferdinand Hiller und Frédéric Chopin sind tatsächlich mit Mendelssohn nach dem Musikfest von Aachen nach Düsseldorf gereist. Am 21. Mai 1834 haben sie tagsüber gemeinsam musiziert und den Abend bei Schadow und seinen Gästen verbracht, wenn auch in der damaligen Realität sicher anders als beschrieben. Tatsache ist, dass der noch unbekannte Chopin auf die erzählte Weise Eindruck gemacht hat.

Bis auf Förster und Papenstiel sind die Namen der Düsseldorfer Malerschüler real. Ihre Briefe und Erinnerungen geben ein lebendiges Bild auch ihres Freizeitlebens – vom »Nationaltanz« der Maler, dem »Hidalgo«, über die Lebenden Bilder bis zum Kegeln im »Stockkämpchen«, das auch der Kunstsammler Graf Raczynski in seiner »Geschichte der neueren deutschen Kunst« (1836) anschaulich beschreibt. In diesem Zusammenhang ist es gut, zu wissen, dass es die Weinstube »Zum Drachenfels« in der Rheinstraße, den Wirt Jakob Stang und den Kellner »Stängelchen« auch gegeben hat. Über Caroline Sybille Bergrath und den ABB-Senf braucht man zumindest in Düsseldorf kein Wort zu verlieren. Man kennt sie.

Der Name des Schreinermeisters Johann Baptiste Paffrath (1812–1880) ist genauso wohlbekannt. 1867 legt er den Grundstein zum Kunsthaus, der heutigen Galerie, Paffrath. 1834 ist der moderne Kunsthandel noch in den Kinderschuhen, und jemand wie der fiktive Louis de Boer und seine Pläne sind erheblich verfrüht, auch wegen des Selbstverständnisses von Akademie und Kunstverein. Erst 1848 entsteht in Düsseldorf die erste wirklich große Kunsthandlung des Galeristen Eduard Schulte in der Alleestraße (Heinrich-Heine-Allee) mit der ständigen Ausstellung und dem gezielten Verkauf von Bildern der Düsseldorfer Malerschule. Um 1860 dann fertigt Johann Baptiste Paffrath die Transportkisten, in denen Bilder der Malerschule zur »Düsseldorf Gallery«, 548 Broadway, New York, reisen.

Drei Ereignisse sind bewusst ins Jahr 1834 gesetzt, obwohl sie da nicht hingehören. Hofkonditor Geissler hat sein Ausflugslokal auf dem Ananasberg erst 1835 eröffnet, nur sollten die Hartmanns es schon zu Pfingsten 1834 genießen können. Auch Amalie Bensinger war erst ab 1835 Privatschülerin von Sohn und Hübner. Im Buch steht sie Emma als zweite Malerin an der Akademie zur Seite und deutet an, dass in den folgenden Jahren noch sehr viel mehr Schülerinnen nach Düsseldorf kommen werden. Aber erst in den Jahren 1918/1920 öffnen sich die

Kunstakademien auch für Frauen. Und schließlich fand zum ersten Mal am Pfingstmontag 1836 im Anschluss an das Niederrheinische Musikfest ein Pferderennen nach englischem Vorbild auf der Golzheimer Heide statt. Über 10 000 Zuschauer kamen zu diesem Ereignis, das man in den folgenden Jahren an verschiedenen Stellen in Düsseldorf wiederholte, bis schließlich 1909 die Rennbahn auf dem Grafenberg eröffnet wurde.

Noch viel mehr Informationen sind in dieses Buch eingeflossen. Nicht zuletzt die, wer Wilhelm Schadow war. Manche Zeitgenossen haben sich gestritten, ob das »w« am Ende des Namens doch mitgesprochen würde. Das wurde es nicht. Trotzdem hieß er auch damals auf jeden Fall nicht – auf gut Englisch – »Schädo«!

DANKSAGUNG

Mein Dank gilt allen, die mir in den letzten zwei Jahren eine große Hilfe waren, weil sie sich mit meinem Thema auseinandergesetzt und sich die Zeit dafür genommen haben. Zuallererst und ganz besonders gilt er meinem Mann und seinen guten Gedanken für die Geschichte. Und er gilt natürlich meiner Familie, allen voran Gabi und Petra Bleckmann.

Unermüdlich in ihrer Unterstützung, ihrer Kritik und ihren guten Ideen waren Ulrike Kayser, Markus Krabbe, Anne MacDonald, Isabelle Matthieu, Heike Reinecke und Andreas Schlieper, Beate Schäfer, Kilian Schmitz, Marlene und Karl-Heinz Springer und Carolin Umbach.

Für die Bilder im Buch danke ich den freundlichen Mitarbeiterinnen verschiedener Institutionen: Dr. Bettina Baumgärtel und Regina Abels (Museum Kunstpalast, Düsseldorf), Sabine Schroyen (Stiftung Malkasten) und Dr. Magdalena Holzhey (Kunstmuseen Krefeld). Irina Holzbrecher, Norbert Perkuhn und Klaudia Wehofen vom Stadtarchiv Düsseldorf haben den historischen Stadtplan möglich gemacht.

Vor allem und eigentlich gar nicht zuletzt sei den beiden kritischsten Leserinnen gedankt: Christa Pohl, die auch meine kleinen rheinischen Sprachsünden aus dem Buch verbannt hat (»Man wohnt in und nicht auf einer Straße!«), und Barbara Maassen, dem guten Geist der Geschichte, meiner immer ansprechbaren und geduldigen Lektorin im Droste Verlag.

Christa Holtei, im Februar 2015

BILDNACHWEIS

✦ **Andreas Achenbach**, um 1830, Selbstbildnis, Quelle: Kunst- und Auktionshaus Peter Karbstein, Düsseldorf (derzeitiger Eigentümer konnte nicht ermittelt werden).

✦ **Bauplan von Düsseldorf**, 1831, Stadtarchiv Düsseldorf Sign. 5-1-0-24.0002.

✦ **Eduard Bendemann**, 1829, Zeichnung von Heinrich Mücke, Düsseldorf, Künstlerverein Malkasten (Archiv), Inv.-Nr. Z-KVM 5-8029, Reprofoto: Horst Kolberg, Neuss.

✦ **Christian Dietrich Grabbe**, 1836, Lithographie von Wilhelm Severin nach einer Zeichnung von Wilhelm Pero, aus: Michael Schoenitzer, Wikimedia Commons, lizenziert unter GNU-Lizenz für freie Dokumentation (Lizenztext siehe ANHANG A); URL: commons.wikimedia.org/wiki/File:Christian_D_Grabbe.jpg?uselang=de.

✦ **Theodor Hildebrandt**, 1829, Zeichnung von Carl Friedrich Lessing, Düsseldorf, Künstlerverein Malkasten (Archiv), Inv.-Nr. Z-KVM 5-8032, Reprofoto: Horst Kolberg, Neuss.

✦ **Julius Hübner d. Ä.**, 1829, Selbstbildnis, Düsseldorf, Künstlerverein Malkasten (Archiv), Inv.-Nr. Z-KVM 5-8034, Reprofoto: Horst Kolberg, Neuss.

✦ **Karl Leberecht Immermann**, 1837, Zeichnung von Carl Friedrich Lessing, aus: Harry Mayn, Immermann – Der Mann und sein Werk. München 1921 (Quelle: archive.org).

✦ **Carl Friedrich Lessing**, 1829, Zeichnung von Carl Ferdinand Sohn, Düsseldorf, Künstlerverein Malkasten (Archiv), Inv.-Nr. Z-KVM 5-8024, Reprofoto: Horst Kolberg, Neuss.

✦ **Felix Mendelssohn Bartholdy**, 1837, Lithographie von Friedrich Jentzen nach dem Gemälde von Theodor Hildebrandt, 1835, aus: Allgemeine Musikalische Zeitung, 39 (1837), Frontispiz (Quelle: books.google.de).

✦ **Heinrich Mücke**, 1829, Zeichnung von Eduard Bendemann, Düsseldorf, Künstlerverein Malkasten (Archiv), Inv.-Nr. Z-KVM 5-8021, Reprofoto: Horst Kolberg, Neuss.

✦ Robert Reinick, 1836, Zeichnung von Theobald von Oer, Düsseldorf, Künstlerverein Malkasten (Archiv), Inv.-Nr. Z-KVM 6-8044, Reprofoto: Horst Kolberg, Neuss.

✦ Wilhelm von Schadow, 1834, Jean Augustin Daiwaille, nach einer Zeichnung von Julius Hübner, Düsseldorf, Museum Kunstpalas Graphische Sammlung © Museum Kunstpalast – Horst Kolberg – ARTOTHEK.

✦ Johann Wilhelm Schirmer, 1829, Zeichnung von Christian Köhler, Düsseldorf, Künstlerverein Malkasten (Archiv), Inv.-Nr. Z-KVM 5-8027, Reprofoto: Horst Kolberg, Neuss.

✦ Adolph Schroedter, 1829, Zeichnung von Carl Friedrich Lessing, Düsseldorf, Künstlerverein Malkasten (Archiv), Inv.-Nr. Z-KVM 5-8023, Reprofoto: Horst Kolberg, Neuss.

✦ Carl Ferdinand Sohn, 1829, Zeichnung von Adolph Schmidt, Düsseldorf, Künstlerverein Malkasten (Archiv), Inv.-Nr. Z-KVM 5-8033, Reprofoto: Horst Kolberg, Neuss.

✦ Theaterzettel, 28.10.1834, aus: Digitale Sammlung der Universitäts- und Landesbibliothek Düsseldorf; URL: nbn-resolving.de/urn:nbn:de:hbz:061:2-60417.